रणक्षेत्रम्

द्वापर युग में मानवों, असुरों और नागों के बीच
पाँच दिन तक चले महासमर की महागाथा

रणक्षेत्रम्

प्रथम खण्ड

रक्षराज मार्केश का अंत

उपन्यास

उत्कर्ष श्रीवास्तव

अंजुमन प्रकाशन
इलाहाबाद

ISBN 978-93-86027-69-6

आवरण व कम्प्यूटर कम्पोजिंग : श्री कम्प्यूटर्स
संस्करण : प्रथम, 2017

प्रकाशक :
अंजुमन प्रकाशन
942, मुठ्ठीगंज, इलाहाबाद-3 उत्तर प्रदेश, भारत

Edition: First, 2017

Published By : ANJUMAN PRAKASHAN
website - anjumanpublication.com
E-mail : contact@anjumanpublication.com

मेरे जीवन के सबसे बड़े आदर्श, मेरे नाना

श्री पौहारी शरण श्रीवास्तव

को समर्पित

।। ॐ श्री गणेशाय नमः।।

मेरी माँ कहती हैं कि देवों में श्रेष्ठ भगवान गणेश का नाम पूजा में सबसे पहले लिया जाता है। इसलिए मैं भी अपनी इस महागाथा 'रणक्षेत्रम्' का आरम्भ इनकी आराधना से करता हूँ। क्योंकि इस कथा को लिखना मेरे लिए किसी पूजा से कम नहीं।

अनुक्रम

मेरा अब तक का सफ़र

हमारे भारतवर्ष के इतिहास में यूँ तो अनेक पौराणिक कथाएँ प्रचलित हैं, किंतु दो ऐसी कथाएँ हैं जिन्होंने भारतवर्ष के इतिहास पर अमिट छाप छोड़ी है; ये कथाएँ हैं, द्वापर युग में भरतवंशियों के मध्य हुये महाभारत युद्ध की और त्रेतायुग में राम द्वारा रावण के वध की; रणक्षेत्रम् श्रृंखला का कथानक इन दो महागाथाओं के मध्यकाल की कथा प्रस्तुत करता है; कथा एक ऐसे काल की जब हमारे देश का नाम भारतवर्ष नहीं था।

यह कथा सम्पूर्ण आर्यावर्त की है, यह किसी विशिष्ट योद्धा की नहीं अपितु पूरे एक युग की कथा है। द्वापर युग में हुये दो भीषण महासंग्रामों की यह काल्पनिक कथा तीन खण्डों में बँटी है। मानवों, नागों और असुरों में पाँच दिन का महासंग्राम हुआ, जिसने असुरों के अस्तित्व को हिला दिया और जब दूसरा संग्राम हुआ तो परिणाम स्वरूप भरतवंश ही नहीं अपितु सम्पूर्ण आर्यावर्त में धर्म तथा न्याय की स्थापना हुई।

बचपन से ही मुझे पौराणिक काल के योद्धाओं के प्रति विशेष रूचि थी और इस कथा को लिखने की प्रेरणा मुझे महाभारत से मिली, परन्तु इस काल्पनिक कथा को लिखने की यात्रा सरल नहीं थी; बचपन से ही मेरे नाना

'श्री पौहारी शरण श्रीवास्तव' ने पौराणिक योद्धाओं के विषय में मुझे बहुत जानकारी दी थी, सात वर्ष पूर्व जब मैंने इस कथानक पर काम शुरू किया था तो सबसे पहले मैंने दो महीने तक पहले खण्ड पर काम किया, मैं उस कथानक से संतुष्ट तो नहीं था किंतु फिर भी मैं उसे आगे बढ़ाता गया और धीरे-धीरे कथा का स्तर भी बढ़ता गया परन्तु अपनी पढ़ाई के चलते मुझे इसे बीच में ही छोड़ना पड़ा; कुछ वर्षों के उपरान्त मैंने 'डी.एम.ई.टी.' कोलकाता में दाखिला लिया; इंजीनियरिंग के द्वितीय वर्ष में मुझे एहसास हुआ कि मैं पुनः लेखन शुरू कर सकता हूँ, मैंने पिछले कथानक को केन्द्र में रखकर पहले खंड को पुनः लिखना शुरू किया, इस कथा को लिखने के उपरान्त भी मुझे इसका अच्छा शीर्षक नहीं सूझ रहा था, तब मेरे मित्र 'आदित्य नारायण सरकार' ने यह कथा पढ़ी और मुझे रणक्षेत्रम् शीर्षक सुझाया।

मैं तहेदिल से अपने पिता 'रमेश चन्द्र श्रीवास्तव' का धन्यवाद करना चाहूँगा, जिन्होंने इस पुस्तक के प्रकाशन में मेरी बहुत सहायता की, उसके उपरांत मैं अपनी माता 'अंजू श्रीवास्तव' और भाई 'हर्ष चन्द्र' का भी धन्यवाद करना चाहूँगा।

ये पुस्तक पहले 'Notion Press' द्वारा 2016 में प्रकाशित हुयी थी जिसे पाठकों ने खूब सराहा और अब इस पुस्तक के द्वितीय संस्करण का प्रकाशन 'अंजुमन प्रकाशन' से होने जा रहा है, मैं विशेष रूप से अपने सीनियर्स सौरभ उपाध्याय और खेम चन्द खत्री का धन्यवाद करना चाहूँगा और अंत में मैं अपने मित्रों अभिनव श्रीवास्तव, विकास राय, विकास सिंह, रश्मि पाण्डेय, आयुषी चित्रांश के प्रति भी आभार व्यक्त करता हूँ जिनके समर्थन के बिना इस पुस्तक को लिखना मेरे लिए सम्भव नहीं था।

- उत्कर्ष श्रीवास्तव

पात्र-परिचय

विक्रमाजित

विदर्भ देश के राजा और एक ऐसे विकट योद्धा, जिन्हें संसार का कोई योद्धा द्वंद्व युद्ध में पराजित न कर सका। यहाँ तक की रक्षराज मार्केश जैसा महाशक्तिमान राक्षस भी कई बार विक्रमाजित से पराजित हुआ। बल से फल न पाकर मार्केश ने वल्लभगढ़ के राजा अम्बरीश के साथ मिलकर विक्रमाजित के साथ छल किया। जिसके कारण विक्रमाजित को अपनी पत्नी चित्रलेखा के प्राण गँवाने पड़े और महर्षि शकंराचार्य के श्राप का भागी भी बनना पड़ा।

तेजस्वी

महाराज विक्रमाजित का ज्येष्ठ पुत्र और एक अतुलनीय धुनर्धारी। सोलह वर्षों तक अपने पिता से दूर रहा, और जब अपनी माता चित्रलेखा की हत्या के विषय में ज्ञात हुआ तो इसने रक्षराज मार्केश के वध से पूर्व वनवास का प्रण ले लिया। जब तेजस्वी ने बलिष्ठगढ़ की राजकुमारी सुवर्णा का हरण

किया तब प्रथम बार उसका और मार्केश का सामना हुआ। महर्षि शकंराचार्य की भविष्यवाणी के अनुसार तेजस्वी का जन्म ही रक्षराज मार्केश के अंत के लिए हुआ है।

वक्रबाहु

महाबली वक्रबाहु वह योद्धा है जिसमें सैकड़ो हाथियों का बल समाया है। वर्षों तक पाताल में सुप्तावस्था में रहे वक्रबाहु को सूर्यम् ने मुक्त किया। तत्पश्चात अपने प्रण के अनुसार वक्रबाहु ने आजीवन हर संकट में सूर्यम् का साथ दिया, और उसे अपना स्वामी मान लिया। वक्रबाहु का गजरूप ही इसकी सबसे बड़ी शक्ति है जिसके बल पर यह विकट से विकट सैन्य व्यूह को भंग कर सकता है।

महाबली अखण्ड

महाराज विक्रमाजित के सबसे छोटे भाई भानुसेन का पुत्र और विदर्भ देश का ज्येष्ठ राजपुत्र अर्थात् युवराज। कथाएँ तो यह हैं कि इसकी भुजाओं में समाया असीमित बल वक्रबाहु का वरदान है, परन्तु इस रहस्य से पर्दा उठना अभी बाकी है। पाताल में वक्रबाहु के बल का सामना करने और अपने अनुज सूर्यम् की रक्षा करने सर्वप्रथम अखण्ड आगे आया और वक्रबाहु से भीषण द्वंद्व किया। परन्तु वक्रबाहु को जब ज्ञात हुआ कि उसकी मुक्ति का कारण सूर्यम् है, तो यह द्वंद्व थम गया। अखण्ड अपने भाई सूर्यम् को प्राणों से अधिक चाहता है, उस पर किसी प्रकार का आघात उसे सहन नहीं होता।

युगांधर

महाराज विक्रमाजित और नागकुमारी कनिष्का का पुत्र अर्थात् नागों का सम्राट। देव शेषनाग का दिव्य फरसा इसे आर्शीवाद स्वरुप प्राप्त है जो जब तक इसके हाथ में है, संसार का कोई योद्धा द्वंद्व युद्ध में इसे पराजित नहीं कर सकता। पाताल में मार्केश को पराजित करने में सबसे अहम भूमिका युगांधर ने ही निभाई। परन्तु इसका उसे बहुत भारी मोल चुकाना पड़ा।

रक्षराज मार्केश

भगवान महाबली का वशंज, और एक दुर्जय योद्धा। विक्रमाजित के अतिरिक्त कोई ऐसा योद्धा नहीं जो मार्केश को पराजित कर सके। अपने भाई त्रिकालभैरव और दुदुम्भी की मृत्यु का प्रतिशोध लेने के लिए उसने कई बार विक्रमाजित पर आक्रमण किया, किन्तु अपने उद्देश्य में विफल रहा। मार्केश को वरदान प्राप्त है कि उसकी मृत्यु संसार के किसी अस्त्र-शस्त्र से सम्भव नहीं है। उसने अपनी योग्यता सिद्ध करके भगवान महाबली के विजयधनुष को प्राप्त किया। किन्तु उसके कुकर्मों के कारण विजयधनुष ने स्वयं उसे अस्वीकार कर दिया।

परन्तु प्रश्न यह है कि, क्या मार्केश की विक्रमाजित से शत्रुता का कारण केवल उसके भाईयों की मृत्यु है? क्या मार्केश वास्तव में एक निर्दयी योद्धा है? या अतीत के गर्भ में कोई और रहस्य छुपा हुआ है।

मूलत: यह कथा मार्केश के अंत तक सीमित है, परन्तु रक्षराज के पद तक पहुँचने की उसकी जीवनगाथा विस्तृत रूप से 'रणक्षेत्रम्' के दूसरे खण्ड में पाठकों के सामने आयेगी।

अन्य पात्र

राजा भभूति - विदर्भ के भूतपूर्व राजा एवं विक्रमाजित के पिता।

वीरसेन - महाराज विक्रमाजित के दूसरे भाई।

भानुसेन - महाराज विक्रमाजित के सबसे छोटे भाई। इस पात्र का किरदार अतीत के कई रहस्य उजागर करेगा।

सूर्यम् - वीरसेन का पुत्र, जो भानुसेन के ज्येष्ठ पुत्र अखण्ड को अत्यंत प्रिय है।

त्रिकालभैरव, दुदुम्भी - रक्षराज मार्केश के वह दो भाई, जो विक्रमाजित के हाथों मारे गये। रक्षराज इनका प्रतिशोध लेने को आतुर है।

हिडिम्ब - रक्षराज मार्केश के छ: भाईयों में से एक। छल और कपट इसके रक्त में है।

त्रिभुज - रक्षराज का भाई और तीन भुजाओं वाला एक महा-असुर।

दंशक - नागराक्षसों का सरदार। रक्षराज के भाईयों में से एक।

अधीम - रक्षराज मार्केश का सबसे छोटा भाई।

नागीश - दंशक का पुत्र।

सुबाहु - रक्षराज मार्केश का पौत्र।

गजेन्द्र - विदर्भ देश का स्वामीभक्त सेनापति और अपने कबीले के दस सहस्त्र विशिष्ट योद्धाओं का सरदार, जो इसके एक संकेत पर कभी भी अपने प्राण न्योछावर कर सकते हैं।

संजय - विदर्भ देश के महामंत्री, जो विक्रमाजित की हत्या के उपरान्त नियुक्त हुए। इन्होंने ही संकट समय में विक्रमाजित के भाई वीरसेन की रक्षा की और उन्हें सुरक्षित स्थान पर ले गये।

चित्रलेखा - विक्रमाजित की पहली पत्नी और तेजस्वी की माता।

विषंधर - नागों के राजा एवं युगांधर के पितामह।

कनिष्का - विक्रमाजित की दूसरी पत्नी और नागवंश के राजा विषंधर की पुत्री तथा भावी नाग-सम्राट युगांधर की माता।

सुवर्णा - बलिष्ठगढ़ की राजकुमारी, जिसका हरण करते समय सर्वप्रथम तेजस्वी और रक्षराज मार्केश का आमना-सामना हुआ।

सुवर्या - युगांधर की प्रेमिका।

सूचिपद - बलिष्ठगढ़ के भूतपूर्व राजा।

भार्गव - राजा सूचिपद के छोटे भाई एवं बलिष्ठगढ़ के वर्तमान राजा।

राजवीर, वृषभान - राजा भार्गव के पुत्र।

चक्रसेन - बलिष्ठगढ़ का सेनापति, जिसने तेजस्वी की नवजात आयु में प्राण बचाये, और उसका पालन पोषण सोलह वर्षों तक किया।

वसुंधरा - राजा भार्गव की पत्नी, जिनके बलिदान ने चित्रलेखा और नवजात तेजस्वी का रक्षण किया।

अम्बरीश - एक अत्यंत क्रूर मनुष्य, जो अपनी वासना में लिप्त होकर किसी भी हद तक जा सकता है।

वीरभद्र, वासुसेन, जिष्णु, श्यामक, सहिष्णु, सुषेण - भानुसेन के अन्य पुत्र।

भैरवनाथ - एक अत्यंत छली-कपटी और शक्तिशाली मांत्रिक, जो बार-बार रक्षराज मार्केश को हर संकट से बचा ले जाता है।

महर्षि कपिश - विदर्भ देश के रक्षण हेतु खड़ी सबसे बड़ी दीवार। भृगुवंशी भगवान परशुराम के श्रेष्ठ शिष्यों में से एक।

महर्षि शंकराचार्य - बलिष्ठगढ़ के कुलगुरु और एक अनन्य योद्धा, जिनके श्राप के कारण विक्रमाजित को सोलह वर्षों तक अपने पुत्र से वियोग सहना पड़ा।

दुर्भीक्ष - कई वर्षों से पँचशस्त्र के प्रभाव के कारण सुप्तावस्था में है। महर्षि ओमेश्वर का सबसे बड़ा शत्रु, जिसके विषय में उन्होंने प्रतिज्ञा कर रखी है, कि जब दुर्भीक्ष जागेगा तब महर्षि ओमेश्वर स्वयं उसके वध के लिए एक क्षत्रिय योद्धा का जन्म लेकर लौटेंगे।

महर्षि ओमेश्वर - पँचशक्तिधारक एक सिद्ध महात्मा।

दिव्यमणि - एक ऐसा दिव्य पत्थर जो संसार के हर रोग को काट सकता है। जिस राज्य में यह मणि स्थापित हो, संसार का बड़े से बड़ा योद्धा उस राज्य को उसकी सीमा में पराजित नहीं कर सकता।

विजय धनुष - एक ऐसा दिव्य धनुष जिसके समक्ष, दिव्यमणि की शक्ति भी व्यर्थ है।

1

रक्षों का आक्रमण

विदर्भ देश के लाहौली गाँव के बाहरी छोर से दो युवक दौड़ते हुए आ रहे थे। उनके मुख पर भय छाया हुआ था। वह दोनों शीघ्र ही अन्य ग्रामीणों तक पहुँचे और उन्हें चेतावनी दी - "भागो, अपने प्राण बचाओ! बलिष्ठगढ़ के सैनिक हमारे गाँव में प्रवेश करने वाले हैं।"

दूर से सहस्त्रों सैनिक आते दिखाई दे रहे थे। यह देख गाँव की सुरक्षा के लिए नियुक्त किये गये एक सहस्त्र सैनिक ग्रामीणों की रक्षा को सामने आ गये। उन सैनिकों के प्रधान ने कहा -

"इससे पूर्व कि यह सेना ग्रामीणों तक पहुँचे, हमें शीघ्र-अतिशीघ्र महाराज विक्रमाजित तक यह सूचना पहुँचानी होगी।"

तभी वे दोनों युवक, जो ग्रामीणों को सावधान करते हुए आये थे, सैनिकों के प्रधान के समक्ष आ खड़े हुए और उनसे विनती की -

"आप ग्रामीणों की सुरक्षा कीजिये, हम दोनों भाई महाराज तक जाकर उनसे सहायता की गुहार लगायेंगे।"

"ठीक है, हमारे अश्व लेकर शीघ्र जाओ, तब तक हम इन्हें रोकते हैं।" सुरक्षाकर्मियों के प्रधान ने उन दोनों युवकों को उत्तम श्रेणी के अश्व उपलब्ध

करवाए और जाने की आज्ञा दी।

* * *

"महाराज... महाराज...! शत्रुराज्य के सैनिकों ने आक्रमण कर दिया है; हम लाहौली गाँव से आए हैं; वह लाखों की संख्या में हैं... अब तक तो सुरक्षाकर्मियों और उनके बीच युद्ध आरम्भ भी हो चुका होगा।" दोनों ग्रामीण युवक विदर्भ राज्य के महाराज विक्रमाजित के समक्ष रक्षा की याचना लेकर आये।

"सेनापति गजेन्द्र!" क्रोधित विक्रमाजित अपने सिंहासन से उठ खड़े हुए।

"आज्ञा महाराज।" विदर्भ के सेनापति गजेन्द्र भी अपने आसन से उठ खड़े हुए।

"यह कैसी गुप्तचर व्यवस्था है आपकी? शत्रु के सैनिक हमारी सीमा में प्रवेश कर आए हैं और आपको इसकी सूचना भी नहीं मिली अब तक..."

"क्षमा करें महाराज, किन्तु जिस लाहौली गाँव से ये ग्रामीण स्वयं को आया हुआ बता रहे हैं, वहाँ हमारे चार विशिष्ट गुप्तचर नियुक्त किये गये हैं; यदि भारी संख्या में सेना आ रही होती, तो हमें इसकी सूचना अब तक मिल गयी होती।"

"अवश्य बलिष्ठगढ़ के सैनिकों ने आक्रमण किया होगा हम पर; कदाचित् बार-बार पराजय झेलने के उपरान्त भी दिव्यमणि प्राप्त करने की उनकी लालसा समाप्त नहीं हुई।" विक्रमाजित ने सेनापति की बात पर ध्यान न देते हुए कहा।

"किन्तु महाराज, यह कोई छल भी तो हो सकता है।"

तभी एकाएक लाहौली गाँव के पचास-साठ निवासी कोलाहल करते हुए सभा में आ पहुँचे; वे भी रक्षा की याचना करने लगे।

"तो क्या लगता है तुम्हें गजेन्द्र, क्या इन सभी की याचना मिथ्या है? भानुसेन और वीरसेन, मेरे यह दो भाई मिलकर बड़ी से बड़ी सेना को रोक

सकते हैं।''

''हमारा सौभाग्य महाराज।'' वीरसेन अपने आसन से उठते हुए बोले।

''वो सहस्त्रों हो या लाखों, आज बलिष्ठगढ़ के राजा भार्गव की मृत्यु निश्चित है।'' भानुसेन ने भी चिंघाड़ते हुए अपनी म्यान से तलवार खींच ली।

तभी गजेन्द्र का गुप्तचर राज्यसभा में आया। वह कुछ हड़बड़ाया हुआ सा था।

''महाराज... असीमित विपत्ति आन पड़ी है; एक ओर बलिष्ठगढ़ के सहस्त्रों सैनिक लाहौली गाँव में उत्पात मचा रहे हैं, दूसरी और पर्वतों के मार्ग से रक्षराज मार्केश अपनी दो लाख सेना लिए हम पर आक्रमण करने को आ रहा है।''

महाराज विक्रमाजित अभी इसका उत्तर देते इससे पूर्व ही कुलगुरु कपिश का सभा में आगमन हुआ। विक्रमाजित सहित आसन पर बैठी सभा उनके सम्मान में उठ खड़ी हुई।

''मुनिवर, तीन वर्षों के पश्चात् आपके दर्शन हुए; आज संकट के इस समय में हमारा मार्गदर्शन करें।'' महाराज विक्रमाजित ने कुलगुरु कपिश से विनती की।

''राजन, आपके पास दिव्यमणि की शक्ति है, आपको तो युद्ध में देवों की सेना भी परास्त नहीं कर सकती, आपको कैस भय!''

''परन्तु मणि का प्रभाव हमारे महल तक ही है आचार्य...! उसे महल से निकालकर हम रणभूमि में ले जाने का संकट नहीं मोल सकते।''

''आपने बड़ी से बड़ी आसुरी सेना पर विजय प्राप्त की है महाराज! रक्षराज मार्केश पहले भी आपसे पराजित हुआ है... आपको तो कदाचित् इस युद्ध में दिव्यमणि की आवश्यकता भी नहीं है।''

''किन्तु आप तो जानते ही हैं मुनिवर; रक्षराज की मृत्यु इस सृष्टि के किसी अस्त्र से सम्भव नहीं है।''

''किन्तु उसे बन्दी तो बनाया ही जा सकता है; महाराज, आप स्वयं जाएँ और उसका सामना करें। आपके यह दो भाई, वीरसेन और भानुसेन बलिष्ठगढ़ की सेना का सामना निःसंदेह कर सकते हैं।''

"जैसी आपकी आज्ञा, ऋषिवर! किन्तु हमारे पीछे राजमहल की रक्षा कौन करेगा?"

तभी एक उन्नीस वर्षीय युवा अपनी गदा लिए विक्रमाजित के समक्ष आ खड़ा हुआ। "उसकी चिन्ता आप न करें तातश्री; मैं स्वयं माताओं और अपने आठों भाइयों और महल की सुरक्षा करने में सक्षम हूँ।" यह कोई और नहीं भानुसेन का ज्येष्ठ पुत्र अखण्ड था।

"अखण्ड की गदा और उसके भुजाबल पर मुझे पूर्ण विश्वास है महाराज; यह मेरा शिष्य है। बाल्यावस्था में ही मुष्टि प्रहारों से बड़ी-बड़ी चट्टानों को चूर कर देने वाला यह बालक निःसंदेह एक पूरी सेना से युद्ध करने में सक्षम है, और अब मैं भी आपके साथ इस युद्ध में सम्मिलित होने को तत्पर हूँ।" महर्षि कपिश ने कहा।

"जैसी आपकी आज्ञा आचार्य! सेनापति गजेन्द्र, तुम हमारी आधी सेना लेकर जाओ, वीरसेन और भानुसेन तुम्हारे साथ होंगे। स्मरण रहे, बलिष्ठगढ़ के राजा भार्गव की मृत्यु नहीं होनी चाहिये; उन्हें बन्दी बनाकर हमारे समक्ष पेश किया जाए।" कहते हुए विक्रमाजित ने अपने धनुष पर शिकंजा कसा।

"तो फिर शीघ्र करें महाराज, क्योंकि विदर्भ की आधी सेना का नेतृत्व आपको स्वयं करना है!"

दोनों सेनाएँ चल पड़ीं रक्षराज मार्केश और बलिष्ठगढ़ की सेना का सामना करने।

* * *

लाहौली गाँव पहुँचकर वीरसेन और भानुसेन ने देखा कि उनके लगभग सारे सुरक्षाकर्मियों के शव क्षत-विक्षत अवस्था में पड़े हैं, अथवा कुछ सैनिक अपने जीवन की अंतिम साँसें गिन रहे हैं। सैनिकों का घेरा समाप्त हो जाने पर बलिष्ठगढ़ के सैनिक ग्रामीणों पर टूट पड़े थे। ग्रामीणों में अफरा-तफरी मची हुई थी और सभी अपनी जान बचाने के लिए भाग रहे थे।

विदर्भ की सेना को देखते ही ग्रामीणों पर अपना पराक्रम आजमाते बलिष्ठगढ़ के सैनिक के हाथ कुछ मंद पड़ गये।

"कहाँ है तुम्हारा राजा भार्गव। तुमने हमारे सैनिकों का निर्ममता से वध किया है, अब तुम सबकी बारी है, सावधान हो जाओ!" वीरसेन ने चिंघाड़ते हुए शत्रु सेना को चुनौती दी।

"हमें अपनी मृत्यु का भय नहीं है कुमार वीरसेन, हम तो युद्ध के यंत्र हैं; हमारा आशय तो बस आपको यहाँ रोके रखना है, ताकि हमारे महाराज भार्गव अपने उद्देश्य में सफल हो पायें। हमारी पन्द्रह सहस्त्र सेना निःसंदेह आपके समक्ष एक प्रहर भी नहीं टिक पायेगी, किन्तु इतना समय पर्याप्त होगा हमारे महाराज के लिए, कि वे उस दिव्यमणि को प्राप्त कर सकें।" बलिष्ठगढ़ के सेनानी ने कहा।

"मैंने पहले ही कहा था कुमार, यह अवश्य कोई छल है; वे ग्रामीण जो याचक के रूप में आये थे, उनका परिवेश ग्रामीणों जैसा प्रतीत भी नहीं हो रहा था, क्योंकि यहाँ से विदर्भ के राजमहल पहुँचने में इतनी चपलता और फुर्ती दिखाना, साधारण ग्रामीणों के वश की बात नहीं है... इतने कम समय में उनका वहाँ तक पहुँचना ही एक प्रश्न चिह्न था। इसका अर्थ यह है कि बड़ी संख्या में सेना अब तक विदर्भ के राजमहल पहुँच गयी होगी।" सेनापति गजेन्द्र चिन्तित थे।

"सेनापति गजेन्द्र, आप इन सैनिकों को खदेड़िए; अपने महल की रक्षा के लिए, हम दो भाई ही पर्याप्त हैं; चलो भानु, महल की ओर चलो।"

वीरसेन के आदेश पर सेनापति गजेन्द्र अपनी सेना के साथ बलिष्ठगढ़ की सेना से भिड़ गया, जबकि कुमार वीरसेन अपने अनुज भानुसेन के साथ तेजी के साथ महल की ओर प्रस्थान कर गए।

विक्रमाजित और महर्षि कपिश अपनी सेना के साथ रणक्षेत्र पहुँच चुके थे उनकी और रक्षराज मार्केश की विशाल सेना एक योजन की दूरी पर आमने-सामने सजी हुई थी।

रक्षराज मार्केश अपनी सेना के सामने से नौ-दस व्यक्तियों के छोटे से दल के साथ रथ में उनके पास आता दिख रहा था।

"ऋषिवर, मार्केश हमसे दो बार पराजित होकर लौट चुका है, फिर भी

आज यह लगभग दो लाख सेना लेकर हमसे युद्ध करने आया है; हमें तो यह छल प्रतीत हो रहा है।''

''प्रतीत तो हो रहा है महाराज! यह युक्ति कदाचित् हमें इस युद्ध में उलझाये रखने की है।'' महर्षि कपिश ने भी महाराज विक्रमाजित का समर्थन किया।

मार्केश का दल सामने आकर रुक चुका था ''विक्रमाजित... '' मार्केश ने गर्जन के साथ विक्रमाजित को ललकारा ''आज मेरी सेना सागर के समान विशाल है; मेरे चारों भाई मेरे साथ हैं, आज तुम्हारी मृत्यु का कारण हम पाँच भाई मिलकर बनेंगे।''

''तुम पाँच रहो, या पचास, तुम मेरा सामना न पहले कर सके थे, न अब कर पाओगे।'' विक्रमाजित ने भी मार्केश को उसी घनगर्जन में जवाब दिया।

''रुकिए, महाराज! यह पाँचों भाई अत्यंत मायावी हैं, और सबसे बड़ा संकट है नागराक्षस दंशक, जो अपनी विषफुंकार से हमारी सेना को भारी मात्रा में क्षति पहुँचा सकता है; वह देखिए वह हमारी सेना के नजदीक आता जा रहा है।'' महर्षि कपिश ने विक्रमाजित को सावधान किया।

''हम रणभूमि से पलायन तो नहीं कर सकते गुरुदेव! युद्ध तो अब होकर रहेगा। रही बात दंशक की, तो उसके विष को काटने का अस्त्र है मेरे पास।'' विक्रमाजित ने महर्षि कपिश को सांत्वना दी और मार्केश की ओर मुड़कर युद्ध के लिए अंतिम चेतावनी दे डाली।

रक्षराज मार्केश के लिए अब कुछ कहने को न बचा था - वह अपने दल के साथ वापस लौट गया और कुछ देर में ही दोनों पक्षों की ओर से युद्ध का बिगुल बजा दिया गया।

आक्रमण का आदेश पाते ही दोनों सेनाओं के सैनिक दौड़ पड़े। युद्ध आरम्भ हो गया।

* * *

विदर्भ के राजमहल में याचक के रूप में आये दोनों ग्रामीण-वेशी, विदर्भ के सैनिकों की नजरों से बचकर, एक निश्चित स्थान पर पहुँचे और उनमें से

एक ने अपने मुँह से एक गुप्त संकेत ध्वनि निकाली। संकेत पाते ही ग्रामीण वेश में इधर-उधर बिखरे उसके साथियों ने अकस्मात् अपने अस्त्र निकाले और असावधान खड़े सुरक्षाकर्मियों पर आक्रमण कर कुछ क्षणों में ही उन्हें धराशायी कर दिया।

"भ्राता! आपकी योजना सफल हो रही है।"

"होती कैसे नहीं, हम बलिष्ठगढ़ के युवराज हैं।" कहते हुए युवराज राजवीर ने आदेश दिया - "सैनिको! पूर्वनिश्चित स्थानों पर जाओ और निगरानी रखो कि कोई विघ्न उत्पन्न न हो, हम कोषागार की ओर दिव्यमणि की खोज करने जा रहे हैं... चलो वृषभान।" अपने छोटे भाई को संबोधित करते हुए राजवीर ने कोषागार की ओर कदम बढ़ाए।

परन्तु कुछ समय पश्चात ही राजमहल के दक्षिणी प्रांगण से कोलाहल सुन कर अखण्ड वहाँ आ पहुँचा था उसने जब सुरक्षाकर्मियों के शव देखे तो क्रोध से उसकी मुट्ठियाँ भिंच गयीं। शवों को पीछे छोड़ते हुए अखण्ड राजवीर और वृषभान के मार्ग में आ खड़ा हुआ।

"हमारे सैनिकों के शव गिराते हुए कहाँ चल दिये, ग्रामीण! तनिक हमसे भी दो-दो हाथ करते जाओ।" गदा भूमि पर पटक अखण्ड ने वृषभान और राजबीर को ललकारा।

'हमारे मार्ग से हट जाओ बालक, अकारण हम किसी बालक की हत्या नहीं करना चाहते।"

"कौन किसका वध करेगा, यह तो द्वंद्व के उपरान्त ही पता चलेगा, सावधान।"

अखण्ड की ललकार सुनते ही राजवीर तलवार लेकर अखण्ड की ओर दौड़ा, किन्तु वह दो घड़ी भी अखण्ड के आगे टिक न पाया। अखण्ड ने अपनी गदा की सीमा में आते ही द्रुत गति से गदा घुमाई और राजवीर की जाँघ पर एक भीषण प्रहार किया था, जिसे राजवीर समझ न सका और प्रहार खाकर भूमि पर गिर पड़ा। अखण्ड ने उसकी पीठ पर अपनी गदा टिका दी।

"मैंने तो पहले ही सावधान किया था" अखण्ड परिहास से बोला।

उसी क्षण बलिष्ठगढ़ के राजा भार्गव अपनी सहस्त्र सेना लिए हुए विदर्भ के सैनिकों को धराशायी करते हुए वहाँ आ पहुँचे। इतनी विशाल सेना के

समक्ष अब अखण्ड अकेला खड़ा था, परन्तु उसकी गदा से न उसकी पकड़ ढीली हुई, न ही उसका साहस कम हुआ।

राजवीर को भूमि पर पड़े देख कर सहसा तो महाराज भार्गव को यकीन ही न हुआ, परन्तु वे अखण्ड को पहचानते थे, तुरन्त संयत होकर बोले "हमारे मार्ग से हट जाओ, बालक; हम तुम्हारे वध के इच्छुक नहीं हैं, हम केवल दिव्यमणि के लिए यहाँ आयें हैं, हट जाओ हमारे मार्ग से।"

"महाराज और हमारी सेना की अनुपस्थिति में छल पूर्वक आपने हमारे महल में प्रवेश तो कर लिया महाराज भार्गव, किन्तु मेरी गदा के नीचे पड़ा आपका यह योद्धा कराह रहा है; यह इस बात का प्रमाण है कि मात्र मैं स्वयं भी इस महल की रक्षा करने में सक्षम हूँ।" अखण्ड ने राजा भार्गव को ललकारते हुए कहा।

"हमें तुम्हारे साथ युद्ध करने की आवश्यकता नहीं है बालक; हमारे पास तो एक ऐसा योद्धा है, जो तुम जैसे अनेक योद्धाओं को अकेले ही अपने बाणों से बींध सकता है... तेजस्वी!"

राजा भार्गव का आदेश पाते ही सैनिकों के दल से एक सोलह-सत्रह वर्षीय धनुर्धारी अखण्ड के समक्ष आ खड़ा हुआ।

"मैं बलिष्ठगढ़ के सेनापति चक्रसेन का पुत्र तेजस्वी, तुम्हें द्वंद्वयुद्ध की चुनौती देता हूँ।"

"चुनौती का अस्वीकार विदर्भ के योद्धा करते भी नहीं, सावधान!"

अखण्ड के ललकारते ही तेजस्वी ने अपने बाणों की वर्षा प्रारम्भ कर दी, परन्तु अखण्ड बड़ी ही चपलता से गदा से उसके प्रहार रोकता गया।

"स्मरण रहे तेजस्वी, तुम्हें इसका वध नहीं करना है; बन्दी बना लो इसे... हमारे लिए इसकी मृत्यु से अधिक लाभदायी इसका बन्दी होना होगा।" राजा भार्गव तेजस्वी को आदेश देते हुए महल के अन्दर प्रवेश कर गये।

"जो आज्ञा महाराज!" तुरन्त तेजस्वी के दो बाणों ने अखण्ड के हाथों को घायल कर दिया और अखण्ड के हाथ से उसकी गदा छूट गयी। तेजस्वी का संकेत पाते ही एक दर्जन से अधिक सैनिकों ने मिलकर उसे बंधक बना लिया।

* * *

रणक्षेत्र में युद्ध अपने चरम पर था। विक्रमाजित ने नाग-राक्षस दंशक को अपनी सेना की ओर बढ़ते देखा। वह अपनी विषफुंकार से विदर्भ की सेना में विध्वंस मचा रहा था। यह देख विक्रमाजित ने धनुष उठाया, और एक दिव्यास्त्र का आह्वान किया।

"विषकाट अस्त्र प्रकट हो!" विदर्भ नरेश के आह्वान पर दिव्यास्त्र प्रकट हुआ। उन्होंने विषकाट दिव्यास्त्र दंशक की ओर छोड़ दिया।

दिव्यास्त्र का प्रहार लगते ही दंशक एक तीव्र झटके के साथ भूमि पर गिर पड़ा, परन्तु दंशक को झटके के अतिरिक्त अपने शरीर में किसी प्रकार की क्षति का एहसास नहीं हुआ। तत्काल ही वह भूमि से उठा और उसने पुनः विष उगलने का प्रयत्न किया, परन्तु उसका गला सुन्न पड़ गया। विष उसके गले से बाहर ही नहीं आ पा रहा था।

दंशक को विवश कर विक्रमाजित और महर्षि कपिश रक्षराज की सेना के संहार में लग गये। मार्केश यह दृश्य देख चिन्तित हो उठा। उसने अपने अनुज अधीम को आदेश दिया।

"अधीम, तुम यह भली-भाँति जानते हो कि हम यहाँ यह युद्ध जीतने नहीं आये हैं। हमारा उद्देश्य केवल विक्रमाजित और उसकी सेना को यहाँ तब तक रोके रखना है, जब तक राजा भार्गव अपने उद्देश्य में सफल न हो जायें। सेना की एक टुकड़ी लेकर अपने भाइयों त्रिभुज और हिडिम्ब के साथ जाकर महर्षि कपिश का मार्ग रोको; वह दुष्ट ब्राह्मण भृगुवंशी परशुराम के श्रेष्ठ शिष्यों में से है; वह बड़ी तीव्रता से हमारी सेना का संहार कर रहा है। तुम तीनों मिलकर उसे रोको, मैं विक्रमाजित का मार्ग अवरुद्ध करता हूँ।"

"जो आज्ञा भ्राताश्री!" कहकर अधीम ने आगे आपने भाइयों को दिशानिर्देश दिया और तीनों भाई अपनी-अपनी सैनिक टुकड़ियों के साथ महर्षि कपिश की ओर बढ़ चले।

इधर रक्षराज मार्केश शीघ्र ही विक्रमाजित के सामने थे। उसे देखते ही विदर्भराज का लहू उबल पड़ा। उन्होंने मार्केश को चेतावनी दी।

"कदाचित्, तुम्हें पिछली पराजय विस्मृत हो गई है मार्केश, इसीलिए

बार-बार मेरे सामने आ खड़े होते हो। तुमने अतीत में कुछ अच्छे कर्म किये हैं, इसलिए मैं सदैव तुम्हें जीवनदान देता आया हूँ, किन्तु प्रतीत होता है कि तुम इसके योग्य नहीं।''

''मुझे वरदान प्राप्त है विक्रमाजित, कि मेरी मृत्यु इस सृष्टि के किसी अस्त्र से सम्भव नहीं है; मेरा रक्षण तो मेरा वरदान करता है। तुम तो क्या, स्वयं ईश्वर भी मेरे प्राण नहीं ले सकते।''

''ईश्वर को चुनौती मत दो मार्केश, अन्यथा तुम्हारी मृत्यु का कोई न कोई मार्ग निकल ही आयेगा; तुम्हारा अंत किसी शस्त्र से कदाचित् सम्भव नहीं, किन्तु मेरा बाहुबल तुम्हारा अंत अवश्य कर सकता है।'' विक्रमाजित अपने रथ से कूदे और मार्केश की ओर बढ़े।

''तो यह प्रयत्न करके भी देख लो विक्रमाजित; तुम्हारी हर चुनौती स्वीकार करने का मुझमें साहस भी है, और तुम्हें पराजित करने का सामर्थ्य भी!'' मार्केश भी शस्त्र त्यागकर विक्रमाजित की ओर बढ़ा।

दोनों योद्धा एक दूसरे पर टूट पड़े। मल्लयुद्ध आरम्भ हुआ।

* * *

वीरसेन और भानुसेन राजमहल लौटे। उन्हें देखते ही बलिष्ठगढ़ के सैनिकों ने उन पर आक्रमण कर दिया। भानुसेन गदा लिए अपने अश्व से कूद पड़े और भूमि पर प्रहार किया। गदा के प्रहार से भूमि काँप उठी और सैनिकों की एक टुकड़ी असंतुलित होकर एक दूसरे पर गिर पड़ी। वीरसेन भी अपनी बाणों की वर्षा से विपक्षी सेना का नाश कर रहे थे।

''ठहरो वीरसेन! अपनी दृष्टि इधर भी तो घुमाकर देखो।'' राजवीर ने अखण्ड की गर्दन पर तलवार टिकाते हुए कहा।

''दिव्यमणि स्वयं लाकर हमें सौंप दो वीरसेन, अन्यथा आपके परिवार का यह बालक अकारण ही मारा जायेगा।''

वीरसेन का धनुष उनके हाथ से सरकने लगा।

''नहीं तातश्री, चाहे मेरे प्राण ही क्यों न चले जायें, आप शस्त्र-त्याग मत करें; अरे यह क्या मेरे प्राण लेगा, मैं बंधक होकर भी इसे पराजित कर सकता हूँ।'' इतना कहकर अखण्ड ने झुककर पहले राजवीर के पैरों पर प्रहार किया,

और अगले ही पल उसने अपने मस्तक से राजवीर की छाती पर प्रहार कर उसे नीचे गिरा दिया।

यह देख तेजस्वी ने अंजलि अस्त्र का आह्वान कर अखण्ड के कंठ पर साध कर छोड़ दिया, किन्तु तभी वीरसेन के बाण ने उसके अस्त्र को निस्तेज कर दिया।

* * *

मार्केश और विक्रमाजित के बीच भयंकर द्वंद्व जारी था। दो प्रहर बीत चुके थे, परन्तु मल्लयुद्ध का कोई परिणाम नहीं निकला। विक्रमाजित ने मुष्टि से मार्केश के कन्धे पर तेज प्रहार किया, जिससे मार्केश लड़खड़ाकर पीछे हटा। तभी रक्षगुरु भैरवनाथ मार्केश के निकट पहुँचे और उन्होंने इस युद्ध को रोकने का प्रयास किया।

''मार्केश, हमें इस युद्ध की कोई आवश्यकता नहीं है; तुम जो अपने पौत्र के मोह के कारण यह युद्ध कर रहे हो, उसे रोक दो। राजा भार्गव का कार्य अब तक पूर्ण हो चुका होगा, इसलिए अब पलायन ही उचित है।''

यह सुनकर विक्रमाजित ने मार्केश की गर्दन पकड़ ली। ''यह कैसा प्रपंच कर रहे हो तुम लोग? बताओ मुझे।'' विदर्भराज का क्रोध रक्षराज पर हावी हो रहा था।

यह देख भैरवनाथ ने सम्मोहिनी अस्त्र का प्रयोग किया। पूरे रणक्षेत्र के वातावरण में अजीब सी गाढ़ी धुंध छाने लगी। विदर्भ के सैनिक इस धुंध के कारण कुछ क्षणों के लिए असमंजस में पड़ गए। वहीं धुंध छाते ही रक्षसेना को पलायन का गुप्त संकेत मिल गया था। जब धुंध छँटी, तो वहाँ एक भी रक्षसैनिक उपस्थित नहीं था।

रक्षसेना के इस प्रकार पलायन को देखकर महर्षि कपिश भी असमंजसवश विक्रमाजित के पास पहुँचे। ''रक्षसेना ने केवल हमारा समय नष्ट किया है महाराज! अवश्य ही विदर्भ पर भारी विपदा आ पड़ी है; हमें तत्काल ही नगर की ओर प्रस्थान करना चाहिए।''

''आप उचित कह रहे हैं, मुनिवर; रक्षराज का यह छल आश्चर्यजनक

था; भला बलिष्ठगढ़ के राजा उस असुर के साथ कैसे सम्मिलित हो सकते हैं।''

''शीघ्र महल चलिए महाराज! इस षड्यंत्र पर से पर्दा महल जाकर ही उठेगा।''

दोनों चिन्तित योद्धा अपने रथ पर आरूढ़ हुए और तुरन्त नगर की ओर प्रस्थान कर गये।

* * *

राजमहल के प्रांगण में युद्ध जारी था। अखण्ड के बंधनों को वीरसेन ने काट दिया था। यह देख भानुसेन ने अपने पुत्र को प्रेरित किया।

''अपनी गदा उठाओ, अखण्ड! शत्रु की सेना का नाश करने के लिए हम तीनों ही पर्याप्त हैं।''

अखण्ड की रगों में बिजली दौड़ गयी। उसने गदा उठाई और तेजस्वी की ओर दौड़ पड़ा, परन्तु वीरसेन उन दोनों के बीच आ खड़ा हुआ।

''तुम अन्य योद्धाओं से युद्ध करो पुत्र, इस बालक का सामना मैं करूँगा!''

''जो आज्ञा तातश्री।'' अखण्ड ने तेजस्वी को घूरते हुए देखा, किन्तु वीरसेन के आदेश पर वो राजवीर की सेना पर टूट पड़ा।

; तभी सेनापति गजेन्द्र भी लाहौली गाँव के आक्रमणकारी सैनिकों का संहार करके वहाँ आ पहुँचे। विदर्भ और बलिष्ठगढ़ की सेनाओं में संग्राम छिड़ गया। यह देख राजा भार्गव चिन्तित हो उठे।

''राजवीर, कदाचित् अब हमारी पराजय निश्चित है।''

''तेजस्वी के सामर्थ्य पर विश्वास रखिए, पिताश्री। आप भूल रहे हैं कि वह किसका अंश है; उसके पिता को संसार मानव जाति का ही नहीं, इस युग का सर्वश्रेष्ठ योद्धा मानता है।''

राजवीर का कथन उचित जान पड़ रहा था। दो प्रहर तक तेजस्वी और वीरसेन का द्वंद्व होता रहा। सूर्यास्त होने को था। अंततः तेजस्वी ने वीरसेन का

धनुष तोड़ दिया। बलिष्ठगढ़ की सेना का हौसला दोगुना हो गया। उनका पलड़ा भी अब भारी पड़ने लगा। तत्पश्चात तेजस्वी ने वीरसेन के वध हेतु जिह्वा अस्त्र का आह्वान किया, और उसे वीरसेन की ओर छोड़ दिया। किन्तु तभी विक्रमाजित वहाँ पहुँच आये और उन्होंने तेजस्वी का बाण काट दिया।

''हमारी योजना अंततः विफल हो गयी, पिताश्री। तेजस्वी में इतना सामर्थ्य नहीं कि वो विक्रमाजित को पराजित कर सके।'' राजवीर ने हताशा भरे स्वर में कहा।

''अब समर्पण ही एकमात्र विकल्प है; विक्रमाजित और परशुराम शिष्य महर्षि कपिश का सामना हमारी पूरी सेना मिलकर भी नहीं कर सकती।''

क्रोधित तेजस्वी ने अपना अस्त्र विफल होते देख अपने तीरों की बौछार विदर्भराज की ओर कर दी। परन्तु सूर्यास्त होने से पूर्व ही वह परास्त हो गया। उसका धनुष कटकर गिर गया, मृत्यु उसे अपने समक्ष नजर आने लगी।

''हम बालकों का वध नहीं किया करते; अद्‌भुत योद्धा हो तुम, किन्तु हो अधर्म के पक्ष में।'' विक्रमाजित ने मानो तेजस्वी को अभयदान दे दिया।

''सेनापति, इन सभी को बन्दी बना लो!'' विदर्भराज की घोषणा से विजय का उन्माद पूरी विदर्भ की सेना में फैल गया और अपने महाराज के आदेश पर सैनिकों ने राजा भार्गव, राजवीर, वृषभान और तेजस्वी समेत अन्य सभी योद्धाओं को बन्दी बना लिया।

* * *

राजा भार्गव सहित सभी बन्दी योद्धाओं को राजसभा में प्रस्तुत किया गया। ''राजा भार्गव, आज तक आपकी हर पराजय के उपरान्त हमने आपको पलायन करने का अवसर दिया। दिव्यमणि पाकर दिग्विजयी होने की आपकी महत्वाकांक्षा हम समझ सकते हैं, किन्तु आप अपनी महत्वाकांक्षा में इतने अन्धे हो गये कि आपने असुरों के साथ सन्धि कर ली। आप तो मनुष्य कहलाने के योग्य भी नहीं रहे, भार्गव!'' विक्रमाजित ने बलिष्ठगढ़ नरेश को वाणी से प्रताड़ित करते हुए कहा।

"नहीं महाराज! दिव्यमणि को पाना हमारी लालसा नहीं, हमारी विवशता है। हमें अपनी पुत्री राजकुमारी सुवर्णा के प्राणों की रक्षा करनी थी; उसके रोग को केवल दिव्यमणि की किरणें ही काट सकती हैं।" राजा भार्गव ने हताशा भरे स्वर में कहा।

"यदि ऐसा था, तो आप हमें अपनी विवशता सविस्तार बताकर हमसे मणि की याचना भी कर सकते थे।"

"हम पहले कई बार दिव्यमणि के लिए विदर्भ से युद्ध कर चुके हैं, महाराज! यदि हम एक याचक के रूप में आपके पास आते, तो क्या आप हम पर विश्वास कर पाते; इसलिए हमने छल का सहारा लिया।"

"यदि आपकी पुत्री के जीवन का प्रश्न नहीं होता, तो मैं आपको मृत्युदण्ड देता, राजा भार्गव; किन्तु एक बालिका की मृत्यु का पाप मैं अपने सर नहीं ले सकता। जाइये महाराज भार्गव, मैं आपको मुक्त करता हूँ और दिव्यमणि आपके सुपुर्द करता हूँ, इस आशा से कि आप अपना क्षत्रिय धर्म निभाते हुए हमारी यह धरोहर हमें सकुशल लौटा देंगे।"

राजा भार्गव क्षण भर के लिए हतप्रभ रह गये। उन्होंने तो सोचा ही नहीं था कि विक्रमाजित अपने युद्ध में पराजितों के प्रति ऐसी उदारता भी दिखा सकते हैं। संयत होते हुए वह बोले "अवश्य महाराज। आप जैसा राजा कदाचित् पृथ्वीलोक में कहीं नहीं है; हमें क्षमा कर दीजिए, हम आपको समझ नहीं पाये। हम वचन देते हैं कि हमारी पुत्री के प्राण बचने के उपरान्त, हम स्वयं आयेंगे यह दिव्यमणि आपको लौटाने। इस मणि के वास्तविक अधिकारी आप ही हैं महाराज, और इसके संरक्षण का दायित्व केवल आप ही निभा सकते हैं।" भार्गव कृतज्ञ दृष्टि से विदर्भराज की ओर देख रहे थे।

"किन्तु मैं आपसे एक प्रश्न करना चाहता हूँ, भार्गव; रक्षों ने आपका साथ क्यों दिया?"

"महाराज, रक्षराज मार्केश का पौत्र सुबाहु, हमारी पुत्री सुवर्णा पर एक ही दृष्टि में मोहित हो गया है। मार्केश अपने पौत्र के मोह में हमारी सहायता कर रहा है, उसका पौत्र सुबाहु मेरी पुत्री से विवाह करना चाहता है। किन्तु मेरी पुत्री तेजस्वी से प्रेम करती है, आपके पुत्र तेजस्वी से महाराज।"

राज्यसभा के सभी सभासद हतप्रभ रह गये। राजा भार्गव का यह कथन सुन महाराज विक्रमाजित भी अपने सिंहासन से उठ खड़े हुए। तेजस्वी की

आँखें भी कौतुक से फटी जा रही थीं।

"महाराज, यह आप क्या कह रहे हैं? मेरे पिता का नाम चक्रसेन है, और वह बलिष्ठगढ़ के सेनापति हैं।" उसी समय राज्यसभा में खड़े तेजस्वी ने राजा भार्गव से प्रश्न किया।

"बताता हूँ पुत्र! महाराज स्मरण करें, आज से सत्रह वर्ष पूर्व आपको एक पुत्र की प्राप्ति हुई थी, परन्तु महर्षि शंकराचार्य के श्राप के कारण आपको उसका त्याग करना पड़ा था।"

"यह आप क्या प्रलाप कर रहे हैं, भार्गव! मुझे तो ऐसा कुछ भी याद नहीं।" विदर्भराज को भार्गव की बात कुछ अटपटी सी लगी।

तभी वीरसेन अपने आसन से उठ खड़े हुए, उन्होंने विक्रमाजित से विनती की। "राजा भार्गव उचित कह रहे हैं महाराज! आप इस बालक को एक बार स्पर्श कर लें, आपको सारी बातें समझ आ जायेंगी।"

वीरसेन के आग्रह पर विदर्भराज उठे और तेजस्वी की ओर बढ़ने लगे। शीघ्र ही वह उसके पास आये और उसके कंधे को स्पर्श किया। परिणाम शीघ्र ही सामने आया। विक्रमाजित को तेज झटका लगा और वह भूमि पर गिर पड़े। तेजस्वी ने उन्हें थामने का प्रयत्न किया, किन्तु विफल रहा। कदाचित् रक्त, रक्त को पुकार रहा था।

"मैं जानता हूँ आपकी स्मृति लौट रही है महाराज! यह आपका ही पुत्र है महाराज; इसका सामर्थ्य ही इसका परिचय है, जिसे आप देख ही चुके हैं। ऐसी शक्ति, ऐसा सामर्थ्य, आपके अंश के अतिरिक्त और हो भी किसमें सकता है।" भार्गव ने गर्वपूर्वक तेजस्वी का परिचय दिया।

"चित्रलेखा...!" महाराज विक्रमाजित चीख पड़े। कदाचित् उनकी स्मृतियाँ अत्यंत कष्टकारी थीं।

"यह सब क्या हो रहा है विदर्भनरेश को?" तेजस्वी चकित था।

विक्रमाजित ने शीघ्र ही स्वयं को सँभाल लिया। वह भूमि से उठे। उनके नेत्र अश्रुओं से भरे हुए थे।

"यह... यह सब क्या हो रहा है?" तेजस्वी विचलित हो उठा।

"मैं बताता हूँ पुत्र! अपना परिचय जानने के लिए सोलह वर्ष पूर्व हुई दुर्घटना के विषय में पूरी तरह से जानना होगा। हाँ यह सत्य है तेजस्वी, कि तुम

मेरे ही पुत्र हो, क्योंकि तुम्हें स्पर्श करने के उपरान्त ही मेरी स्मृतियाँ लौटनी थीं। आज मैं तुम्हें वह कथा सुनाना चाहता हूँ, जिसका जानना तुम्हारे लिए अति आवश्यक है; तुम स्वयं का वास्तविक परिचय जान पाओगे।''

''आज से अट्ठारह वर्ष पूर्व बलिष्ठगढ़ पर राजा भार्गव का नहीं, अपितु इनके बड़े भाई राजा सूचिपद का राज था। उन्होंने अपनी पुत्री चित्रलेखा के विवाह के लिए बलिष्ठगढ़ में एक भव्य स्वयंवर का आयोजन किया था। उनके राज्य के कुलगुरु महर्षि शंकराचार्य एक सिद्ध ब्राह्मण और एक अनन्य योद्धा भी थे, जो राजा सूचिपद की पुत्री चित्रलेखा को अपनी पुत्री समान मानते थे।''

कहते-कहते विदर्भराज विक्रमाजित अपनी रानी चित्रलेखा का स्मरण करते हुए अपने अतीत की स्मृतियों में चले गये। जीवन का वह भाग स्पष्ट रूप से उनके मन के नेत्रों में प्रदर्शित होने लगा।

राजा सूचिपद ने स्वयंवर के लिए एक भव्य समारोह का आयोजन किया था। सम्पूर्ण पृथ्वीलोक से अनेक राजा और राजकुमार बलिष्ठगढ़ की राजकुमारी चित्रलेखा के स्वयंवर में पधारे थे। चित्रलेखा का सौन्दर्य अद्भुत था। उसके सौन्दर्य का विवरण सुनकर सभा में उपस्थित सभी राजा एवं राजकुमार स्वयं को दूसरे से श्रेष्ठ सिद्ध करने को तत्पर थे।

२

श्रापित तेजस्वी

राजा सूचिपद अपने सिंहासन से उठे, और घोषणा की -

"सभाजनों, मैं चाहता हूँ कि मेरी पुत्री चित्रलेखा उस वीर से विवाह करे जो इस आर्यावर्त का सर्वश्रेष्ठ वीर हो। इस स्वयंवर की केवल एक ही शर्त है, रक्षजाति के असुर त्रिकालभैरव को पराजित कर उसका वध करना।"

सभी राजा हतप्रभ रह गये। त्रिकाल और उसकी सेना से युद्ध करना अत्यंत दुष्कर कार्य था। वल्लभगढ़ के राजा अम्बरीश को क्रोध आ गया।

"महाराज, आप यहाँ स्वयंवर का आयोजन कर रहे हैं या मृत्यु का कोई खेल खेल रहे हैं! त्रिकालभैरव एक असुर है, और असुर पृथ्वीलोक में नहीं पाताललोक में वास करते हैं। न हम मायावी हैं, न हममें कोई दिव्य शक्ति है; हम भला वहाँ कैसे पहुँचेंगे?"

"मैं आपको बताता हूँ, राजा अम्बरीश!" यह स्वर किसी और का नहीं, बलिष्ठगढ़ के कुलगुरु शंकराचार्य का था। राज्यसभा में उनके प्रवेश करते ही उनकी जय-जयकार के नारे लगने लगे।

"राजा अम्बरीश! आप यदि त्रिकालभैरव का वध करने का वचन देते हैं, तो मैं आपको वहाँ पहुँचाने का प्रबन्ध कर दूँगा।"

"अरे... यह क्या हास्य-विनोद की बात है। भला ऐसी शर्त रखी ही क्यों महाराज सूचिपद ने, जो हमें सीधा मृत्यु के मुख में ले जाये?"

"राजकुमारी चित्रलेखा अट्ठारह वर्ष की आयु पूर्ण कर चुकी है, और यदि स्वयंवर की इस शर्त को कोई पूरा न कर पाया, तो त्रिकालभैरव आ पहुँचेगा राजकुमारी का हरण कर इनसे विवाह करने।"

"उस असुर को रोकने का सामर्थ्य आप स्वयं रखते हैं, ऋषिवर, फिर यह शर्त क्यों?"

"क्या विवाह के उपरान्त भी उसकी रक्षा मैं करूँगा? राजकुमारी चित्रलेखा ने बालपन से मेरी सेवा की है, इसलिए वह मुझे मेरी पुत्री समान प्रिय है; क्या विवाह के उपरान्त मैं सदैव उसके रक्षण के लिए उपस्थित रहूँगा? यह तो सम्भव नहीं है, इसलिए हम चाहते हैं कि चित्रलेखा का वर ऐसा हो जो समस्त आर्यावर्त में श्रेष्ठ हो; जो त्रिकालभैरव के संकट को ही समाप्त कर दे।"

"यदि ऐसा है, तो मैं इस चुनौती को स्वीकार करता हूँ, ऋषिवर!" विदर्भ के युवराज विक्रमाजित अपने आसन से उठ खड़े हुए। उनका साहस देख सभाजन हतप्रभ रह गये।

"कदापि नहीं; सर्वप्रथम मैं जाऊँगा उस असुर त्रिकालभैरव से युद्ध करने।" राजा अम्बरीश उत्तेजित होते हुए बोले।

"यदि आपकी यही इच्छा है, तो सर्वप्रथम मैं आपको अवसर देता हूँ महाराज अम्बरीश! मैं आपको यह भी बता दूँ कि त्रिकालभैरव पृथ्वीलोक पर ही है, और इस समय अपनी सेना लिए बलिष्ठगढ़ की ओर बढ़ रहा है।" महर्षि शंकराचार्य ने राजा अम्बरीश को सजग करते हुए बोला।

"यदि ऐसा है, तो मैं और मेरी सेना अभी धावा बोलेगी उस असुर की सेना पर।"

"अवश्य महाराज अम्बरीश! आपका साहस अतुल्य है, जाइये और बलिष्ठगढ़ की सेना को भी अपने साथ ले जाइये, और युद्ध कीजिये उस त्रिकालभैरव से।" राजा सूचिपद ने प्रशंसनीय स्वर में राजा अम्बरीश से कहा।

"तो फिर प्रस्थान की आज्ञा चाहूँगा महाराज।" राजा अम्बरीश निकल पड़े त्रिकालभैरव का सामना करने।

उनके जाने के उपरान्त महर्षि शंकराचार्य युवराज विक्रमाजित की ओर

मुड़े और कहा।

“युवराज विक्रमाजित! आपका सामर्थ्य किसी से छुपा नहीं है; आप असुरों के परमशत्रु राज्य विदर्भ के युवराज हैं, आप चाहें तो अकेले ही त्रिकालभैरव और उसकी सेना को परास्त कर सकतें हैं! मेरी आपसे विनती है कि आप जायें और राजा अम्बरीश के प्राणों की रक्षा करें।”

“जैसी आपकी आज्ञा, ऋषिवर! राजा अम्बरीश युद्ध में तो मेरी सहायता स्वीकार नहीं करेंगे, किन्तु जब उनके प्राणों पर बनेगी, तब मैं शस्त्र अवश्य उठाऊँगा। आज्ञा दीजिये!” कुलगुरु शंकराचार्य से आज्ञा पाकर युवराज विक्रमाजित भी रणक्षेत्र की ओर प्रस्थान कर गये।

* * *

इधर त्रिकालभैरव अपनी सेना लिए बलिष्ठगढ़ की ओर बढ़ा चला जा रहा था। मार्ग में उसने एक विशाल सेना को अपनी ओर आते हुए देखा। इतने में उसका एक सैनिक उस तक सूचना लेकर पहुँचा।

“महामहिम, बलिष्ठगढ़ की सेना लिए कोई युवा हमारी ओर ही आ रहा है।” यह सूचना पाकर त्रिकाल का क्रोध सातवें आसमान को पार कर गया।

“हमने तो अपनी सेना सूचिपद को भयभीत करने के लिए साथ ली थी, किन्तु यदि वह युद्ध चाहता है तो यही सही; अब बलिष्ठगढ़ को मिट्टी में मिलाकर ही मैं चित्रलेखा से विवाह करूँगा।”

राजा अम्बरीश सेना सहित त्रिकालभैरव के समक्ष आ खड़े हुए।

“कौन हो तुम? और यह अदना-सी सेना लेकर तुम कहीं मुझसे युद्ध करने तो नहीं आये हो?” त्रिकाल ने हँसकर अम्बरीश की ओर देखा।

“ठीक समझा तूने नीच असुर! तेरा वध कर चित्रलेखा को प्राप्त करना ही मेरा उद्देश्य है।”

“चित्रलेखा सिर्फ मेरी है मूर्ख युवक; कदाचित् तेरा अपने जीवन के प्रति मोह समाप्त हो गया है। चित्रलेखा का नाम अपनी जिह्वा से लेकर तूने महा भूल की है; इसका दण्ड तुझे मैं शव में परिवर्तित करके दूँगा; सेनापति

रणबिगुल बजा दो।''

दोनों सेनाओं में घमासान युद्ध छिड़ गया। रक्षसेना सागर के समान विशाल प्रतीत हो रही थी। बलिष्ठगढ़ की सेना का मनोबल गिरता चला जा रहा था। शीघ्र ही अम्बरीश और त्रिकालभैरव का आमना-सामना हुआ। त्रिकाल ने गदा फेंककर अम्बरीश का रथ छिन्न-भिन्न कर दिया, और गँड़ासा लेकर उनकी ओर बढ़ चला। अम्बरीश ने भी अपनी तलवार खींची और उठ खड़े हुए त्रिकाल से टकराने। पर दो पल भी वह त्रिकाल के समक्ष न टिक पाये। शीघ्र ही वह निहत्थे होकर भूमि पर पड़े थे।

अब अम्बरीश का जीवन त्रिकाल के गँड़ासे पर टिका था। किन्तु, इससे पूर्व कि उसका अस्त्र अम्बरीश की गर्दन काट पाता, एक बाण अद्भुत वेग से आकर उसके गँड़ासे से टकराया और उसे निःशस्त्र कर दिया। यह बाण किसी और ने नहीं, युवराज विक्रमाजित ने चलाया था। त्रिकालभैरव उन्हें देखते ही पहचान गया।

''विक्रमाजित, तुम बार-बार हम असुरों के मार्ग में बाधा क्यों उत्पन्न करते हो? मैं चित्रलेखा से प्रेम करता हूँ, इसलिए उसे पाने के लिए यहाँ आया हूँ, हट जाओ मेरे मार्ग से।''

''यदि प्रेम करते, तो चित्रलेखा का हृदय जीतने का प्रयत्न करते; यूँ सेना लेकर उसके पिता और बलिष्ठगढ़ की प्रजा को भयभीत नहीं करते। मैं तुम्हें अन्तिम चेतावनी देता हूँ; अपनी वासना की भूख शान्त करो और लौट जाओ, अन्यथा तुम्हारा वध मेरे हाथों निश्चित है।''

''पहले मुझे यह बताओ की तुम मेरे मार्ग में बाधा बनकर क्यों खड़े हो?''

''राजा सूचिपद ने अपनी पुत्री चित्रलेखा का स्वयंवर रचा है, जिसकी केवल एक ही शर्त है, तुम्हारा वध!''

''ओह! तो यह बात है। खुद वासना में लिप्त होकर मुझसे युद्ध करने चले आये, और मुझ पर वासना में लिप्त होने का आरोप लगा रहे हो। चित्रलेखा केवल मेरी है; यदि मेरे मार्ग में कोई आया, तो उसकी मृत्यु मेरे हाथों होगी। सावधान विक्रमाजित...!''

त्रिकाल अपनी तलवार उठाकर विक्रमाजित की ओर दौड़ा। विक्रमाजित अपने अश्व से कूदे और निहत्थे ही त्रिकालभैरव की ओर दौड़े। उनकी उपस्थिति से बलिष्ठगढ़ की सेना का हौसला दुगना हो गया। असुर मेमनों की तरह कटने लगे।

त्रिकाल अपनी तलवार लेकर विक्रमाजित तक पहुँचता, इससे पूर्व ही विदर्भ के युवराज ने एक चट्टान उठाई और अपने प्रतिद्वंद्वी की ओर फेंकी। फलस्वरूप त्रिकालभैरव की तलवार छूटकर दूर जा गिरी। वह भूमि पर गिर पड़ा। विक्रमाजित और वह असुर एक दूसरे से द्वंद्व करने के लिए निःशस्त्र होकर तैयार थे।

दोनों एक दूसरे की ओर दौड़े और मल्लयुद्ध आरम्भ हुआ, किन्तु एक प्रहर में ही त्रिकालभैरव विक्रमाजित के घुटनों के नीचे था। उसकी गर्दन अपने घुटनों से दबाकर विक्रमाजित ने शीघ्र ही उसका वध कर दिया। अंतिम समय में उसके मुख से लहू की धारा बह उठी।

त्रिकालभैरव के निष्प्राण होते ही रक्षसेना में खलबली मच गयी। सागर के समान असुरों की सेना पलायन को विवश हो गयी। बलिष्ठगढ़ के सैनिकों ने विक्रमाजित की जयघोष के नारे लगाने शुरू कर दिये, परन्तु राजा अम्बरीश का मन ईर्ष्या से जल रहा था।

इधर बलिष्ठगढ़ के एक सैनिक ने राजदरबार में आकर राजा सूचिपद को यह शुभ सूचना दी।

"महाराज, युवराज विक्रमाजित ने त्रिकालभैरव का वध कर दिया है; बलिष्ठगढ़ की भूमि से एक बहुत बड़ा संकट टल गया है।"

थोड़ी देर में युवराज विक्रमाजित भी राजसभा में आ खड़े हुए।

"आपका बहुत-बहुत आभार युवराज! आप ही हैं इस स्वयंवर के वास्तविक विजेता... राजकुमारी चित्रलेखा को राजसभा में बुलाया जाये!" राजा सूचिपद ने आदेश दिया।

राजकुमारी चित्रलेखा ने जब राजसभा में वरमाला लिए प्रवेश किया, तो सारे राजा एवं राजकुमार उनका सौन्दर्य देख विक्रमाजित के प्रति ईर्ष्या से जल गये। विक्रमाजित स्वयं भी चित्रलेखा पर मोहित हुए जा रहे थे। शीघ्र ही चित्रलेखा विक्रमाजित के समक्ष आई और वरमाला उनके गले में डाल दी!

दोनों के जयघोष से दरबार गूँज उठा। शीघ्र ही एक भव्य समारोह में दोनों का विवाह सम्पन्न हुआ। सर्वप्रथम दोनों आशीर्वाद लेने महर्षि शंकराचार्य के पास पहुँचे और उनके चरण स्पर्श किये।

"सौभाग्यवती भव पुत्री। युवराज विक्रमाजित! चित्रलेखा ने बालपन से मेरी सेवा की है; यह मुझे पुत्री समान प्रिय है। अब इसकी रक्षा का उत्तरदायित्व आपका है, क्योंकि मुझे अब तपस्या के लिए प्रस्थान करना है।"

"आपकी आज्ञा शिरोधार्य है मुनिवर! चित्रलेखा अब मेरी अर्धांगिनी है; निःसंदेह इसका रक्षण मेरा उत्तरदायित्व है; आप निश्चिन्त रहें।" इसके पश्चात विक्रमाजित अपने राज्य विदर्भ की ओर प्रस्थान के लिए कूच कर गये।

* * *

विदर्भ पहुँचते ही प्रजा ने उनका भव्य स्वागत किया।

समय अपनी गति से चलता रहा, मगर विक्रमाजित और चित्रलेखा के लिए तो मानों एक वर्ष की अवधि कुछ क्षणों में बीत गयी हो। एक वर्ष बीतते-बीतते चित्रलेखा ने एक पुत्र को जन्म दिया। उस बालक के जन्म लेते ही उसके मुख से सूर्य-सा प्रकाश फूट रहा था। महर्षि कपिश ने उसके मुख के तेज को देख उसका नाम तेजस्वी रखा।

"युवराज विक्रमाजित, धनुर्विद्या एवं शस्त्रकला में यह आपके समान अद्वितीय होगा, और इसका सामर्थ्य ही इसका परिचय होगा! अब समय आ गया है कि बलिष्ठगढ़ की जनता भी इस राजकुमार के दर्शन प्राप्त करे; आखिर उनका भी इस बालक पर थोड़ा अधिकार है। इसलिए मेरा यह सुझाव है कि आप चित्रलेखा को लेकर उनके मायके जायें, इसी बहाने वह भी अपने परिवारजनों से मिल लेंगी; रही बात यहाँ की, तो राज्य की व्यवस्था देखने के लिए आपके पिता महाराज भभूति एवं आपके भाई वीरसेन और भानुसेन तो हैं ही।" महर्षि कपिश ने सुझाव दिया।

"कदाचित् आप उचित कह रहे हैं गुरुदेव! हम शीघ्र ही बलिष्ठगढ़ की ओर प्रस्थान करेंगे।" प्रस्थान की व्यवस्था पूर्ण होते ही विक्रमाजित चित्रलेखा को लेकर बलिष्ठगढ़ की ओर प्रस्थान कर गये।

विक्रमाजित के प्रस्थान की सूचना महर्षि कपिश को मिली तो वह अपने अश्व पर सवार हुए, और एक अंजान स्थान की ओर बढ़ चले। एक प्रहर की यात्रा करके वह एक गुफा के पास पहुँचे और उसमें प्रवेश कर गये। उस गुफा में पहुँचते ही उन्हें दो व्यक्ति अपने समक्ष नजर आये। यह कोई और नहीं रक्षराज मार्केश और वल्लभगढ़ के राजा अम्बरीश थे।

"हमारी योजना सफल हुई! महर्षि कपिश इस समय विदर्भ में उपस्थित नहीं हैं; इसलिए मैंने विक्रमाजित को छल करके बलिष्ठगढ़ की ओर भेज दिया है। अब हमारी योजना पर अमल करने का समय है, क्योंकि बलिष्ठगढ़ के कुलगुरु शंकराचार्य भी तपस्या के लिए इस समय वनों में भटक रहे हैं।" कहकर महर्षि कपिश का वेश धरे रक्षगुरु भैरवनाथ अपने असली रूप में आ गया।

"उचित कहा आपने गुरुदेव; हम विक्रमाजित को कदाचित् न मार पायें, किन्तु अब वह तिल-तिलकर स्वयं अपने प्राण त्याग देगा। जो पीड़ा अतीत में मैंने झेली थी, अब वह विक्रमाजित झेलेगा। राजा अम्बरीश, आपको हमारी योजना का स्मरण तो है न?" रक्षराज मार्केश ने अपनी किसी योजना के विषय में अम्बरीश से पूछा।

"हाँ महामहिम मार्केश; मेरा उद्देश्य चित्रलेखा को प्राप्त करना है, उसके लिए मैं कुछ भी कर सकता हूँ।" अम्बरीश भी मार्केश के कपट में सम्मिलित थे।

* * *

बलिष्ठगढ़ के राजमहल में सभा सजी हुई थी और राजा सूचिपद तथा सभा के अन्य सदस्य यथोचित आसनों पर विराजमान थे। जमाई तथा अतिथि के रूप में युवराज विक्रमाजित भी सभा में उपस्थित थे। सभा की कार्यवाही चल रही थी, तभी एक सैनिक ने सभा में प्रवेश किया तथा सूचना देने की आज्ञा माँगी। राजा सूचिपद से आज्ञा प्राप्त होने पर उसने सूचना दी- "विदर्भ का एक दूत राजसभा में प्रवेश की अनुमति माँग रहा है।"

"विदर्भराज तो हमारे समधी हैं, उनके दूत को अविलम्ब भेजो।" राजा सूचिपद ने अनुमति प्रदान करते हुए कहा। युवराज विक्रमाजित भी अपने पिता के दूत का संदेश जानने के लिए उत्सुक हो उठे।

"महाराज, मैं कुँवर विक्रमाजित के लिए एक महत्वपूर्ण संदेश लेकर आया हूँ।" दूत ने अपनी बात रखी।

"सन्देश सुनाया जाये।" विक्रमाजित ने आदेश दिया।

"युवराज! हमारे राज्य के गुप्तचरों ने हमें सूचित किया है कि त्रिकालभैरव का बड़ा भाई रक्षराज मार्केश अपनी विशाल सेना लिए, विदर्भ की ओर बढ़ रहा है।"

"ओह! परन्तु इसमें भला चिन्ता का क्या विषय है; मार्केश का सामना तो हमारे पिता महाराज भभूति पहले भी कर चुके हैं, और अब तो वीरसेन और भानुसेन भी वहाँ उनकी सहायता को उपस्थित हैं।"

"किन्तु युवराज, गुप्तचरों की सूचना के अनुसार, मार्केश ने ब्रह्मदेव की तपस्या कर यह वरदान प्राप्त कर लिया है कि उसकी मृत्यु संसार के किसी अस्त्र से सम्भव नहीं है; वह और भी न जाने किन शक्तियों को लेकर लौटा है, इसका हम अनुमान भी नहीं लगा सकते।" दूत ने अपना संदेश पूर्ण किया।

"कुँवर विक्रमाजित, यदि इस दूत का संदेश सत्य है, तो आपको तत्काल ही विदर्भ की ओर प्रस्थान करना चाहिये; आपके पुत्र और चित्रलेखा का ध्यान हम रखेंगे।" महाराज सूचिपद ने विक्रमाजित को परामर्श दिया।

"आपका आभार महाराज! इससे पूर्व कि मार्केश हमारी सीमा में प्रवेश करे, हमें विदर्भ पहुँचना होगा, आज्ञा दीजिये।"

न रथ लिया, न कोई दास... युवराज विक्रमाजित तत्काल ही अपने अश्व पर सवार हुए और दूत के साथ विदर्भ की ओर चल पड़े।

* * *

रक्षसेना का नेतृत्व कर रहे, रक्षराज मार्केश की ओर एक बाज उड़ता हुआ आया और आकर उसके कंधे पर बैठ गया। मार्केश ने उसे अपने सामने रखी शिला पर बैठा दिया और ध्यानपूर्वक उसकी गुप्त भाषा में दी जा रही सूचना को समझने लगा।

"योजना को फलीभूत करने का समय आ गया है। महर्षि शंकराचार्य भी

अभी बलिष्ठगढ़ में उपस्थित नहीं हैं; मैं आपको एक लाख आसुरी सेना प्रदान करता हूँ, अम्बरीश। जाइये, और विक्रमाजित की ससुराल, बलिष्ठगढ़ पर आक्रमण कीजिये और चित्रलेखा को प्राप्त करने की अपनी इच्छा पूर्ण कर लीजिये। विक्रमाजित अकेला ही विदर्भ की ओर आ रहा है; मैं उसे विदर्भ में ही तब तक रोके रखूँगा जब तक आप बलिष्ठगढ़ पर विजय प्राप्त नहीं कर लेते।'' रक्षराज मार्केश ने अम्बरीश को आज्ञा देते हुए कहा।

* * *

इस षड्यंत्र से अनभिज्ञ विदर्भ के योद्धा रणभूमि में आ पहुँचे। राजा भभूति और उनके पुत्र कुमार वीरसेन और भानुसेन रक्षराज का सामना करने के लिए शस्त्रों से सुसज्जित खड़े थे। रक्षसेना का नेतृत्व करता हुआ मार्केश तीव्रता से अपनी सेना लिए हुए विदर्भ आ पहुँचा। दोनों सेनाएँ एक दूसरे के समक्ष युद्ध को तत्पर थीं। आक्रमण का आदेश पाते ही संग्राम छिड़ गया।

राजा भभूति और भानुसेन रक्षसेना का नाश कर रहे थे और वीरसेन रक्षराज तक पहुँचने का प्रयास कर रहे थे। तभी उन्होंने महसूस किया कि रक्षसेना की संख्या कम है। जितनी संख्या की सूचना गुप्तचरों से मिली थी उसके लगभग आधी ही युद्ध कर रही है। आधा प्रहर बीतते-बीतते वीरसेन की यह शंका सही साबित हुई, जब विदर्भ का एक सैनिक आपातकालीन सूचना लेकर युद्धभूमि में वीरसेन तक पहुँच गया।

''कुँवर वीरसेन! युवराज विक्रमाजित दो प्रहर पहले विदर्भ पहुँचने के लिए बलिष्ठगढ़ से निकल चुके हैं और युद्धक्षेत्र में पहुँचने ही वाले हैं; मैं विदर्भ और बलिष्ठगढ़ की सीमा पर तैनात हूँ। बलिष्ठगढ़ के सीमा सैनिकों को उनके गुप्तचरों ने सूचना भेजी है कि राजा अम्बरीश एक लाख सेना लेकर बलिष्ठगढ़ राज्य पर आक्रमण करने वाला है। यदि इतनी विशाल सेना का आक्रमण बलिष्ठगढ़ पर हुआ तो बलिष्ठगढ़ की सेना उनका सामना नहीं कर पायेगी। बलिष्ठगढ़ के सीमा सैनिक यह सूचना अपने सेनापति तक पहुँचाने गये हैं साथ ही यह सूचना मुझे आप तक पहुँचाने के लिए आदेश दिया गया है जिससे इस षड्यंत्र की जानकारी विदर्भ को भी हो जाए।''

''ओह! तो यह है राजा अम्बरीश और मार्केश की योजना। हमारे ज्येष्ठ

भ्राता का सामना करने का उनमें सामर्थ्य नहीं, इसलिए उनके परिवार को हानि पहुँचाकर उन्हें भीतर से तोड़ना चाहते हैं। कोई बात नहीं; भ्राताश्री के यहाँ पहुँचने से पूर्व ही मैं मार्केश का वध कर दूँगा, और ज्येष्ठ के आते ही उन्हें बलिष्ठगढ़ की ओर भेज दूँगा। सैनिक! तुम अविलम्ब जाओ और यह बात बलिष्ठगढ़ के सीमा सैनिकों तक पहुँचा दो, जिससे आगे वह महाराज सूचिपद को यह सूचना भेज सकें।'' आज्ञा पाते ही सैनिक तत्पर होकर प्रस्थान कर गया।

वीरसेन ने मार्केश को खोजने की गति और तीव्र की। शीघ्र ही रक्षराज मार्केश उनके सामने था।

''मार्केश, साधारण सैनिकों का वध करके कदाचित् तुम स्वयं को अनन्य योद्धा समझ रहे हो; मुझसे युद्ध करो, तुम्हारा अभिमान चूर-चूर हो जायेगा।''

''तुमसे तो मुझे युद्ध करने की आवश्यकता ही नहीं पड़ेगी वीरसेन! तुम प्रथम बार मुझसे द्वंद्व के लिए प्रस्तुत हुए हो, इसलिए तुम्हें मेरे सामर्थ्य का भान नहीं है। चलाओ अपने बाण, और यदि कर सको तो मेरा वध करो।'' मार्केश ठहाके मारकर हँस पड़ा।

वीरसेन ने अपने बाणों की वर्षा प्रारम्भ की। रक्षराज ने धनुष को स्पर्श तक नहीं किया। वह ठहाके मारता रहा एवं वीरसेन के सभी अस्त्र उसके कवच में समा गये। यह देख वीरसेन अपने रथ से कूदे और तलवार उठाकर मार्केश की ओर बढ़े। रक्षराज ने भी खड्ग उठाया और वीरसेन से युद्ध करने के लिए रथ से कूद पड़ा। एक प्रहर तक दोनों में द्वंद्व चलता रहा, परन्तु पराजित कोई नहीं हुआ।

इधर बलिष्ठगढ़ में जब राजा सूचिपद को रक्षों की विशाल सेना के द्वारा आक्रमण की सूचना मिली, जिसका नेतृत्व अम्बरीश कर रहे हैं तो वह चिन्तित हो उठे, क्योंकि महर्षि शंकराचार्य भी वहाँ उपस्थित नहीं थे, और विक्रमाजित को भी उन्होंने विदर्भ भेज दिया था। फिर भी उन्होंने सेनापति चक्रसेन को सेना तैयार करने का आदेश दिया।

राजा अम्बरीश अपनी सेना लिए रणभूमि में आ पहुँचे। राजा सूचिपद, उनके भाई भार्गव एवं सेनापति चक्रसेन भी अपनी सेना लेकर रणक्षेत्र की ओर प्रस्थान कर गये।

* * *

"राजा अम्बरीश, कुँवर विक्रमाजित के प्रति आपकी ईर्ष्या को हम समझ सकते हैं, किन्तु रक्षों की सेना के साथ यहाँ आने के लिए क्या यही कारण पर्याप्त था अथवा आपका कुछ और गुप्त प्रयोजन है?" एक प्रहर से भी कम समय में राजा सूचिपद अपनी सेना लेकर बलिष्ठगढ़ की उत्तरी सीमा पर स्थित रणक्षेत्र में पहुँच चुके थे और दोनों सेनाएँ आमने-सामने सज गई थीं। युद्ध के नियम का पालन करते हुए महाराजा सूचिपद और राजा अम्बरीश युद्ध से पूर्व संवाद-दल के साथ आमने सामने थे।

"मेरा मंतव्य केवल चित्रलेखा को पाना है, महाराज सूचिपद! मैं जानता हूँ कि विक्रमाजित यहाँ उपस्थित नहीं है, इसलिए मैं तुम्हें और तुम्हारी सेना को कुचलकर चित्रलेखा को अपने साथ ले जाऊँगा।"

"नीच, एक विवाहिता का हरण करने की मंशा रखता है! तू क्या समझता है, रक्षों के बल पर तू हमारी पुत्री को ले जायेगा और हम देखते रहेंगे। पापी, आज मैं तेरा अंत करके तेरी वासना की भूख मिटा दूँगा।" इस दो टूक संवाद से झुंझलाकर महाराज सूचिपद ने आगे कोई वार्ता आवश्यक न समझी और संवाद-दल को वापसी का निर्देश दे दिया, और संवाद-दल में उपस्थित सेनापति को आक्रमण का निर्देश देने लगे।

अम्बरीश की सेना की ओर से विलम्ब न करते हुए युद्ध आरम्भ करने का प्रतीक युद्ध-बिगुल बजा दिया गया; कदाचित अम्बरीश को विक्रमाजित के वापस बलिष्ठगढ़ आ जाने का भय रहा होगा। राजा सूचिपद ने भी आक्रमण का आदेश दे दिया। आदेश पाते ही दोनों सेनाओं में युद्ध आरम्भ में हो गया, और युद्ध के शुरू होते ही रक्ष सैनिकों के संख्याबल का प्रभाव दिखने लगा।

* * *

विदर्भ में चल रहे भीषण युद्ध में अंततः रक्षराज मार्केश वीरसेन पर हावी होता जा रहा था। युवराज वीरसेन निहत्थे ही मार्केश के वारों से बचने का प्रयास कर रहे थे। परन्तु इससे पहले कि मार्केश का कोई प्रहार वीरसेन के

लिए अंतिम प्रहार साबित होता, विक्रमाजित रणभूमि में आ पहुँचे और उनके बाणों की वर्षा ने रक्षराज का अस्त्र गिरा दिया, और इससे पहले कि मार्केश को सोचने का कुछ समय मिल पाता, विक्रमाजित ने उसे पाशास्त्र से बाँध दिया। रक्षराज भूमि पर गिर पड़ा। विदर्भ सेना की विजयघोष से रणक्षेत्र गुंजायमान होने लगा और रक्षराज की स्थिति देखकर रक्ष सेना का मनोबल टूट गया और रक्ष सैनिक अपनी जान बचाने के लिए रणक्षेत्र से पलायन करने लगे।

विक्रमाजित अपने अश्व से उतरकर मार्केश के पास आये। "मैंने सुना है कि तुम्हारी मृत्यु संसार के किसी शस्त्रास्त्र से नहीं हो सकती; किन्तु स्मरण रहे, मैं तुम्हारे जीवन को मृत्यु से भी अधिक पीड़ादायक बना सकता हूँ।" विक्रमाजित ने मार्केश को चेताते हुए कहा।

"मेरे भाई त्रिकाल की मृत्यु मैं भूला नहीं हूँ, विक्रमाजित! मेरे गुरुदेव मुझे देर-सवेर छुड़ा ही लेंगे; जीवन तो तुम्हारा नर्क बनने वाला है। मेरी सेना अवश्य पलायन कर रही हो, परन्तु अब तक में मेरी आधी से अधिक रक्ष सेना बलिष्ठगढ़ पर आक्रमण कर चुकी होगी और अब तुम अपने परिवार को काल के गाल में जा चुका समझो।" अट्टहास करते हुए मार्केश ने विक्रमाजित का उपहास किया।

"यह सत्य कह रहा है, भ्राताश्री! मुझे सूचना मिल चुकी है कि राजा अम्बरीश के नेतृत्व में लगभग एक लाख सेना बलिष्ठगढ़ की ओर गयी है, और कदाचित् अब तक तो वहाँ युद्ध भी शुरू हो गया होगा।" चिन्तित वीरसेन ने विक्रमाजित से कहा।

"मार्केशे... मैं तुम्हारा वध कर दूँगा!" तड़पकर विक्रमाजित ने मार्केश की गर्दन पकड़ ली।

"आप जाइये भ्राताश्री, शीघ्र जाइये; रक्षराज मार्केश आपके बंधनों से मुक्त नहीं हो पायेगा; आप भाभीश्री और युवराज तेजस्वी की रक्षा कीजिये।"

वीरसेन के आग्रह पर विक्रमाजित अपने त्वरित गति वाले अश्व पर सवार हुए और तत्काल ही बलिष्ठगढ़ की ओर निकल पड़े।

* * *

बलिष्ठगढ़ के रणक्षेत्र में दो प्रहर तक युद्ध होता रहा। राजा सूचिपद शीघ्र ही अम्बरीश के सामने आ खड़े हुए। भाला फेंककर अम्बरीश ने सूचिपद को रथ से गिरा दिया। तत्पश्चात दोनों ने अपने खड्ग खींचे और द्वंद्व के लिए एक दूसरे पर टूट पड़े। अम्बरीश की ईर्ष्या और वासना का बल सूचिपद के आत्मसम्मान के बल पर भारी पड़ने लगा। शीघ्र ही वे निःशस्त्र हो गये और इससे पहले कि राजा सूचिपद कुछ सोच पाते, अम्बरीश की तलवार उनके उदर के आर-पार हो गयी। वह भूमि पर गिर पड़े।

अपने राजा की मृत्यु से बलिष्ठगढ़ की सेना में खलबली मच गयी। रक्षसेना उन पर भारी पड़ती गयी और देखते ही देखते असुरों की शक्ति के बल पर राजा सूचिपद के भाई भार्गव और सेनापति चक्रसेन बन्दी बना लिए गये। विजय के उन्माद में अम्बरीश सीधा बलिष्ठगढ़ के राजमहल में प्रवेश कर गया और जो सामने आया उसके रक्त से अपनी तलवार को नहलाता गया।

* * *

रनिवास में दासी दौड़ती हुई चित्रलेखा के पास आयी। ''राजकुमारी, हम युद्ध में पराजित हो चुके हैं; महाराज सूचिपद वीरगति को प्राप्त हुए हैं, और वह नीच अम्बरीश आपको प्राप्त करने की मंशा से राजमहल में घुसा चला आ रहा है।''

अपने पिता की मृत्यु का समाचार सुनकर चित्रलेखा भूमि पर बैठ गईं। उसके नेत्रों से अश्रुधाराएँ बह उठीं, किन्तु अगले ही पल अश्रु की धाराएँ मानो ज्वाला में परिवर्तित हो गई हों। उसने म्यान से तलवार खींच ली।

''उस अम्बरीश को शीघ्र ही पता चल जायेगा कि उसका सामना किसी अबला नारी से नहीं, राजकुमारी चित्रलेखा से है। हम लड़ते-लड़ते वीरगति को प्राप्त ही क्यूँ न हो जायें, परन्तु वह हमें स्पर्श तक नहीं कर पायेगा।''

तभी भार्गव की पत्नी वसुंधरा वहाँ आ पहुँचीं, और उन्होंने चित्रलेखा को रोका।

''नहीं पुत्री, तुम्हारा और तुम्हारे पुत्र का जीवन किसी और की धरोहर है; तुम्हारे पुत्र के लिए तुम्हारा जीवन अति आवश्यक है। अपने वस्त्र मुझे दो, और तुम पीछे के द्वार से प्रस्थान कर जाओ।''

''नहीं काकीश्री! हमारी वजह से हमारे पिता, सहस्त्र सैनिक एवं न जाने

कितने अन्य लोग बलिदान दे चुके हैं; हम आपका बलिदान नहीं ले सकते, आप हमारी माता समान हैं।''

''यदि तुम मुझे अपनी माता समान मानती हो, तो तुम्हें मेरी सौगन्ध है पुत्री... चली जाओ यहाँ से और अपने सम्मान एवं पुत्र की रक्षा करो।''

''किन्तु माता...!''

''जाओ पुत्री।''

दोनों ने एक दूसरे को हृदय से लगाया और आँखों में आँसू लिए चित्रलेखा अपने पुत्र तेजस्वी को लेकर पीछे के द्वार से चल पड़ी। रानी वसुंधरा ने चित्रलेखा के वस्त्र धारण किए और महल की ओर आते अम्बरीश के समक्ष अपनी छाया दिखाने लगीं। अम्बरीश ने उनका पीछा करना आरम्भ किया। इतना समय पर्याप्त था कुमारी चित्रलेखा को महल से निकलने के लिए। रानी वसुंधरा ने जब देखा कि आगे भागने का कोई मार्ग नहीं है तो पलटकर स्वयं को अम्बरीश के सामने प्रकट कर दिया। अम्बरीश वसुंधरा को देख आग-बबूला हो गया। उसने रानी वसुंधरा के बाल खींचे

''बता कहाँ है मेरी चित्रलेखा?''

''नीच! अधर्मी! वह एक पतिव्रता स्त्री है, तेरे हाथ कभी नहीं आयेगी; चाहें मेरे प्राण क्यों न चले जायें, मैं तुझे उसकी सूचना कभी नहीं दूँगी।''

तभी अम्बरीश को एक बालक दौड़कर आता हुआ दिखाई दिया। अम्बरीश के मुख पर शैतानियत भरी मुस्कराहट आ गयी।

''सूचना देने वाले मुझे बहुत मिल जायेंगे।'' इतना कहते ही अम्बरीश ने रानी वसुंधरा का पेट तलवार से चीर दिया।

''माँ ...।'' चीखता हुआ वसुंधरा का पुत्र उनकी ओर दौड़ा।

''ओह! तो ये तुम्हारा पुत्र है मूर्ख स्त्री! भूल हो गयी मुझसे; बेकार में ही तुम्हारे प्राण ले लिए मैंने; लेकिन यदि तुमने मुझे चित्रलेखा का पता नहीं बताया तो तुम्हारे पुत्र के प्राण अवश्य जायेंगे।'' अम्बरीश ने उस बालक को पकड़ लिया और तलवार उसकी गर्दन पर रख दी।

''नहीं... मैं तुमसे विनती करती हूँ, मेरे पुत्र को छोड़ दो।'' वसुंधरा अपने पुत्र प्रेम में विवश हो गयीं।

"मेरी तुझसे कोई निजी शत्रुता नहीं है; मुझे केवल चित्रलेखा तक पहुँचना है। यदि तुमने मेरी सहायता नहीं की, तो मुझे विवश होकर इस बालक का वध करना ही पड़ेगा।" अम्बरीश के सर पर खून सवार था।

"न... नहीं, मैं बताती हूँ... चित्र... लेखा अपने... कक्ष... में बने गुप्त... द्वार से वनों की ओर... महर्षि... शंकराचार्य... से सहायता प्राप्त करने के लिए गयी है।" वसुंधरा अपने पुत्र मोह में सब कुछ कह गयी।

* * *

बलिष्ठगढ़ की रणभूमि में जब विक्रमाजित ने प्रवेश किया तो उन्हें शवों के ढेर के अतिरिक्त और कुछ न मिला। विक्रमाजित एकबारगी हताश हो गये परन्तु अगले ही क्षण चित्रलेखा का विचार आते ही अपने अश्व को तेजी से बलिष्ठगढ़ की ओर बढ़ाया। रक्ष सैनिकों ने बलिष्ठगढ़ राज्य को अपने कब्जे में ले लिया था और प्रत्येक मार्ग पर रक्ष सैनिक ही दिख रहे थे। अगर कहीं बलिष्ठगढ़ के सैनिक नज़र भी आते थे तो वह बन्दी अवस्था में थे। मगर विक्रमाजित को आश्चर्य भी हो रहा था कि कोई रक्षसैनिक उन्हें रोकने की कोशिश नहीं कर रहा था। बिना किसी विघ्न के विक्रमाजित कुछ देर में ही बलिष्ठगढ़ के महल की सीमा में पहुँच गये। वहाँ उनके लिए हृदयविदारक दृश्य उपस्थित था। राजा सूचिपद मृत अवस्था में दिखे एवं उनके भाई भार्गव और बलिष्ठगढ़ के सेनापति चक्रसेन बन्दी बने हुए थे। उनके प्राण असुरों के भालों की नोक पे टिके हुए थे।

विक्रमाजित की आँखों में क्रोध और निराशा का मिला-जुला संगम प्रतीत हो रहा था। मन चित्रलेखा और तेजस्वी के लिए व्याकुल हो रहा था। चारों तरफ रक्ष सैनिक फैले हुए थे। इतने में रक्ष सेनापति ने कोई गुप्त संकेत किया और रक्ष सैनिकों ने उन पर धावा बोल दिया। सहस्त्रों की संख्या में रक्षसेना विक्रमाजित की ओर बढ़ी चली आ रही थी। विक्रमाजित चित्रलेखा की चिन्ता से व्यथित थे। वे अपने अश्व से नीचे उतरे, किन्तु शर संधान के लिए वह धनुष पर पकड़ भी नहीं बना पा रहे थे। यह देख राजा सूचिपद के सेनापति चक्रसेन ने उन्हें प्रेरित करने का प्रयास किया।

"आपकी पत्नी और पुत्र अभी जीवित हैं युवराज! अम्बरीश अभी कुछ देर पहले ही महल में गया है। नाश कर दीजिए अपने दिव्यास्त्रों से रक्षसेना का

और रक्षा कीजिए कुमारी चित्रलेखा की।''

सेनापति चक्रसेन के वचनों ने विक्रमाजित की भुजाओं में इतनी शक्ति भर दी कि उन्होंने भूमि पर बैठकर अपने सबसे भीषण अस्त्र, आग्नेयास्त्र का आह्वान कर दिया। आकाश में बिजली कड़कने लगी। रक्ष सेना भयभीत होने लगी; उसके कदम ठिठक गये। अग्नेयास्त्र का प्रयोग होते ही रक्षसेना में भगदड़ मच गयी। आकाश से भीषण बिजलियाँ गिरने लगीं ज़ो रक्षसेना को भस्म करती गयीं। कुछ पलों के अन्दर ही स्थिति बदल चुकी थी। जहाँ-जहाँ कुछ पलों पूर्व रक्ष सैनिक खड़े थे वहाँ अब भस्म के अतिरिक्त कुछ न था। कुछ रक्षसैनिक, जो महल के अन्दर तैनात थे और जो कुछ अम्बरीश के साथ गये थे, वही सुरक्षित रह पाये, शेष विक्रमाजित की क्रोधाग्नि से भस्म हो गये। ऐसा भीषण प्रहार देखकर सेनापति चक्रसेन भी अचंभित रह गये। नगर में फैले सैनिक, जो विजय उन्माद से आनन्दित थे उनमें भगदड़ मच गई और सब अपने प्राण बचाकर भाग निकले।

विक्रमाजित तुरन्त राजा भार्गव और चक्रसेन के पास पहँचे और उनको बंधनों से मुक्त करने लगे। तभी एक दासी भागती हुई वहाँ आयी और उसने सूचना दी।

''युवराज विक्रमाजित, कुमारी चित्रलेखा वनों में महर्षि शंकराचार्य से सहायता की आशा लेकर गयी हैं। राजा अम्बरीश को इस विषय में पता चल गया है। वह कुछ रक्षकों के साथ उनके पीछे गये हैं।'' विक्रमाजित तत्काल ही अपने अश्व पर सवार हुए और वनों की ओर निकल पड़े।

भार्गव और चक्रसेन ने अपने अन्य सैनिकों को मुक्त किया जिन्होंने महल में बच गये रक्ष सैनिकों को समाप्त कर दिया और महल को अपने कब्जे में ले लिया। स्थिति नियंत्रित होते ही भार्गव और चक्रसेन भी अपने-अपने अश्वों पर आरूढ़ होकर विक्रमाजित के पीछे चल दिये।

* * *

चित्रलेखा अपने पुत्र तेजस्वी को लिए हुए घने वनों की ओर दौड़ी चली जा रही थीं। शीघ्र से शीघ्र महर्षि शंकराचार्य तक पहुँचने की आस ने उनकें

क़दमों को थकावट का एहसास ही नहीं होने दिया। सूर्य अस्त हो चुका था और वातावरण अंधकार से भरने लगा था। तभी उन्हें पीछे से घोड़े की टापों के स्वर सुनाई दिये। यह स्वर सुनकर चित्रलेखा घनी झाड़ियों में छिप गयीं। कुछ आभास होने पर अम्बरीश भी अपने अश्व से उतरकर पैदल चलने लगा। घनी झाड़ियों में छुपी चित्रलेखा अम्बरीश को देख सकती थीं। तभी अबोध तेजस्वी की निद्रा टूट गयी, और उसने रोना आरम्भ कर दिया। उसके रोने का स्वर सुनकर अम्बरीश बीच झाड़ियों में चित्रलेखा तक पहुँच गया, और उसे बालों से पकड़कर झाड़ियों से बाहर निकाला। उसने तेजस्वी को चित्रलेखा के हाथ से छीना और एक रक्षसैनिक को दे दिया।

"चित्रलेखा, मेरी बरसों की तमन्ना पूरी होने वाली है! तुम्हें पाकर मेरी सारी इच्छाएँ पूर्ण हो जायेंगी।" अम्बरीश ने हवस भरी दृष्टि से चित्रलेखा की ओर देखा।

"चाहे मेरे प्राण ही क्यों न चले जायें, तुम्हारी इच्छा कभी पूर्ण नहीं होगी।"

"सामने तुम्हें दिखाई दे रहा होगा न कि एक गहरी खाई है, और तुम्हारा अबोध बालक मेरे सैनिक के हाथ में है, जो कभी भी उसे खाई में फेंक सकता है। तुम मेरा संकेत समझ रही हो न!" क्रूरता और वासना, अम्बरीश के मुख से झलक रही थी। चित्रलेखा भयभीत हो गयी।

"अम्बरीश...!" ये गरजता हुआ स्वर किसी और का नहीं, युवराज विक्रमाजित का था। अम्बरीश का हृदय भय से काँप उठा। उसने तत्काल ही चित्रलेखा को पकड़कर तलवार उनकी गर्दन पर टिका दी, और विक्रमाजित को धमकाया।

"विक्रमाजित! यदि अपनी पत्नी और पुत्र का जीवन चाहते हो, तो शस्त्रों का त्याग कर दो, अन्यथा यहाँ मेरी तलवार तुम्हारी पत्नी की गर्दन पर चल जायेगी और वहाँ मेरा सैनिक तुम्हारे पुत्र को खाई में फेंक देगा। वैसे तो तुम अद्भुत योद्धा हो, किन्तु तुम अपनी चपलता का प्रयोग करके इनमें से किसी एक के ही प्राण बचा सकते हो; दूसरे को तो तुम्हें खोना ही पड़ेगा। यदि चित्रलेखा मेरी नहीं हुई, तो मैं उसे किसी और की भी नहीं होने दूँगा।"

विक्रमाजित का धनुष उनके हाथ से छूटकर भूमि पर गिर गया। वे धर्मसंकट में फँस चुके थे।

"आर्य, अपने शस्त्रों का त्याग मत कीजिये! मेरे पुत्र की रक्षा कीजिये युवराज, मेरे पुत्र की रक्षा कीजिये, वही आपका भविष्य है, और मेरा भी।" कहते हुए चित्रलेखा की आँखें अश्रुओं से भर उठी।

कुछ क्षणों तक विक्रमाजित किंकर्तव्यविमूढ़ खड़े रहे। तब तक चक्रसेन और भार्गव भी आ पहुँचे, किन्तु स्थिति का भान होते ही उनके कदम भी जड़ हो गये। विक्रमाजित का शरीर शिथिल पड़ता जा रहा था। सेनापति चक्रसेन एवं भार्गव की भी कोई सुध-बुध नहीं मिल पा रही थी। यह स्थिति देख चित्रलेखा ने निर्णय ले लिया।

अंततः राजकुमारी चित्रलेखा ने अम्बरीश की तलवार पकड़ी और अपनी ही गर्दन पर चला दी। उनके कंठ का रक्तस्राव देख विक्रमाजित तड़प उठे।

"चित्रलेखा...!" विक्रमाजित स्तब्ध रह गये।

"मेरे पुत्र... की रक्षा कीजिये... आर्य!" तड़पते हुए चित्रलेखा भूमि पर गिर पड़ी।

यह देख, वह रक्ष जो तेजस्वी को पकड़े हुए था, उसने उसे खाई में फेंकने का प्रयास किया, परन्तु चक्रसेन ने अपनी तलवार लेकर अद्भुत चपलता का प्रदर्शन किया और उस राक्षस तक पहुँचकर उसकी गर्दन पर जोरदार वार किया। उस असुर की गर्दन धड़ से अलग होकर भूमि पर गिर पड़ी। इतने में तेजस्वी उस असुर के हाथ से छूटकर खाई में जा गिरा। यह देख चक्रसेन उसकी रक्षा के लिए खाई में कूदे।

इधर वन में एक कुटिया में तपस्या कर रहे महर्षि शंकराचार्य को चित्रलेखा की पीड़ा का एहसास-सा होने लगा। उनकी तपस्या भंग हो गयी। वह अपने आसन से तत्काल ही उठे और अपने अश्व पर सवार होकर चल पड़े चित्रलेखा की ओर।

विक्रमाजित का रक्त उबल पड़ा। उन्होंने म्यान से तलवार खींची और अम्बरीश की ओर दौड़ पड़े। अम्बरीश का मानो साक्षात मृत्यु से साक्षात्कार हो गया हो; वह सर से लेकर पैर तक मृत्यु के भय से काँपने लगा। धीरे-धीरे उसके कदम पीछे सरकने लगे। विक्रमाजित को अपनी ओर आता देख उसकी तलवार उसके हाथ से छूट गयी। विक्रमाजित ने अपनी तलवार चक्र के समान घुमाकर फेंकी। अम्बरीश और उसकी मृत्यु में अब बस कुछ क्षणों का अन्तर था। शीघ्र ही वह तलवार अम्बरीश की गर्दन काटकर उसे लेकर दूर खाई में

चली गयी। उसका धड़ निष्प्राण होकर भूमि पर गिर पड़ा।

"अंत हुआ इस अधर्मी का।" विक्रमाजित तत्काल ही चित्रलेखा के पास गये, और उनका सर अपनी गोद में ले लिया।

"आर्य... मेरा पुत्र... मेरा पुत्र... आर्य!" अपने जीवन के अन्तिम क्षणों में भी चित्रलेखा को केवल अपने पुत्र तेजस्वी की चिन्ता थी।

बलिष्ठगढ़ के सेनापति चक्रसेन शीघ्र ही खाई के नीचे उतरे। सौभाग्य से नवजात तेजस्वी उन्हें एक वृक्ष की शाखा पर अटका हुआ मिल गया। उन्होंने तत्काल ही उसे उठाया और खाई के ऊपर आने लगे। शीघ्र ही वह ऊपर विक्रमाजित और मृत्युशय्या पर पड़ चित्रलेखा के समक्ष तेजस्वी को ले आये।

"देखा प्रिय, हमारा पुत्र सुरक्षित है, सुरक्षित है हमारा पुत्र! अब उठो प्रिय, हमें शीघ्र ही किसी वैद्य के पास चलना चाहिये।"

"आर्य... मेरा अंत... निकट है; आप मेरे... पुत्र को अपने... ही भाँति... एक श्रेष्ठ योद्धा... बनायेंगे..."

चित्रलेखा के वचन अभी पूर्ण हो पाते, इससे पूर्व ही महर्षि शंकराचार्य वहाँ आ पहुँचे। चित्रलेखा की दशा देख उनका क्रोध सीमा पार कर गया।

"विक्रमाजित!" महर्षि शंकराचार्य का क्रोध बरस पड़ा।

"विक्रमाजित, तुमने चित्रलेखा की रक्षा का वचन दिया था मुझे! तुम्हारे जैसा सामर्थ्यवान योद्धा समग्र विश्व में नहीं है, किन्तु फिर भी चित्रलेखा आज मृत्युशय्या पर है, आखिर ऐसा क्यों हुआ, कैसे हुआ?"

विक्रमाजित को कोई सुधबुध नहीं थी। वह मौन थे। यह देख महर्षि शंकराचार्य का क्रोध और बढ़ गया। उनकी क्रोध की अग्नि से बादलों में भी भयंकर गर्जना उत्पन्न हो गयी। ऐसा वातावरण छा गया, जैसे कोई महासंग्राम छिड़ा हो और शवों पर उनके परिजन त्राहि-त्राहि कर रहे हों। भार्गव और चक्रसेन का उनके समक्ष आने का साहस नहीं हुआ।

"तुम्हारे मौन रहने का अर्थ यही है युवराज, कि तुम्हीं हो मेरी पुत्री चित्रलेखा की मृत्यु के उत्तरदायी! तुम इसके योग्य थे ही नहीं। मैं तुम्हें श्राप देता हूँ कि तुम अपने पुत्र तेजस्वी को स्पर्श भी नहीं कर पाओगे; यदि तुमने ऐसा किया तो तुम दोनों की मृत्यु हो जायेगी, और एक दिन विदर्भ के वंश में एक ऐसा महायुद्ध छिड़ेगा, जिसमें चित्रलेखा के पुत्र को छोड़ तुम्हारे समग्र

वंश का नाश हो जायेगा; तुम्हारे कुल के सारे दीपक बुझ जायेंगे विक्रमाजित, बुझ जायेंगे।''

महर्षि शंकराचार्य के श्राप को सुन विदर्भ के युवराज स्तब्ध रह गये। उनके मुँह से स्वर फूटता भी तो कैसे? वह तो मृत्युशय्या पर पड़ी चित्रलेखा के दुःख के कारण कुछ भी कहने में असमर्थ थे।

चित्रलेखा ने तड़पते हुए शंकराचार्य की ओर देखकर कहा।

''मुनिवर... ये... आपने... क्या किया।''

चित्रलेखा की पीड़ा ने शंकराचार्य के क्रोध को कुछ हद तक शांत किया। यह देख भार्गव और चक्रसेन शंकराचार्य के पास आये और उन्हें अम्बरीश और रक्षराज के छल के विषय में सारी बातें विस्तार से बतायीं। महर्षि शंकराचार्य का हृदय ग्लानि भाव से भर उठा। वह कुमारी चित्रलेखा के पास आये और क्षमा माँगने का प्रयास किया।

''मुझे क्षमा कर दो पुत्री। अज्ञानवश मुझसे भूल हो गयी।''

''ये... आपने क्यों... किया... मुनिवर...। आपने... मेरी मृत्यु को... और कष्टदायी... बना दिया।''

''नहीं पुत्री, मैं अपने श्राप का निवारण अवश्य करूँगा। मृत्यु के समय तुम्हारी पीड़ा कम करने के लिए तुम्हारे पुत्र को मैं वरदान देता हूँ, कि जिस रक्षराज के कारण तुम्हारी मृत्यु हो रही है, तुम्हारा पुत्र ही उसकी मृत्यु का कारण बनेगा। तेजस्वी के जन्म का केवल एक उद्देश्य होगा, रक्षराज मार्केश का अंत। चिन्ता न करो, मैं अपने पहले श्राप की अवधि भी कम करता हूँ; आज से सोलह वर्षों के पश्चात जब तुम्हारा पुत्र दिव्यास्त्र प्राप्ति के योग्य हो जायेगा, तब युवराज विक्रमाजित उसे स्पर्श कर पायेंगे, और वही उसे रक्षराज मार्केश की मृत्यु के लिए दिव्यास्त्रों का ज्ञान देंगे।''

विक्रमाजित के कंठ से स्वर फूट ही नहीं पा रहे थे। उनका शरीर शिथिल पड़ने लगा। ऐसा प्रतीत हो रहा था जैसे उनके सोचने-समझने की शक्ति लुप्त हो गयी हो। चित्रलेखा उनकी स्थिति देख तड़प उठीं।

''हे मुनिवर... आर्य की पीड़ा... का कोई... निवारण कीजिये... यह एक अंतिम... वरदान दे दें... मुनिवर।''

''तुम चिन्तित मत हो पुत्री; मैं तुम्हारे पति की स्मरण-शक्ति का लोप कर

दूँगा। तुम्हारी और तुम्हारे पुत्र की स्मृतियाँ, तुम्हारी मृत्यु के उपरान्त विदर्भ के युवराज के मस्तिष्क से लुप्त हो जायेंगी। तुम अपने पुत्र की चिन्ता न करो; जिस वीर ने तुम्हारे पुत्र का रक्षण किया है, वही चक्रसेन उसका पालन पोषण करेगा, और उसे इस योग्य बनायेगा कि वह सोलह वर्षों के उपरान्त दिव्यास्त्र प्राप्त करने के योग्य हो सके।''

''आपने... मेरी... मृत्यु... को... संतोषजनक... बना दिया...है... मुनिवर... अब आज्ञा दीजिये!''

इतना कहकर चित्रलेखा ने अपने नेत्र बंद कर लिए, और देखते ही देखते राजकुमारी चित्रलेखा का शरीर निष्प्राण हो गया।

''चित्रलेखा...।'' विक्रमाजित का हृदय फट पड़ा।

ये देखते ही महर्षि शंकराचार्य ने विक्रमाजित के कन्धे पर हाथ रखा। फलस्वरूप विक्रमाजित के मस्तिष्क में भयंकर पीड़ा हुई। वह भूमि से उठे और अपना मस्तक पकड़ लिया। तभी वहाँ एक दस वर्षीय बालक तलवार लिए आ खड़ा हुआ, और विक्रमाजित की ओर बढ़ने लगा। यह कोई और नहीं राजा भार्गव का पुत्र राजवीर था। वह विक्रमाजित की ओर क्यों बढ़ रहा था इसका भान किसी को नहीं था। शीघ्र ही वह विक्रमाजित के पास आया। अपनी तलवार का वार सीधा उनकी छाती पर किया, और अपना पूरा बल लगाकर उन्हें गहरी खाई की ओर ढकेल दिया। विक्रमाजित अपनी रक्षा करने में असमर्थ थे, फलस्वरूप वह गहरी खाई में गिरते चले गये।

राजवीर के कृत्य से सभी अचंभित थे। भार्गव तत्काल ही उसके पास आये और उसका हाथ पकड़ लिया।

''यह क्या किया मूर्ख, तुम्हें इसका भान भी है?''

''मेरी माँ की मृत्यु ने मेरी सोचने-समझने की शक्ति छीन ली है पिताश्री! मैं उस किसी व्यक्ति को जीवित नहीं छोड़ूँगा जो मेरी माँ की मृत्यु के उत्तरदायी है; और मेरी माँ की मृत्यु के सबसे बड़े कारण को मैं मृत्यु के मुख में भेज चुका हूँ।'' राजा भार्गव घुटनों के बल बैठ गये। अपनी पत्नी की मृत्यु की सूचना से उन्हें भी अपार कष्ट हुआ।

* * *

"और जब हमारे नेत्र खुले तो हम नागलोक में थे। नागों ने ही हमारे प्राणों की रक्षा की थी, किन्तु वहाँ की घटनाओं का विवरण मैं तुम्हें किसी और समय दूँगा। तुम्हारी और तुम्हारी माता की स्मृति भी हमारे मस्तिष्क से लुप्त हो गयी, किन्तु आज तुम्हें स्पर्श करते ही मेरी सारी स्मृति वापस आ गयी।" अपने अतीत को याद करते हुए महाराज विक्रमाजित वर्तमान में लौट आये। उनके नेत्र अश्रुओं से भरे हुए थे।

३

विक्रमाजित की हत्या

अपनी बीती गाथा सुनाते समय विक्रमाजित के नेत्रों से अश्रुधाराएँ बह उठीं। उन्होंने तेजस्वी के कंधे पर हाथ रखा और उसे हृदय से लगा लिया, फिर उन्होंने राजा भार्गव से विनती की।

"महाराज भार्गव, आज तक बलिष्ठगढ़ में हुए महाविनाश और आपकी पत्नी की मृत्यु का उत्तरदायी आप हमें मानते हैं, जिसके लिए हम क्षमाप्रार्थी हैं। हम उनका जीवन तो वापस नहीं कर सकते, किन्तु इतना वचन अवश्य देते हैं कि जो उपहार आपने हमें लौटाया है, उसका ऋण उतारने के लिए जब तक हम जीवित हैं, बलिष्ठगढ़ की सुरक्षा का उत्तरदायित्व हम स्वयं पर लेते हैं। जब भी कोई संकट बलिष्ठगढ़ की ओर बढ़ेगा, उसे मेरा सामना करना होगा।"

"मैं जानता हूँ कि आपका वचन किसी पत्थर पर खिंची लकीर के समान अडिग है महाराज! किन्तु सर्वप्रथम मुझे अपनी पुत्री सुवर्णा की रक्षा करनी है। मैं अपना एक महायोद्धा आपके सुपुर्द किये जा रहा हूँ, अब इसका शिक्षण और संरक्षण आपका उत्तरदायित्व है।"

तेजस्वी के मुख से कोई स्वर फूट ही नहीं पा रहे थे। तभी बलिष्ठगढ़ के सेनापति चक्रसेन विदर्भ के राजमहल में पधारे। विक्रमाजित उन्हें देखते ही

अभिभूत हो गये और उनका भव्य स्वागत किया।

"महाराज आपका यह पुत्र मुझे अत्यंत प्रिय है, और मैं जानता हूँ, कि यह किस असमंजस की स्थिति में है; किन्तु सत्य यही है तेजस्वी कि तुम वास्तव में महाराज विक्रमाजित की ही सन्तान हो, और अब तुम्हें हमारा त्याग करना ही होगा।" चक्रसेन के इस कथन से तेजस्वी असंतुष्ट था। उसने प्रश्न किया।

"किन्तु पिताश्री, मैं आपका त्याग नहीं कर सकता; अपने भाई राघव के बिना मैं कैसे रह पाऊँगा, वह तो मेरे बिना भोजन भी ग्रहण नहीं करता।"

"तुम्हारा कर्तव्य, तुम्हारी निष्ठा अब विदर्भ के प्रति होनी चाहिये पुत्र! अपने पिता की पीड़ा का अनुभव करोगे तो तुम्हें ज्ञात होगा कि उन्होंने तुम्हारे लिए कितनी प्रतीक्षा की है, कितना कष्ट भोगा है। तुम्हारा जन्म हुआ है रक्षराज मार्केश के अंत के लिए; वही तुम्हारे जीवन का सबसे बड़ा उद्देश्य है, और तुम्हारी माता की मृत्यु का प्रतिशोध भी तब तक अधूरा रहेगा, जब तक मार्केश जीवित है।"

"जिसके वध के लिए मेरा जन्म हुआ है, जो मेरी माता की मृत्यु का उत्तरदायी है और मेरे पिता की पीड़ा का कारण है, मैं शपथ लेता हूँ, कि जब तक मैं उस रक्षराज मार्केश का वध नहीं कर दूँगा, न मैं विदर्भ के राजमहल में प्रवेश करूँगा और न ही बलिष्ठगढ़ के राजमहल में...। जब तक रक्षराज जीवित है, मैं राजसी वैभव का भोग नहीं करूँगा। अपना जीवन मैं वन में व्यतीत करूँगा।" तेजस्वी की इस कठोर शपथ से सभी सभाजन हतप्रभ रह गये।

"यह तुमने क्या किया पुत्र! इतने वर्षों बाद तो तुम मुझे प्राप्त हुए हो, और अभी तुमसे वियोग मैं सहन न कर पाऊँगा।" विक्रमाजित भावातिरेक में अनायास कह उठे।

"मुझे क्षमा करें पिताश्री, किन्तु जब तक मैं अपनी माता की मृत्यु का प्रतिशोध नहीं ले लेता, मुझे राजसुख का त्याग करना ही होगा; तब तक, जब तक मैं इतना सामर्थ्यवान न हो जाऊँ कि पाताललोक जाकर रक्षों के समस्त साम्राज्य का विनाश कर सकूँ।"

"तो फिर मैं स्वयं तुम्हें वन में ले जाकर प्रशिक्षण दूँगा। यदि मेरे कारण मेरा पुत्र राजसुख का त्याग कर सकता है, तो मुझे भी इस सिंहासन पर बैठकर

राज करने का कोई अधिकार नहीं है।''

''यह आप क्या कह रहें हैं पिताश्री! एक राज्य एवं प्रजा से मैं उसके राजा को नहीं छीन सकता; पिताश्री मुझ पर इस कलंक को मत लगने दीजिये।''

''मुझे अपने भाई वीरसेन पर पूर्ण विश्वास है, कि मेरी अनुपस्थिति में वह विदर्भ के इस सिंहासन पर बैठकर इस राज्य को भलीभाँति सँभाल सकता है।''

यह सुनकर वीरसेन विक्रमाजित के पास आये और उन्हें आश्वस्त किया।'' ज्येष्ठ भ्राता! आप विदर्भ के महाराज हैं; यहाँ की प्रजा आपको ईश्वर के समान पूजती है। मैं इस सिंहासन का रक्षण अवश्य करूँगा, परन्तु मैं इस पर विराजूँगा नहीं। यह तब तक रिक्त रहेगा, जब तक आप और तेजस्वी रक्षराज मार्केश का वध करके लौट नहीं आते।''

यह देख महर्षि कपिश उन सबके पास आये और वीरसेन का समर्थन किया।

''उचित निर्णय है महाराज! आपके अनुज वीरसेन मर्यादा पुरुषोत्तम भगवान श्रीराम के भाई भरत के समान आपकी प्रजा का रक्षण करेंगे; मुझे पूर्ण विश्वास है कि वीरसेन जैसा योद्धा, इस राज्य का रक्षण करने में निःसंदेह सक्षम है।''

''फिर आप सब, हम दोनों को आज्ञा दें; मैं और मेरा पुत्र, अब रक्षराज मार्केश का वध करके ही इस राजमहल में वापस लौटेंगे। चलो पुत्र तेजस्वी; मैं तुम्हें इस योग्य बनाऊँगा, कि तुम रक्षराज और उसकी आसुरी सेना का सामना अपने बाणों से सफलतापूर्वक कर सको!'' विक्रमाजित ने तेजस्वी के कंधे पर हाथ रखते हुए कहा।

''तो अब आप केवल मेरे पिता ही नहीं, मेरे गुरु भी हैं; वन में आपकी सेवा करने का अवसर केवल मुझे प्राप्त होगा, यह जानकर मैं धन्य हो गया।'' कहते हुए तेजस्वी ने विक्रमाजित के चरण स्पर्श किये।

तभी भानुसेन के पुत्र अखण्ड ने उसके कंधे पर हाथ रखा।

''कम से कम अपने भाइयों से तो मिलते जाओ अनुज! आओ मैं तुम्हारा परिचय उनसे कराता हूँ।'' फिर अखण्ड ने क्रमशः तेजस्वी को भाइयों से

मिलाया।

"यह सूर्यम् है; आयु में तुमसे कुछ वर्ष छोटा है, किन्तु गदा चलाने में इसका कौशल अद्वितीय है।"

ऐसे करके अखण्ड ने क्रमशः तेजस्वी को वीरभद्र, सुषेण, सहिष्णु, जिष्णु, श्यामक और वासुसेन से परिचित कराया, और उनकी विशेषताएँ बतायीं।

कुछ समय पश्चात महाराज विक्रमाजित और तेजस्वी ने राजवस्त्रों का त्याग कर तपस्वी का वेश धरा और वन की ओर निकल गये। कुछ ही समय में दोनों ने मिलकर वन में एक कुटीर का निर्माण किया और विक्रमाजित ने तेजस्वी को दिव्यास्त्रों का शिक्षण देना प्रारम्भ किया।

देखते ही देखते आठ वर्ष बीत गए। धनुर्विद्या और शस्त्र कला में तेजस्वी ने अतुल्य कौशल प्राप्त किया।

* * *

विदर्भ के राजमहल से एक व्यक्ति कम्बल ओढ़े अश्व पर सवार हुआ और रात्रि के अंधकार में वनों की ओर बढ़ चला। कई कोस दूर घने वनों में भीतर जाने के उपरान्त वह व्यक्ति एक मठ के पास आकर रुका। उस मठ में कोई और नहीं, रक्ष गुरु भैरवनाथ साधना में लीन था। जब कम्बल ओढ़े उस व्यक्ति ने अपना कम्बल हटाया, तो भैरवनाथ मुस्कुरा उठे।

"आओ रक्षराज के ज्येष्ठ पुत्र भानुसेन! पूरे आठ वर्ष के उपरान्त तुमसे भेंट हुई, इस बीच कहीं परिवार के प्रेम में तुम अपनी ली हुई सौगंध तो नहीं भूल गये।"

"मैं कुछ भी नहीं भूला हूँ गुरुदेव! भलीभाँति ज्ञात है मुझे, कि किस प्रकार विदर्भ के पूर्व नरेश भभूति ने मेरी माता की क्रूरतापूर्वक हत्या की थी, जबकि वह उनकी अपनी बहन थीं। इस पाप का दण्ड सम्पूर्ण विदर्भ को भोगना होगा, गुरुदेव। मुझे वह समय स्मरण है, जब मुझे ज्ञात हुआ था अपनी माता की मृत्यु का रहस्य; महज पंद्रह वर्ष का था मैं, और उस दिन मैंने प्रतिज्ञा की थी कि मैं राजा भभूति के समग्र वंश का नाश कर दूँगा।" भानुसेन को

कदाचित् अपने अतीत की पीड़ा का स्मरण हो आया था।

"जानकर अच्छा लगा भानुसेन, कि तुम अपनी प्रतिज्ञा नहीं भूले हो; किन्तु यहाँ आने का कारण?"

"मैं यहाँ इसलिए आया हूँ गुरुवर, क्योंकि विक्रमाजित ने तेजस्वी का प्रशिक्षण लगभग पूर्ण कर लिया है। यदि उन दोनों ने मिलकर पाताल पर आक्रमण किया, तो पिताश्री रक्षराज के लिए उनका सामना करना अत्यंत दुष्कर होगा।"

"कह तो तुम ठीक रहे हो भानु। तुम असुरों के गुप्तचर के रूप में, वर्षों से विदर्भ के राजमहल में रह रहे थे, फिर भी विक्रमाजित और वीरसेन जीवित क्यों हैं?"

"उनके राजमहल में उनकी हत्या करना असम्भव कार्य है गुरुदेव! क्योंकि उस विदर्भ राज्य की सबसे बड़ी ढाल है, वहाँ का सेनापति गजेन्द्र। विदर्भ का सेनापति होने के अतिरिक्त वह एक स्वतंत्र कबीले चम्बलगढ़ का सरदार भी है। उसके कबीले के दस सहस्त्र विशिष्ट योद्धा सदैव उसके एक संकेत पर अपने प्राण न्योछावर करने को तैयार रहते हैं। महल में भी उसके कम से कम सौ गुप्तचर फैले हुए हैं, जो विशेषकर विदर्भ के राजा पर दृष्टि जमाए रखते हैं; उनके रहते महल में किसी की भी हत्या मैं तभी करवा सकता हूँ, जब मैं स्वयं सिंहासन पर बैठा रहूँ।"

"वीरसेन नहीं तो विक्रमाजित ही सही; मेरे पास उसकी हत्या करने की योजना है। मैं तुम्हें एक ऐसा विष दूँगा, जिसकी काट केवल दिव्यमणि है, और वह भी केवल इसलिए क्योंकि वह मणि संसार के हर रोग को काट सकती है, किन्तु मेरा विष इतना घातक है, कि वह एक प्रहर के भीतर ही विक्रमाजित के प्राण हर लेगा। मैंने दो विष तैयार किये हैं; एक उस विक्रमाजित के लिए, और दूसरा उस वीरसेन के लिए। यह दूसरा विष वीरसेन को रोगग्रस्त कर इतना निर्बल बना देगा कि वह तीन महीने तक तड़प-तड़पकर मृत्यु को प्राप्त होगा।"

'तो फिर विष के प्रयोग का यही उचित समय है; इससे पूर्व कि विक्रमाजित और तेजस्वी अपने पराक्रम से असुरों को हानि पहुँचाएँ, उनमें से एक का वध आवश्यक है।"

"उचित कह रहे हो भानुसेन, विक्रमाजित का वध अब केवल तुम्हीं कर सकते हो। तुम पर कोई संदेह न करे इसलिए तुम्हारे स्थान पे एक असुर

तुम्हारा वेश धरकर विदर्भ के राजमहल में मर जायेगा। अब जाओ और साम दाम दण्ड भेद, किसी भी छल का प्रयोग करो और विक्रमाजित का अंत करो।''

''आज्ञा दें, गुरुवर!''

भैरवनाथ से आज्ञा लेकर भानुसेन निकल पड़ा विदर्भराज की हत्या करने।

इधर वन में विक्रमाजित और तेजस्वी साधना में लीन थे। दोनों ने अपने नेत्र खोले।

''तेजस्वी! युद्ध में तो योद्धाओं के शस्त्र उनके आभूषण होते हैं, जिनके बल पर हम सदैव ही असुरों पर भारी पड़ते आये हैं, परन्तु पाताल में रक्षों की माया अपने चरम पर होती है; उनके मायाजाल को केवल शस्त्रों से नहीं भेदा जा सकता। कभी-कभी हमें भी छल करना पड़ सकता है, इसलिए मैं तुम्हें आज रूप परिवर्तन की कला का शिक्षण देने जा रहा हूँ, जो पाताल के मायाजाल को तोड़ने के लिए अत्यंत आवश्यक है। अपने नेत्र बंद करो और ध्यान लगाओ।''

अपने पिता की आज्ञा का पालन करते हुए तेजस्वी ने अपने नेत्र बंद किये और साधना में लीन हो गया। सूर्यास्त का समय निकट था। जब उन दोनों की साधना टूटी तो उनके समक्ष भानुसेन खड़ा था।

''अरे भानु, तुम कब आये?'' विक्रमाजित भानुसेन को देख विस्मित रह गए।

''मैं तो एक प्रहर से यहीं हूँ, भ्राताश्री, किन्तु आपकी साधना भंग नहीं करना चाहता था, इसलिए मौन रहा।''

''तुम्हारा समर्पण निःसंदेह प्रशंसनीय है अनुज; तुम्हें राजमहल के भोज का अभ्यास होगा, किन्तु आज तुम तनिक वन के भोज का आनंद लो। तेजस्वी, जाओ और अपने काकाश्री के लिए भोजन का प्रबन्ध करो।''

''जो आज्ञा पिताश्री!'' कहकर तेजस्वी भोजन का प्रबन्ध करने कुटीर से बाहर चला गया।

''बैठो अनुज! इतने वर्षों के उपरान्त आज यहाँ का मार्ग तुम्हें किसने दिखा दिया!''

'आपसे मिलने की यूँ ही इच्छा हुई ज्येष्ठ, सो चला आया। राजव्यवस्था में इतना व्यस्त हो गया था, कि अपनों के लिए समय ही नहीं निकाल पाता था, इसलिए आज मैं अपने पिता की आज्ञा का पालन करने आपके पास आया हूँ।'' कहते हुए भानुसेन विक्रमाजित की पीठ की ओर मुड़ गया।

''पिताश्री की आज्ञा, क्या उनकी कोई अंतिम इच्छा अधूरी रह गयी थी?'' विक्रमाजित ने विस्मयपूर्वक प्रश्न किया।

''नहीं ज्येष्ठ, मैं महाराज भभूति की बात नहीं कर रहा।'' कहते हुए भानुसेन ने रक्षगुरु भैरवनाथ का दिया हुआ विषैला खंजर विक्रमाजित की पीठ में धँसा दिया।

''यह मेरे पिता रक्षराज मार्केश की अभिलाषा है, उनकी अंतिम इच्छा नहीं।'' भानुसेन ने विक्रमाजित को भूमि पर गिरा दिया।

''यह क्या किया भानुसेन... तुम पागल तो नहीं हो गये हो; हमारे पिता का नाम राजा भभूति है, यह क्या कह रहे हो?''

''वो तुम्हारे पिता का नाम है, मेरे नहीं। अपनी माता शिवन्या की हत्या भूला नहीं हूँ मैं; मुझे भलीभाँति ज्ञात है उस दुर्घटना के विषय में।''

''तो तुम्हें ज्ञात हो गया... उस रहस्य के विषय... में... किन्तु इतना भी जान लो... भानु... तुम्हारी माँ की मृत्यु के उत्तरदायी... केवल पिताश्री नहीं थे... मार्केश भी इस घटना का कारण था।''

''बस करो! मृत्यु के द्वार पर खड़े हो, फिर भी मुझे मिथ्या वचन सुना रहे हो, लज्जा आनी चाहिये तुम्हें। राजा भभूति ने इस सपोले को गोद लेकर जो भूल की थी, उसका परिणाम अब समस्त विदर्भ भुगतेगा।''

घायल विक्रमाजित ने भानुसेन की गर्दन पकड़ ली।

''विश्वासघाती। चाहे मेरी मृत्यु... ही क्यों... न हो जाये, मैं... प्रतिज्ञा लेता हूँ, कि जब तक रक्षराज... मार्केश का सम्पूर्ण नाश... नहीं हो जायेगा, मेरी... जीवात्मा... पृथ्वीलोक... का त्याग नहीं करेगी। मेरा... पुत्र तेजस्वी इतना सामर्थ्यवान है कि... वह अकेले ही पूरी... रक्षजाति... को धूल... में मिला सकता... है। और तो और... तुम्हें मेरे उस पुत्र... के विषय... में तो... अभी ज्ञात... ही नहीं है, जो... तुम सबके विनाश... का सबसे... बड़ा कारण बनने... वाला है, मेरा दूसरा पुत्र... नागराज युगांधर...।''

भानुसेन युगांधर के विषय में सुनकर चकित था। तभी तेजस्वी ने कुटिया में प्रवेश किया। घायल विक्रमाजित को देख वह थोड़ा हड़बड़ा गया। भानुसेन के हाथ में खंजर देख वह हतप्रभ रह गया। जब तक वह भूमि पर गिरते विक्रमाजित को सँभालता, भानुसेन वहाँ से भाग निकला। विक्रमाजित भूमि पर गिर पड़े। तेजस्वी ने उनका सर अपनी गोद में ले लिया।

"आप धैर्य रखिये पिताश्री! मैं किसी वैद्य को लेकर आता हूँ; आप तब तक अपना साहस बनाये रखिये।" किन्तु इससे कि पूर्व तेजस्वी आगे बढ़ता विक्रमाजित ने उसका हाथ थाम लिया।

"रुको... पुत्र! जब... तक तुम... किसी... वैद्य को ले... आओगे, तब... तक मेरी... मृत्यु... ... हो चुकी ... होगी। यह एक विषैला खंजर था, जिस... का विष ... मुझे... एक प्रहर... भी... जीवित... नहीं रहने देगा...।"

"नहीं पिताश्री, पहले माँ और अब आप, नहीं!"

"मैं... तुम्हें कुछ बताना... चाहता हूँ, तेजस्वी...। वो... रहस्य... जिसे... मेरे पिता... महाराज... भभूति ... और मेरे... अतिरिक्त... कोई... नहीं जानता। मेरा... हत्यारा भानुसेन... ही है; वही... मेरी मृ...त्यु का उत्तरदायी है, और... तो... और... वह मेरा... भाई भी... नहीं... है।"

"हाँ पिताश्री, मैं सुन रहा हूँ।"

"मेरा... भाई... वीरसेन... कभी... भी उसके... छल... का शिकार... हो सकता... है, उसे... बचा... लो।"

परन्तु इससे पूर्व महाराज विक्रमाजित अपनी बात पूरी कर पाते, विष का प्रभाव अपनी चरम सीमा पर पहुँच गया। शीघ्र ही महापराक्रमी और आर्यावर्त के सर्वश्रेष्ठ योद्धा ने अपनी अंतिम साँस ली।

"पिताश्री...!" पीड़ा से तेजस्वी का हृदय फट पड़ा।

"जो भी आप की मृत्यु का उत्तरदायी है, उसका वध मैं अपने हाथों से करूँगा...। काकाश्री भानुसेन, आ रहा हूँ मैं।"

तत्पश्चात् तेजस्वी ने महाराज विक्रमाजित के शव को फूलों से सुसज्जित किया, और एक गुप्त स्थान पर संरक्षित किया।

"वायुजित...!" तेजस्वी के आदेश पर एक श्वेत अश्व उसके समक्ष आ खड़ा हुआ।

"तुम मेरे बचपन के साथी हो वायुजित; आज मुझे वायुगति से विदर्भ के महल पहुँचाओ। उस भानुसेन का वध करना है मुझे, उसके उपरान्त मैं पिताश्री का अंतिम संस्कार करूँगा, चलो।"

हिनहिनाते हुए वायुजित ने मानो सहमति में सर हिलाया। तेजस्वी उस पर आरूढ़ हो, चल पड़ा विदर्भ के राजमहल की ओर। राजमहल के द्वार पर पहुँचते ही तेजस्वी गरजा।

"भानुसेन...।"

उसकी ललकार सुनकर वीरसेन, भानुसेन, सूर्यम्, अखण्ड एवं अन्य सभी भाई राजमहल से बाहर आ गये।

"यह क्या उद्दण्डता है तेजस्वी! अपने काकाश्री को उनके नाम से बुलाते हुए तुम्हें लज्जा नहीं आती।" अखण्ड से अपने पिता का अपमान सहन नहीं हुआ।

"इनका अपराध क्षमा करने योग्य है भी नहीं! मैं यहाँ किसी से युद्ध करने नहीं आया, इस अपराधी को दण्ड देने आया हूँ।"

"ऐसा क्या अपराध किया है मेरे भाई ने, तनिक मैं भी सुनना चाहूँगा।" वीरसेन को भी क्रोध आ गया।

"मेरे पिता की छलपूर्वक हत्या की है इन्होंने आज सूर्यास्त के समय यह हमारे कुटीर में आये थे, और मुझे वहाँ से बाहर भेजकर विषैले खंजर से छल पूर्वक मेरे पिता की हत्या कर दी इन्होंने।"

"असम्भव! मेरे ज्येष्ठ भ्राता की मृत्यु नहीं हो सकती; उनका सामना करने वाला योद्धा तो अभी तक जन्मा ही नहीं, उनका वध कौन कर सकता है?"

"जब कोई अपना छल करता है, तो संसार का कोई शस्त्र उसे काट नहीं सकता; ऐसा ही छल इस भानुसेन ने मेरे पिता के साथ किया है।"

"बस करो तेजस्वी! भानुसेन आज सुबह से मेरे ही साथ चौसर का खेल खेल रहा था, इसलिए तुम जो कह रहे हो वह निरर्थक है, जिसे मैं मानने को तैयार नहीं।"

भानुसेन मन ही मन मुस्कुरा रहा था, क्योंकि उसकी जगह एक राक्षस उसका वेश धरकर प्रातःकाल से संध्या तक वीरसेन के साथ था।

“मैं असत्य नहीं बोल रहा काकाश्री; मैं स्वयं इसका साक्षी हूँ; अवश्य इस भानुसेन ने आपके साथ कोई छल किया है!”

तभी भानुसेन बीच में बोल पड़ा।

“बस कर नराधम! भ्राताश्री, मुझे तो लगता है इसी पापी ने बलिष्ठगढ़ के राजा के साथ मिलकर ज्येष्ठ की हत्या की है, और आरोप हम पर लगा रहा है। आप ही सोचिये भ्राता, बलिष्ठगढ़ के राजा भार्गव ने दिव्यमणि अब तक हमें क्यों नहीं लौटाई?”

“भानुसेन...।” सिंह की भाँति दहाड़ते हुए तेजस्वी ने भानुसेन के वध हेतु जिह्वा अस्त्र का आह्वान कर दिया।

यह देख सूर्यम्, अखण्ड समेत सभी भाई वीरसेन के साथ भानुसेन की सुरक्षा के लिए तेजस्वी के बाण के सामने आ गये।

“यदि तुम्हें पिताश्री का वध करना है, तो तुम्हें हम सब भाइयों की हत्या करनी होगी; आओ और चलाओ अपने बाण हम पर!” अखण्ड ने तेजस्वी को धर्मसंकट में डाल दिया।

किसी तरह तेजस्वी ने अपने क्रोध पर अंकुश लगाया और अपना बाण वापस तुरीण में डाले।

“इस समय मैं जा रहा हूँ भ्राताश्री! परन्तु शीघ्र ही लौटूँगा इस भानुसेन के विरुद्ध पर्याप्त प्रमाण लेकर। आप लोगों ने मुझे पिताश्री की मृत्यु का न्याय नहीं करने दिया, इसलिए आप सबसे विनती है, कि जब मैं अपने पिता का अंतिम संस्कार करूँ, आपमें से कोई भी श्रद्धांजलि के नाम पर दिखावा करने वहाँ न आये।”

तेजस्वी ने वायुजित को वापस चलने का आदेश दिया और वहाँ से प्रस्थान कर गया। सब उसे देखते रह गये।

कुछ समय पश्चात तेजस्वी ने स्वयं ही अपने पिता महाराज विक्रमाजित के शव को चिता पर लिटाया और मुखाग्नि दी। तभी वीरसेन, भानुसेन समेत सभी राजपुत्र शोक प्रकट करने वहाँ आ पहुँचे। तेजस्वी उन्हें देख क्रोधित हो गया

“क्यों आये हैं आप लोग यहाँ! शोक प्रकट करने, या फिर मुझ पर ही अपने पिता की हत्या का आरोप लगाने?”

"हम जानते हैं कि तुम अपने पिता की हत्या नहीं कर सकते, किन्तु इससे यह सिद्ध नहीं होता कि उन्हें इतना प्रेम करने वाला अनुज भानुसेन उनकी हत्या कर सकता है। जो कुछ तुमने देखा, वह एक माया भी हो सकती है; भानुसेन के वेश में कोई असुर भी हो सकता है।" वीरसेन ने तेजस्वी को समझाने का प्रयत्न किया।

तेजस्वी समझ चुका था कि जब तक उसके पास कोई प्रमाण न हो, वह अपनी बात सिद्ध नहीं कर सकता, न ही विक्रमाजित के अंतिम शब्दों को उन्हें बताने का कोई लाभ प्रतीत हो रहा था उसे।

"क्या सोच रहे हो अनुज? तुम्हारी उदण्डता के लिए पिताश्री तुम्हें अवश्य क्षमा कर देंगे। राजमहल चलो, तुम्हें तुम्हारे अपनों के प्रेम की आवश्यकता है; इस वन से चलो। तुम्हारे परिवार का प्रेम तुम्हारी पीड़ा को कम करने में सहायक बनेगा। फिर हम सब मिलकर रक्षों का समूल नाश कर देंगे।" अखण्ड ने तेजस्वी को समझाने का प्रयत्न किया।

"आप वर्षों पूर्व ली हुई मेरी प्रतिज्ञा को भूल रहे हैं ज्येष्ठ! जब तक मैं रक्षराज मार्केश का वध नहीं कर देता, मैं न राजसी वैभव का सुख भोगूँगा ना ही किसी राजमहल में आश्रय लूँगा।"

"यदि तुम्हारी प्रतिज्ञा अडिग है, तो मैं भी तुम्हें इस युद्ध में अकेला नहीं छोडूंगा; मैं भी तुम्हारे साथ इसी वन में रहूँगा; तब तक, जब तक तुम्हारे बाण और मेरी गदा मिलकर रक्षराज मार्केश का साम्राज्य नहीं मिटा देते।"

"नहीं ज्येष्ठ! आप युवराज हैं, भावी राजा हैं विदर्भ के... आपके प्राणों का संकट हम नहीं मोल सकते।"

तभी वीरसेन ने अखण्ड के कंधे पर हाथ रखा। "अखण्ड उचित कह रहा है तेजस्वी! वह युवराज है, इसी कारण इसका कर्तव्य है कि यह रक्षों की कुदृष्टि से विदर्भ की रक्षा करे; इससे मुझे भी इस राज्य का भार अखण्ड को सौंपते हुए गर्व का अनुभव होगा, और प्रजा भी सम्मान सहित इसे विदर्भ का महाराज स्वीकार करेगी। समझ लो यह तुम्हारी परीक्षा है, पुत्र अखण्ड।"

"और इस परीक्षा के लिए मैं तत्पर हूँ तातश्री!" अखण्ड ने चुनौती स्वीकार की।

"जैसी आपकी आज्ञा काकाश्री! मैं और ज्येष्ठ भ्राता बहुत हैं रक्षराज

मार्केश और उसके भाइयों के लिए; और यहीं नहीं, एक और महायोद्धा हमारे साथ शीघ्र ही इस अभियान में जुड़ने वाला है।'' तेजस्वी के इस कथन से भानुसेन की आँखें आश्चर्य से फ़ैल रही थीं।

''कौन है वह, तेजस्वी ?'' अखण्ड भी उत्सुक था।

''शीघ्र वह सामने आयेगा ज्येष्ठ! आप वन में मेरे साथ निवास तो कीजिये।''

''ठीक है अनुज, जैसा तुम कहो! कदाचित् तुम मुझे चौंकाने वाले हो।''

''ऐसा ही कुछ है, ज्येष्ठ।''

अखण्ड के वन में रहने का निर्णय सुन भानुसेन की मुट्ठियाँ भिंच गयीं, किन्तु वह कुछ भी करने में असमर्थ था।

4

सुवर्णा का हरण

अखण्ड और तेजस्वी को वन में छोड़, शेष सभी भाई वीरसेन और भानुसेन के साथ विदर्भ के राजमहल की ओर लौट गये।

कुछ दिनों बाद अश्व पर सवार हुई एक स्त्री वन-मार्ग से तेजस्वी के कुटीर तक आ पहुँची। अपने कुटीर के बाहर लकड़ी काट रहे तेजस्वी ने उसे तुरन्त पहचान लिया; यह कोई और नहीं, बलिष्ठगढ़ की राजकुमारी सुवर्णा की प्रमुख दासी और सहेली श्यामा थी। श्यामा ने यथोचित अभिवादन के साथ ही एक पत्र निकाला और तेजस्वी के हाथ में दिया।

"यह सन्देश राजकुमारी सुवर्णा ने आपके लिए भेजा है, कुमार तेजस्वी!"

सुवर्णा ने पत्र भेजा है, यह सुनकर तेजस्वी को तनिक हैरानी तो हुई परन्तु कुछ कहे बगैर उसने श्यामा से पत्र लेकर पढ़ना शुरू किया और जैसे-जैसे पढ़ता गया, उसकी हैरानी बेचैनी में बदलती गई।

"कुमार तेजस्वी, क्या विदर्भ के राजकुमार होने के उपरान्त आपको हमारे प्रेम का विस्मरण हो गया है? हम आज भी आप ही से प्रेम करते हैं, परन्तु ज्येष्ठ भ्राता राजवीर मेरा विवाह रक्षराज के पौत्र सुबाहु से कराने वाले हैं; जब पिताश्री ने आपके राज्य की धरोहर दिव्यमणि लौटाने का विचार रखा तो

ज्येष्ठ भ्राता राजवीर ने उन्हें बन्दी बनाकर कारागार में डाल दिया और स्वयं सिंहासन पर विराजमान हो गये हैं। आपके पिता सेनापति चक्रसेन को भी उन्होंने राज्य से निष्कासित कर दिया है। दो दिन बाद, उस राक्षस सुबाहु से मेरा विवाह निश्चित हुआ है। मैं आपके अतिरिक्त किसी और से विवाह नहीं कर सकती; यदि आप मुझे यहाँ से लेकर नहीं गये, तो मैं विषपान करके अपने प्राण त्याग दूँगी।''

''राजकुमारी से कहना कि वह चिन्ता न करें, हम उन्हें लेने बलिष्ठगढ़ अवश्य आयेंगे।'' इतना कहकर तेजस्वी ने श्यामा को विदा किया।

''क्या हुआ तेजस्वी, कौन थी वो? क्या सन्देश लेकर आई थी?'' अखण्ड अपने कुटीर से बाहर आया और तेजस्वी से प्रश्न किया।

''मुझे बलिष्ठगढ़ की राजकुमारी सुवर्णा का हरण करना होगा ज्येष्ठ! बलिष्ठगढ़ के युवराज राजवीर ने हमारे साथ छल किया। यह जानकर कि राजा भार्गव हमारी दिव्यमणि हमें लौटाने वाले हैं, राजवीर ने अपने ही पिता को बन्दी बनाकर कारागार में डाल दिया। अब वह स्वयं बलिष्ठगढ़ नरेश बन चुका है; और तो और, जिस सुवर्णा से मैं प्रेम करता हूँ, वह उसका विवाह जबरन रक्षराज के पौत्र सुबाहु से करवा रहा है।''

''तुम जो कह रहे हो वह ठीक है तेजस्वी! किन्तु स्मरण रहे कि दिव्यमणि के रहते हम बलिष्ठगढ़ को उसकी सीमा में परास्त नहीं कर सकते; हमारे शस्त्र और हमारा सामर्थ्य दिव्यमणि के प्रभाव के कारण निष्क्रिय हो जायेगा।''

''बल नहीं तो छल सही; मैं सुवर्णा को मरने नहीं दे सकता, मुझे बलिष्ठगढ़ जाना ही होगा।''

''तो फिर शीघ्र चलो अनुज, क्योंकि संदेश के अनुसार विवाह में दो दिन का समय ही शेष है।''

अखण्ड का समर्थन पाकर तेजस्वी को प्रसन्नता हुई। वे दोनों अपने अश्व पर सवार हुए, और शीघ्र ही बलिष्ठगढ़ की ओर निकल गये।

* * *

एक दिन की यात्रा के पश्चात दोनों भाई बलिष्ठगढ़ पहुँचे। अब विवाह

में केवल एक दिवस शेष था। दोनों राजमहल के समीप तो पहुँच चुके थे, परन्तु अब समस्या यह थी कि तेजस्वी अपना सन्देश सुवर्णा तक पहुँचाए कैसे; अभी समस्या का कोई हल नहीं सूझ रहा था कि तभी राजपथ पर किसी सेनादल के क़दमों की आहट उन दोनों को सुनाई दी। तेजस्वी ने जब देखा कि उस सेनादल का नेतृत्व रक्षराज मार्केश और उसका पौत्र सुबाहु कर रहे हैं तो उसका क्रोध सातवें आसमान पर पहुँच गया, किन्तु तभी अखण्ड ने उसे शांत किया।

"रुक जाओ तेजस्वी! रक्षराज और उसकी सेनादल का सामना हम कर भी लें, फिर भी हम उसकी मृत्यु का उपाय नहीं जानते; उसकी मृत्यु संसार के किसी अस्त्र से सम्भव नहीं है, और यदि उसे पराजित कर हम बन्दी बना भी लें, तो भी बलिष्ठगढ़ की सेना का सामना हम नहीं कर पायेंगे।"

"मुझे केवल मार्केश का शीश चाहिये; उस नीच असुर के कारण ही मेरे पिता, मेरी माँ की रक्षा नहीं कर पाये थे।" तेजस्वी की पकड़ धनुष पर और सख्त हो गयी।

"तो क्या सुवर्णा के प्रेम और समर्पण के प्रति तुम्हारा कोई उत्तरदायित्व नहीं है? महाॠषि शंकराचार्य की भविष्यवाणी का स्मरण करो तेजस्वी; रक्षराज की मृत्यु का समय आयेगा, और वह तो तुम्हारे ही हाथों मारा जायेगा, इसलिए धैर्य रखो और इस समय केवल सुवर्णा के विषय में सोचो।"

तेजस्वी ने सहमति में सर हिलाया, और अपने क्रोध को नियंत्रित करते हुए धनुष नीचे किया।

"तो फिर एक उपाय है ज्येष्ठ! मेरे पिता का अंतिम शिक्षण था 'रूप परिवर्तन'; आज मुझे उसका उपयोग करना होगा, चलिए।"

* * *

बलिष्ठगढ़ के महल में राजकुमारी सुवर्णा विषाद की अवस्था में बैठी थी तभी उसके ज्येष्ठ भ्राता और बलिष्ठगढ़ के वर्तमान राजा राजवीर ने उनके कक्ष में प्रवेश किया।

"इतना उदास बैठने का कोई लाभ नहीं सुवर्णा! उत्सव का समय है;

तुम्हारे होने वाले पति सुबाहु यहाँ आ पहुँचे हैं; कल तुम्हारा विवाह निश्चित है।'' राजवीर ने सुवर्णा को उसके आने वाले दुर्भाग्य के विषय में सूचित किया।

''भ्राताश्री! क्या अपनी बहन को एक राक्षस के हाथों में सौंपते हुए आपके हाथ नहीं काँप रहे? क्या मेरे विवाह के लिए मेरी ही इच्छा का कोई महत्व नहीं है?'' सुबकते हुए सुवर्णा ने प्रश्न किया।

''नहीं है तुम्हारी इच्छा का कोई महत्त्व मुझे आकांक्षा है तो केवल शक्तिशाली बनने की; उसके लिए मुझे कुछ भी करना पड़े तो मैं करूँगा... इस विवाह से रक्षराज मार्केश हमारे साथ होंगे, और मैं अजेय हो जाऊँगा।''

''क्षमा करना भ्राताश्री! मैं भूल गयी थी कि जो अपने पिता का न हुआ, वो अपने किसी अन्य परिवारीजन का क्या होगा।''

क्रोधित राजवीर ने सुवर्णा के बाल पकड़ लिए और उसे भूमि पर गिरा दिया।

''मैंने जो किया, वह बलिष्ठगढ़ की उन्नति के लिए किया, अन्यथा हमारे पिता तो दिव्यमणि विदर्भ को लौटाने वाले थे; इसलिए हमारा हित इसी में है कि पिताश्री बन्दी बने रहें और तू अब विवाह के लिए तैयार हो जा; निर्लज्ज! अपने ज्येष्ठ भ्राता से किस प्रकार बात करते हैं, इसका भान तो तुझे है नहीं, किन्तु यह विवाह तो तुझे करना ही होगा।''

सुवर्णा रोती रही, किन्तु उस नीच और शक्ति के लोभी पर उसका कोई प्रभाव नहीं पड़ा, वह वहाँ से प्रस्थान कर गया।

* * *

प्रातःकाल सूर्योदय होते ही सुवर्णा को उसकी दासी ने आकर सूचित किया कि उसके विवाह में केवल दो प्रहर का समय शेष है; उसके शृंगार हेतु दासियाँ आने ही वाली हैं। तभी राजवीर ने उस कक्ष में प्रवेश किया और दासी को बाहर भेज दिया।

''सुवर्णा, मुझे अपनी भूल पर पछतावा हो रहा है, किन्तु मैं रक्षराज मार्केश का सामना नहीं कर सकता, इतना सामर्थ्य मुझमें नहीं है, इसलिए

इससे पहले कि रक्षराज अथवा सुबाहु को भनक लगे, तुम मेरे साथ चलो, मैं तुम्हें किसी सुरक्षित स्थान पर पहुँचा दूँगा।''

सुवर्णा विस्मित रह गयी। उसने राजवीर से प्रश्न किया।

''यह अकस्मात् ही आपके मन में इतना परिवर्तन कैसे आ गया, ज्येष्ठ?''

''तुम मुझ पर विश्वास करो सुवर्णा! मैं तुम्हें किसी सुरक्षित स्थान पर पहुँचा कर ही दम लूँगा; मुझे प्रायश्चित का एक अवसर तो दो।''

''किन्तु मैंने कुमार तेजस्वी के लिए सन्देश भेजा है, वह मुझे लेने अवश्य आयेंगे; मुझे उन पर पूर्ण विश्वास है।''

''इससे पूर्व ही मैं तुम्हें उस तक पहुँचा दूँगा, विश्वास रखो! मुझे जानकारी मिली है कि तेजस्वी इस समय बलिष्ठगढ़ की सीमा में प्रवेश कर चुका है।''

''जैसा आप उचित समझें भ्राताश्री!'' सुवर्णा अब तक हैरान थी।

राजवीर, सुवर्णा को अश्व पर बिठाकर महल के पीछे के मार्ग से वनों की ओर ले जाने लगा, किन्तु सुवर्णा को अब भी उस पर संदेह हो रहा था। शीघ्र ही वह घने वनों में अखण्ड के पास पहुँचा। सुवर्णा उस निर्जन में अपरिचित व्यक्ति को देखकर आश्चर्य में थी; उसे समझ में नहीं आ रहा था कि यह सब क्या हो रहा है। तेजस्वी ने उसकी शंकाओं पर विराम लगाया, और तत्काल ही राजवीर का छद्म रूप त्यागकर अपने वास्तविक रूप में आ गया।

* * *

इधर बलिष्ठगढ़ में सुवर्णा के गायब हो जाने की सूचना राजवीर को मिल चुकी थी, और उसे पूरा शक था कि यह तेजस्वी का ही कार्य है, इसलिये वह और उसका भाई वृषभान सेनादल के साथ विदर्भ की दिशा में बढ़ रहे थे। रक्षराज मार्केश भी इस स्थिति से अंजान नहीं थे, और सुबाहु भी न जाने कहाँ चला गया था। सुबाहु की अनुपस्थिति से चिन्तित मार्केश भी अपना सेनादल लिए उनके साथ हो गया था।

* * *

वन मार्ग में सुवर्णा तेजस्वी को देख प्रसन्नता से प्रफुल्लित हो उठी।

"मुझे विश्वास था आर्य, आप मेरी रक्षा करने अवश्य आयेंगे!"

"किन्तु मैं इस समय अपना जीवन वन में व्यतीत कर रहा हूँ, सुवर्णा! क्या तुम वन्य जीवन की कठिनाइयों को सह पाओगी?" तेजस्वी ने प्रश्न किया।

"आपका प्रेम और साथ पाकर मैं संसार के किसी भी निर्जन कोने में रह सकती हूँ, इसलिए आज से जहाँ आप, वहाँ मैं।"

"तो फिर हमें शीघ्र ही प्रस्थान करना चाहिये; मैं नहीं चाहता कि तुम्हारे भाई यहाँ तक आयें और युद्ध छिड़े।"

किन्तु शायद रक्षराज के पौत्र सुबाहु को कुछ भनक लग गई थी, तभी वह अपने अश्व पर सवार होकर राजवीर और सुवर्णा के पीछे लगा हुआ था। जब उसने देखा कि कोई युवक राजवीर का रूप धरे था तो उसका क्रोध सातवें आसमान पर पहुँच गया, परन्तु वह स्थिति को समझने के लिये कुछ क्षण तो छुपा रहा और जैसे ही तेजस्वी ने चलने की बात कही वह उनके सामने प्रकट हो गया।

"सुवर्णा...!" सुबाहु क्रोध से चीख पड़ा।

"ओह! तो तुम भी यहाँ पर आ गये; कदाचित् तुम्हारी मृत्यु मेरे ही हाथों लिखी है।" तेजस्वी ने सुबाहु पर कटाक्ष किया।

"सुवर्णा मेरी है और मेरी ही रहेगी, अंत तो आज तेरा होगा तेजस्वी... सावधान!"

दोनों ने म्यान से तलवार खींची और एक दूसरे की ओर दौड़े; परन्तु सुबाहु बहुत देर तक तेजस्वी के आगे टिक न सका। शीघ्र ही वह निःशस्त्र होकर भूमि पर पड़ा था। उसके प्राण अब तेजस्वी की तलवार की नोक पर टिके थे।

किन्तु तभी सुबाहु ने अपने हाथ जोड़ लिए। "मुझे क्षमा कर दो कुमार!

मैं निःशस्त्र हूँ, तुम एक निःशस्त्र योद्धा पर प्रहार नहीं कर सकते।''

''मैं तुम्हारे प्राण लेने वाला था भी नहीं, सुबाहु! मेरी तुमसे कोई शत्रुता नहीं है; मेरी शत्रुता मार्केश से है, इसलिए उचित यही होगा कि तुम यहाँ से चले जाओ; और हाँ, स्मरण रखना, सुवर्णा केवल मेरी है।''

सुबाहु के हृदय में तो ज्वालामुखी फट रहा था, किन्तु वह पराजित और लज्जित होकर वहाँ से प्रस्थान कर गया।

* * *

राजवीर, वृषभान और रक्षराज मार्केश, नगर से निकलकर वन मार्ग पर आ गये थे और वन में प्रवेश के पहले ही उन्हें सुबाहु मिल गया, और अब स्थिति स्पष्ट हो चुकी थी। दोनों सेनाएँ एकजुट होकर तेजस्वी और अखण्ड का पीछा करने लगीं।

इन सब परिस्थितियों से अंजान, तेजस्वी और अखण्ड सुवर्णा को लिये हुए द्रुत गति से विदर्भ की ओर बढ़े जा रहे थे, तभी उन्हें दूर से किसी सेनादल के अश्वों की आहट सुनाई देने लगी।

तेजस्वी को स्थिति समझते देर न लगी। ''भ्राता अखण्ड, हमें सुवर्णा को किसी सुरक्षित स्थान पर छोड़ना होगा; अभी हम युद्ध की स्थिति में नहीं हैं!'' तेजस्वी चिन्तित था।

''हम युद्ध की स्थिति में हैं तेजस्वी! ध्यान से देखो, हम बलिष्ठगढ़ की सीमा से बाहर आ चुके हैं और वह राजवीर, दिव्यमणि रणभूमि में लाने का संकट कदाचित् न मोल लेगा, क्योंकि रक्षराज मार्केश भी उसके साथ है; मुझे इस प्रकार की स्थिति उत्पन्न होने का अंदेशा पहले से ही था... वह देखो पर्वतों के मार्ग से सूर्यम्, विदर्भ की सेना लिए चला आ रहा है।

अखण्ड का कथन वाकई सत्य था। विदर्भ की सेना ऊँचे-ऊँचे टीलों पर चढ़कर वहाँ पहुँच चुकी थी। यह देख तेजस्वी ने एक निर्णय लिया।

''तो आज का युद्ध रक्षराज का अंतिम युद्ध होगा, ज्येष्ठ! फिर भी पहले आप सुवर्णा को लेकर मेरे पिता, बलिष्ठगढ़ के पूर्व सेनापति चक्रसेन के घर जाइये, ताकि वह वहाँ सुरक्षित रह सके; तब तक मैं बलिष्ठगढ़ की सेना का

मार्ग रोके रखूँगा।''

''मेरे सुझाव से यह कार्य तुम्हें करना चाहिये, तेजस्वी; तब तक मैं इन्हें रोकता हूँ।''

''नहीं ज्येष्ठ; वर्षों के उपरान्त यदि मैं अपने पालक माता-पिता से मिला, तो कदाचित् कमजोर पड़ जाऊँ, और वैसे भी रक्षराज का सामना करने की अधीरता मैं सहन नहीं कर पा रहा, इसलिए आप जाएँ और सुवर्णा का रक्षण करें।''

''उचित है; मैं सुवर्णा को लेकर यहाँ से प्रस्थान करता हूँ!'' इतना कहकर अखण्ड और सुवर्णा को लेकर वहाँ से प्रस्थान कर गये।

रक्षराज मार्केश और बलिष्ठगढ़ की सेना धीरे-धीरे तेजस्वी की ओर बढ़ रही थी।

आधे प्रहर बाद एक ओर खड़ी थी रक्षसेना और बलिष्ठगढ़ की सेना, और दूसरी ओर खड़े थे विदर्भ सेना के साथ अपने रथ पर सवार सूर्यम्, और अपने अश्व वायुजित् पर सवार शत्रुसेना को अपने पराक्रम से भयभीत कर देने वाला तेजस्वी।

उसे देख राजवीर क्रोधित हो गया।

''सुवर्णा को हमारे सुपुर्द कर दो तेजस्वी; अन्यथा तुम और तुम्हारी यह सेना अपने मूल्यवान प्राणों से हाथ धो बैठेगी!''

''अपने और अपनी सेना के रक्षण का चिंतन कीजिए महाराज राजवीर! कदाचित् आपको भान नहीं, कि आप बलिष्ठगढ़ की सीमा से बाहर आ चुके हैं... लौट जाइये, कहीं आपके साथ आपकी समग्र सेना का नाश न हो जाये।''

रक्षराज मार्केश उसका साहस देख दंग रह गया। उसने तेजस्वी का उपहास किया

''तुम दो बालक! तुम दोनों युद्ध करोगे इतनी विशाल सेना से? छल से तुमने एक राजकुमारी का हरण क्या कर लिया; स्वयं को महादेव के समान पराक्रमी तो नहीं मानने लगे तुम? हमारे सैन्यबल की संख्या देखो! तुम्हारी सेना से तीन गुनी है यह सेना; क्या यह देखकर भी तुम्हें भय नहीं लगता?''

''महादेव की तुलना तो पृथ्वीलोक के किसी प्राणी से हो ही नहीं सकती,

मार्केश! किन्तु मेरा तो जन्म ही हुआ है तुम्हारी मृत्यु के लिए; तुम्हारी नियति भी यही है, कि तुम्हारी मृत्यु मेरे हाथों ही होनी है; और जो तुम्हारा वध करने के लिए जन्मा हो, भय का राक्षस उसे छू भी कैसे सकता है।''

''कौन हो तुम, और मुझे कैसे जानते हो?''

''मैं स्वर्गीय महाराज विक्रमाजित का पुत्र तेजस्वी हूँ, जिसके जीवन का केवल एक ही उद्देश्य है, और वह है तुम्हारी मृत्यु।''

''विक्रमाजित का पुत्र! तभी मैं कहूँ कि तुममें इतना साहस आया कहाँ से; तनिक मैं भी तो देखूँ कि तुममें कितना सामर्थ्य है।'' रक्षराज अपना धनुष लेकर रथ से नीचे उतरा।

''कोई भी मेरे और तेजस्वी के मध्य नहीं आयेगा; यह युद्ध सेनाओं के मध्य नहीं, हम दोनों का द्वंद्व होगा! जो विजयी हुआ, सुवर्णा उसी के साथ जायेगी।''

''तुम्हारी यह चुनौती मुझे सहर्ष स्वीकार है रक्षराज; सावधान!''

दोनों ने एक दूसरे को ललकारा और अगले ही पल बाणों की वर्षा प्रारम्भ हो गयी। सूर्यास्त तक भी इस युद्ध का कोई परिणाम नहीं निकल पाया। यह देख तेजस्वी ने अपना धनुष नीचे किया।

''सूर्यास्त हो चला है मार्केश, विराम दो अपने गांडीव को! इस द्वंद्व का निर्णय कल प्रातः ही हो जायेगा।''

''हम राक्षस हैं बालक; रात्रि में भी युद्ध करते हैं; यह युद्ध सामने खड़ी दो सेनाओं के मध्य नहीं है, तुम्हारे और मेरे बीच का द्वंद्व है, किन्तु यदि अब भी तुम राजकुमारी सुवर्णा को हमें लौटा दो, तो हम तुम्हें जीवित छोड़ देंगे।'' मार्केश ने द्वंद्व जारी रखना चाहा।

तभी अखण्ड भी वहाँ आ पहुँचा। रक्षराज की ललकार सुन उसने भी गदा उठा ली।

''मार्केश, राजकुमारी सुवर्णा अब विदर्भ की कुलवधू है; उसकी मर्यादा है, और यदि विदर्भ की मर्यादा पर उँगली उठाओगे, तो मैं अपनी इस गदा से तुम्हारा मस्तक फोड़ दूँगा।''

''नहीं ज्येष्ठ! मार्केश ने मुझे ललकारा है; उसकी चुनौती का उत्तर केवल मैं दूँगा।'' तेजस्वी ने अखण्ड को शांत किया।

"मार्केश! कहा जाता है कि सूर्यास्त के उपरान्त तुम असुरों की शक्ति प्रबल हो जाती है; तनिक मैं भी तो देखूँ कि तुम्हारी यह शक्ति मुझे पराजित कर पाती है या नहीं!" तेजस्वी ने बाण चलाने के लिए धनुष सँभाल लिया।

"यदि तुम्हारी यही मंशा है, तो लो अपनी मृत्यु स्वीकार करो!" तेजस्वी को ललकारते हुए रक्षराज ने अपने बाणों की वर्षा प्रारम्भ की।

दोनों के बीच होता द्वंद्व रुकने का नाम ही नहीं ले रहा था। रक्षराज की पकड़ यदि उसके धनुष से ढीली भी पड़ती, तो तेजस्वी के बाण मार्केश को मिले वरदान के कारण निष्फल सिद्ध हो जाते। पूरी रात्रि द्वंद्व चलता रहा। तेजस्वी, मार्केश के बाणों से अत्यंत घायल हो चुका था। लालिमा से आकाश भर गया और फिर सूर्योदय हो गया।

तभी अकस्मात् ही भूमि फाड़कर सैकड़ों नाग निकल आये। तेजस्वी और रक्षराज के मध्य होता द्वंद्व रुक गया। भूमि से निकलते ही नागों ने बलिष्ठगढ़ की सेना पर विष फुंकार का प्रयोग आरम्भ किया। बलिष्ठगढ़ की सेना और उसके सेनानी, मूर्छित होकर गिरने लगे। मार्केश यह सब देखकर हड़बड़ा सा गया।

एक नाग, जो कदाचित् उन नागों का सरदार था, रक्षराज मार्केश के समक्ष आया और अपना आकार विशाल करता गया। रक्षराज ने यह देख विषकाट अस्त्र का प्रयोग करने के लिए धनुष उठाया, किन्तु इससे पूर्व ही उस विशाल नाग ने अपनी तीव्र विषफुंकार छोड़ी। उसके संपर्क में आते ही रक्षराज मार्केश भी मूर्छित होकर गिर पड़ा। सारे नाग, तेजस्वी के शत्रुओं को डसने के लिए आगे बढ़े।

यह देख तेजस्वी ने अपना धनुष उठाया और एक दिव्यास्त्र का आह्वान किया। उसका दिव्यास्त्र छूटते ही रक्षराज मार्केश और बलिष्ठगढ़ के अन्य महारथियों को एक रक्षा कवच ने घेर लिया, जिससे कोई सर्प उन्हें दंश न मार सके।

"यह क्या कर रहे हो तेजस्वी? अपने प्रधान शत्रु की रक्षा क्यों कर रहे हो?" आश्चर्यचकित होकर अखण्ड ने प्रश्न किया।

"मार्केश पर केवल मेरा अधिकार है ज्येष्ठ! और इसका वध मैं तब

करूँगा, जब इसके हाथों में शस्त्र होंगे और वह सशक्त मेरे साथ द्वंद्व के लिए प्रस्तुत होगा; इससे पूर्व मैं किसी और को इसका वध नहीं करने दूँगा। और रही बात इन शेष योद्धाओं की, तो यह भी आज जान लेंगे कि महाराज विक्रमाजित के वंशज युद्ध में छल और प्रपंच का प्रयोग नहीं करते... मूर्छित योद्धाओं का वध करने जैसा अधर्म हम नहीं करते।'' अखण्ड से कहते हुए तेजस्वी अचानक नागों के सरदार की ओर मुड़कर बोला ''अपने वास्तविक रूप में आओ अनुज!''

तेजस्वी के आदेश पर वह विशाल सर्प, जिसने मार्केश को मूर्छित किया था, मानव रूप में आकर तेजस्वी के समक्ष आ खड़ा हुआ। सारे सर्पों ने भी यह देखकर मानव का वेश धर लिया।

८

पाताल यात्रा

"महाराज विक्रमाजित के ज्येष्ठ पुत्र तेजस्वी को, नागों के राजा युगांधर का प्रणाम!" रक्षराज को मूर्छित करने वाले सर्प ने मानव रूप धरा और तेजस्वी को प्रणाम किया।

"आओ अनुज युगांधर, मैं तुम्हारी ही प्रतीक्षा कर रहा था।" तेजस्वी ने भी नागराज युगांधर को आगे बढ़कर ह्रदय से लगा लिया। अखण्ड यह देख आश्चर्य में पड़ गया। उसने तेजस्वी से प्रश्न किया।

"यह कौन है तेजस्वी, जिसे तुम अपना भाई कह रहे हो?"

"असुरजाति जिसके फरसे के भय से काँप उठती है; जब यह बारह वर्ष का था, तब से इसके पराक्रम ने रक्षों को भयभीत कर रखा है; इसके भय से राक्षस हो या नागराक्षस, कोई भी नागलोक में प्रवेश करने का दुस्साहस नहीं करता; मेरे पिता महाराज विक्रमाजित जब नागलोक की ओर गये थे, तब वहाँ की राजकुमारी कनिष्का का विवाह उनसे हुआ था... मेरा अनुज युगांधर उन्हीं का पुत्र है।" तेजस्वी ने अखण्ड की जिज्ञासा मिटाने का प्रयत्न किया।

"ये..ये कैसे सम्भव है? तातश्री ने तो हमें इस विषय में कभी बताया ही नहीं।" अखण्ड अब भी सत्य को स्वीकार नहीं कर पा रहा था।

तभी नागदल से एक वृद्ध उनके समक्ष आया "पूरी कथा मैं आपको बताता हूँ कुमार! मैं नागों का भूतपूर्व राजा और युगांधर का पितामाह विषंधर हूँ; आपके तातश्री विक्रमाजित जब महर्षि शंकराचार्य के श्राप से ग्रसित और घायल होकर पहाड़ियों से जलधारा में गिरे थे, तो भाग्य की वह जलधारा उन्हें बहाते हुए नागलोक तक ले आयी... आज भी वह दृश्य मुझे मेरे नेत्रों के समक्ष नजर आता है।" कहते-कहते विषंधर के समक्ष वर्षों पूर्व की घटना का दृश्य उभरने लगा।

* * *

ऊँची पहाड़ियों से, मूर्छित और घायल विक्रमाजित, सीधे बहती हुई नदी में गिर गये थे। उनका शरीर बहकर एक तट पर आ पहुँचा। वह अभी भी मूर्छित पड़े थे, और उनके शरीर से रक्त का प्रवाह बढ़ता ही जा रहा था। उस नदी के तट पर दूर-दूर तक कोई मानव बस्ती नहीं थी। वहाँ केवल इच्छाधारी नागों का राज था।

नदी के तट पर पड़े एक मानव के शरीर को स्पर्श करे, इतनी करुणा किसी नाग में नहीं थी; किन्तु एक नागिन को उस मानव पर करुणा आ गई। उसने मानव रूप धरा और महाराज विक्रमाजित को सहारा देकर अपने महल तक ले आयी; यह कोई और नहीं, नागों के राजा विषंधर की पुत्री और नागों की उत्तराधिकारी कनिष्का थी। वह विक्रमाजित को अपने महल तक ले आयी, यह देख नागराज विषंधर का क्रोध सातवें आसमान पर पहुँच गया।

"कनिष्का, तुम मेरी पुत्री हो, इसका यह अर्थ नहीं कि तुम अपनी इच्छा से एक मानव को नागों के साम्राज्य में लाओ; जानती नहीं, मानवों का प्रवेश यहाँ निषिद्ध है।" विषंधर क्रोधित थे।

"मुझे क्षमा करें पिताश्री! किन्तु यह घायल हैं, इनके प्राण कभी भी जा सकते हैं; कृपा करके मुझे इनकी सहायता करने दीजिये!" कनिष्का ने निवेदन किया।

"कदापि नहीं! हम नाग हैं, मानवों की सहायता क्यों करें?"

"आप इतने क्रूर न बनिए पिताश्री! आप मानवों से घृणा करते हैं, यह मैं

जानती हूँ, किन्तु सारे मानव एक समान नहीं होते; क्या शरण में आये जीव की रक्षा करना हमारा उत्तरदायित्व नहीं है?''

''तो ठीक है; तुम्हारे दिये तर्क अकाट्य हैं कनिष्का, किन्तु यह मानव यहाँ केवल तब तक रह सकता है, जब तक इसकी मूर्छा नहीं टूट जाती।''

''जो आज्ञा पिताश्री!'' कनिष्का विषंधर से सहमत थी।

तीन दिवस के उपरान्त जब विक्रमाजित की मूर्छा टूटी तो उन्होंने कनिष्का को अपने समक्ष देखा और उससे प्रश्न किया।

''मैं यहाँ कैसे पहुँचा, और आप कौन हैं?''

''मैं नागों की राजकुमारी कनिष्का हूँ, युवक! आप स्मरण करने का प्रयत्न कीजिये, आप इस प्रकार मूर्छित कैसे हुए?''

''हमें नहीं पता; हमें अपनी पहचान का स्मरण नहीं हो पा रहा।''

तभी एक सेवक ने कक्ष में प्रवेश किया।

''राजकुमारी! असुरों ने नागमणि की लालसा में एक बार फिर आक्रमण कर दिया है; उनका नेतृत्त्व रक्षराज का भाई दुदुम्भी कर रहा है; उसके पास पूरी एक लाख सेना है।''

''सैन्य शक्ति तो हमारी भी कम नहीं; पूरी पचास सहस्त्र नागसैनिकों से सुसज्जित सेना के शस्त्रबल और विष का सामना वह कर पायेंगे, तभी वह नागमणि तक पहुँच पायेंगे न! नागमणि हमारी शक्ति का स्रोत है; जब तक वह हमारे साथ है, हम पराजित नहीं हो सकते... सेनापति विषकेतु को सेना तैयार करने का संदेश दो, जाओ!''

कुछ प्रहर बीतते-बीतते दोनों सेनाएँ रणक्षेत्र में एक दूसरे के सामने युद्ध के लिये सज कर खड़ी थीं। रक्षराज के भाई दुदुम्भी ने युद्ध से पूर्व एक दिव्यास्त्र का संधान किया और उसे आकाश की ओर छोड़ा। बादलों में एक धुंध का चक्र निर्मित हुआ और समग्र नागसेना के ऊपर छा गया। कुछ समय पश्चात् जब धुंध छँटा तो दुदुम्भी ने ललकारते हुए नागों को चुनौती दी।

''विषंधर, तुम्हारे नागों के विषप्रवाह को मेरे अस्त्र ने बाँध दिया है; अगले तीन प्रहर तक तुम्हारा हर नाग केवल एक सामान्य सैनिक है... अब मेरी एक लाख सेना के समक्ष तुम्हारी सेना कब तक टिक पाती है, मैं यही देखना चाहता हूँ।''

''नागमणि मैं तुम्हारे सुपर्द कभी नहीं करूँगा, दुदुम्भी! हमारा एक एक सैनिक अपनी अंतिम साँस तक युद्ध करेगा।''

''किन्तु यदि तुम चाहो, तो यह विध्वंसकारी युद्ध टालकर इस समस्या का निवारण कर सकते हो नागराज विषंधर।''

''छल, तुम असुरों की पुरानी आदत है, परन्तु फिर भी मैं तुम्हारा प्रस्ताव सुनना चाहूँगा।''

''अपनी ओर से कोई भी ऐसा योद्धा भेजो जो द्वंद्व में मुझे परास्त कर सके; यदि मैं पराजित हुआ, तो लौट जाऊँगा, और यदि तुम पराजित हुए, तो नागमणि मेरे सुपुर्द करनी होगी; कहो, है तुम्हारी सेना में कोई ऐसा योद्धा जो मुझे परास्त कर सके?''

''कोई और नहीं मैं स्वयं तुमसे द्वंद्व करूँगा, दुदुम्भी।'' नागराज विषंधर दुदुम्भी को ललकारते हुए उसकी ओर दौड़े।

राक्षस दुदुम्भी भी उनकी चुनौती का उत्तर देने अपने अश्व से उतरा। दोनों एक दूसरे से भिड़ गये, किन्तु राजा विषंधर आधे प्रहर में ही दुदुम्भी के पैरों के नीचे आ गये, यह देख दुदुम्भी ठहाका मारकर हँस पड़ा।

''यह तो कोई प्रतिस्पर्धा थी ही नहीं; क्या तुम्हारी नागजाति में ऐसा कोई योद्धा नहीं, जो मुझे मल्लयुद्ध में परास्त कर सके? चलो मैं तुम सबको एक और अवसर देता हूँ; भेजो अपनी ओर से कोई ऐसा महारथी, जो मुझे परास्त कर सके।''

दुदुम्भी की इस चुनौती का उत्तर किसी के पास नहीं था। सभी मौन थे।

''चूड़ियाँ पहन लो कायरों! और अपने राजा की मृत्यु अपनी आँखों से देखो।'' दुदुम्भी, अट्टहास करते हुए नागों के राजा विषंधर का अंत करने आगे बढ़ा।

''ठहरो!'' नागसेना की भीड़ से निकलते हुए विक्रमाजित ने दुदुम्भी को टोका।

''नीच असुर, मैं तुम्हें द्वंद्व की चुनौती देता हूँ! मुझे पराजित करो, तब अवश्य नागों के राजा का वध कर लेना।'' विदर्भराज ने दुदुम्भी को द्वंद्व की चुनौती दी।

''तो नागों ने अपनी सहायता के लिए एक मानव को बुलाया है, अद्भुत!

मैंने नागों को एक अंतिम अवसर और दिया था युवक, इसलिए मैं तुम्हारी चुनौती स्वीकार करता हूँ; आओ द्वंद्व करो मुझसे।'' दुदुम्भी दौड़ पड़ा विक्रमाजित की ओर।

दो प्रहर तक लंबे खिंचे भीषण द्वंद्व-युद्ध में अंततः दुदुम्भी अब विक्रमाजित के पैरों के नीचे था।

''देख नीच राक्षस, कुछ समय पूर्व जो नागों के राजा की स्थिति तूने की थी, अब वह तेरी है; बोल क्या करूँ तेरे साथ?'' विक्रमाजित ने दुदुम्भी का उपहास उड़ाते हुए कहा।

''ऐसा बल! ऐसा पराक्रम! केवल एक ही व्यक्ति इतना महाबली हो सकता है... अर्थात् तुम जीवित हो विक्रमाजित! भ्राता मार्केश ने तुम्हारे पराक्रम का विवरण दिया था; तुम तो उससे कहीं अधिक बलवान हो।'' दुदुम्भी ने विक्रमाजित के सामर्थ्य को सराहा।

उसका कथन सुनकर विक्रमाजित को धीरे-धीरे अपनी पहचान का आभास होने लगा। वह दुविधा में पड़ गये। इसका लाभ उठाकर दुदुम्भी ने उन्हें पीछे धकेल दिया।

विक्रमाजित भूमि पर गिर पड़े। चित्रलेखा की स्मृति उनके मस्तिष्क से लुप्त हो चुकी थी, परन्तु इससे, पूर्व की स्मृति, उनके मस्तिष्क में समाहित होने लगी। दुदुम्भी ने इसका लाभ उठाना चाहा और भूमि पर गिरे विक्रमाजित पर खंजर से प्रहार किया। विक्रमाजित ने उसके प्रहार को रोका और उसकी छाती पर भीषण प्रहार किया। वह भूमि पर गिर पड़ा। तत्पश्चात् बिना अवसर गँवाए विक्रमाजित ने एक लम्बी छलाँग लगायी और दुदुम्भी की छाती पर निर्णायक प्रहार किया, परिणामस्वरूप वह राक्षस खून उगलता हुआ मर गया। उसकी मृत देह देख, रक्षसेना के पाँव उखड़ गये और नागों की सेना में विजय का उल्लास छा गया। विक्रमाजित को नागों ने कंधे पे उठा लिया। राजकुमारी कनिष्का, विक्रमाजित पर मुग्ध हुई जा रही थीं। राजा विषंधर विक्रमाजित के पास आये।

''कौन हैं आप युवान? आपने तो समग्र नागजाति को अपना ॠणी बना लिया है।''

''हम विदर्भ के युवराज विक्रमाजित हैं; आप ॠण की बात कर रहे हैं... मेरे प्राणों की रक्षा करके आपने जो ॠण मुझपर चढ़ाया है, उसके समक्ष तो

यह कुछ भी नहीं।'' विक्रमाजित ने आभार प्रकट करते हुए कहा।

''तो क्या हम आपसे एक विनती कर सकते हैं युवराज?'' राजकुमारी कनिष्का आगे आते हुए बोलीं।

''अवश्य कहिए कुमारी।''

''मुझे स्वीकार कीजिये युवराज। मैं आपको अपना स्वामी मान चुकी हूँ, और आपके लिए विष का त्याग करने को भी मैं प्रस्तुत हूँ।'' कनिष्का विक्रमाजित के चरणों में झुक गयी।

''कनिष्का...!'' नागराज विषंधर क्रुद्ध हो गये।

''मुझे क्षमा करें पिताश्री, किन्तु अब मैं युवराज को समर्पित हूँ; अब यही मेरे जीवन का आधार हैं।'' कनिष्का ने राजा विषंधर से विनती की।

''किन्तु राजकुमारी, मैं विदर्भ का भावी राजा हूँ, और एक नागकन्या को कदाचित् मैं स्वीकार कर भी लूँ, परन्तु विदर्भ की प्रजा आपको अपनी महारानी के रूप में कभी स्वीकार नहीं करेगी।'' विक्रमाजित ने हस्तक्षेप करते हुए कहा।

''तो फिर आप केवल एक सन्तान के जन्म तक मेरे साथ रहिए युवराज; महज इतनी विनती है मेरी, और यह आपको स्वीकार करनी ही होगी, अन्यथा मैं अभी अपने प्राण त्याग दूँगी।'' कनिष्का ने अपना खंजर निकाल लिया।

''ठहरो राजकुमारी! मुझे तुम्हारा प्रस्ताव स्वीकार है; मैं एक सन्तान के जन्म तक तुम्हारे साथ रहूँगा, उसके बाद विदर्भ के प्रति अपने उत्तरदायित्व को पूर्ण करने यहाँ से चला जाऊँगा।''

''आपका आभार युवराज।''

* * *

''युवराज अखण्ड! एक वर्ष की लंबी अवधि के उपरान्त कनिष्का ने एक पुत्र को जन्म दिया। उसके उपरान्त विक्रमाजित विदर्भ को लौट गये; उन्हीं का पुत्र है यह नागों का राजा युगांधर, और मैं हूँ नागों का भूतपूर्व राजा विषंधर।''

''आपसे मिलकर प्रसन्नता हुई नागराज विषंधर; यह मेरा सौभाग्य है कि मुझे युगांधर जैसा एक और महापराक्रमी भाई मिला है!''

तभी विदर्भ देश का दूत सत्यक, अश्व पर आरूढ़ हुआ वहाँ पहुँच आया। वह अत्यधिक घबराया हुआ था। तत्काल ही वह अखण्ड के पास आया और उसे सूचना दी।

"असीमित विपत्ति आन पड़ी है, युवराज! महाराज वीरसेन पर प्राणघातक आक्रमण हुआ है; वह अभी तक मूर्छित हैं; उनका उपचार केवल आप योद्धाओं के पराक्रम से ही सम्भव है, इसलिए महर्षि कपिश ने आप सबको राजमहल बुलाया है।"

"जिसका भय था वही हुआ... चलिए भ्राता अखण्ड! संकटों का आरम्भ हो गया है।" तेजस्वी कुपित था।

"तुम कहना क्या चाहते हो तेजस्वी? क्या इस घटना का आरोप भी तुम मेरे पिता पर लगा रहे हो?" अखण्ड ने तेजस्वी की मंशा जाननी चाही।

"मैं किसी पर आरोप नहीं लगा रहा ज्येष्ठ! हमें विदर्भ की ओर कूच करना चाहिये, सत्य का ज्ञान हमें वहीं होगा।"

"यदि ऐसा है, तो मैं भी आप सबके साथ विदर्भ आना चाहूँगा भ्राता!" युगांधर आगे आया।

"यदि तुम हमारे साथ आये तो नागों के उत्तरदायित्व को कौन सँभालेगा?" तेजस्वी ने युगांधर से प्रश्न किया।

"नागों का उत्तरदायित्व मैं सँभाल लूँगा, कुमार तेजस्वी!" तभी पूर्व नागराज विषंधर तेजस्वी के समक्ष आये।

"तो फिर ठीक है, तुम भी हमारे साथ चलो युगांधर! तुम्हारे जैसे योद्धा का साथ पाकर मुझे ऐसा प्रतीत हो रहा है, जैसे मेरी भुजाओं का बल दुगना हो गया है; किन्तु अब बलिष्ठगढ़ के इन मूर्छित योद्धाओं का क्या करें?"

"इनकी चिन्ता करना व्यर्थ है भ्राता! एक प्रहर के उपरान्त इनकी मूर्छा टूट ही जायेगी, तब रक्षराज मार्केश स्वयं आपके कवच से मुक्त हो जायेगा।"

युगांधर के इस कथन के उपरान्त वह सूर्यम्, अखण्ड और तेजस्वी के साथ विदर्भ की सेना लिए वहाँ से प्रस्थान कर गये।

* * *

शीघ्र ही वह चारों विदर्भ के महल पहुँचे, परन्तु तेजस्वी ने अपनी प्रतिज्ञा के कारण महल में प्रवेश नहीं किया। महर्षि कपिश को उससे वार्ता करने महल के बाहर आना पड़ा।

"प्रणाम स्वीकार करें ऋषिवर!" तेजस्वी ने महर्षि कपिश को प्रणाम किया।

"तुम अपनी प्रतिज्ञा पर अडिग रहोगे, यह मैं जानता हूँ तेजस्वी; ठीक उसी प्रकार, स्वर्गीय महाराज विक्रमाजित अपनी शपथ का बीड़ा उठाये भटक रहे हैं।"

"पिताश्री आज भी भटक रहे हैं? मैं कुछ समझा नहीं ऋषिवर!"

"तुम्हारे पिता ने यह प्रतिज्ञा कर रखी थी, कि जब तक रक्षराज का अंत नहीं हो जाता, उनकी आत्मा भूलोक को नहीं त्यागेगी।"

"उनकी प्रतीक्षा का अंत मैं शीघ्र ही करूँगा ऋषिवर! रक्षराज का अंत मैं अवश्य करूँगा, परन्तु आप यह बताइये कि महाराज वीरसेन पर किसने आक्रमण किया?"

"वन में आखेट करते समय न जाने किसने एक विषैले तीर से उन पर घात लगाकर आक्रमण किया; यह विष इतना घातक है, कि धीरे-धीरे उनके शरीर में फैलता जा रहा है... यदि समय रहते उनका उपचार नहीं किया गया तो तीन महीने में उनकी मृत्यु निश्चित है।"

"इस विष का कोई तो उपचार होगा, ऋषिवर?"

"दिव्यमणि, जो पहले विदर्भ राज्य की धरोहर थी, उसकी किरणें संसार के किसी भी रोग या विष को काट सकती हैं।"

"यदि ऐसा है, तो बलिष्ठगढ़ को अब हमारी धरोहर लौटानी ही होगी, अन्यथा उसका परिणाम बलिष्ठगढ़ का विनाश होगा।"

"कदाचित् तुम भूल रहे हो तेजस्वी; जब तक बलिष्ठगढ़ में दिव्यमणि स्थापित है, विश्व का कोई भी योद्धा उन्हें उनकी भूमि पर पराजित नहीं कर सकता; उनके महल में प्रवेश करते ही तुम सबकी सारी शक्ति, सारा सामर्थ्य निष्फल हो जायेगा।"

"कोई तो उपाय होगा ऋषिवर?"

"उपाय तो है, परन्तु अत्यंत दुष्कर और कठिन है; तुम चारों को अपने प्राण दाँव पर लगाने पड़ेंगे।"

"हम चारों हर चुनौती का सामना करने को प्रस्तुत हैं, गुरुदेव!" अखण्ड ने आगे आकर अपने अदम्य साहस का परिचय दिया।

"तो फिर तैयार हो जाओ वीरों, पाताललोक की यात्रा करने के लिए, क्योंकि दिव्यमणि की केवल एक ही काट है, और वह है पाताललोक के अधिपति रक्षराज मार्केश के विशाल सिंहासन के ठीक नीचे रखा, भगवान महाबली का विजयधनुष। उस धनुष को धारण करने वाले को विश्व की बड़ी से बड़ी सेना मिलकर भी पराजित नहीं कर सकती। तुम चारों को पाताललोक जाना होगा; वहाँ रक्षराज मार्केश और उसके भाइयों द्वारा बनाये मायाजाल को तोड़कर विजयधनुष तक पहुँचना होगा।"

"उचित है, हम अभी प्रस्थान करेंगे भ्राताश्री!" युगांधर अपना फरसा उठाकर तैयार हो गया।

"नागजाति के नायक युगांधर! बहुत सुना है तुम्हारे पराक्रम के विषय में; कहते हैं कि तुम्हारे फरसे के भय से रक्षजाति का कोई भी असुर नागलोक की ओर देखने से भी भयभीत हो जाता है। तुमसे मिलकर प्रसन्नता हुई पुत्र, किन्तु स्मरण रहे, पाताल, असुरों का गढ़ है, वहाँ असुरों से शक्तिशाली कोई नहीं। तुम सबको, उन्हें शक्ति से नहीं, बुद्धि से पराजित करना पड़ेगा। तुम्हारी पाताललोक की यात्रा अरावली की पर्वत शृंखला से आरम्भ होगी, परन्तु वहाँ प्रवेश करने का मार्ग तुम्हें स्वयं खोजना होगा। मैं यह उत्तरदायित्व विश्व के सर्वश्रेष्ठ योद्धाओं को सौंप रहा हूँ! जाओ पुत्रों, प्रारम्भ करो अपनी यात्रा और विनाश कर दो रक्षजाति का। मेरा और महाराज विक्रमाजित का आशीष सदैव तुम सबके साथ है, प्रस्थान करो।"

* * *

महर्षि कपिश से आशीर्वाद प्राप्त कर, चारों महारथी, अखण्ड, तेजस्वी, युगांधर और सूर्यम्, अरावली की पर्वत शृंखला की ओर चल पड़े। चार दिनों की यात्रा के पश्चात वह चारों अरावली की पहाड़ियों तक पहुँच गये।

"भ्राताश्री! महर्षि कपिश ने हमें यह तो बता दिया कि पाताललोक का द्वार इन पहाड़ियों में है, किन्तु मुझे तो कोई मार्ग दिखाई ही नहीं देता।" तेजस्वी ने अखण्ड से वार्ता करते हुए कहा।

"यदि हमें पाताललोक के मायाजाल को तोड़ना है, तो इस चुनौती को स्वीकार करना ही होगा। पहला द्वार कदाचित् हमें स्वयं ढूँढ़ना होगा; यह हमारी बुद्धि का परीक्षण है।" अखण्ड ने तेजस्वी को धैर्य धारण करने को कहा।

तभी तेजस्वी का अश्व वायुजित् जोर-जोर से हिनहिनाने लगा।

"आपका यह अश्व इस प्रकार उत्तेजित क्यों हो रहा है, भ्राता?" युगांधर उस अश्व की अधीरता देख विस्मित था।

"यह वायुजित् है युगांधर, मेरे बचपन का साथी; इसे आने वाले संकट का पूर्वाभास हो जाता है; कदाचित् कोई संकट हमारी ओर बढ़ रहा है, इसीलिए यह उत्तेजित हो रहा है।"

तभी एक भिक्षुक प्रतीत होता व्यक्ति, बदहाल अवस्था में दौड़ता हुआ उन चारों योद्धाओं की ओर आया। उसे देख वायुजित् और उत्तेजित हो गया।

"रक्षा करो वीरों! रक्षा करो मेरी!" कराहते हुए वह भिक्षुक चारों योद्धाओं के चरणों में झुक गया।

किन्तु तभी वायुजित् ने अपने खुरों से उस भिक्षुक पर प्रहार किया। वह व्यक्ति भूमि पर गिर पड़ा। तेजस्वी नीचे उतरा और उसने अश्व को काबू में किया।

तभी चार बलिष्ठ राक्षस, दौड़ते हुए उस भिक्षुक का पीछा करते हुए आते दिखे। वह भिक्षुक प्रतीत होने वाला व्यक्ति तेजस्वी के आगे झुक गया

"रक्षा कीजिये कुमार! रक्षा कीजिये!"

तभी वे चारों राक्षस वहाँ आ पहुँचे।

"हमारा आखेट हमें सौंप दो मानव, हम तुम चारों को जीवित छोड़ देंगे।" उनमें से एक राक्षस ने कहा।

"यह मानव हमारी शरण में आया है; इसका रक्षण हमारा धर्म है... तुम चार साधारण राक्षस हमें चुनौती दोगे? अब तुम सब स्वयं देखोगे कि तुम चारों से युद्ध करने के लिए मेरा अनुज सूर्यम् अकेला ही पर्याप्त है; हमें तो शस्त्र

उठाने की आवश्यकता ही नहीं है। सूर्यम्! जाओ और इन मूर्ख असुरों को तनिक अपने बल का परिचय दो।'' अखण्ड ने रक्षों को चुनौती देते हुए सूर्यम् को आक्रमण की आज्ञा दी।

''जो आज्ञा ज्येष्ठ।'' अखण्ड की आज्ञा पाते ही सूर्यम् ने गदा उठाई और उन चारों असुरों से अकेले ही युद्ध करने दौड़ पड़ा। उन चारों असुरों में से एक उसकी ओर खड्ग लिए दौड़ा, किन्तु वह पलभर में ही सूर्यम् के पैरों के नीचे था। तत्पश्चात सूर्यम् ने अपनी गदा से उस राक्षस के मस्तक पर भीषण प्रहार किया। रक्त से सरोबार उसकी काया कुछ क्षणों में ही निष्प्राण हो गयी। यह देख शेष तीनों राक्षस एक साथ सूर्यम् से आ भिड़े, किन्तु उन तीनों के प्रहार को सूर्यम् ने बड़ी सरलता से अपनी गदा पर रोक लिया और उन्हें स्वयं से दूर फेंक दिया।

तभी राक्षसों की विशाल सेना उनकी ओर आती हुई दिखी। यह देख युगांधर और अखण्ड भी रक्षसेना का सामना करने के लिये अपने शस्त्र लेकर दौड़ पड़े तथा तेजस्वी ने दूर से ही अपने बाणों की वर्षा प्रारम्भ की। उन चारों ने अपने अतुलनीय शस्त्रकौशल से रक्षसेना में भयंकर कोलाहल मचाना शुरू किया। तेजस्वी अपने दिव्य अस्त्रों से रक्षसेना का सबसे अधिक विनाश कर रहा था, युगांधर की विषफुंकार अलग ही असुरों को मूर्छित करती चली जा रही थी, अखण्ड और सूर्यम् की गदा के प्रहार असुरों का हृदय थर्रा दे रहे थे।

''रक्षसेना पलायन करो...!'' तभी पीछे खड़े भिक्षुक प्रतीत होने वाले व्यक्ति ने असुरों की सेना को आदेश दिया। उसकी आज्ञा पाते ही सारे राक्षस पीछे हटने लगे। कुछ ही समय में वहाँ केवल असुरों के शव शेष थे। शेष राक्षस पलायन कर गये।

विदर्भ के चारों योद्धा यह देख हतप्रभ रह गये कि एक भिक्षुक की आज्ञा पर रक्षसेना पीछे कैसे हट गयी।

''अद्भुत योद्धा हो तुम चारों; किन्तु यहाँ किस प्रयोजन से आये हो?'' इतना कहकर उस भिक्षुक ने अपना वास्तविक रूप धरा; यह कोई और नहीं, रक्षराज मार्केश था।

उसे देख तेजस्वी का क्रोध सातवें आसमान पर चढ़ गया। उसने शर संधान के लिए धनुष उठा लिया।

''अपने गांडीव को विराम दे मूर्ख बालक! मेरी तुमसे कोई निजी शत्रुता

नहीं है; तेरे पिता ने मेरे दो भाइयों का वध किया था, जिसका प्रतिशोध मैं ले चुका हूँ... मैं केवल तुम सबका पाताल आने का प्रयोजन जानना चाहता हूँ।''

''प्रतिशोध तुम्हारा पूरा हुआ है मार्केश, हमारा नहीं... मेरे तो जीवन का उद्‌देश्य ही तुम्हारी मृत्यु है रक्षराज! उस उद्‌देश्य को पूर्ण करने और देवताओं की धरोहर, विजयधनुष प्राप्त करने के उद्‌देश्य से हम यहाँ आये हैं।'' तेजस्वी ने मार्केश को खुली चुनौती दी।

''तुम लोग क्या समझते हो, थोड़ी सी असुरों की सेना को पराजित क्या कर लिया, यह सोच बैठे कि पाताल के मायाजाल को तोड़ लोगे? यह सेना तो तुम्हारी शक्ति के परीक्षण के लिए थी... मैं भी देखता हूँ कि तुम चारों कब तक पाताल में जीवित रह पाते हो।''

''तुम अपनी चिन्ता करो रक्षराज मार्केश! अपने दिन गिनने आरम्भ कर दो, क्योंकि शीघ्र ही तुम्हारा मस्तक, भ्राता तेजस्वी के पैरों के नीचे होगा, और तुम अपने प्राणों की भिक्षा माँग रहे होगे।'' युगांधर ने फरसा उठाकर रक्षराज को चुनौती दी।

''यदि ऐसा है, तो मैं स्वयं तुम सबको पाताल का मार्ग दिखाऊँगा। बलिष्ठगढ़ में हुए युद्ध में तुमने मेरे प्राणों की रक्षा की थी तेजस्वी! केवल इसका ऋण उतारने के लिए मैं तुम सबको पाताल के प्रथम द्वार तक भेजूँगा, किन्तु मुझे विश्वास है कि तुम सब मिलकर भी मेरे अनुज हिडिम्ब का सामना नहीं कर पाओगे। यह पाताल हैं मानवों, पृथ्वीलोक नहीं।'' इतना कहकर रक्षराज ने हाथ उठाकर कुछ संकेत किया।

फलस्वरूप उन चारों योद्धाओं के पैरों के नीचे की भूमि फट पड़ी, और देखते ही देखते वे चारों भूमि के अंदर समा गये। वह चारों लुढ़कते हुए एक घने वन में पहुँच गये, किन्तु कुछ ही क्षणों में वह चारों वहाँ की भूमि से उठे और अपने-अपने शस्त्र उठाकर सतर्क हो गये।

तभी एक अश्व की हिनहिनाहट से वन गूँज उठा।

''इस घने अंधकार में किसी अश्व का यूँ हिनहिनाना थोड़ा आश्चर्यजनक प्रतीत हो रहा है, भ्राता अखण्ड!'' तेजस्वी ने अखण्ड को सतर्क किया।

''तनिक प्रतीक्षा करो तेजस्वी; यह रक्षों का गढ़ है; हमारा एक भी गलत

कदम हमें किसी भयंकर विपत्ति में फँसा सकता है... स्मरण रहे यह रक्षराज मार्केश के भाई हिडिम्ब का क्षेत्र है, किसी भी भ्रमित करने वाली वस्तु या जीवों से हम चारों को सतर्क रहना होगा।''

अखण्ड के कथन का समर्थन चारों योद्धाओं ने किया। तभी एक श्वेत अश्व भागता हुआ तेजस्वी के समक्ष आ खड़ा हुआ। उसे देख सभी आश्चर्य में पड़ गये। यह कोई और नहीं, तेजस्वी के बाल्यकाल का साथी एवं मित्र वायुजित् था। एक सिंह उसका पीछा करते हुए शीघ्र ही वहाँ पहुँच गया। यह देख तेजस्वी ने शीघ्रता से अपने बाणों से घास में आग लगा दी। उस अग्नि को देख वह सिंह पीछे हट गया, और भागते हुए घने वनों में लुप्त हो गया। उसके पश्चात तेजस्वी ने वायुजित् के पास आकर उसका निरीक्षण किया।

''वायुजित् तो अत्यंत घायल है।''

''उससे बड़ा प्रश्न यह है तेजस्वी, कि यह यहाँ तक पहुँचा कैसे?'' अखण्ड ने प्रश्न खड़ा किया।

''यह मेरा सबसे प्रिय मित्र है, ज्येष्ठ! जब भी मुझ पर कोई संकट आता है, तो मुझसे पूर्व इसे उसका आभास हो जाता है; सत्य तो यह है भ्राताश्री, कि यह मेरे बिना रह ही नहीं सकता, इसलिए यहाँ आ पहुँचा... हो सकता है, भूमि की जिस दरार से हम चारों यहाँ तक पहुँचे हैं, उसी मार्ग से यह भी यहाँ आया हो, तभी तो इतना घायल हो गया है।''

तभी वायुजित् जोर-जोर से हिनहिनाने लगा, और एक दिशा की ओर चल पड़ा, और वापस घूमकर तेजस्वी को अपने साथ आने का संकेत किया।

''चलिए भ्राता अखण्ड! जो मार्ग हम नहीं ढूँढ़ पाये, कदाचित् वह वायुजित् ने ढूँढ़ लिया है।''

''उचित है।'' अखण्ड का समर्थन पाते ही चारों वीर महारथी उस मार्ग पर चल पड़े जो वायुजित् उन्हें दिखा रहा था। शीघ्र ही उन चारों के समक्ष एक विशाल महल था।

''यह हम कहाँ आ गये भ्राताश्री? क्या यही उस राक्षस हिडिम्ब का महल है?'' सूर्यम् ने अखण्ड से प्रश्न किया। तभी वायुजित् वहाँ से अदृश्य हो गया। यह देख चारों योद्धा अवाक् रह गये।

"हिडिम्ब के साम्राज्य में तुम्हारा स्वागत है वीरों! बहुत सुनी है तुम चारों की शौर्यगाथा... वह अश्व तो एक मायाजाल था; तुम चारों महारथियों को यहाँ तक लाने का स्त्रोत था; अब यदि सामर्थ्य है तो आगे बढ़ो और मुझे पराजित कर मेरा वध करो और पार कर लो रक्षराज मार्केश तक पहुँचने के मार्ग में आई इस प्रथम बाधा को!" ललकारते हुए राक्षस हिडिम्ब उनके समक्ष प्रकट हुआ।

हिडिम्ब की ललकार सुनते ही सूर्यम् ने अपनी गदा उठाई और आगे बढ़ चला। तेजस्वी ने उसे रोकने का प्रयास किया, परन्तु विफल रहा। किन्तु उसके कुछ कदम आगे बढ़ाते ही भूमि पर सैंकड़ों शूल उग आये। सूर्यम् को अपने कदम पीछे करने पड़े।

"मुझे पराजित करना इतना सरल समझते हो कुमार? यह पाताललोक है, पृथ्वीलोक के वीरों; असुरों का गढ़ है ये!"

"तुम्हारा यह अहम् मैं अभी दूर किये देता हूँ, हिडिम्ब!" इतना कहकर युगांधर ने अपना फरसा हिडिम्ब की ओर चला दिया।

परन्तु परिणाम निष्फल रहा। हिडिम्ब के शरीर से टकराकर फरसा वापस युगांधर के हाथों में आ गया। युगांधर लहू का घूँट पीकर रह गया।

"रुक जाओ युगांधर! हमें बुद्धि से काम लेना होगा; धैर्य रखो। पहले अपने मार्ग से इन शूलों को हटाना होगा हमें।" तेजस्वी ने युगांधर के क्रोध को शांत किया।

तभी तेजस्वी की दृष्टि हिडिम्ब के गले में लटकी माला पर पड़ी।

"कदाचित् मेरा यह प्रयत्न सफल हो जाये।" इतना कहकर तेजस्वी ने अंजलि अस्त्र का आह्वान कर उसे हिडिम्ब के गले में लटकी माला की ओर छोड़ दिया।

हिडिम्ब और उसकी माला को तो कोई क्षति नहीं पहुँची, किन्तु भूमि पर उगे शूल अदृश्य हो गये। हिडिम्ब क्रुद्ध हो उठा।

"तुम्हारा शौर्य अद्भुत है धनुर्धर, किन्तु यह माला केवल मैं अपने शरीर से अलग कर सकता हूँ; तुमने केवल कुछ समय के लिए मेरी माया काटी है, परन्तु अब ऐसा प्रतीत होता है कि तुम लोगों की मृत्यु का जाल रचना ही होगा; बहुत हुआ परिहास।" इतना कहकर हिडिम्ब वहाँ से अदृश्य हो गया।

उसके अदृश्य होने के उपरान्त, चारों महारथियों ने धीरे-धीरे आगे बढ़ना

प्रारम्भ किया, तभी भूमि फाड़कर चार अत्यंत बलिष्ठ राक्षस निकल आये। पीछे से अट्टहास करता हुआ हिडिम्ब प्रकट हुआ।

"क्या हुआ योद्धाओं? विस्मित रह गये? तुम सबकी वास्तविक परीक्षा तो अब होगी, जब तुम सब केवल अपने प्राण बचाने के लिए संघर्ष करोगे। मेरे यह चार महायोद्धा, तुम्हारी शक्ति को परखने के लिए प्रस्तुत हैं... यदि तुममें वाकई सामर्थ्य है, तो इन्हें पराजित करके दिखाओ; मैं भी तो देखूँ कि इस संसार ने तुम सबको सर्वश्रेष्ठ वीरों की जो उपाधि दे रखी है, वह सत्य है या यूँ ही लोगों द्वारा फैलाया गया भ्रम है।"

"तुम्हारा अहम् आवश्यकता से अधिक हो चुका है हिडिम्ब! केवल चार योद्धाओं को भेजा है हमसे युद्ध करने के लिए? यदि यह चार लाख भी होते, तो भी हम चार महारथी उनका सामना करने का सामर्थ्य रखते हैं; मेरे इस कथन का प्रमाण तुम्हें कुछ ही समय में प्राप्त हो जायेगा।" अखण्ड ने ललकारते हुए अपनी गदा पर शिकंजा कसा।

"पहले तुम इन चारों का तो सामना कर लो गदाधारी, फिर आगे की सोचना।"

तत्पश्चात अखण्ड और सूर्यम् ने अपनी गदा सँभाली। युगांधर ने अपना फरसा सँभाला और तेजस्वी ने भी म्यान से तलवार खींची और चल पड़े चारों वीर, उन मायावी असुरों का सामना करने।

एक प्रहर के भीषण युद्ध के उपरान्त अखण्ड, तेजस्वी, युगांधर और सूर्यम् ने अपने-अपने प्रतिद्वंद्वियों पर विजय पाई और उनका अंत किया।

"यह लो हिडिम्ब, तुम्हारे योद्धा तो एक प्रहर में ही मारे गये; क्या यही थी तुम्हारी परीक्षा?" विजय के उन्माद में अखण्ड ने हिडिम्ब पर कटाक्ष किया।

किन्तु हिडिम्ब के मुख पर शिकन तक नहीं थी। उसके चेहरे पे एक शैतानियत भरी मुस्कराहट थी। मुस्कुराते हुए उसने अपनी माला पर हाथ फेरा।

"इतनी शीघ्रता से निर्णय पर पहुँच गये गदाधारी! प्रतीत होता है कि तुम्हारे अत्यधिक बल ने तुम्हारी बुद्धि हर ली है, जो इतनी शीघ्र यह समझ लिया कि पाताल का प्रथम चरण इतनी सरलता से जीत लोगे; तनिक अपने पीछे मुड़कर देखो।"

हिडिम्ब के इस कथन के उपरान्त उन चारों महारथियों ने जब पीछे मुड़कर देखा, तो आश्चर्य से उनकी आँखें फट गयीं। चारों राक्षस जीवित होकर अपने-अपने शस्त्रों से सुसज्जित होकर पुनः युद्ध के लिए तत्पर थे।

"इन चारों योद्धाओं का तब तक कोई अहित नहीं होने वाला, जब तक मैं जीवित हूँ; और यह चारों तुम्हें मुझ तक पहुँचने नहीं देंगे, और यदि पहुँच भी गये, तो मेरा अंत करना तुममें से किसी के लिए सम्भव नहीं है... अब पुनः सामना करो इन अमर योद्धाओं का।"

हिडिम्ब के इस कथन के उपरान्त, उन चारों राक्षसों ने एक बार फिर आक्रमण कर दिया। दो दिवस बीत गये, युद्ध होता रहा। बार-बार उन राक्षसों को मारा जाता और वे जीवित होकर उठ खड़े होते।

तभी युद्ध करते-करते युगांधर के मस्तिष्क में एक विचार आया। युद्ध करते हुए अपने प्रतिद्वंद्वी राक्षस को वह अखण्ड के पास ले आया।

"भ्राता अखण्ड, मेरे पास हिडिम्ब को पराजित करने की योजना है!"

"यदि ऐसा है, तो शीघ्र बताओ, अन्यथा तो यह युद्ध अनंत काल तक चलता रहेगा।"

"बताने का समय नहीं है भ्राताश्री! आप मेरे प्रतिद्वंद्वी राक्षस को सँभालिए, तब तक मैं हिडिम्ब तक पहुँचता हूँ... आपके सामर्थ्य पर पूर्ण विश्वास है मुझे।"

"ठीक है युगांधर, तुम जाओ, तब तक इन दोनों असुरों का सामना मेरी गदा कर लेगी।"

अखण्ड के इस कथन के उपरान्त, युगांधर ने अपने प्रतिद्वंद्वी को अखण्ड की ओर धकेल दिया और स्वयं फरसा लेकर हिडिम्ब की ओर दौड़ा।

वहीं दूर वृक्ष पर बैठा हिडिम्ब यह सारा दृश्य देख रहा था। उसे प्रतीत हुआ कि युगांधर उस पर आक्रमण करने आ रहा है। वह भी खड्ग लेकर वृक्ष से कूद पड़ा। शीघ्र ही दोनों एक दूसरे का सामना करने को आमने-सामने खड़े थे।

"तो तुम्हें यह तो नहीं लग रहा कि मेरा वध करके यह मायाजाल तोड़ा जा सकता है? यदि ऐसा सोच रहे हो तो प्रयत्न करके देख लो।" हिडिम्ब ने युगांधर को चुनौती दी।

“मैं तुमसे युद्ध करने नहीं आया हिडिम्ब, अपितु तुम्हें विवश करने आया हूँ; अब तुम स्वयं हमें आगे का मार्ग दिखाओगे।”

इतना कहकर युगांधर ने अपने नेत्रों से हिडिम्ब के नेत्रों की ओर देखना प्रारम्भ किया। देखते ही देखते हिडिम्ब उसके वश में आ गया।

“अपने कंठ से यह माला उतारकर मुझे दो हिडिम्ब!”

“जो आज्ञा स्वामी!” युगांधर के वश में हुआ हिडिम्ब, उसकी आज्ञा मानने को विवश हो गया। उसने अपने गले की माला निकाली और युगांधर को सौंप दी।

युगांधर ने उस माला को तोड़ने का प्रयास किया, किन्तु विफल रहा।

“क्या तुम इस माला को तोड़ सकते हो हिडिम्ब?”

“अवश्य स्वामी।” इतना कहकर हिडिम्ब ने म्यान से तलवार खींची और युगांधर के हाथ से माला लेकर उसे दो भागों में विभाजित कर दिया।

फलस्वरूप एक तेज प्रकाश फूटा। आकाश से बिजली गिरी और चारों राक्षस उस आकाशीय बिजली से भस्म हो गये। इस झटके ने हिडिम्ब के सम्मोहन को भी तोड़ दिया, किन्तु अब इसका कोई लाभ नहीं था। युगांधर की योजना सफल हो चुकी थी। अपनी चेतना में लौटते ही हिडिम्ब वहाँ की स्थिति देख चकित रह गया।

“यह सब कैसे हुआ? और मेरे कंठ की माला, वह कहाँ है?” हिडिम्ब ने विस्मयपूर्वक प्रश्न किया।

“तुम्हारी माला यह रही हिडिम्ब!” कहकर युगांधर ने उसे उस माला के टुकड़े दिखाए।

“असम्भव, मेरी माला केवल मैं नष्ट कर सकता था, यह तुमने किस प्रकार किया?”

“मैं नागजाति का सम्राट हूँ हिडिम्ब; और सम्मोहन हम नागों की सबसे बड़ी शक्ति होती है... हमारी इस शक्ति के आगे बड़ी से बड़ी शक्ति व्यर्थ है।”

“अद्भुत युगांधर! केवल तुम्हारे कारण हम प्रथम चरण को पार कर पाए

हैं।'' तेजस्वी ने युगांधर की प्रशंसा की।

''क्या कहते हो हिडिम्ब, क्या करूँ तुम्हारे साथ? हमारी कोई निजी शत्रुता नहीं है तुमसे, किन्तु कदाचित् तुम्हारा वध किये बिना आगे बढ़ना भी तो सम्भव नहीं है।'' युगांधर ने अपना फरसा हिडिम्ब की गर्दन पर टिकाकर कहा।

''मुझे छोड़ दो नागसम्राट! मैं तुम्हें वचन देता हूँ, मैं स्वयं तुम्हें मायाजाल के द्वितीय चरण तक ले जाऊँगा।'' अपने प्राणों पर बनी देख, हिडिम्ब ने अपने हाथ जोड़ लिए।

''यह उचित कह रहा है अनुज! हमारी शत्रुता इससे नहीं, रक्षराज मार्केश से है, और अब यही हमें रक्षराज और विजयधनुष तक पहुँचने की अगली सीढ़ी तक ले जायेगा।'' तेजस्वी ने युगांधर के कंधे पर हाथ रखकर उसे समझाया।

''जाओ हिडिम्ब, दिया तुम्हें जीवनदान; ले चलो हमें अपने अन्य भाइयों के पास।''

''अवश्य नागराज, अवश्य! चलिए मेरे साथ।'' कहते हुए हिडिम्ब भूमि से उठा और उन चारों योद्धाओं के साथ एक दिशा की ओर बढ़ चला।

* * *

दो प्रहर की यात्रा के उपरान्त पाँचों के समक्ष एक सरोवर था।

''आप चारों को इन तीन वृक्षों को काटना होगा, जो इस सरोवर के मध्य में स्थित हैं। परन्तु स्मरण रहे, इन तीनों वृक्षों के कटने का समय एक होना चाहिये, अन्यथा इसका दुष्परिणाम भयंकर सिद्ध होगा।'' हिडिम्ब ने उन चारों को चेतावनी देते हुए कहा।

''और यदि यह कोई छल हुआ, तो स्मरण रखना हिडिम्ब, तुम्हारा सर और मेरी गदा... कुचल डालूँगा मैं तुम्हें!'' अखण्ड ने हिडिम्ब को चेतावनी देते हुए कहा।

''मुझ पर विश्वास करने के अतिरिक्त, आपके पास कोई उपाय है ही

नहीं, गदाधारी, क्योंकि इस सरोवर के मध्य में स्थित वृक्षों तक का मार्ग केवल मैं निर्मित कर सकता हूँ।''

इतना कहकर हिडिम्ब ने अपने हाथों से कुछ संकेत किया, और सरोवर के मध्य सेतु बाँध दिया।

''जाओ वीरों, आगे बढ़ो, किन्तु इतना स्मरण रखना, तीनों वृक्षों के काटने में आप चारों का योगदान होना चाहिये; जो वृक्ष को काटने में हाथ नहीं लगायेगा, वह यहीं रह जायेगा।''

हिडिम्ब के इस कथन के उपरान्त, वे चारों योद्धा सेतु मार्ग की ओर बढ़े; यह देख हिडिम्ब की आँखें चमक उठीं। उसने अपने नेत्र बंद किये और कुछ मन्त्रों का जाप किया।

''तनिक इधर दृष्टि घुमाकर देखो योद्धाओं!'' हिडिम्ब का कथन सुन चारों महारथी उसकी ओर मुड़े।

''मुझे सम्मोहन में फँसाकर तो विजयी हो गये तुम सब; अब मेरी माया का सामना करो... यह क्षेत्र मेरा है, और यहाँ मेरी शक्तियाँ प्रबल हैं।''

हिडिम्ब का कथन समाप्त होते ही चारों योद्धाओं के नेत्रों के समक्ष कुछ समय के लिए अंधकार छा गया। कुछ क्षण पश्चात युगांधर के नेत्र खुले तो उसने स्वयं को अपिरिचित स्थान पर पाया। दूर-दूर तक न हिडिम्ब था न ही उसके भाई।

यही मायाजाल हिडिम्ब ने तेजस्वी, अखण्ड और सूर्यम् के समक्ष भी रचा और उन्हें भटकाकर अलग कर दिया।

''षड्यंत्र सफल हुआ।'' हिडिम्ब ने मन ही मन विचार किया और अपने अश्व पर आरूढ़ होकर एक निश्चित दिशा की ओर बढ़ चला।

* * *

एक प्रहर तक गुप्त मार्गों की यात्रा के उपरान्त, वह एक महल में पहुँचा। महल में पहुँचते ही वह एक बीस गज ऊँचे सिंहासन के समक्ष आ खड़ा हुआ।

''रक्षों के अधिपति और ज्येष्ठ भ्राता रक्षराज मार्केश को मेरा प्रणाम! मुझे

क्षमा करें भ्राताश्री; मैं उन चारों की सम्मिलित शक्ति का सामना नहीं कर सका।'' हिडिम्ब ने ग्लानि भाव प्रकट करते हुए कला।

''कोई बात नहीं हिडिम्ब; उन चारों के बल का परिचय मुझे भी मिल चुका है; यदि वे साथ रहे तो कदाचित् शीघ्र ही मेरे भाइयों को पराजित कर यहाँ पहुँच आयेंगे।''

''अब ऐसा नहीं होगा भ्राताश्री! मैंने एक ऐसा षड्यंत्र रचा है, जिसमें फँसकर वह चारों महारथी अलग-अलग हो चुके हैं... अब तेजस्वी का सामना होगा भ्राता त्रिभुज से, उस नागयोद्धा का सामना होगा नागराक्षस दंशक से, और वह बुद्धिहीन मतवाले गदाधारी अखण्ड और सूर्यम् फँस जायेंगे भ्राता अधीम के जाल में।''

''अखण्ड नहीं हिडिम्ब, अखण्ड नहीं;'' उसे कोई हानि नहीं पहुँचनी चाहिये।'

''ऐसा क्यों भ्राताश्री?''

''क्योंकि वह मेरा अंश है, हिडिम्ब; मेरे पुत्र भानुसेन का पुत्र है वो, और यह रक्त सम्बन्ध है अनुज, टूट नहीं सकता; दो ही तो वंशज हैं मेरे... एक सुबाहु और दूसरा अखण्ड। सुबाहु से तो मुझे कोई आशा नहीं, किन्तु अखण्ड के भीतर का असुर जगाकर मैं उसे अपना उत्तराधिकारी बनाने की इच्छा अवश्य रखता हूँ।''

''यदि ऐसा है तो मुझे भ्राता अधीम को यह सूचना देनी होगी कि वह पौत्र अखण्ड को कोई हानि न पहुँचाएँ।''

''शीघ्र प्रस्थान करो हिडिम्ब; क्योंकि अखण्ड अब तक अधीम के क्षेत्र तक पहुँच गया होगा।''

रक्षराज की इस आज्ञा के उपरान्त, हिडिम्ब तत्काल ही अपने अश्व पर आरूढ़ हुआ और गुप्त मार्गों से चल पड़ा अपने भ्राता अधीम की ओर।

6

ओमेश्वर की तलवार-1

अखण्ड और सूर्यम् हिडिम्ब के मायाजाल में फँसकर, सरोवर से दूर एक अनजान स्थान पर पहुँचे।

“भ्राताश्री, यह हम कहाँ आ गये हैं, और हमारे भाई कहाँ है?” सूर्यम् ने अखण्ड से प्रश्न किया।

“यही प्रश्न मेरे भी मस्तिष्क में कौंध रहा है सूर्यम्; कदाचित् सम्भव है कि वह दोनों यहीं कहीं हों; हमें उन्हें खोजने का प्रयास करना चाहिये।”

अखण्ड के इस कथन के उपरान्त वह दोनों उस वीरान स्थल पर तेजस्वी और युगांधर का नाम पुकारने लगे। तभी अखण्ड को महसूस हुआ कि कोई वृक्ष से छुपकर उन्हें देख रहा है।

“रुक जाओ सूर्यम्, कदाचित् हम पर कोई दृष्टि रख रहा है, सावधान हो जाओ!” अखण्ड ने सूर्यम् को सावधान करते हुए कहा।

“पत्तों में सरसराहट मुझे भी महसूस हो रही है भ्राता; अवश्य यहाँ कोई है, जो हम पर दृष्टि जमाये हुए है।”

उन दोनों का अनुमान सही था। एक विशाल गिरगिट, हरे पत्तों के पीछे

रंग बदलकर छिपा था। उसकी हरकत को अखण्ड ने भाँप लिया। उसने अपनी गदा घुमायी और उसी पेड़ की ओर चला दिया। पेड़ टूटकर गिर पड़ा, और वह गिरगिट भी भूमि पर गिरकर एक राक्षस में परिवर्तित हो गया। अखण्ड की दृष्टि उस पर पड़ी। छुपा न रह पाने की स्थिति का भान होते ही वह राक्षस घने वनों में भागने लगा। सूर्यम् और अखण्ड ने उसका पीछा किया और घने वनों में आ पहुँचे, किन्तु राक्षस न जाने कहाँ गुम हो गया। कुछ देर तक उसे खोजते रहने के बाद अखण्ड और सूर्यम् खुले मैदान में पहुँचे। उस मैदान में कई ऊँचे टीले थे।

* * *

सूर्य उनके सिर के ठीक ऊपर चढ़ आया था और अब भी वे भटक रहे थे। “कोई है यहाँ पर? या सभी उस भगोड़े राक्षस की भांति कायर हैं?” अखण्ड ने असुरों को चुनौती देते हुए गदा भूमि पर दे मारी। आसपास के ऊँचे-ऊँचे टीलों में कँपन होने लगा था।

तभी अनेक असुर उन टीलों पर आ खड़े हुए। उनके साथ रक्षराज का भाई अधीम भी था। सभी अखण्ड के बल का प्रकोप देख आश्चर्य में थे। अधीम के सेनापति ने उसे चेताते हुए कहा।

“महामहिम, यह दोनों युवक अत्यंत बलिष्ठ दिखाई पड़ते हैं; यह हमारे लिए संकट उत्पन्न कर सकते हैं।”

“अधीम को पराजित करना इतना सरल नहीं है सेनापति! तुम चिन्तित मत हो; शीघ्र ही यह दोनों एक दूसरे से लड़ते नजर आयेंगे।” अधीम अपना गँडासा लिए युद्ध को तत्पर था।

“परन्तु यह कैसे सम्भव होगा महामहिम?”

“यह रक्षगुरु भैरवनाथ का दिया हुआ चमत्कारी भभूत देख रहे हो!” अधीम ने अपनी मुट्ठी में रखा भभूत अपने सेनापति को दिखाया।

“यह कैसा भभूत है महामहिम?”

"बस देखते जाओ; अभी हमें इनसे युद्ध करना होगा।"

अधीम की कोई प्रतिक्रिया न देख अखण्ड ने उसे ललकारा।

"क्या हुआ असुरों, क्या हमारा प्रचण्ड बल देखकर भयभीत हो गये तुम सब?"

"हम भयभीत हैं या नहीं, इसका उत्तर मैं तुम्हें नहीं, तुम्हारे शव को दूँगा।"

अधीम ने भी अखण्ड को ललकारा और अपना गँडासा लेकर भूमि पर कूद पड़ा

"मैं तुम्हें द्वंद्व की चुनौती देता हूँ, युवान्। मेरी सेना तुम्हारे और मेरे मध्य नहीं आयेगी।"

अखण्ड को ललकारकर अधीम उसकी ओर दौड़ा। यह देख सूर्यम् ने अपनी गदा पर शिकंजा कसा।

"मुझे आज्ञा दीजिये भ्राता, मैं अभी इस राक्षस का अंत कर देता हूँ!"

"रुको सूर्यम्; इसने मुझे चुनौती दी है, इसका उत्तर भी मैं ही दूँगा।"

अखण्ड ने सूर्यम् को पीछे किया और अधीम की ओर दौड़ पड़ा। यह देख अधीम ने एक विशाल चट्टान उठाई और अखण्ड की ओर फेंका, परन्तु अखण्ड की गदा के एक ही प्रहार ने उस चट्टान को चकनाचूर कर दिया। यह देख अधीम ने अपना शस्त्र उठाया और एक बार फिर अखण्ड की ओर दौड़ा। शीघ्र ही उन दोनों के शस्त्र आपस में टकराये। भयंकर गर्जना हुई। एक प्रहर के युद्ध के उपरान्त अंततः अधीम पराजित हुआ, और अखण्ड की गदा के प्रहार से उड़कर एक चट्टान से जा टकराया। अखण्ड ने बिना विलंब किये, अपनी गदा का नुकीला सिरा अधीम के उदर में घुसा दिया। अधीम के मुख से रक्त का फव्वारा छूट पड़ा। अखण्ड ने उसे मृत समझ स्वयं को विजयी मान लिया, जो उसकी भूल थी। अधीम ने जब अखण्ड को असावधान देखा तो रक्षराज भैरवनाथ का दिया भभूत उसने अपनी कमर से निकाला और अखण्ड की ओर उछाल दिया।

वह भभूत नाक के माध्यम से अखण्ड के शरीर में समाहित हो गया, और वह भूमि पर गिर पड़ा। यह देख अधीम ने अपने शरीर में धँसी अखण्ड की गदा निकाली और भूमि पर पटक दी। आश्चर्यजनक रूप से उसके घाव

अपने आप भरते चले गये। सूर्यम् अवाक् रह गया। उसने अखण्ड को प्रेरित करते हुए कहा

"उठिए भ्राता अखण्ड, और इस छल का उत्तर दीजिये!"

"प्रलाप मत करो बालक! अब तुम्हारा भाई हम असुरों में से एक है... रक्षराज मार्केश के ज्येष्ठ पुत्र भानुसेन का पुत्र है ये; यही नहीं, हमारे ज्येष्ठ भ्राता का उत्तराधिकारी भी है ये।" अधीम ने सूर्यम् को भानुसेन का रहस्य विस्तारपूर्वक कह डाला।

सूर्यम् अचंभित रह गया। क्षण भर के लिए वह सोच ही नहीं पा रहा था कि वह क्या करे। तभी उसने विचार किया।

"तो इसलिए भ्राता तेजस्वी, भानुसेन को मारने महल में आ पहुँचे थे... अब सारा रहस्य मेरी समझ में आ रहा है।" अगले ही पल उसके नेत्रों में ज्वाला धधकने लगी।

"मैं तेरी योजना सफल नहीं होने दूँगा, नीच असुर! असुर ही सही, फिर भी यह मेरे भ्राता हैं; शीघ्र ही तेरा और तेरी सेना का विनाश करके मैं अपने ज्येष्ठ भ्राता को यहाँ से ले जाऊँगा।"

"सैनिकों, नष्ट कर दो इस मूर्ख का अस्तित्व।"

अधीम का आदेश पाते ही रक्षसेना सूर्यम् पर टूट पड़ी। सूर्यम् ने भी गदा सँभाली और अकेला ही उनसे भिड़ गया। शीघ्र ही कई राक्षस सूर्यम् के प्रहार से घायल हो गये, परन्तु, अगले ही क्षण, गदा का एक प्रहार सूर्यम् की छाती पर लगा और वह कई गज दूर जा गिरा।

ये प्रहार किसी और का नहीं अपितु अखण्ड का था। सूर्यम् अवाक् रह गया।

"भ्राता अखण्ड होश में आइए; यह क्या कर रहे हैं आप!" सूर्यम् ने अखण्ड को रोकने का प्रयास किया।

"मैं तुम्हारा भाई नहीं, अपितु रक्षराज मार्केश का वास्तविक उत्तराधिकारी हूँ।"

अखण्ड की यह घोषणा सुन, समस्त रक्षसैनिक सूर्यम् से युद्ध करना छोड़ उसके आगे झुक गये। अधीम ने भी अपना गँड़ासा नीचे रख उसका अभिवादन किया।

"रक्षजाति के युवराज अखण्ड की...।"

"जय ...!" अधीम के साथ ही समस्त रक्षसेना अखण्ड की जय-जयकार करने लगी।

"महामहिम, असुरों के संसार में आपका स्वागत है!" अधीम ने भूमि पर बैठकर अखण्ड का स्वागत किया।

"इस सूर्यम् का क्या किया जाये अधीम, आप ही बताइये!" अखण्ड ने सूर्यम् की ओर घूरकर देखा।

"युवराज, कल पूर्णमासी की रात है; रक्षराज मार्केश अर्थात् आपके पितामह, आज से दो माह के उपरान्त पृथ्वीलोक से बन्दी बनाये हुए एक लाख क्षत्रियों की बलि देने वाले हैं; यह बलि भी पूर्णमासी को होगी। इस बलि के लिए दो क्षत्रिय योद्धा कम हैं... मेरा मत है कि इस सूर्यम् को बन्दी बना लीजिये; उसके उपरान्त केवल एक योद्धा कम रह जायेगा, उस महाबली के लिए; जिसके पश्चात आपके पितामह को कुलदेवी महाकाली से असीमित शक्तियाँ प्राप्त होंगी।"

"यदि ऐसा है, तो यही उचित है; बन्दी बना लो इसे।" अखण्ड के आदेश पर रक्षसैनिक भाले लेकर सूर्यम् की ओर दौड़े।

सूर्यम् भी भूमि से उठा और उनके प्रहार का उत्तर देने को तत्पर हो गया। परन्तु इससे पूर्व कि दोनों पक्षों में युद्ध आरम्भ होता, वातावरण में धुँध छा गयी। एक अनजान व्यक्ति सूर्यम् का हाथ पकड़कर खींच ले गया। जब धुंध छँटा, तो सूर्यम् वहाँ नहीं था।

"कहाँ गया वह? ढूँढो उसे।" अधीम चीख पड़ा।

परन्तु सूर्यम् कहीं नहीं था। अधीम के सैनिक उसे खोजते रह गये, पर वह कहीं नहीं मिला।

* * *

वहाँ से कई कोस दूर सूर्यम् मूर्छित अवस्था में पड़ा था। जब उसकी मूर्छा टूटी तो उसने स्वयं को एक वृक्ष के नीचे लेटा पाया। सूर्योदय हुए अधिक

समय न बीता था। "तो क्या मैं पूरी रात्रि मूर्छित रहा?" सूर्यम् सोचने लगा। शीघ्र ही वह सँभलता हुआ भूमि से उठा। चारों दिशाओं में सन्नाटा छाया हुआ था। चलते-चलते सूर्यम् ने घने वनों को पार किया और खुले मैदान में पहुँचा।

"कुछ सूझ नहीं रहा, कहा जाऊँ? क्या करूँ?" मन ही मन सूर्यम् ने विचार किया और एक छोटे पत्थर पर लात मारी। उछलकर वह पत्थर दूर एक हाथी को जा लगा, जो उस समय विश्राम कर रहा था। पत्थर से चोट खाते ही हाथी की निद्रा भंग हो गयी। वह मतवाला हाथी सूर्यम् की ओर दौड़ा। सूर्यम् को इस बात का आभास बहुत विलंब से हुआ कि हाथी उस पर आक्रमण करने आ रहा है। हाथी द्वारा मारी टक्कर से सूर्यम् पेड़ से जा टकराया। उसकी गदा छूटकर भूमि पर गिर पड़ी। तत्काल ही वह भूमि से उठा और हाथी की ओर दौड़ा, किन्तु शीघ्र ही एक और हाथी सूर्यम् के समक्ष आ खड़ा हुआ। अब दो विशाल गज उसके सामने थे।

दोनों गज सूर्यम् पर हमला करने दौड़े। उसकी गदा उससे बहुत दूर थी। उसने पास में पड़ी चट्टान, अपने बाहुबल का प्रयोग कर उठाई और एक हाथी के सर पर दे मारी। बिना विलम्ब किये वह दूसरे गज के मस्तक पर जा बैठा। पत्थर से घायल हाथी पर पागलपन सवार हो गया। वह चिंघाड़ते हुए उस दूसरे हाथी से जा टकराया जिस पर सूर्यम् सवार था। इस टकराव ने दोनों हाथियों को गंभीर रूप से घायल कर दिया। वह दोनों वन्यजीव भूमि पर गिर पड़े। सूर्यम् के लिए दूर छिटककर गिरी गदा उठाने के लिए इतना समय पर्याप्त था। दौड़कर उसने अपनी गदा उठाई और उन हाथियों से युद्ध को तत्पर हो गया। घायल हाथी भूमि से उठे और एक बार फिर सूर्यम् की ओर दौड़े, परन्तु उसने बड़ी ही सरलता से उन हाथियों को गदा के एक-एक प्रहार से ही धूल चटा दी। अचानक वह दोनों विशालकाय गज अदृश्य हो गये।

"ये... ये कैसा मायाजाल था?" सूर्यम् का मन विचलित था।

"तुम्हारे बल और बुद्धि का परीक्षण था ये बालक!" तभी एक वृद्ध पुरुष सूर्यम् के समक्ष प्रकट हुआ।

"कौन हैं आप?" सूर्यम् ने विस्मयपूर्वक प्रश्न किया।

"मैं प्रजापति हूँ; तुम्हारी सहायता के लिए आया हूँ।"

"क्षमा कीजिये मान्यवर! यह पाताललोक है; अनेक छल का सामना कर चुका हूँ मैं... आप पर विश्वास करने का मेरे पास कोई कारण नहीं है।"

"यदि मेरी सहायता नहीं लोगे, तो इसी प्रकार वनों में भटकते रहोगे युवान्। न अपने भ्राता अखण्ड को होश में ला पाओगे, न ही पृथ्वीलोक लौट पाओगे।"

"भ्राता अखण्ड मेरे भाई नहीं, रक्षराज के उत्तराधिकारी हैं; वह एक असुर हैं।"

"असुर नहीं, वह एक मानव है; एक ऐसा मानव जिसमें रक्षराज का आसुरी अंश है, इसी कारण वह सरलता से अधीम के वश में आ गया।"

"परन्तु वह हमारे ज्येष्ठ पिताश्री के हत्यारे, उस भानुसेन के पुत्र हैं।"

"मनुष्य के कर्म उसकी पहचान होते हैं, जन्म नहीं; तुम्हारे भाई अखण्ड में आसुरी अंश अवश्य है, किन्तु मनुष्य की भावनाएँ उसके सगे संबंधियों से जुड़ी होती हैं, जिनके साथ वह अपना जीवन व्यतीत करता है। यह भावनाएँ ही अखण्ड को अधीम के वश से बाहर निकालेंगी।"

"आपकी बातों से प्रतीत होता है, जैसे आप मेरी सहायता करने ही आए हैं; कहिये आगे क्या करना है मुझे?"

"सर्वप्रथम तुम्हें महर्षि ओमेश्वर की तलवार तक पहुँचना होगा।"

"महर्षि ओमेश्वर! कौन महर्षि ओमेश्वर?"

"उनके विषय में समय आने पर तुम्हें तो क्या, समस्त संसार को ज्ञात हो जायेगा, किन्तु वर्तमान सत्य यह है कि रक्षराज के भाई अधीम का अंत महर्षि ओमेश्वर की तलवार से ही हो सकता है।"

"यदि मैं अधीम का अंत कर भी दूँ, तब भी मैं भ्राता अखण्ड को होश में कैसे लाऊँगा?"

"तुम्हारे इस प्रश्न का उत्तर मेरे पास नहीं है युवान्; इसका उत्तर तुम्हें स्वयं ढूँढ़ना होगा... मेरा कार्य तुम्हें महर्षि ओमेश्वर की तलवार तक पहुँचाना है।"

"जैसी आपकी इच्छा मान्यवर। बताइये, किस दिशा में जाना होगा मुझे?"

"यहाँ से दस कोस की दूरी पर उत्तर दिशा में एक गुफा है, जहाँ वह तलवार एक मूर्ति में धँसी हुई है; असुरों में इतना सामर्थ्य नहीं, कि वह उस

तलवार को स्पर्श भी कर सकें। उस तलवार की रक्षा रक्षगुरु भैरवनाथ का भाई तारकनाथ करता है; उसे पराजित कर तुम वह धनुष प्राप्त कर सकते हो।''

''ऐसा ही होगा, अब मुझे आज्ञा दीजिये, मुझे प्रस्थान करना होगा।''

''विजयी भव वत्स, विजयी भव!''

* * *

प्रजापति से आशीर्वाद लेकर सूर्यम् तारकनाथ की गुफा की ओर चल पड़ा। जब दस कोस की दूरी पार करके सूर्यम् तारकनाथ की गुफा के सामने खड़ा था, तब सूर्यदेव अपने दिन की यात्रा पूरी करके धीरे-धीरे अस्ताचल की ओर बढ़ रहे थे। बिना अधिक सोच-विचार किये, सूर्यम् गुफा में प्रवेश कर गया। गुफा में पहुँचते ही बड़ी-बड़ी लताएँ उसके पैरों से लिपट गयीं और उसे खींच ले गयीं। शीघ्र ही सूर्यम् तारकनाथ के मठ के पास आ गिरा।

''आओ युवान्। किस उद्देश्य से आये हो यहाँ? कहीं महर्षि ओमेश्वर की तलवार लेने तो नहीं आये?''

भूमि पर गिरे सूर्यम् को देख तारकनाथ मुस्कुरा उठा। उसके उपरान्त उसने सूर्यम् को उकसाया।

''तुम जिस तलवार के लिए यहाँ आये हो, वह उस राक्षस की मूर्ति में धँसी है; यदि साहस है तो ले लो उसे।''

सूर्यम् ने घूमकर उस विशाल मूर्ति की ओर देखा। लगभग बीस गज ऊँची थी वह मूर्ति। उस मूर्ति का मुख असुर जैसा था, और उसकी नाभि में ओमेश्वर की तलवार धँसी हुई थी। सूर्यम् अचंभित था, कि तारकनाथ ने उसे इतनी सरलता से तलवार का पता कैसे बता दिया। किन्तु उसके पास आगे बढ़ने के अतिरिक्त और कोई मार्ग नहीं था। शीघ्र ही वह तलवार के पास आया। तारकनाथ ने अभी तक सूर्यम् को रोकने का प्रयत्न नहीं किया। यह देख सूर्यम् को आश्चर्य तो हुआ, किन्तु फिर भी उसने अपनी गदा नीचे रखी और तलवार को स्पर्श किया। जिस क्षण उसने तलवार को स्पर्श किया, उसी क्षण भूमि में कंपन आरम्भ हो गया, फिर भी बिना सोच-विचार किये, उसने तलवार मूर्ति की नाभि से निकाल ली। तारकनाथ ने मठ से उठकर भयंकर

अट्टहास किया।

"तूने वही किया युवान्, जो मेरी इच्छा थी। यह गुफा मेरे अधीन है, और अब यहीं तेरी समाधि बनेगी।"

तारकनाथ के संकेत पर भूमि से लताएँ उठीं और सूर्यम् के हाथ बाँध दिये, तलवार उसके हाथ से छूट गयी। वह तलवार छिटककर तारकनाथ के मठ के पास आ गिरी। तभी सूर्यम् ने पीछे पलटकर देखा तो उसकी आँखें आश्चर्य से फट गयीं। वह मूर्ति, जो अभी तक निर्जीव प्रतीत हो रही थी, अकस्मात् ही उसमें जान आ गयी। उसका आकार लगभग बीस गज का था, आँखें पूरी लाल थीं। सूर्यम् तारकनाथ की लताओं से दो खम्भों के बीच बँध गया। वह महाकाय राक्षस धीरे-धीरे सूर्यम् की ओर बढ़ने लगा। परन्तु तारकनाथ को सूर्यम् के बल का अनुमान नहीं था। उसके हाथों में बँधी लताएँ अब जंजीरों में परिवर्तित हो चुकी थीं। सूर्यम् बँधा पड़ा था, और वह महाकाय राक्षस उसकी ओर बढ़ा चला आ रहा था। सूर्यम् ने अपने नेत्र बंद किये, और अपने सम्पूर्ण बल का प्रयोग करते हुए बेड़ियों को खींचना आरम्भ किया। उसके बल का परिणाम देख तारकनाथ दंग रह गया।

दोनों खम्भे, जिन्होंने सूर्यम् को बेड़ियों में जकड़ रखा था, टूटकर भूमि पर गिर पड़े। उन्हीं बेड़ियों द्वारा उसने दोनों खम्भों के टुकड़ों को उठाया और एक-एक टुकड़ा उस महाकाय राक्षस और तारकनाथ की ओर उछाल दिया। खम्भे के उस टुकड़े ने तारकनाथ को तो गंभीर चोटें पहुँचायीं, परन्तु उस महाकाय राक्षस पर उसका कोई प्रभाव नहीं पड़ा। खम्भे का टुकड़ा, उसके शरीर से टकराते ही भूमि पर गिरकर चूर-चूर हो गया। तारकनाथ खम्भे के नीचे दबा पड़ा था।

"वक्रबाहु, तुम्हारी मुक्ति मेरे कारण हुई है, सहायता करो मेरी!"

तारकनाथ का कथन सुन, वह महाकाय राक्षस उसकी ओर मुड़ा, और उसकी सहायता करने आगे बढ़ा। सूर्यम् के सँभलने के लिए इतना समय पर्याप्त था। वह तलवार लेने के लिए दौड़ा।

वक्रबाहु आगे बढ़ा और तारकनाथ के शरीर से खम्बा हटाकर उसे भूमि से उठाया। तारकनाथ सँभल चुका था, किन्तु ओमेश्वर की तलवार अब सूर्यम् के हाथ में थी।

"जाओ वक्रबाहु, नष्ट कर दो इस बालक का अस्तित्व; हमारा सबसे

बड़ा शत्रु है ये!''

तारकनाथ के संकेत पर वक्रबाहु ने एक विशाल चट्टान उठाई, और सूर्यम् की ओर उछाल दी, परन्तु सूर्यम् ने तलवार के एक ही वार से उस चट्टान को दो टुकड़ों में काट दिया। यह देख वक्रबाहु अत्यंत तीव्र गति से उसकी ओर दौड़ा। उसकी भीषण टक्कर ने सूर्यम् के होश उड़ा दिये। वह लगभग उड़ते हुए गुफा के द्वार से बाहर आ गिरा, परन्तु तलवार अभी भी उसके हाथ में थी।

''ऐसा प्रतीत होता है जैसे इस राक्षस में सहस्त्र हाथियों का बल समाया है; मुझे सर्वप्रथम अधीम का अंत करना होगा, उसके उपरान्त इस महाकाय से निपटूँगा।'' सूर्यम् ने विचार करते हुए वहाँ से पलायन का निर्णय किया। वह शीघ्रता से घने वनों की ओर भागने लगा।

''वक्रबाहु, रोको उसे!'' वक्रबाहु और तारकनाथ ने सूर्यम् का पीछा करना आरम्भ किया।

सूर्यम् के मन में केवल अधीम का अंत करने का विचार था। उसकी गति वक्रबाहु से कहीं अधिक थी। सूर्यम् एक प्रहर तक भागता रहा और भागते-भागते उन्हीं पहाड़ियों के बीच आ खड़ा हुआ, जहाँ पहले उसकी मुठभेड़ अधीम से हुई थी।

* * *

''अधीम... बाहर निकल!'' सूर्यम् की गर्जना ने रात्रि के गहन अंधकार में कई जीवों की निद्रा भंग कर दी।

उसकी ललकार सुन, कुछ ही देर में अधीम और अखण्ड, अपने सेनादल सहित ऊँचे टीलों पर आ खड़े हुए। सूर्यम् के हाथों में महर्षि ओमेश्वर की तलवार देख अधीम मन ही मन काँप उठा। अखण्ड ने अधीम को धैर्य दिया।

''आप चिन्तित न होइए, मैं इस बालक का अंत कर आपको चिन्ता मुक्त कर दूँगा।''

अधीम को अपना अंत स्पष्ट दिखाई दे रहा था। अखण्ड, गदा लेकर टीले से कूदकर सीधा सूर्यम् के समक्ष आ खड़ा हुआ।

“भ्राता अखण्ड, होश में आइय; आप अपना अस्तित्व भूल गए हैं!”

“मेरी वास्तविकता यह है कि मैं रक्षराज मार्केश का पौत्र हूँ; रक्षजाति का उत्तराधिकारी हूँ मैं... और तुम्हारा अंत भी।”

तभी वक्रबाहु और तारकनाथ वहाँ आ पहुँचे। अखण्ड ने सूर्यम् पर भीषण प्रहार किया। सूर्यम् चाहकर भी अपने ज्येष्ठ पर प्रहार नहीं कर सका। वह भूमि पर गिर पड़ा और तलवार उसके हाथ से छूट गयी।

“ठहरिए, युवराज अखण्ड!” अधीम ने अखण्ड को रोका।

“क्यों, क्या आपको अपने शत्रु से मुक्ति नहीं चाहिये?” अखण्ड अधीम की ओर पलटा और उससे विस्मयपूर्वक प्रश्न किया।

“मुक्ति तो हमें इस बालक से मिल ही जायेगी युवराज, किन्तु इस अदना से बालक का वध करने के लिए रक्षजाति के युवराज को कष्ट देना उचित नहीं; इसका वध करने के लिए तो यह महाकाय वक्रबाहु ही पर्याप्त है। गुरु तारकनाथ, इस समय वक्रबाहु आपका दास है; इसे आदेश दीजिए कि वह इस सूर्यम् का वध कर दे!”

अधीम के कथन का प्रभाव सीधा वक्रबाहु के मन पर पड़ा। वह अधीम पर चीख पड़ा।

“मैं किसी का दास नहीं हूँ; मैं ऋणी हूँ तारकनाथ का, क्योंकि मेरी नाभि से दिव्य तलवार निकालकर इन्होंने मुझे मुक्त किया था, इसलिए मैं केवल इन्हीं की आज्ञा का पालन करूँगा; अन्य किसी का कथन मेरे लिए किसी महत्त्व का नहीं।”

वक्रबाहु के क्रोध को शीघ्र ही तारकनाथ ने शांत किया।

“शांत हो जाओ वक्रबाहु! मेरा भी वही आदेश है, जो अधीम का है... नष्ट कर दो हम राक्षसों के शत्रु, इस सूर्यम् का अस्तित्व।”

“यदि मेरी मृत्यु सुनिश्चित है, तो मैं भी इस वक्रबाहु से युद्ध करता हुआ वीरगति प्राप्त करूँगा; आज मेरे ज्येष्ठ ने भी मेरा त्याग कर दिया है, तो इस जीवन का मैं करूँगा भी क्या? जिस जीवन में मेरे ज्येष्ठ भ्राता का आशीष नहीं वह वैसे भी निरर्थक है।”

सूर्यम् के कथन ने अखण्ड के मन मस्तिष्क को झकझोरना आरम्भ कर दिया। वक्रबाहु और सूर्यम् का द्वंद्व आरम्भ हो गया। सूर्यम् ने एक पूरा वृक्ष

उखाड़ लिया और वक्रबाहु की ओर उछाल दिया, किन्तु उसके एक ही मुष्टि प्रहार से वह वृक्ष दो भागों में विभाजित हो गया। तत्पश्चात वह दोनों योद्धा एक दूसरे की तरफ दौड़े। शीघ्र ही वक्रबाहु ने सूर्यम् की छाती पर भयंकर प्रहार किया। उसके प्रहार से वह कई गज दूर एक चट्टान से जा टकराया। उसके मुख से रक्त फूट पड़ा। वक्रबाहु अब निर्णायक आक्रमण करने के लिए एक विशाल हाथी में परिवर्तित होकर सूर्यम् की ओर दौड़ा, परन्तु इससे पूर्व कि वह उसे कुचलता, दो सशक्त भुजाओं ने उसका मार्ग रोक लिया। अखण्ड के भीतर छुपे असुर को भ्रातृप्रेम ने पराजित कर दिया, और सूर्यम् की पीड़ा ने उसकी भुजाओं में इतनी शक्ति भर दी, कि वह गजरूपी वक्रबाहु को रोक सके।

"हर-हर महादेव...!" अखण्ड ने अपने सम्पूर्ण बल का प्रयोग कर वक्रबाहु को पीछे हटा दिया।

घायल सूर्यम् की भुजाओं का बल लौट आया। तत्काल ही वह भूमि से उठा, महर्षि ओमेश्वर की तलवार उठायी और अधीम के समक्ष आ खड़ा हुआ।

"अब तेरे प्राणों की रक्षा स्वयं ब्रह्मदेव भी नहीं कर सकते अधीम! तूने मेरे भ्राता को मुझसे दूर किया था, अब तेरी जीवात्मा तुझसे दूर होकर नर्क के लिए प्रस्थान करेगी।"

सूर्यम् के नेत्रों की ज्वाला देख अधीम को अपना अंत स्पष्ट होने लगा। वह अपने प्राण बचाने के लिए दौड़ा। मार्ग में आये असुर गाजर-मूली के समान कटते चले जा रहे थे। यह देख वहाँ खड़े तारकनाथ ने अपनी माया का प्रयोग किया और पेड़ की लताओं को सूर्यम् की ओर जाने का निर्देश दिया। लताओं ने सूर्यम् का मार्ग रोक लिया और तलवार उसके हाथ से छुड़ा दी। इधर अखण्ड और वक्रबाहु का संघर्ष जारी था। दिव्य तलवार उछलकर सीधे तारकनाथ की ओर गयी, और उसके हाथ को स्पर्श कर दिया। तारकनाथ का खेल उलटा पड़ गया। तलवार का स्पर्श होते ही उसे एक तीव्र झटका लगा और वह भूमि पर गिर पड़ा।

"देखो वक्रबाहु, जिस तलवार का स्पर्श मात्र भी यह तारकनाथ सहन नहीं कर पाया, तुम यह सोच भी कैसे सकते हो, कि वह तलवार, तुम्हारी नाभि से निकालकर तुम्हें मुक्त कर सकता है! अनजाने में ही सही, तुम्हारी नाभि से

तलवार निकालकर तुम्हें मुक्त करने वाला मैं हूँ।''

सूर्यम् के इस कथन ने वक्रबाहु और अखण्ड के मध्य चलता संघर्ष रोक दिया। सूर्यम् निःशस्त्र था। अधीम की सेना उसकी ओर दौड़ी चली आ रही थी। परन्तु अगले ही क्षण वक्रबाहु ने अधीम की सेना में भीषण कोलाहल मचा दिया। वह गजरूप में राक्षसों को कुचलता चला गया। यह देख अखण्ड ने भी तारकनाथ के पास गिरी दिव्य तलवार उठाई और उसकी ओर बढ़ने लगा। तारकनाथ की शक्तियाँ कुछ समय के लिए निष्क्रिय हो गयी थीं। वह विवश सा भूमि पर पड़ा था।

''म... मुझे... क्षमा... कर दो ...! मैं निःशस्त्र हूँ ... तुम मुझ पर प्रहार... नहीं कर सकते!''

''मैं तुमसे युद्ध नहीं कर रहा... तुम्हें तुम्हारे अपराधों के लिए दण्डित कर रहा हूँ; मेरे अनुज सूर्यम् को हानि पहुँचाने वाले जीव को मैं जीवन का अधिकार नहीं दे सकता।''

क्रोधित अखण्ड ने तलवार के एक ही वार से तारकनाथ की छाती चीर डाली। रक्त का फव्वारा उसके हृदय से फूट पड़ा, और वह वहीं मर गया।

अधीम के समस्त सैनिक या तो वक्रबाहु द्वारा कुचल दिये गये, या पलायन कर गये। अधीम भय से काँप रहा था। यह देख अखण्ड ने महर्षि ओमेश्वर की तलवार सूर्यम् की ओर उछाल दी।

''सूर्यम्! इसी अधीम ने मुझे तुम्हारे विरुद्ध खड़ा किया था... वध कर दो इसका।''

''जैसी आपकी इच्छा, ज्येष्ठ!''

तलवार हाथ में आते ही सूर्यम् अधीम के पीछे दौड़ा। अधीम को उन घने वनों का विस्तृत ज्ञान था। वह अपने प्राण बचाने के लिए दौड़ा, और घने वनों में जा छिपा। सूर्यम् और अखण्ड ने उसे खोजने का बहुत प्रयत्न किया, परन्तु वह उन्हें कहीं नहीं मिला। तभी वक्रबाहु उन दोनों के समक्ष आ खड़ा हुआ।

''मुझे आज्ञा दें महामहिम, मैं अपनी भूल का प्रायश्चित करना चाहता हूँ; मुझे एक अवसर दें।''

''मुझे इतना घायल करने के उपरान्त, तुम मुझसे अवसर माँग रहे हो वक्रबाहु!'' सूर्यम् ने क्रोधित होकर उसकी ओर देखा।

“मुझे क्षमा करें! मेरी सौगंध थी, कि जो व्यक्ति मेरी नाभि से महर्षि ओमेश्वर की तलवार निकालकर मुझे मुक्त करेगा, मैं आजीवन उसका सेवक बनकर रहूँगा।”

“तो फिर जाओ, और अधीम को खोजकर हमारे समक्ष प्रस्तुत करो!”

“आप चिन्ता न करें महामहिम, वह इसी वन में छिपा है; मेरा गजरूप ही मेरी सबसे बड़ी शक्ति है; मैं समस्त वृक्षों को उखाड़ फेकूँगा और उस अधीम को आपके चरणों में प्रस्तुत करूँगा।”

वक्रबाहु ने तत्काल ही एक विशाल गज का रूप धरा और घने वनों में घुसकर, वृक्षों को उखाड़ना आरम्भ किया। सहस्त्र हाथियों का बल उस एक हाथी में समाया था। वन के सैकडो वृक्ष गिर पड़े। अधीम एक विशाल चट्टान के पीछे छिपा था। वक्रबाहु की एक ही टक्कर से वह चट्टान चकनाचूर हो गयी। अब अधीम वक्रबाहु के सामने था। तत्काल ही वक्रबाहु ने उसे सूँड़ में जकड़ लिया। उसकी सूँड़ का कसाव इतना मजबूत था कि अधीम लाख प्रयत्न करके भी उस बंधन से मुक्त नहीं हो सकता था। वक्रबाहु ने सीधे उसे सूर्यम् के पास ला पटका। अब सूर्यम् की तलवार, अधीम के कंधे पर थी।

“कहो अधीम, क्या करूँ तुम्हारे साथ? तुम्हारा अपराध क्षमा योग्य तो नहीं है।”

“मृत्यु का भय किसे दिखा रहा है? जिस पल तुमने मुझे मारा, तुम्हारी मृत्यु का समय आरम्भ हो जायेगा... मेरे ज्येष्ठ भ्राता रक्षराज मार्केश तुम्हें छोड़ेंगे नहीं।”

“यदि मृत्यु का भय नहीं, तो रण छोड़ कर भागे क्यों?”

“तुम तीन-तीन महारथी हो, और मैं अकेला; मैं अपने ज्येष्ठ भ्राता के पास सहायता के लिए जा रहा था।”

“तुम निःशस्त्र हो और निर्बल भी, इसलिए मैं तुम्हें जीवित छोड़ रहा हूँ; जाओ चले जाओ अपने भाई के पास, और कर लो अपना रक्षण।”

पेड़ के पीछे एक परछाईं खड़ी सब कुछ देख रही थी। सूर्यम्, अखण्ड और वक्रबाहु अधीम को जीवित छोड़, पीछे मुड़ चुके थे। जो व्यक्ति वृक्ष के पीछे खड़ा था, उसने जैसे ही अधीम को भूमि से उठता देखा, उसने कुछ विचार किया और भाले को इस प्रकार सूर्यम् की ओर फेंका कि उसे ऐसा प्रतीत

हो कि भाला अधीम ने फेंका है।

"महामहिम, सँभलिए!" वक्रबाहु ने सूर्यम् को सावधान किया।

भाला सूर्यम् तक पहुँचता, इससे पूर्व ही वक्रबाहु ने उसे सूँड़ से पकड़ लिया।

"इन असुरों का कोई धर्म नहीं होता! तुम महाकायर हो अधीम... तुम दया के नहीं, दण्ड के पात्र हो; तुम्हें जीवित रहने का अधिकार है ही नहीं।"

अपने ऊपर हुए आक्रमण का उत्तरदायी अधीम को मानकर सूर्यम् ने महर्षि ओमेश्वर की तलवार उसकी ओर चला दी।

"अरे... पर मैंने... नहीं!" अधीम अपनी सफाई में कुछ कह ही नहीं पाया, तलवार उसकी गर्दन को उसके धड़ से अलग कर गयी। चंद क्षणों में ही उसके प्राण-पखेरू उड़ गये।

"सूर्यम् तुम घायल हो चुके हो! तुम्हें उपचार की आवश्यकता है।" अखण्ड ने घायल सूर्यम् को थामा।

"ज्येष्ठ, जब तक आप मेरे साथ हैं, मुझे कुछ नहीं हो सकता।"

सूर्यम् के इस कथन के उपरान्त, अखण्ड ने उसे हृदय से लगा लिया। परन्तु कुछ ही समय में सूर्यम् मूर्छित हो गया।

"सूर्यम्, सूर्यम्...। होश में आओ।" अखण्ड उसे मूर्छित देख अपना आपा खो बैठा। वक्रबाहु ने उसके कंधे पर हाथ रखा।

"आप चिन्तित न होइए; इस वन में ऐसी बहुत सी जड़ी-बूटियाँ हैं, जो इन्हें स्वस्थ कर देगीं।"

"तो फिर जाओ, और शीघ्र ही मेरे अनुज के उपचार की व्यवस्था करो।" अखण्ड का आदेश पाते ही, वक्रबाहु जड़ी-बूटियों की खोज में निकल गया।

काले रंग के कपड़े से ढँकी वह परछाईं, जिसने सूर्यम् पर भाला चलाया था, एक अज्ञात स्थान की ओर आगे बढ़ गई।

* * *

वक्रबाहु द्वारा लायी गयी जड़ी-बूटी से दो दिवस में सूर्यम् पूर्णतः स्वस्थ हो गया।

"मेरा कार्य पूर्ण हुआ महामहिम; अब मुझे जाना होगा।" कहते हुए वक्रबाहु वहाँ से जाने लगा।

"ठहरो वक्रबाहु! तुम्हारे जैसा स्वामिभक्त मित्र पाना मेरे लिए सौभाग्य की बात है... हमें तुम्हारी आवश्यकता है।"

"आपकी आज्ञा का पालन करना मेरा कर्तव्य है महामहिम, किन्तु अभी मुझे जाना होगा... आप मेरी यह अँगूठी अपने पास रखिये; जब भी मेरी आवश्यकता पड़े, इसे चूमकर मुझे आदेशित कीजियेगा, मैं प्रकट हो जाऊँगा।"

सूर्यम् को अंगूठी पकड़ाकर वक्रबाहु वहाँ से अदृश्य हो गया।

"अब हमें अपने भाइयों को खोजना होगा।" अखण्ड ने सूर्यम् को भूमि से उठाकर कहा।

"हाँ ज्येष्ठ, अब यही उचित होगा।"

दोनों भाई उठे और अपने भाइयों को खोजने चल पड़े।

7

सुवर्या से भेंट

चारों योद्धाओं के अलग होने के बाद एक ओर अखण्ड और सूर्यम् दो दिन में ही अधीम का वध कर चुके थे, और भाइयों को खोजने के लिये वन में भटक रहे थे, वहीं दूसरी ओर युगांधर का सामना नागराक्षस दंशक से हुआ।

सरोवर के पास, हिडिम्ब की माया द्वारा अपने भाइयों से अलग होने के उपरान्त युगांधर भी उतने ही आश्चर्य में था, जितना कि तेजस्वी। उसने अपना फरसा उठाया और अंजान मार्ग की ओर बढ़ चला। दो प्रहर से अधिक भटकने के बाद भी उसे कोई मार्ग नहीं सूझ रहा था। अब सूर्यास्त होने में एक प्रहर से भी कम समय शेष था, और युगांधर निर्णय नहीं कर पा रहा था कि अब उसे क्या करना चाहिये।

“बचाओ...! रक्षा करो मेरी...! कोई रक्षा करो मेरी...!” अचानक युगांधर ने देखा कि रक्षा की गुहार लगाती एक आकृति उसी की ओर भागी आ रही है। युगांधर ने ध्यान से देखा तो पाया कि वह कोई युवती थी, जो

दूर वनों की दिशा से उसकी ओर आ रही थी और उसका पीछा दो राक्षस कर रहे थे। दौड़ते-दौड़ते वह कन्या युगांधर के पैरों के पास आ गिरी।

"मेरी रक्षा कीजिये! अन्यथा यह राक्षस मेरी हत्या कर देंगे।" कहते हुए वह युवती भय से काँप रही थी।

युगांधर ने बिना कोई सोच-विचार किये, शरण में आई युवती की रक्षा करना उचित समझा।

यह देख राक्षसों ने उसे चेताया। "इस युवती से दूर हट जाओ मानव, यह हमारा आखेट है!"

"यदि अपने प्राणों से प्रेम है, तो लौट जाओ असुरों, अन्यथा मेरे फरसे के प्रहार से तुम दोनों मारे जाओगे।" युगांधर ने फरसा उठाकर दोनों राक्षसों को चेतावनी दी।

"तुम हमें सामान्य राक्षस समझकर भूल कर रहे हो; हम नागराक्षस हैं... हमें प्रहार करने की भी आवश्यकता नहीं होगी तुम पर; हमारा विष ही तुम्हारे प्राण लेने के लिए पर्याप्त है।" उनमें से एक राक्षस ने व्यंग्य बाण छोड़ते हुए कहा।

"यदि ऐसा है, तो मैं भी तुम्हें अपना परिचय दे दूँ नीच राक्षस! तुम मुझे अपने विष से पराजित करने का स्वप्न देख रहे हो, जबकि मैं स्वयं एक महाविषधारी नाग हूँ... पृथ्वीलोक का नागसम्राट युगांधर हूँ मैं।"

परिचय प्राप्त होते ही दोनों राक्षस भयभीत हो गये। उनमें से एक ने दूसरे के कान में कहा।

"अरे, यह तो वही युगांधर है, जिसने राक्षस हिडिम्ब तक को पराजित कर दिया था; इससे उलझने का अर्थ सीधा मृत्यु को निमंत्रण देना है, इसलिए पलायन ही उचित है।"

"क्या हुआ असुरों! आपस में क्या वार्तालाप कर रहे हो; क्या भयभीत हो गये?"

"इस समय हम प्रस्थान कर रहें है युगांधर, परन्तु जब हमारे नायक दंशक को पता चलेगा, तो वह सेना सहित आयेंगे, तुम्हारा और इस कन्या का नाश करने।"

"जाओ और कह दो अपने नायक दंशक से, कि युगांधर आ पहुँचा है उसके प्रदेश में; शीघ्र ही उसका भी अस्तित्व समाप्त होगा और रक्षराज मार्केश का भी।"

युगांधर की हुंकार सुन दोनों नागराक्षस भाग खड़े हुए।

* * *

"धन्यवाद! आपने मेरे प्राणों की रक्षा की; कौन हैं आप?" उस कन्या ने आभार प्रकट करते हुए युगांधर से प्रश्न किया।

"मैं पृथ्वी के नागों का राजा युगांधर हूँ; तुम कौन हो? और यह राक्षस तुम्हारे पीछे क्यों पड़े थे?"

"मैं सुवर्या हूँ... मैं एक नागकन्या हूँ, मेरे पिता विषांक नागराक्षस दंशक के बन्दी हैं। मैं भी उसी के बंधन से भागकर आयी हूँ, इसलिए राक्षस मेरा पीछा कर रहे थे।"

"तुम निश्चिन्त रहो सुवर्या; मेरे साथ तुम सुरक्षित हो; दंशक का कोई असुर तुम्हारा बाल भी बाँका नहीं कर सकता... क्या मुझे दंशक के महल तक ले चलोगी?"

"जिस मृत्यु के मुख से मैं भागकर आयी हूँ, आप मुझे वहीं लौटने को कह रहे हैं?"

"तो क्या तुम अपने पिता की मुक्ति नहीं चाहती?"

"चाहती तो हूँ, किन्तु मुझमें इतना सामर्थ्य नहीं है।"

"तो फिर मेरे सामर्थ्य और मेरे इस फरसे की शक्ति पर विश्वास रखो सुवर्या! मैं तुम्हारे पिता को मुक्त भी कराऊँगा, और नागराक्षस दंशक का अंत भी करूँगा।"

"दो राक्षसों को भयभीत क्या कर लिया, स्वयं के सामर्थ्य पर इतना विश्वास? इतना गुमान ठीक नहीं, नागराज! दंशक के महल की सुरक्षा एक से एक शक्तिमान नागराक्षस करते हैं... पहले अपना सामर्थ्य सिद्ध

करो, फिर मैं तुम्हें दंशक के महल ले जाऊँगी, वैसे भी मैं कैसे मान लूँ कि तुम वास्तव में नागराज हो?''

''तो तुम्हें संदेह है मेरे सामर्थ्य पर! ठीक है, तुम्हीं बताओ कि मैं अपना सामर्थ्य कैसे सिद्ध करूँ?''

''अभी तो इन घने वनों में जीवित रहना ही सबसे दुष्कर कार्य है... इस वन के चप्पे-चप्पे पर दंशक के गुप्तचर फैले हैं; पहले दो दिवस तक यहाँ जीवित रहके दिखाओ, वैसे भी तुम्हारे आगमन की सूचना तो दंशक को मिल ही गयी होगी; देर-सवेर वह तुम पर आक्रमण करेगा ही।''

''प्रतीत होता है कि तुम उसके विषय में कुछ अधिक ही जानती हो! मैं तो यह भी नहीं जानता कि मेरे अतिरिक्त मेरे सारे भाई कहाँ गये; यदि वह मेरे साथ होते तो मुझे तुम्हारी आवश्यकता ही नहीं पड़ती, ''कुछ अधिक ही अहंकारी प्रतीत होते हो... यदि तुम्हें मेरी कोई आवश्यकता नहीं; तो मुझे भी तुम्हारी आवश्यकता नहीं। मैं अपनी राह चुन सकती हूँ।''

इतना कहकर सुवर्या युगांधर को छोड़ आगे बढ़ने लगी।

''रुको सुवर्या! यदि तुम्हें कुछ हुआ तो उसका उत्तरदायी मैं बनूँगा; मैं यह लांछन स्वयं पर नहीं लगने दूँगा, इसलिए उचित यही होगा कि तुम मेरे साथ रहो... यह वन संकटों से भरा पड़ा है, जाने कब कौन सा संकट आन पड़े।''

''मुझे अपने प्राणों का भय नहीं है, मैं अपनी रक्षा भी कर सकती हूँ, और अपने पिता को मुक्त भी करा सकती हूँ।''

''मैं वचन देता हूँ कि तुम्हारी रक्षा भी करूँगा और तुम्हारे पिता को मुक्त भी कराऊँगा।''

''मैं कैसे विश्वास करूँ तुम पर? मैं तो तुम्हें जानती भी नहीं; कहीं तुम भी दंशक के कोई दूत तो नहीं?''

युगांधर ने सुवर्या का हाथ पकड़ा और उसकी आँखों में देखकर कहा ''विश्वास रखो, सुवर्या, मैं उन अधर्मी राक्षसों की भाँति नहीं हूँ; मैं रक्षों के परमशत्रु विदर्भ के महाराज विक्रमाजित का पुत्र हूँ। मेरे पिता की हत्या इन्हीं असुरों का छल था। मैं केवल अपने भाइयों के साथ विजयधनुष प्राप्त करने

ही नहीं आया, अपितु अपने पिता के हत्यारे की वास्तविकता का रहस्य जानना भी मेरा उद्‌देश्य है।''

''आपने बिना विचार किये अपने विषय में सब कुछ बता दिया; न जाने क्यों आप पर विश्वास करने की इच्छा हो रही है मुझे। आपके मुख का तेज आपकी सत्यता का प्रतीक है... मुझे आप पर विश्वास है।''

''तो फिर तुम्हारा रक्षण मेरा उत्तरदायित्व है। अब मुझे शीघ्र ही दंशक के महल की ओर ले चलो; पहले मैं तुम्हारे पिता को मुक्त करूँगा, उसके उपरान्त दंशक का नाश होगा।''

''दंशक के महल का मार्ग यहाँ से कई कोस दूर है। हमें यहाँ से कम से कम दो दिवस का समय लगेगा, नागराज।''

''ठीक है, तो हमें अपनी यात्रा अभी प्रारम्भ करनी होगी, चलो।''

शीघ्र ही वे दोनों दंशक के महल की ओर बढ़ चले। रात्रि का अंधकार गहरा होने लगा था। यह देख सुवर्या ने कहा।

''रात्रि होने को आई है, नागराज! उचित यही होगा कि हम यहीं कहीं विश्राम करें, और अग्नि जला लें, ताकि वन्य पशुओं का भय भी समाप्त हो जाय।''

''क्यों, क्या रात्रि में यात्रा करने में तुम्हें भय लग रहा है?'' युगांधर ने मुस्कराकर सुवर्या की ओर देखा।

''मुझे कोई भय नहीं लग रहा, पर मैं अब थक चुकी हूँ और विश्राम की इच्छा है मेरी।''

''ठीक है, जैसी तुम्हारी इच्छा; मैं लकड़ियों का प्रबंध करता हूँ, ताकि आग जलायी जा सके।''

कुछ ही समय में सूखी लकड़ियों के ढेर में आग लगाकर युगांधर और सुवर्या विश्राम के लिए लेट गये। युगांधर के मन में एक ही बात खटक रही थी कि उसके बाकी के भाई कहाँ गये। धीरे-धीरे नींद से उसकी आँखें बोझिल हो गयीं।

''कहाँ हैं आप भ्राता तेजस्वी?'' निद्रा में ही युगांधर के मुख से स्वर

फूट पड़े।

सुवर्या को अभी नींद नहीं आई थी। जब उससे यह सुना तो उससे रहा न गया, वह पूछ बैठी "क्या हुआ नागराज! यह तेजस्वी कौन है?"

सुवर्या के स्वर से युगांधर की निद्रा भंग हो गयी। यह देख सुवर्या सकपका गयी।

"क्या हुआ, क्या आप गहन निद्रा में सो रहे थे?" सुवर्या ने प्रश्न किया।

"नहीं-नहीं, कोई बात नहीं; वैसे भी इस घने वन में इतनी गहन निद्रा में चले जाना संकट को निमंत्रण देने जैसा है।"

"वो तो आपने उचित कहा, परन्तु यह तेजस्वी कौन है, जिसका नाम आप निद्रा में ले रहे थे?"

"तेजस्वी मेरे बड़े भाई का नाम है, मैं उन्हीं के विषय में चिन्तित हूँ। मेरे और दो भाई भी मेरे साथ पाताललोक आये थे, परन्तु उनका भी कोई पता नहीं है।"

"यदि वे आपके भाई हैं, तो निःसंदेह शूरवीर होंगे, इसलिए उनकी चिंता छोड़ दीजिये; कदाचित् वह भी आपके लिए चिन्तित हों।"

"हाँ, यह सम्भव तो है... कदाचित् ऐसा ही हो कि वह सुरक्षित हों, और वीरता से रक्षराज के भाइयों का सामना कर रहे हों।"

"वो सब छोड़िये, युवान्; आपको देखकर ऐसा प्रतीत होता है कि आप सामान्य नाग नहीं हैं; सामान्य इच्छाधारी नागों से कुछ अलग ही हैं।"

"हाँ, क्योंकि मैं विदर्भराज विक्रमाजित अर्थात एक मानव और नागरानी कनिष्का की सन्तान हूँ, इसलिए यूँ कहो कि मैं आधा नाग हूँ और आधा मानव; और यह भी सत्य है कि मेरी माँ ने मेरे पिता का प्रेम पाने के लिए अपने विष का त्याग किया था। वह विष मेरे पितामाह विषंधर ने मुझमें समाहित कर दिया, और इसलिए मेरा विष अत्यंत तीव्र है; इसके प्रभाव से तो रक्षराज मार्केश भी मूर्छित हो गया था; सामान्य नाग तो मेरे विष को सँभाल भी नहीं सकते।"

“कहते-कहते युगांधर ने अपने पिता महाराज विक्रमाजित का पूरा इतिहास सुनाना आरम्भ किया, परन्तु धीरे-धीरे थकान उस पर हावी होने लगी और वह गहन निद्रा में चला गया।

सुवर्या प्रेम भरी निगाहों से सोते हुए युगांधर के मुख को निहार रही थी। धीरे-धीरे उसकी पलकें भी भारी हो गयीं और वह भी निद्रा में चली गयी।

* * *

रात्रि का अंतिम प्रहर बीतने को था। जलाई गई आग भी बुझ चुकी थी। तभी एक बाघ धीरे-धीरे उनकी ओर बढ़ने लगा। पत्तों की सरसराहट से सुवर्या की निद्रा भंग हो गयी। युगांधर की निद्रा भंग करने के स्थान पर उसने स्वयं खंजर निकाला और बाघ का सामना करने की ठानकर घात लगाकर बैठी रही। धीरे-धीरे बाघ एकदम समीप आ गया, परन्तु सुवर्या युगांधर और बाघ के बीच में आ खड़ी हुई। बाघ ने दहाड़ते हुए सुवर्या पर छलांग लगा दी। सुवर्या इस अचानक छलांग से चौंक गई और खंजर वाला हाथ नीचे ही रह गया और वह खुद भी नीचे झुक गई और हाथों को बचाव की मुद्रा में लाकर अपने चेहरे को ढँक लिया। बाघ उसके ऊपर से गुजरता हुआ आगे गिर पड़ा, मगर इस बीच बाघ के नखों ने सुवर्या के हाथों को घायल कर दिया, प्रहार खाकर सुवर्या भूमि पर गिर पड़ी। बाघ की दहाड़ सुन युगांधर की निद्रा भंग हो गयी। सुवर्या को घायल देखकर युगांधर हैरान रह गया, परन्तु परिस्थिति भाँपते हुए वह तत्काल ही पुन: आक्रमण करने को तैयार खड़े बाघ की ओर मुड़ा। बाघ ने बिना विलम्ब किये युगांधर पर झपट्टा मारा, परन्तु युगांधर ने उसे मुष्टि प्रहार से दूर फेंक दिया। एक भीषण प्रहार खाकर ही शायद बाघ को सामने खड़े प्रतिद्वंद्वी के बल का आभास हो गया था। वह अचानक पलटा और घने वन की ओर भाग खड़ा हुआ।

युगांधर ने सुवर्या की ओर देखा। उसके हाथ से रक्त बह रहा था।

“यह तुमने क्या किया सुवर्या? मुझे सचेत नहीं कर सकती थी?”

युगांधर ने सुवर्या को डपटा।

“क्या करूँ; निद्रा में आपका मुख इतना मनमोहक प्रतीत हो रहा था, कि आपको उठाने की इच्छा ही नहीं हुई।” सुवर्या ने लजाते हुए कहा।

युगांधर स्तब्ध रह गया। उसे सूझ ही नहीं रहा था कि वह क्या बोले, फिर भी साहस जुटाकर कहा।

“तुम... तुम... भ्रमित हो रही हो, सुवर्या! अपने लक्ष्य पर ध्यान लगाओ और चलो मेरे साथ।” कहकर युगांधर ने सुवर्या के घावों का उपचार किया और भूमि से उठा।

यह देख सुवर्या ने युगांधर का हाथ पकड़ लिया, वह भूमि से उठी और युगांधर के नेत्रों में देखकर बोली।

“युगांधर! क्या आपको मेरे नेत्रों में भरा प्रेम दिखाई नहीं देता?”

“मैं यहाँ केवल अपना लक्ष्य पाने आया हूँ सुवर्या; मुझे भ्रमित मत करो।”

“यदि ऐसा है, तो मैं प्रतीक्षा करूँगी; परन्तु अब आप ही मेरा जीवन हैं, और इस सत्य को आपको स्वीकार करना ही होगा।”

“ठीक है मैं विचार करूँगा; अब चलो यहाँ से... यूँ ही प्रेमालाप में लगे रहे तो अपने उद्देश्य से भटक जायेंगे।”

युगांधर के कथन के पश्चात वह दोनों दंशक के महल की ओर प्रस्थान कर गये।

लम्बी यात्रा करने के उपरान्त चौथे दिन सूर्योदय के एक प्रहर बाद वह दोनों दंशक के महल के निकट पहुँचे।

दंशक का महल अत्यंत विशाल था। उसका महल चारों तरफ से गोलाकार पारदर्शी आकृतियों से घिरा था, जिनका आकार दस हाथ बराबर था।

“चलिए युवान्, सोच क्या रहें हैं?” सुवर्या ने युगांधर से अधीर होकर प्रश्न किया।

“रुको सुवर्या! हमें अपने कदम फूँक-फूँककर रखने होंगे। महल के

चारों ओर भूमि पर बने इन गोलाकार आकृतियों की ओर देखो; इसमें अवश्य कोई भेद है।'' युगांधर ने सुवर्या को सावधान रहने का निर्देश दिया।

''तो फिर अब क्या करेंगे आप?''

''महल पहुँचने का कोई दूसरा मार्ग ढूँढ़ना होगा।''

''इस महल में प्रवेश करने का कोई और मार्ग नहीं है; आपको तो इसी मार्ग से जाना होगा। मुझे क्षमा कीजियेगा नागराज, मैं विवश हूँ।'' इतना कहकर सुवर्या ने युगांधर को इस प्रकार धकेला कि वह सीधा भूमि पर बने गोले के बीचोंबीच गिर पड़ा। सुवर्या के नेत्र अश्रुओं से भरे थे।

''सुवर्या, यह क्या किया तुमने?'' युगांधर अचंभित रह गया।

''यह हम तुम्हें बताते हैं नागराज युगांधर!'' अचानक नागराक्षसों का एक सेनादल वहाँ प्रकट हुआ। यह कथन उनमें से एक का था। युगांधर को एहसास हुआ कि यह सेनादल उसके यहाँ पहुँचने के पूर्व से ही अदृश्य रूप में वहाँ उपस्थित था, जो अब प्रकट हो गया है।

''मैं हूँ नागराक्षस दंशक का पुत्र नागीश; सुवर्या ने मेरे कहने पर ही तुम्हें यहाँ पहुँचाया है। इसने तुम्हें छला है नागराज! यह तो नागराक्षसी न होते हुए भी हमारे साथ सम्मिलित है, और जिस गोले के भीतर तुम हो, वह तुम्हारी सारी शक्ति चूस चुका है; यह मायावी गोला है ही नागों की शक्ति की सबसे बड़ी काट। सृष्टि का बड़े से बड़ा नाग भी इस गोले के भीतर आकर शक्तिहीन हो जाता है।'' नागीश ने अपनी बात पूरी की।

युगांधर का ध्यान केवल सुवर्या पर था। उसके नेत्र सुवर्या को निहारने लगे। सुवर्या के नयन अश्रुओं से भरे थे, परन्तु उसने युगांधर से मुँह फेर लिया और अपने अश्रु छिपा लिए। युगांधर बेबस होकर भूमि पर गिर पड़ा। नागराक्षसों ने उसे भालों से घेर लिया।

''मेरे सैनिक तुम्हें इस गोले से बाहर नहीं निकलने देंगे युगांधर; और जब तुम तक तुम इस गोले के भीतर हो, तुम इतने शक्तिहीन हो कि मेरा एक सैनिक भी तुम पर भारी है।'' अपनी बात पूरी करने के उपरान्त नागीश ने भयंकर अट्टहास किया।

उसका अट्टहास देख युगांधर क्रुद्ध हो गया। उसने देखा इस बीच

सुवर्या घने वन की ओर जा रही थी,और कुछ देर में ही घने वन में जाकर दिखाई देना बन्द हो गई। युगांधर ने तत्काल ही निकट खड़े एक नागराक्षस से भाला छीना और बाकी सैनिकों को स्वयं से दूर हटाता गया।

"असम्भव...! यह सम्भव नहीं हो सकता! संसार का कोई भी नाग इस गोले के भीतर रहकर इतना शक्तिमान नहीं रह सकता।" नागीश स्तब्ध रह गया।

"सम्भव है नागीश! तुम्हारे तंत्र ने मेरी नागशक्ति को रोक रखा है, परन्तु मैं केवल नाग नहीं, अपितु एक मानव और नागिन की सन्तान हूँ, इसलिए नागशक्ति निष्क्रिय होने के उपरान्त भी मुझमें एक मानव की शक्ति तो बची ही है, और तुम्हारे लिये वही पर्याप्त है।" कहते हुए युगांधर तांत्रिक गोले से बाहर आ गया।

नागीश भयभीत हो गया, परन्तु फिर भी साहस जुटाते हुए उसने अपनी सेना को आदेश दिया।

" योद्धाओं! वध कर दो इसका।"

यह देख युगांधर ने अपने दिव्य फरसे का आह्वान किया। नागराक्षसों की सेना भयभीत हो गयी। नागीश ने उनका उत्साह बढ़ाते हुए कहा।

"सैनिकों, हम संख्याबल में इतने अधिक हैं; अकेले यह कब तक हमारा सामना कर पायेगा? कभी तो थकेगा; टूट पड़ो इस पर।"

रक्ष सैनिकदल नागीश के आदेश पर एकत्रित होने लगे। बरछी और ढालों से लोहे की दीवार बनाकर स्वयं को ऊपर से भी ढालों से ढँक लिया। नागीश उस सेना के पीछे खड़ा था। युगांधर ने मुस्कराकर कहा-

"बेवजह मैं इतने नागराक्षसों की हत्या करके क्या करूँगा? क्यों न मैं इन ढालों पर ही चढ़कर तुम तक पहुँच जाऊँ नागीश!"

"अपनी सुरक्षा की छोड़ो और आक्रमण करो युगांधर पर!" नागीश ने अपने सैनिकों को आदेश देते हुए कहा।

नागीश के सैनिकों ने तत्काल ही आक्रामक रवैया अपना लिया। उन सबने भालों की नोक सीधी की और युगांधर पर आक्रमण करने दौड़ पड़े। परन्तु आश्चर्यजनक रूप से उनका सामना करने के बजाय युगांधर भागकर

घने वन में घुस गया।

युगांधर के इस कृत्य ने कुछ देर के लिये नागीश को हैरान कर दिया। पहले वह देर तक इधर-उधर देखता रहा, परन्तु जब उसे युगांधर कहीं नहीं दिखा तो उसने चिल्लाकर मानो शून्य को सम्बोधित किया ''कहाँ भाग गया कायर? कहाँ है वह वीर युगांधर, जिसके विषय में यहाँ तक प्रचलित है कि वह बड़ी से बड़ी सेना का विनाश अकेले ही कर सकता है।'' युगांधर को ललकार कर नागीश ने भयंकर अट्टहास किया।

परन्तु अगले ही पल वह अचंभित रह गया, क्योंकि युगांधर का फरसा उसकी गर्दन पर था।

''इतना अधिक आत्मविश्वास घातक सिद्ध होता है नागीश! घने वन को पारकर तुम तक पहुँचना कोई कठिन कार्य नहीं था... यदि कुछ कठिन है तो वह है अब तुम्हारे प्राणों का बचना।'' युगांधर ने नागीश के हाथ पीछे मरोड़ दिये और उसे बंधक बना लिया।

''तुम नहीं बचोगे युगांधर! मेरे पिता, नागराक्षसों के अधिपति दंशक आयेंगे और तुम्हारे अस्तित्व को ही मिटा देंगे। जो मेरी अदना सी सेना देखकर भयभीत हो गया, वह क्या युद्ध करेगा मेरे पिता से।'' नागीश ने युगांधर पर कटाक्ष किया।

''चाहूँ तो तुम्हारी सेना को बड़ी सरलता से मटियामेट कर सकता हूँ, परन्तु मैं व्यर्थ ही अपना समय नष्ट नहीं करना चाहता। सीधे-सीधे बताओ यह सुवर्या कौन है? क्यों भेजा था उसे मेरे पास? मेरे प्रश्नों के उत्तर दो, अन्यथा मारे जाओगे।''

''बताता हूँ, बताता हूँ!' वर्षों पहले जब तुम्हारे पिता विक्रमाजित ने रक्षराज के भाई दुदुम्भी को पराजित किया था, उस दिन से पिताश्री दंशक प्रतिशोध की अग्नि में जल रहे थे। वह केवल अवसर की खोज में थे। तुम्हारे जन्म के उपरान्त जब विक्रमाजित नागलोक से चले गये, तब नागराक्षसों ने फिर से हमला कर दिया और घनघोर युद्ध हुआ। राजा विषंधर ने महाराज विक्रमाजित से सहायता प्राप्त करने के लिए अपने सबसे विश्वासपात्र दूत विषांक को विदर्भ भेजा। विषांक नागों का वह दूत था जिसे नागमणि का रहस्य ज्ञात था। नागराक्षसों ने सुरंगों से होकर विदर्भ की ओर जाते हुए

विषांक को पकड़ लिया, और उसे बन्दी बना लिया; परन्तु युद्ध में हमें पराजय प्राप्त हुई। उस युद्ध में नागराज विषंधर और नागकुमारी कनिष्का ने अद्भुत शौर्य का प्रदर्शन किया। सुवर्या उसी बन्दी विषांक की पुत्री है, जो तीन मास पूर्व अपने पिता को छुड़ाने पाताल आयी थी। उसे भी हमने बंधक बना लिया और उसके पिता की गर्दन पर तलवार रखकर उसे तुम्हारे पास भेजा, जिससे वह तुम्हें छल से बंधक बनवा सके।''

नागीश की बात सुनकर युगांधर क्रोधित हो उठा। उसने नागीश को भूमि पर पटक दिया।

''अभी मैं सुवर्या के पास जा रहा हूँ, परन्तु तुम्हारे और तुम्हारे पिता के अंत के लिए मैं शीघ्र ही लौटूँगा।'' इतना कहकर युगांधर वहाँ से प्रस्थान कर गया।

* * *

सुवर्या को खोजते-खोजते युगांधर घने वन में पहुँचा। सूर्यास्त होने वाला था, परन्तु सुवर्या कहीं नहीं मिली। युगांधर तड़प उठा।

''सुवर्या .....!'' घने वन में युगांधर चीख पड़ा। उसके स्वर से जंगल के वृक्ष हिल गये।

शीघ्र ही युगांधर ने समाधि लगायी और सुवर्या को खोजने का प्रयत्न किया। ध्यानमग्न होकर उसने देखा कि सुवर्या वन के दक्षिणी छोर पर एक गहरी खाई की ओर बढ़ रही है, जहाँ जलधारा तीव्रता से बह रही थी। युगांधर विचलित हो उठा। वह तत्काल ही समाधि से उठा और सुवर्या को बचाने के लिए दक्षिण दिशा की ओर दौड़ पड़ा। कुछ ही समय में युगांधर सुवर्या के सामने था, जो पहाड़ी से कूदने को तत्पर थी। सुवर्या ने युगांधर की ओर इस प्रकार देखा जैसे वह अंतिम बार युगांधर को देख रही हो। उसके नेत्र अश्रुओं से भरे थे।

''सुवर्या रुक जाओ...!'' युगांधर ने सुवर्या को रोकने का प्रयास किया।

“मैंने आपके साथ छल किया है, नागराज! परन्तु मेरा हृदय आपको स्वामी मान चुका है, इसलिए आपके साथ छल करने का दण्ड मैं स्वयं को दूँगी।” पश्चाताप सुवर्या के नेत्रों में साफ़ दिखाई दे रहा था।

“नहीं सुवर्या ... रुक जाओ!” युगांधर ने सुवर्या को रोकने का प्रयास किया, किन्तु वह सुवर्या को रोक पाता, इससे पूर्व ही वह पहाड़ी से कूद गयी।

युगांधर सकपका सा गया। एक पल के लिए तो उसे विश्वास ही नहीं हुआ, परन्तु अगले पल ही उसने खुद को सँभाला और दौड़ता हुआ पहाड़ी के किनारे पर आया। बिना सोच-विचार किये वह भी पहाड़ी से नीचे कूद गया, और उसी जलधारा में बहता गया, जहाँ से सुवर्या कदाचित् बहते हुए गयी थी। पत्थरों से लुढ़कते हुए युगांधर नीचे आया। वह गंभीर रूप से घायल हो गया। उसके मस्तक से रक्त का प्रवाह बड़ी तीव्रता से हो रहा था, परन्तु उसे केवल सुवर्या की चिन्ता थी। मन ही मन वह भी सुवर्या द्वारा किये छल के उपरान्त भी उससे प्रेम कर बैठा था। वह चारों दिशाओं में उसी का नाम पुकारता रह गया, ताकि वह कहीं सुरक्षित हो और उसे मिल जाये।

युगांधर के मस्तक से बहते रक्त की धारा और तीव्र हो गयी। ऊपर से सुवर्या की चिन्ता उसकी शक्ति को और क्षीण कर रही थी। घायलावस्था में युगांधर एक पत्थर के समीप आ बैठा।

“यह क्या किया तुमने सुवर्या।” निराश होकर युगांधर विलाप करने लगा।

“प्रेम में इतने अंधे हो गये कि अपना वास्तविक उद्देश्य भूल गये।” तभी एक अत्यंत वृद्ध पुरुष युगांधर के समीप आया। यह कथन उसी का था।

“आप कौन हैं, और मेरे... उद्देश्य के ... विषय में आप कैसे जानते हैं... ?” घायल युगांधर किसी प्रकार भूमि से उठा और उस वृद्ध पुरुष से प्रश्न किया।

“मैं कौन हूँ, यह तुम बाद में जान लेना पुत्र! तुम्हारे घाव का उपचार अभी अनिवार्य है, इसलिए चलो मेरे साथ।”

“कभी नहीं... मैं तुम पर... विश्वास नहीं करने वाला च..चले जाओ... यहाँ से...!” कहते-कहते अपने घावों से पीड़ित युगांधर भूमि पर गिर पड़ा और मूर्छित हो गया।

* * *

युगांधर की मूर्छा टूटी। उसने स्वयं को एक घने वन में बनी कुटिया में पाया। उसके सर पर पट्टी बँधी थी। जब उसके नेत्र खुले तो उसने एक वृद्ध पुरुष को अपने सामने खड़ा पाया। यह वह वृद्ध पुरुष नहीं था, जिससे युगांधर पहले मिला था, अपितु यह कोई और ही था।

“मेरी रक्षा के लिए धन्यवाद बाबा; परन्तु मूर्छित होने से पूर्व जिन्हें मैंने देखा था वह कौन थे, और कहाँ गये वो? और आप कौन हैं, जो इस पाताललोक में मेरी सहायता करने आयें है?” युगांधर ने उस वृद्ध पुरुष पर प्रश्नों की बौछार कर दी।

“तुम्हें यहाँ छोड़ के कौन गया, यह तो मैं भी नहीं जानता, किन्तु अपना परिचय मैं तुम्हें अवश्य दूँगा; मैं विंधेश्वर हूँ, देवों का प्रतिनिधि। युगांधर, मैं पाताललोक केवल तुम्हारी सहायता करने आया हूँ; विजयधनुष प्राप्त करना हम देवों का भी उद्देश्य है। तुम्हारा उद्देश्य पूर्ण होने के उपरान्त, तुम्हें विजयधनुष हमारे सुपुर्द करना होगा।” उस वृद्ध पुरुष ने उत्तर दिया।

“यदि आप देवों के दूत हैं, तो कृपा करके मुझे यह बताइये कि मेरे शेष भाई कहाँ हैं? उनके बिना हमारा उद्देश्य पूर्ण होना अत्यंत दुष्कर है।”

“तुम्हारे सभी भाई रक्षराज मार्केश के अन्य भाइयों से युद्ध में व्यस्त हैं; यदि तुम्हें उनसे मिलना है तो दंशक का अंत करो।”

“वो तो मैं करूँगा ही... उसका ही नहीं, उसके समग्र वंश का नाश कर दूँगा मैं।” कहते हुए युगांधर ने अपना फरसा उठाया।

“रुको युगांधर! दंशक को मारना इतना सरल नहीं है। तुम सुवर्या के प्रेम में अंधे हो गये हो; उसी उन्माद में तुम उस जल प्रपात से कूद गए और

स्वयं को घायल कर लिया। तुम बारह दिनों से मूर्छित थे, और अब अधीर होकर दंशक से लड़ने जा रहे हो; किन्तु तुम भूल कर रहे हो। दंशक का महल चारों ओर से मायावी चक्र से घिरा हुआ है। महल में प्रवेश करते ही दो दिवस के लिए तुम अपनी नागशक्ति खो दोगे, और एक सामान्य मानव में परिवर्तित हो जाओगे; एक ऐसा सामान्य मानव जो बड़ी ही सरलता से नागराक्षसों के विष का शिकार हो सकता है।''

''क्या कहा आपने? मैं बारह दिनों से मूर्छित था! और यदि दंशक का वध इतना ही कठिन है तो आप ही मेरा मार्गदर्शन करें देवदूत; क्या आप मुझे बता सकते हैं कि दंशक का अंत कैसे हो सकता है?''

''दंशक का अंत केवल महर्षि ओमेश्वर की तलवार से हो सकता है।''

''महर्षि ओमेश्वर की तलवार?''

''हाँ वत्स! महर्षि ओमेश्वर; पँचशक्तियों के स्वामी महर्षि ओमेश्वर। उन्होंने अपने परमशत्रु 'दुर्भीक्ष' के विनाश के लिए पाँच दिव्य तलवारों द्वारा पंचशस्त्र का निर्माण किया था, परन्तु 'दुर्भीक्ष' ने छल से उनकी हत्या कर दी। उन्होंने भी 'दुर्भीक्ष' पर आक्रमण किया, जिससे वह सुप्तावस्था में चला गया। किन्तु रक्षों का वह छलिया गुरु भैरवनाथ उसे वहाँ से सुरक्षित निकाल ले गया। पंचशस्त्र गलत हाथों में न पड़े, इसलिए महर्षि ओमेश्वर ने उसे पाँच दिव्य तलवारों में विभाजित कर दिया। उनमें से दो तलवारें भैरवनाथ के हाथ लग गईं, जो पाताललोक में है; दो तलवारें देवलोक में हैं, और एक पृथ्वीलोक में कहीं स्थापित है... उनमें से एक तलवार दंशक के महल में है। तुम्हें, उसे दंशक के महल में घुसकर खोजना है; जाओ मेरा आशीर्वाद तुम्हारे साथ है।''

''जैसी आप की आज्ञा देवदूत विंधेश्वर! आपने मेरे प्राणों की रक्षा की है; मैं प्रण लेता हूँ कि नागराक्षसों के अस्तित्व को मिटाकर मैं सुवर्या के पिता को मुक्त कराऊँगा और उसकी अंतिम इच्छा पूर्ण करूँगा... सुवर्या की मृत्यु का मूल्य अब नागराक्षसों को चुकाना होगा।''

''जाओ वत्स, विजयी भव!''

* * *

देवदूत विंधेश्वर को नमन कर, युगांधर तत्काल ही दंशक के महल की ओर प्रस्थान कर गया। दिन निकले एक प्रहर बीत चुका था और दंशक का महल युगांधर के सामने था। युगांधर को यहाँ तक पहुँचने के लिये तीन दिन की यात्रा करनी पड़ी थी। दंशक का महल उसी मायावी गोले से घिरा हुआ था, जो नागों की शक्ति दो दिवस तक हर लेता था। युगांधर ने जानबूझकर उस गोले में अपना पाँव रखा, और देखते ही देखते वह भूमि पर गिर पड़ा। उसकी नागशक्ति समाप्त हो चुकी थी। अब वह एक सामान्य मानव योद्धा था। तुरंत ही महल के सैनिक भाले लेकर पहुँच आये।

“बन्दी बना लो इसे!” तभी दंशक का पुत्र नागीश महल से बाहर आया और अपने सैनिकों को आदेश दिया। युगांधर, पहले सुवर्या के पिता विषांक को छुड़ाना चाहता था, इसलिए नागराक्षसों का बन्दी बन गया।

“ले चलो इसे! अब पिताश्री ही इसका न्याय करेंगे।” नागीश के आदेश के उपरान्त युगांधर को बंधक बनाकर नागराक्षस अपने साथ ले गये। शीघ्र ही युगांधर नागराक्षस दंशक के समक्ष बंधक बना खड़ा था। नागराक्षस दंशक कई गज ऊँचे सिंहासन पर बैठा था। युगांधर को देखते ही उसने भयंकर अट्टहास किया।

“फँस गया तू हमारे जाल में, युगांधर! अब तू दो दिन तक एक सामान्य मानव है; यदि एक नागराक्षस का विष भी तेरे भीतर जाये, तो एक प्रहर में तेरे प्राण पखेरू उड़ जायेंगे। ले जाओ इसे, और डाल दो कारागार में; कल इसे मृत्युदण्ड हम स्वयं देंगे! यह प्रेम में हारा हुआ है, मैं इसे और तड़पता हुआ देखना चाहता हूँ।” दंशक की आज्ञा पे युगांधर को बन्दीगृह ले जाया गया।

बन्दीगृह ले जाते हुए केवल आठ सैनिक युगांधर के साथ थे। बन्दीगृह जाते हुए नागराक्षसों की एक भूल ने युगांधर को अवसर दे दिया। जब वह मार्ग में थे, तो सुवर्या के पिता विषांक का भी बन्दीगृह दिखाई दिया। उसे देख एक सैनिक ने कहा

"देख मूर्ख नाग, आज तेरा राजा भी हमारा बन्दी है; अब यदि तूने नागमणि का रहस्य नहीं बताया तो तेरे राजा की मृत्यु निश्चित है।"

युगांधर को देख वृद्ध विषांक अचंभित रह गया। परन्तु युगांधर को अब बन्दी बने रहने की आवश्यकता नहीं थी। उसने अपनी पूरी शक्ति लगाकर बेड़ियाँ तोड़ दीं और अपने दिव्य फरसे का आह्वान किया, और देखते ही देखते आठों नागराक्षसों के क्षत-विक्षत शव भूमि पर पड़े थे।

शीघ्र ही वह आगे आया और विषांक का बन्दीगृह तोड़ दिया।

"शीघ्र चलिए, महानुभाव! दंशक के सैनिक आते ही होंगे, इससे पूर्व हमें किसी सुरक्षित स्थान पर छिपना होगा।" युगांधर ने विषांक का हाथ पकड़ा और उसे अपने साथ ले जाने लगा।

"नागराज युगांधर! महाराज विक्रमाजित के पुत्र युगांधर! आप उन्हीं के पुत्र हैं न!" विषांक के नेत्र अश्रुओं से भरे थे।

"हाँ, मान्यवर विषांक, मैं उन्हीं का पुत्र हूँ, और आपको मुक्त कराने आया हूँ।"

"केवल यही नहीं, मुझे विश्वास है कि आप जैसा शक्तिमान योद्धा दंशक का अंत किये बिना यहाँ से नहीं जायेगा।"

"अवश्य, दंशक और उसके पुत्र नागीश का लहू पीने का निर्णय तो यह धरा ले चुकी है; मैं आपसे यह जानना चाहता हूँ, कि क्या आप महर्षि ओमेश्वर की तलवार के विषय में कुछ जानते हैं? वह तलवार यहीं कहीं महल में है... दंशक का अंत उसी से हो सकता है।"

"मैंने कई बार बन्दीगृह के रक्षकों से सुन रखा है कि महल के दक्षिणी छोर पे सबसे अधिक सुरक्षा है, जिसकी रक्षा दो महाविषधारी और शक्तिशाली सर्प करते हैं; कदाचित् जिस तलवार के विषय में आप कह रहें है, वह वहीं हो।"

"यदि ऐसा है, तो हमें किसी भी प्रकार से महल के दक्षिणी छोर तक पहुँचना ही होगा, चलिए।"

युगांधर के इस कथन के उपरान्त वह और विषांक छिपते-छिपाते महल के दक्षिणी छोर तक पहुँचे। दक्षिणी भाग में पहुँचकर उन दोनों ने

देखा; एक विशाल द्वार की रक्षा दो अत्यंत बलिष्ठ नागराक्षस कर रहे थे। उनके हाथों में लंबे भाले और ढाल थीं।

"यह दो राक्षस... इन्हें तो मैं मैं पलक झपकते ही धूल चटा दूँ।" अति उत्साह में युगांधर ने फरसे पर बल दिया।

"रुक जाइये महाराज! यह नाग, दंशक के सर्वश्रेष्ठ योद्धाओं में से एक हैं, और महाविषधारी भी; और इस समय आप विषहीन हैं... नागराज, इसलिए उचित यही होगा कि इन द्वार रक्षकों से युद्ध करने में हम सावधानी बरतें।"

"किन्तु हमें इन्हें पराजित तो करना ही है, यह अनिवार्य है।"

"जैसी आपकी इच्छा महाराज; हम दोनों इनसे द्वंद्व करेंगे, वर्षों के उपरान्त भी मैं इस युद्ध को तत्पर हूँ।"

"अवश्य; आक्रमण का यही उचित समय है।"

तत्पश्चात युगांधर ने अपना फरसा सँभाला और विषांक ने अपनी तलवार। दोनों उन नागरक्षकों के सामने आ खड़े हुए और उन्हें खुली चुनौती दी।

"केवल दो योद्धा! परन्तु विशिष्ट लगते हो; क्या है ऐसा इस द्वार के भीतर, जो इसकी रक्षा के लिए तुम जैसे बलिष्ठ योद्धाओं को चुना है दंशक ने?" युगांधर ने उन दोनों योद्धाओं पर कटाक्ष किया।

"यह प्रश्न यमसदन जाकर वहाँ के मृत्युदूतों से करना युवान्! तुम यहाँ तक पहुँच तो गये हो, परन्तु हमारी शक्ति का भान नहीं... अस्तित्व मिटा दो इन दोनों का!" उनमें से एक नाग, भाला और ढाल लेकर युगांधर की तरफ बढ़ चला, दूसरे ने विषांक से युद्ध आरंभ किया।

युद्ध के शोर से कई सुरक्षाकर्मी वहाँ एकत्रित हो गये। युगांधर ने शीघ्र ही अपने प्रतिद्वंद्वी की छाती पर निर्णायक आक्रमण किया और उसका अंत कर दिया। उस भयानक और विशालकाय असुर के गिरते ही भूमि रक्त से लाल हो गयी। इसके उपरान्त युगांधर ने फरसा चलाकर वह द्वार तोड़ दिया, जिसके भीतर कदाचित् महर्षि ओमेश्वर की तलवार थी। द्वार टूटते ही वह दिव्य तलवार युगांधर के सामने थी। वह उसे उठाने आगे बढ़ा।

नागराक्षसों के हृदय भय से काँप उठे। विषांक अभी भी अपने प्रतिद्वंद्वी से जूझ रहे थे।

"महाराज युगांधर, आप भीतर जाकर तलवार ले आइये, तब तक मैं इन सब का सामना करता हूँ; यदि दंशक यहाँ आ गया तो हमारे लिए तलवार तक पहुँचना असम्भव हो जायेगा।" विषांक ने युगांधर से चीखकर कहा। युगांधर आगे बढ़ा।

विषांक को अन्य सैनिकों से युद्ध करते देख, वह शक्तिशाली द्वार रक्षक युगांधर की ओर दौड़ पड़ा। शेष नागराक्षसों ने विषांक को घेर लिया। भीतर प्रवेश करते ही महर्षि ओमेश्वर की तलवार युगांधर के सामने थी। वह उसे उठाने आगे बढ़ा, किन्तु इससे पूर्व कि युगांधर तलवार उठाता, दूसरे द्वार रक्षक ने उस पर पीछे से आक्रमण कर उसे डस लिया। युगांधर भूमि पर गिर पड़ा। इसका लाभ उठाने के लिए द्वार रक्षक ने उस पर भाले से आक्रमण किया। युगांधर भूमि पर गिरा हुआ था। उसने बचने का प्रयास किया, किन्तु भाला उसके कंधे में आ धँसा। वह घायल हो गया, फिर भी उसने अपना फरसा उठाया और द्वाररक्षक का अगला प्रहार रोककर उसका भाला छुड़ा दिया। तत्काल ही वह भूमि से उठा और फरसे का प्रयोग करके द्वारपाल की गर्दन उड़ा दी।

उसका रक्त से सना मस्तक नागराक्षसों की उस सेना के मध्य आ गिरा, जिन्होंने विषांक को घेर रखा था। द्वार रक्षक की नृशंस हत्या देख नागराक्षसों के हृदय काँप उठे और हाथ सुन्न पड़ गये।

"हर-हर महादेव...!" युगांधर ने महादेव का नाम लेकर स्वयं को विजयी महसूस किया।

४

ओमेश्वर की तलवार-2

युगांधर पलटा, महर्षि ओमेश्वर की तलवार उसके सामने थी। द्वाररक्षक जैसे महाशक्तिमान राक्षस के अंत से नागराक्षसों की सेना का आत्मविश्वास डोल गया था। युगांधर ने तलवार को स्पर्श किया। भूमि काँपने लगी, और जैसे ही तलवार भूमि से निकलकर युगांधर के हाथ में आई, वहाँ से दूर बैठे दंशक का सिंहासन डोल गया। कई गज की ऊँचाई पर बैठा दंशक असंतुलित होकर सिंहासन से भूमि पर गिर पड़ा। तत्काल ही वह भूमि से उठा और अपने सैनिकों को आदेश दिया।

"कदाचित् किसी ने महर्षि ओमेश्वर की तलवार को छेड़ा है... सैनिकों, महल के दक्षिणी दुर्ग की ओर प्रस्थान करो!"

इधर युगांधर पर विष का प्रभाव दिखने लगा। उसके कदम लड़खड़ाने लगे, परन्तु उसका साहस अभी भी बना हुआ था। शीघ्र ही दंशक और उसका पुत्र नागीश वहाँ पहुँच आये। युगांधर के हाथ में दिव्य तलवार और फरसा था। विषांक भी उसके साथ नंगी तलवार लिए युद्ध को आतुर खड़े थे। नागराक्षसों की सेना में इतना साहस ही नहीं बचा था कि वह उन पर आक्रमण करें, युगांधर का रक्त से सना फरसा देख उनके शरीर में बहता

रक्त जम गया था। दंशक का आगमन उस सेना का हौसला कुछ हद तक ही बढ़ा पाया। युगांधर के कदम लड़खड़ा रहे थे; किन्तु सामने खड़ी सेना को इसका भान भी नहीं होने दिया उसने। दंशक के आदेश पर नागराक्षसों की सेना भयभीत मन से ही उन दोनों पर टूट पड़ी।

उस सेना का भय और युगांधर का फरसा, नागराक्षसों के लिए मृत्युदायी सिद्ध हुआ। दंशक की सेना गाजर-मूली के समान कटने लगी। समस्त भूमि उनके रक्त से लाल होने लगी। शीघ्र ही उनमें भगदड़ मच गयी। दंशक की सेना पलायन को विवश हो गयी। अब केवल दो शत्रु शेष थे। दंशक और उसका पुत्र नागीश युद्ध को तत्पर थे, किन्तु तभी नागीश ने ऐसी चाल चली जिससे युगांधर अवाक् रह गया।

नागीश वहाँ से भाग खड़ा हुआ। दंशक को अपनी मृत्यु अपने समक्ष नजर आ रही थी, परन्तु फिर भी उसने तलवार खींची और युगांधर का सामना करने दौड़ पड़ा। युगांधर की शक्ति विष के कारण क्षीण पड़ती जा रही थी, किन्तु फिर भी वह दंशक का सामना करने आगे बढ़ा। युगांधर उसके प्राण लेने को तत्पर था।

''रुक जाओ नागराज, अन्यथा तुम्हारी यह प्रेयसी सुवर्या मारी जायेगी!'' नागीश ने सुवर्या की गर्दन पर तलवार टिकाकर कहा।

सुवर्या को जीवित देख युगांधर विस्मित रह गया। उसके मुख से शब्द ही नहीं फूट पा रहे थे।

''चकित मत हो युगांधर; इसे मैंने ही पहाड़ी से गिरते हुए बचाया था, ताकि समय आने पर मैं इसका प्रयोग कर सकूँ, तुम्हें निर्बल बनाने के लिए।''

नागीश की बात सुनकर युगांधर विचलित हो गया। उसे समझ नहीं आ रहा था कि वह क्या करे।

''रुक जाओ नागीश! मैं शस्त्रों का त्याग करता हूँ, सुवर्या को छोड़ दो।'' युगांधर ने फरसा और दिव्य तलवार भूमि पर रखते हुए कहा।''

यह देख दंशक अपनी तलवार लिए युगांधर की ओर दौड़ा। विष का

प्रभाव अलग ही युगांधर की शक्ति क्षीण कर रहा था, और दंशक की तलवार उस पर चलने ही वाली थी। सुवर्या से यह देखा न गया। उसने अपनी कमर में लटकी कटार निकाली और नागीश के हाथ पर प्रहार किया। नागीश की तलवार उसके हाथ से छूट गयी। सुवर्या युगांधर की ओर दौड़ी।

दंशक की तलवार भूमि पर गिरे युगांधर की ओर चलती, इससे पूर्व ही सुवर्या के पिता विषांक ने महर्षि ओमेश्वर की तलवार उठाई और दंशक पर आक्रमण किया, परन्तु दंशक अपनी रक्षा करने में सफल रहा। वह विषांक की ओर पलटा और उससे युद्ध करने लगा। इतने समय में युगांधर को अवसर मिल गया। अपनी पूरी शक्ति लगाकर वह भूमि से उठा।

इधर दंशक की तलवार विषांक के उदर को चीर गयी।

"पिताश्री ...!" सुवर्या चीख पड़ी।

अपनी मृत्यु को अपने समक्ष देख, विषांक ने महर्षि ओमेश्वर की तलवार युगांधर की ओर उछाल दी। युगांधर ने बिना विलंब किये तलवार सँभाली और दंशक के उसकी ओर पलटते ही, उस पर भीषण प्रहार किया और उसकी कमर और शरीर के निचले हिस्से को दो भागों में विभाजित कर दिया।

दंशक के सैनिक स्तब्ध रह गये। भय के मारे उन्होंने अपने-अपने शस्त्र डाल दिये। भूमि पर पड़े दंशक के शरीर के दो टुकड़े शीघ्र ही निष्प्राण हो गये। उसके रक्त से वहाँ की भूमि लाल हो गयी। नागीश को अपने नेत्रों पर विश्वास ही नहीं हुआ। वह घुटनों के बल भूमि पर बैठ गया। विष का प्रभाव युगांधर पर अत्यंत हावी होने लगा। वह मूर्छित होकर भूमि पर गिर पड़ा। यह देख नागीश ने उसका वध करने का प्रयास किया, परन्तु सुवर्या ने तलवार उठाई और उसका वार रोका। शेष नागराक्षसों में इतना साहस नहीं था कि वह युगांधर की ओर बढ़ते... न जाने वह कब उठ जाये। यह देख घायल विषांक ने तत्काल ही सर्प रूप धरा और द्वारपाल सर्प ने जहाँ युगांधर के कंधे पर काटा था, वहीं अपने दाँत गड़ा दिये, और उसके शरीर से विष चूसना आरम्भ कर दिया। शीघ्र ही युगांधर के शरीर में समाया सारा विष, विषांक के शरीर में समाहित हो गया।

धीरे-धीरे युगांधर की चेतना लौटने लगी। वह भूमि से उठा। परन्तु

विषांक का शरीर अब भूमि पर पड़ा था। वह अपनी अंतिम साँसें ले रहे थे। सुवर्या, नागीश को भूमि पर गिराकर शीघ्र ही दौड़ते हुए अपने पिता के पास आकर विलाप करने लगी।

"नहीं पुत्री...! अब... नागराज... युगांधर... तुम्हारे साथ हैं... , वह तुम्हारा रक्षण... करेंगे, यह मेरा... सौभाग्य है... जो मैं अपने नायक... के प्राणों की रक्षा करते हुए... मृत्यु... को प्राप्त हुआ हूँ। युवराज, वचन दीजिये कि आप... मेरी पुत्री का ध्यान रखेंगे।" विषांक ने अपने अंतिम शब्द कहे।

"मैं आपको वचन देता हूँ, आपकी पुत्री अब मेरा उत्तरदायित्व है।" युगांधर के इस वचन के उपरान्त विषांक मुस्कराए और उनकी काया निष्प्राण हो गयी।

"पिताश्री...!" सुवर्या चीख पड़ी।

युगांधर ने सुवर्या को अपने हृदय से लगाकर कहा।

"तुम अकेली नहीं हो सुवर्या, मैं जीवन में हर पल में तुम्हारे साथ हूँ; और आज मैं स्वीकार करता हूँ, कि मैं तुम्हारे बिना अपूर्ण हूँ... मेरी माता के उपरान्त तुम पहली स्त्री हो, जिसका मेरे जीवन में सबसे अधिक महत्त्व है, मैं तुम्हारा प्रेम स्वीकार करता हूँ, जिसका आभास तुम्हारी अनुपस्थिति में मुझे हो चुका है।"

परन्तु सुवर्या के अश्रु थमने का नाम ही नहीं ले रहे थे। वहीं नागीश भी भयभीत था। उसके पाँव थर-थर काँप रहे थे। युगांधर ने अपना फरसा थामा और उसकी ओर देखा। नागराक्षसों की सेना पहले ही शस्त्रों का त्याग कर झुक चुकी थी।

"भयभीत मत हो नागीश; मैं तुम्हारे प्राण नहीं लूँगा, क्योंकि स्वार्थवश ही सही, तुमने मेरी सुवर्या की रक्षा की है; इसलिए जाओ और अपने पिता का सिंहासन सँभालो; परन्तु उससे पूर्व मुझे रक्षराज और उसके भाइयों तक तुम पहुँचाओगे।"

"जैसा आपका आदेश! आपने मुझे प्राणदान दिया है, इसलिए मैं आपकी यह इच्छा अवश्य पूरी करूँगा।" नागीश ने अपनी तलवार युगांधर

के समक्ष झुकाई। उसका अनुसरण करते हुए समस्त नागराक्षसों की सेना युगांधर के सामने झुक गयी। नागीश का मन प्रतिशोध लेने के लिए विचलित था, परन्तु युगांधर की शक्ति के सामने वह नतमस्तक हो गया।

"हमारा और काकाश्री अधीम का महल पातालोक के सबसे अंतिम छोर पर है। यहाँ से रक्षराज के महल तक पहुँचने का मार्ग अत्यंत दुर्गम और लंबा है; हम अश्व भी साथ नहीं ले जा सकते, हमें पैदल ही यात्रा करनी होगी, और यदि हम अनवरत चलते रहें तो भी कम से कम पन्द्रह-सोलह दिवस का समय लगेगा।"

युगांधर कुछ पल के लिये सोच में पड़ गया। विदर्भ से निकले कुल पच्चीस दिन बीत चुके थे, और पिछले बीस दिनों से वह अपने भाइयों से अलग था। अब पन्द्रह दिन की यात्रा और करनी है, अर्थात मार्केश के महल तक पहुँचने में ही पैंतीस दिन बीत चुके होंगे; उधर विदर्भ में महाराज वीरसेन विष प्रभाव से जूझ रहे होंगे... अभी विजयधनुष प्राप्त करने में न जाने और कितना समय लगेगा। अचानक उसने कहा -

"यात्रा चाहे जितनी भी लम्बी हो, मुझे ऐसा आभास हो रहा है कि कदाचित् मैं अपने भ्राताओं से वहीं मिलूँगा; इसलिए हमें चलना चाहिए।" युगांधर ने निर्णय ले लिया था।

९

त्रिभुज से सामना

सरोवर से भटकने के उपरान्त, तेजस्वी ने स्वयं को घने वन में अकेला पाया; अपने किसी भाई को साथ न पाकर वह आश्चर्यचकित रह गया। कुछ देर इधर-उधर खोजने के बाद तेजस्वी को स्पष्ट हो गया कि यह सब हिडिम्ब का किया-धरा है। निराश होकर उसने अपने कदम आगे बढ़ाये।

तेजस्वी को भटकते हुए दो प्रहर से अधिक समय हो गया था, तभी उसकी दृष्टि उन राक्षसों पर पड़ी जो सैकड़ों मानवों को भाले की नोक पर बन्दी बनाकर कहीं ले जा रहे थे। तेजस्वी ने उन पर आक्रमण करना उचित नहीं समझा। वह दबे पाँव बस उनका पीछा करता रहा। चलते हुए एक प्रहर बीत चुका था, और रात्रि होने को आई। अब तेजस्वी निर्णय नहीं कर पा रहा था कि वह अब भी इस दल का पीछा करता रहे अथवा अपने भाइयों को खोजने का उपक्रम करे। तभी वह दल एक गुफा के समीप पहुँचा और राक्षस उन मानवों को गुफा के अन्दर ले जाने लगे।

यह देख तेजस्वी ने भी अन्दर जाने का निर्णय किया और अपने शस्त्रों का त्याग किया और रूप-परिवर्तन की कला का प्रयोग कर स्वयं को एक राक्षस का रूप दे दिया। वह भी उन राक्षसों की भीड़ में सम्मिलित हो गया। गुफा के अन्दर प्रवेश करते ही तेजस्वी ने देखा कि एक ओर शिला का

सिंहासन रखा हुआ है। सिंहासन के पीछे एक द्वार नजर आ रहा था और दूसरी ओर बलिस्थल है, जहाँ पर सैकड़ों बलिकुठार थे, जो बलि देने को तैयार थे और उसके बगल में एक विशालकाय धातु का घंटा टँगा हुआ है। तेजस्वी अभी गुफा का निरीक्षण ही कर रहा था कि वे राक्षस सभी मानवों को बलिस्थल की ओर ले जाने लगे और एक राक्षस बड़े से घंटे के पास गया और उसे जोर से बजाने लगा। सभी राक्षस झुक गये। उनका अनुसरण करते हुए तेजस्वी भी झुक गया।

"अधिपति त्रिभुज की जय...।" त्रिभुज की जय-जयकार से गुफा गूँज उठी। तेजस्वी ने देखा, एक महाकाय राक्षस सिंहासन के पीछे के द्वार से निकलकर सिंहासन की ओर बढ़ रहा है। उसे स्पष्ट हो गया कि यही रक्षराज मार्केश का भाई त्रिभुज है।

त्रिभुज सिंहासन पर आरूढ़ हो गया और गहरी दृष्टि से मानवों को देखते हुए उसने राक्षसों को आदेश दिया "बलि चढ़ाओ! बलि देकर कुलदेवी को प्रसन्न करना है।" त्रिभुज की आज्ञा का पालन करते हुए एक मानव को बलिस्थल लाया गया और उसकी गर्दन झुकाई गयी।

"ठहरो!" तेजस्वी से रहा न गया। वह अपने वास्तविक रूप में आ गया। "इन भोले-भाले ग्रामीणों की बलि देकर क्या सिद्ध करना चाहता हो त्रिभुज? यदि साहस है तो मुझसे युद्ध करो; मैं अकेला ही तुमसे और तुम्हारी सम्पूर्ण सेना से युद्ध को तैयार हूँ।" त्रिभुज को ललकारते हुए तेजस्वी ने अपनी मुट्ठियों को कसा।

"तेजस्वी ...। तुम्हारी ही तो प्रतीक्षा थी मुझे... सुना है कि अपने धनुष से तुम अकेले ही बड़ी से बड़ी सेना का नाश कर देते हो।" त्रिभुज ने तेजस्वी पर व्यंग्य के बाण छोड़े।

"उचित सुना है तुमने त्रिभुज; और यदि मेरी धनुष विद्या का सामर्थ्य देखना चाहते हो, तो मैं युद्ध के लिए तैयार हूँ।"

"तुम क्षत्रियों की यही तो समस्या है; बात-बात पर शस्त्र उठाने की बात करते हो; उचित है... यदि तुम युद्ध ही चाहते हो, तो युद्ध होगा; मैं चुनौती को स्वीकार करता हूँ; परन्तु मैं तुम्हारे प्रमुख अस्त्र धनुष से युद्ध नहीं करने वाला... मैं मल्लयुद्ध चाहता हूँ और तुम्हें वचन देता हूँ कि तुम्हारे और मेरे मध्य कोई नहीं आयेगा।"

"मुझे तुम्हारी चुनौती स्वीकार है त्रिभुज! मैं अपने शस्त्रों का त्याग कर तुमसे युद्ध भी करूँगा और तुम्हें पराजित कर तुम्हारा वध भी करूँगा।"

"वो तो समय बतायेगा कुमार तेजस्वी; सूर्योदय होने दो, यह निर्णय भी हो जायेगा।"

* * *

अगले दिन सूर्योदय के साथ ही गुफा के बाहर नजदीक ही खुले मैदान में तेजस्वी और त्रिभुज एक दूसरे के समक्ष मल्लयुद्ध को प्रस्तुत हुए।

नगाड़े के बजते ही मल्लयुद्ध आरम्भ हो गया। चार प्रहर बीत गये... युद्ध का कोई परिणाम नहीं निकला, परन्तु सूर्यास्त होते-होते स्थिति निर्णायक लगने लगी थी, क्योंकि तेजस्वी के पैर त्रिभुज के कंधे पर थे, और त्रिभुज बेबस भूमि पर पड़ा था।

"कहो त्रिभुज, क्या करूँ तुम्हारे साथ? मेरे हाथ तुम्हारी भुजाएँ उखाड़ने को व्याकुल हैं।"

"तुम्हें इस बात का भान ही नहीं है तेजस्वी, कि कुछ देर में क्या होने वाला है।" कहते हुए त्रिभुज ने भयानक अट्टहास किया।

सूर्यास्त हुए कुछ समय बीत चुका था, और कुछ देर में ही पूर्णमासी का चाँद दिखने लगा। चन्द्रोदय के साथ ही त्रिभुज के शरीर में आश्चर्यजनक परिवर्तन प्रारम्भ होने लगा। उसमें इतने बल का संचार हो गया, कि उसने बड़ी सरलता से तेजस्वी को स्वयं से दूर फेंक दिया।

तेजस्वी, त्रिभुज के शरीर में हो रहे इस परिवर्तन को देख हतप्रभ रह गया। त्रिभुज की पीठ पर भी एक भुजा उग रही थी। उसका आकार दोगुना हो गया और मुख भेड़िये के समान हो गया।

"यह हैं हमारे अधिपति त्रिभुज, पृथ्वीवासी! जिनकी तीन भुजाएँ हैं, और यह है इनका विकराल रूप; अब करो इनका सामना।" रक्षों की सेना के एक राक्षस ने उठकर तेजस्वी को चुनौती दी।

तेजस्वी ने भी अपने दिव्यधनुष का आह्वान किया। त्रिभुज उसकी ओर

दौड़ता हुआ आया। तेजस्वी ने शर-संधान प्रारम्भ किया, परन्तु तेजस्वी का कोई भी बाण अधिक समय तक उसे विचलित नहीं कर पाया। यह देख तेजस्वी ने पाशास्त्र का प्रयोग किया, जिसके प्रभाव से त्रिभुज बंधक बन गया; परन्तु कुछ ही समय में बल का प्रयोग कर त्रिभुज ने वह बंधन अपनी भुजाओं से तोड़ डाला। यह देख तेजस्वी ने धनुष का त्याग कर अपने पिता द्वारा प्रदान किए गए दिव्य अस्त्रों में से दिव्य तलवार का आह्वान किया। तलवार के प्रकट होते ही त्रिभुज की ओर दौड़ पड़ा।

अद्भुत कला का प्रदर्शन करते हुए तेजस्वी ने त्रिभुज की पीठ से जुड़ी भुजा पर तलवार का जोरदार प्रहार किया; भुजा कटकर भूमि पर गिर पड़ी।

त्रिभुज तड़प उठा। उसने अपने नखों से तेजस्वी पर प्रहार किया। तेजस्वी उसका वार बचा ले गया, परन्तु त्रिभुज के नाख़ून का थोड़ा प्रभाव तेजस्वी के हाथ पर पड़ा, जहाँ से रक्त का प्रवाह होने लगा। अगले कुछ क्षण तेजस्वी को आश्चर्यचकित करने वाले थे... त्रिभुज की कटी हुई भुजा वापस उसके शरीर से जुड़ गयी।

तेजस्वी और त्रिभुज में भयानक युद्ध जारी था, जो कि सूर्योदय से चल रहा था। एक समय ऐसा आया था, जब तेजस्वी ने त्रिभुज को लगभग परास्त ही कर दिया था, परन्तु अब त्रिभुज के भयावह रूप धरने के बाद तेजस्वी को सूझ ही नहीं रहा था कि वह इसे कैसे पराजित करे। दोनों में से कोई भी पीछे हटने को तैयार नहीं दिखता था।

तेजस्वी ने विचार किया कि उस नरभक्षी प्रतीत होने वाले पशु के नखों से स्वयं को सुरक्षित रखना आवश्यक है। उसने अद्भुत चपलता का प्रदर्शन किया और स्वयं को उसके वार से बचाता चला गया। धीरे-धीरे समय बीतता रहा और आकाश लालिमा से भरने लगा। यह देख कर त्रिभुज कुछ बेचैन हुआ और अचानक अदृश्य हो गया। तेजस्वी अचानक त्रिभुज के गायब हो जाने से चौंक गया और हैरान होकर उसे इधर-उधर खोजने लगा, इतने में सूर्योदय हो गया।

अचानक त्रिभुज तेजस्वी के ठीक पीछे प्रकट हुआ और उसने तेजस्वी पर आक्रमण करना चाहा, किन्तु तेजस्वी एक चपल योद्धा था; वह चारों दिशाओं से हुए आक्रमण को सरलता से भाँप लेता था। तनिक आभास होते ही वह पीछे पलटा और उसने देखा कि त्रिभुज अपने वास्तविक सामान्य रूप में

आ गया है। तेजस्वी का उत्साह प्रबल हो उठा। उसने त्रिभुज को उठाकर भूमि पर पटक दिया। तत्काल ही त्रिभुज ने अपनी माया का प्रयोग किया, और एक बार फिर वहाँ से अदृश्य हो गया।

तेजस्वी अभी त्रिभुज को खोज ही रहा था कि तभी कई राक्षसों ने तेजस्वी का ध्यान बँटाना आरम्भ कर दिया। कुछ राक्षस, गुफा के भीतर से बन्दी मानवों को उठा लाए और तेजस्वी को उकसाते हुए मानवों को क्षति पहुँचाना प्रारम्भ कर दिया।

तेजस्वी ने त्रिभुज को खोजना छोड़ बंदियों की रक्षा के लिए दिव्य धनुष का आह्वान किया और राक्षसों का लक्ष्य साधकर भीषण बाणवर्षा प्रारम्भ कर दी। राक्षस पके फल की तरह भूमि पर बिछने लगे। तेजस्वी के बाणों से बचने के लिए राक्षस घने वन की ओर भागे। तेजस्वी का धनुष भी वन की ओर मुड़ गया और बाणवर्षा ने मानो मैदान से वन तक राक्षसों के शव की रेखा खींच दी हो। बचे-खुचे राक्षस वन में घुसकर गायब हो गए। तेजस्वी ने बाण वर्षा रोकी और बंदियों को मुक्त करने में व्यस्त हो गया। मुक्त हुए बंदी अन्य को मुक्त करने लगे।

इस आपाधापी का लाभ उठाकर त्रिभुज ने मानव वेश धरा और उन बंदियों के बीच सम्मिलित हो गया।

तेजस्वी ने सोचा कि त्रिभुज पराजित होकर भाग गया है। अब तक सभी बंदी बंधन से मुक्त हो चुके थे। सारे मानव तेजस्वी के चरणों में गिर गये, उनमें से एक ने उठकर कहा -

"भद्र! आप अदम्य साहस और शक्ति के धनी हैं; आपने त्रिभुज जैसे शक्तिशाली राक्षस को पराजित कर हम सबको मुक्त किया, हम सब तो ऋणी हो गये आपके।"

"यह मेरा कर्तव्य भी था और उद्देश्य भी; आज से आप सब त्रिभुज के बंधन से मुक्त हैं.. अब भयभीत राक्षस पलट कर नहीं आयेंगे।"

कहते हुए तेजस्वी पलटकर वन की ओर देखने लगा, तभी उनमें से एक मानव उठ खड़ा हुआ। उठने के दौरान ही उसके हाथ में तलवार प्रकट हुई और उसने पल भर में तेजस्वी की पीठ छलनी कर दी। आक्रमण के साथ ही उस मानव ने अपना रूप बदला... यह कोई और नहीं त्रिभुज था।

“मेरे जीवित रहते तुमने यह सोच भी कैसे लिया कि मेरे बंधक मुक्त हो जायेंगे?” त्रिभुज ने घायल तेजस्वी को भूमि पर गिराकर कहा।

“अब तेरा अंत करके मैं ज्येष्ठ भ्राता को प्रसन्न करूँगा।” इतना कहकर राक्षस त्रिभुज ने तेजस्वी को मारने के लिए तलवार उठाई।

तेजस्वी, घायल अवस्था में भी भूमि से उठा और उसका प्रहार रोककर उसे धकेल दिया।

“बल से न जीत पाये तो छल का प्रयोग किया; परन्तु महाराज विक्रमाजित के इस पुत्र को हराना इतना सरल नहीं है नीच असुर।” तेजस्वी त्रिभुज की ओर बढ़ा।

परन्तु त्रिभुज तक पहुँचते-पहुँचते वह अपने शरीर पर नियंत्रण खोने लगा। इससे पहले कि वह मूर्छित होकर गिर पड़ता, तभी उन दोनों के मध्य धुंध छा गई। जब धुंध छँटी तो तेजस्वी वहाँ नहीं था। त्रिभुज आश्चर्य में था।

* * *

जब तेजस्वी की मूर्छा टूटी, तो उसने स्वयं को एक गुफा में पाया। उसने देखा कि उसके घाव का उपचार हो चुका है।

“तुम अभी पूर्णतः स्वस्थ नहीं हुए हो युवान्! तुम्हें विश्राम की आवश्यकता है।” तभी एक वृद्ध राक्षस तेजस्वी के समक्ष प्रस्तुत हुआ। यह कथन उसी का था।

“कौन हैं आप! और एक असुर होते हुए आपने मेरी सहायता क्यों की?”

“मैं उसी रक्षराज मार्केश का पिता हूँ, जिसका वध कर तुम विजयधनुष प्राप्त करने के उद्देश्य से यहाँ आये हो; मेरा नाम कालनेमि है।”

“तो फिर आपने उस व्यक्ति की सहायता क्यों की है, जो आपके पुत्र का वध करने आया है?”

“क्योंकि असुरजाति को कलंकित किया है रक्षराज मार्केश ने... हम राजा बलि के वंशज है, उस राजा बलि के, जिन्हें भगवान विष्णु के रूप वामन

अवतार का आशीर्वाद प्राप्त था। इस समय वामन अवतार सुताललोक में राजा महाबली के द्वारपाल हैं, जिनके कारण असुरों ने भी संसार में ख्याति पाई थी। किन्तु रक्षराज मार्केश और उसके भाइयों ने यह सिद्ध कर दिया कि वह कभी शांति नहीं चाह सकते। उन्होंने विजयधनुष का दुरुपयोग करने का प्रयत्न किया... मैंने तुम्हारे प्राणों की रक्षा केवल इसलिए की है, क्योंकि तुम ही वह योद्धा प्रतीत होते हो, जो रक्षराज और उसके भाइयों को पराजित करके पृथ्वी पर शान्ति की स्थापना कर सकते हो।''

''तो क्या आप अपने ही पुत्रों के विनाश का मार्ग मुझे दिखायेंगे?''

''मैं तुम्हारी सहायता केवल त्रिभुज के वध के लिए करूँगा; शेष तुम्हारे तीन भाइयों को अलग-अलग असुरों से युद्ध करना होगा।''

''अर्थात् आपको हम भाइयों के विषय में ज्ञात है... तो क्या आप यह बता सकते हैं कि मेरे अन्य भाई कहाँ हैं?''

''मेरे पुत्र हिडिम्ब ने छल करके तुम चारों को अलग-अलग कर दिया है। युगांधर, इस छल के फलस्वरूप नागराक्षस दंशक के क्षेत्र में पहुँच गया है, तथा अखण्ड और सूर्यम् रक्षराज के भाई अधीम के क्षेत्र में पहुँच चुके हैं; कदाचित् उनके मध्य युद्ध भी चल रहा हो... और तुम्हें एक रहस्य से अवगत करना भी शेष है, तेजस्वी!''

''किस रहस्य की बात कर रहें हैं आप?''

''तुम्हारे काकाश्री भानुसेन के विषय में; और वह रहस्य यह है कि वह विदर्भ के भूतपूर्व राजा भभूति के गोद लिये पुत्र हैं; वास्तव में वह रक्षराज मार्केश के ज्येष्ठ पुत्र हैं, जो मार्केश और एक मानव कन्या की सन्तान है।''

कालनेमि का यह कथन सुनकर तेजस्वी अवाक् रह गया।

''तो इसलिए उसने मेरे पिता की छलपूर्वक हत्या की।'' कहते हुए तेजस्वी की मुट्ठियाँ भिंच गयीं।

''तुम्हारे पिता विक्रमाजित की ख्याति पूरे विश्व में फैली थी तेजस्वी! उनके जैसा शक्तिमान योद्धा न कभी जन्मा था, न कभी जन्मेगा; यदि वह जीवित रहते तो निःसंदेह रक्षजाति का सपना कभी पूरा नहीं हो पाता।''

''ऐसा कौन सा स्वप्न है रक्षजाति का, जो मेरे पिता के जीवित रहते पूर्ण नहीं हो सकता था?''

“विश्व विजय का अभियान; जो महाराज विक्रमाजित के रहते पूर्ण होना असम्भव था। रक्षराज मार्केश जहाँ आक्रमण करता, विक्रमाजित उस राज्य की रक्षा के लिए आ जाते, इसी कारण उनकी हत्या करवायी गयी।”

तेजस्वी भावुक हो गया। उसके नेत्रों से आँसू छलक आये, परन्तु अगले ही पल उसके नेत्रों में ज्वाला धधकने लगी।

“तो फिर मुझे त्रिभुज के अंत का रहस्य बताइये भद्र! मैं आपका ऋणी रहूँगा।”

“त्रिभुज मायावी राक्षस है; उसके पास अद्भुत शक्तियाँ तो हैं ही, परन्तु पूर्णमासी की रात उसके लिये विशेष है... इस रात उसका रूप बदल जाता है और वह एक रात के लिये नरभेड़िया बन जाता है। पूर्णमासी की पूरी रात्रिबेला वह अतिशक्तिशाली होता है, और उसकी मृत्यु का रहस्य यह है कि त्रिभुज का वध केवल पूर्णमासी की रात ही हो सकता है, वह भी तब, जब वह नरभेड़िया के रूप में हो और उसकी तीसरी भुजा उसकी पीठ से उखाड़ दी जाये।”

“आदरणीय, यह प्रयत्न तो मैं कर चुका हूँ, परन्तु मुझे तो कोई लाभ प्रतीत नहीं हुआ।”

“अपने बायें हाथ के घाव पर दृष्टि डालो तेजस्वी; यह घाव अभी तक नहीं भरा है, क्योंकि यह घाव त्रिभुज ने उस समय दिया था, जब वह नरभेड़िये के रूप में था। उसका विष तुम्हारे भीतर समाहित हो गया है। अब तुम भी पूर्णमासी की रात नरपशु में परिवर्तित होगे; बस तुम्हारी भुजाएँ दो होंगी। इस रोग से ग्रस्त होकर जब तुम उसकी तीसरी भुजा उखाड़ोगे, तभी उसका अंत सम्भव है।

तेजस्वी ने अपने बायें हाथ पर दृष्टि डाली, घाव अभी तक भरा नहीं था। त्रिभुज के नखों का निशान अभी तेजस्वी की भुजा पर था।

“अर्थात्, मैं भी त्रिभुज की ही भाँति एक वहशी दरिन्दा बन जाऊँगा; क्या मेरा नियंत्रण स्वयं पर होगा?”

“वो तुम पर निर्भर करता है तेजस्वी; तुम जब नरभेड़िये के रूप में आओगे, तो त्रिभुज तुम्हें अपने वश में करने का पूरा प्रयास करेगा... तुम स्वयं पर नियंत्रण रख पाते हो या उसके वश में आ जाते हो, यह तुम्हारी इच्छाशक्ति पर निर्भर करता है।”

“त्रिभुज का अंत करने के उपरान्त, तुम्हारा यह रोग ही तुम्हारी सबसे बड़ी शक्ति होगी, जो पूर्णतः तुम्हारे वश में होगी।”

“परन्तु इसके लिये तो मुझे एक मास तक प्रतीक्षा करनी पड़ेगी; अभी कल ही तो पूर्णमासी थी, जब त्रिभुज ने रूप परिवर्तित किया था।”

कालनेमि मुस्कुराए “पुत्र, तुम्हें कैसे पता होगा कि तुम कितने दिन मूर्छित रहे; त्रिभुज ने तुमको जो धाव दिए, उसके विष प्रभाव की वजह से तुम पिछले तेईस दिनों से मूर्छित थे; मैंने दुर्लभ जड़ी-बूटियों से तुम्हारा उपचार किया तब जाकर तुम्हारी मूर्छा भंग हुई है।”

“तेजस्वी आश्चर्यचकित रह गया। उसे विश्वास ही नहीं हो रहा था कि वह तेईस दिनों से मूर्छित था। जब वह इस समयाविधि को स्वीकार कर सका तो उसके हाथ स्वयं ही प्रणाम की मुद्रा में जुड़ गये। “आदरणीय! आपने मेरी जो सहायता की है, और मुझे नया जीवन प्रदान किया है, इसके लिये मैं आपका ऋण कैसे चुका पाऊँगा।”

“यह तो मेरा कर्तव्य था पुत्र।”

“तो फिर अब मुझे आज्ञा दीजिये, भद्र; मुझे प्रस्थान करना होगा, ताकि मैं समय पर पूर्णमासी की रात्रि को त्रिभुज तक पहुँच सकूँ, वैसे भी पूर्णमासी निकट ही होगी।”

“उचित है तुम्हारा अनुमान, तेजस्वी... केवल चार दिवस का समय है तुम्हारे पास; चार दिवस के उपरान्त पूर्णमासी है... उससे पूर्व ही तुम्हें उस तक पहुँचना होगा।”

“आप महान हैं, भद्र कालनेमि! मानवजाति सदैव आपकी ऋणी रहेगी।”

“तेजस्वी, मुझे केवल मानवों, असुरों और देवताओं के मध्य शांति चाहिये।”

“अब मुझे आज्ञा दीजिये... मुझे त्रिभुज का अंत करना है।”

“जाओ; त्रिभुज का अंत करके रक्षराज की एक भुजा और काट दो... विजयी भव।”

कालनेमि से आशीर्वाद प्राप्त कर, तेजस्वी चल पड़ा, त्रिभुज से निर्णायक युद्ध के लिए।

* * *

कालनेमि से दिशा की जानकारी प्राप्त करके तेजस्वी उसी गुफा के पास पहुँचा, जहाँ पहली बार त्रिभुज से उसकी मुठभेड़ हुई थी। यहाँ तक पहुँचने में उसे तीन दिन लग गए थे। गुफा के पास पहुँचते ही तेजस्वी छुपकर रात्रि की प्रतीक्षा करने लगा। जब सूर्यास्त हो गया तथा पूर्णमासी का चाँद निकलने में कुछ समय ही शेष था, तब तेजस्वी सीधे त्रिभुज की गुफा के सामने आया।

"बाहर निकल कायर त्रिभुज! तूने पिछली बार छल से मुझ पर वार किया था, किन्तु आज तेरा अंत कर मैं तेरे सभी प्रपंचों का उत्तर दूँगा।"

तेजस्वी की ललकार सुनकर त्रिभुज बाहर आ गया, साथ ही त्रिभुज के सैनिक भी गुफा से बाहर आने लगे।

"प्रतीत होता है पिछली पराजय का विस्मरण हो गया है तुम्हें, जो अपने अंत के लिए दोबारा मुझसे द्वंद्व करने चले आये।" त्रिभुज ने तेजस्वी को ललकारते हुए कहा।

"मैं घायल हुआ था त्रिभुज, पराजित नहीं; और यदि छल से मुझे घायल करके स्वयं को विजयी मान रहे हो, तो मैं आज तुम्हारा वध करके तुम्हारा यह भ्रम मिटा दूँगा।"

"मेरी सेना देखो तेजस्वी; क्या इनकी संख्या देख तुम्हें भय नहीं लग रहा?"

तेजस्वी मुस्कराया। वह भूमि पर बैठा और आग्नेयास्त्र को आह्वान दिया। आग्नेयास्त्र के, तेजस्वी के धनुष से छूटते ही राक्षसों की सेना में भयंकर कोलाहल मच गया। राक्षस अपने प्राण बचाकर भागने लगे। धीरे-धीरे स्थिति ऐसी हो गयी कि त्रिभुज के अतिरिक्त तेजस्वी से युद्ध करने को वहाँ कोई उपस्थित नहीं था।

"कहो त्रिभुज, अब किस सेना पे दम भरोगे? तुम्हारी सेना तो पलायन कर गयी।"

त्रिभुज ने आकाश की ओर देखा। सूर्यास्त हो चुका था। उसने मुस्कराकर तेजस्वी की ओर देखा और कहा।

"तेजस्वी, तुम भी कैसे संयोग से मुझसे पूर्णमासी की रात ही टकराते

हो; लगता है मेरे विकराल रूप का तुम्हें विस्मरण हो गया है... आकाश की ओर देखो मूर्ख; शीघ्र ही वह समय आने वाला है, जब तू मेरे नखों की क्रूरता के समक्ष अपने प्राणों की भिक्षा माँगेगा।''

''कौन अपने प्राणों की भिक्षा माँगेगा, यह तो आने वाला समय ही निर्धारित करेगा, त्रिभुज; लो तुम्हारी इच्छा पूरी हुई, पूर्णमासी का चाँद निकल आया; अब दिखाओ अपना विकराल रूप... मैं तुम्हारा सामना करने को आतुर हूँ।''

तेजस्वी के इस कथन के साथ ही त्रिभुज के शरीर में परिवर्तन दिखाई देने लगे। वही परिवर्तन तेजस्वी के शरीर में भी होने लगा। धीरे-धीरे उन दोनों का रूप परिवर्तित हो गया। त्रिभुज जहाँ तीन भुजाओं वाले नरभेड़िये के रूप में था, वहीं तेजस्वी भी उसी के समान एक विकराल नरभेड़िये में परिवर्तित हो गया, किन्तु उसकी भुजाएँ केवल दो थीं।

दोनों नरपशुओं में एक महाभयावह द्वंद्व आरम्भ हो गया। एक प्रहर तक युद्ध का कोई परिणाम नहीं निकला। तभी त्रिभुज ने अपनी तीसरी भुजा तेजस्वी के सर पर रख दी। तेजस्वी को अचानक महसूस हुआ कि वह स्वयं पर नियंत्रण खो रहा है। कदाचित् वह त्रिभुज के वश में आने लगा। वह बेबस होकर भूमि पर बैठ गया। त्रिभुज के सैनिकों ने उसे भाले की नोक से घेर लिया, शीघ्र ही सैंकडों राक्षस विशालकाय तेजस्वी को रस्सी से बाँधकर खींचकर ले जाने लगे।

त्रिभुज एक बार फिर अपने सामान्य रूप में आ गया और गुफा में अपने आसन पर विराजमान हो गया। तेजस्वी को भी उस गुफा में बन्दी बनाकर लाया गया।

''मूर्ख! मेरी ही शक्ति प्राप्त करके मुझसे द्वंद्व करने चला था? जो इस नरपशु रूप में रहता है, वह मेरा दास हो जाता है। बड़े दुख का विषय है कि अपने पिता की हत्या और माता की मृत्यु का प्रतिशोध तुम अब कभी नहीं ले पाओगे; रक्षराज मार्केश अजेय हैं और अजेय ही रहेंगे।''

तेजस्वी की भावनाएँ उस पर हावी होने लगीं, जिसका परिणाम यह हुआ कि त्रिभुज का सम्मोहन उस पर से टूट गया। तेजस्वी, गुर्राता हुआ रस्सियों सहित, राक्षसों को फेंकने लगा। यह देख त्रिभुज भी नरभेड़िये के रूप में आ गया और उस पर टूट पड़ा।

तेजस्वी इस बार उसका वार बचा ले गया, और बिना विलम्ब किये त्रिभुज को भूमि पर गिराकर उसकी पीठ पर चढ़ गया। इससे पूर्व कि त्रिभुज कुछ और कर पाता, तेजस्वी ने उसकी पीठ पर उगी भुजा पकड़ी और अपनी पूरी शक्ति उसे उखाड़ने में लगा दी।

"आरर..र्रर...घघ।" त्रिभुज की गुर्राहट से समस्त गुफा गूँज उठी।

शीघ्र ही त्रिभुज की तीसरी भुजा तेजस्वी के हाथ में थी। लहूलुहान त्रिभुज भूमि पर पड़ा तड़प रहा था।

तत्पश्चात्, तेजस्वी ने उसे भूमि से उठाया और अपनी समस्त शक्ति लगाकर गुफा से बाहर फेंक दिया। गुफा से बाहर आते ही तेजस्वी, त्रिभुज की छाती पर सवार हो गया।

त्रिभुज को अपना अंत अपने समक्ष नजर आने लगा। तेजस्वी उसकी छाती पर सवार हो गया और अपने नखों से उसकी छाती पर प्रहार कर उसे चीर डाला। रक्षराज के उस अनुज का हश्र देख सारे राक्षस भयभीत होकर भागने लगे।

परन्तु किसी ने काले रंग के कपड़े से ढँकी उस आकृति को नहीं देखा, जो एक वृक्ष के पीछे छुपकर यह दृश्य देख रही थी। उस आकृति ने मन ही मन विचार किया।

"त्रिभुज का अंत हुआ... अच्छा है; मेरी योजना के तीन चरण पूरे हुए।"

10

सुवर्या का बलिदान

काले रंग के कपड़े से ढँका एक अज्ञात व्यक्ति एक विशाल महल के सामने प्रकट हुआ, और तत्परता से महल में प्रवेश कर गया। द्वारपालों ने उसे देखते ही शीश झुकाकर अभिवादन किया।

वह अज्ञात व्यक्ति रक्षराज मार्केश के बीस गज ऊँचे सिंहासन के समक्ष आ खड़ा हुआ। उसे देख मार्केश सिंहासन से नीचे उतर आया।

"आइए महागुरु भैरवनाथ, स्वागत है आपका!" रक्षराज बुरी तरह क्रोधित था, फिर भी उसने अपने गुरु को प्रणाम किया।

"तुम्हारे क्रोध का कारण जान सकता हूँ रक्षराज?" भैरवनाथ ने रक्षराज से प्रश्न किया।

"क्रोध का कारण, आप मुझसे क्रोध का कारण पूछ रहे हैं गुरुदेव... आपके कारण मेरे तीन भाई मारे गये... क्रोधित न होऊँ तो क्या करूँ! मैं पूछता हूँ, कि आपने मेरे तीनों भाइयों अधीम, त्रिभुज और दंशक का वध करने हेतु तेजस्वी और उसके भाईयों की सहायता क्यों की?" रक्षराज का क्रोध सातवें आसमान पर पहुँच रहा था।

"शांत हो जाओ मार्केश; मैं तुम्हारा गुरु हूँ... तुम्हारी उन्नति ही मेरा उद्देश्य है।"

"मेरे भाइयों की मृत्यु से मुझे किस प्रकार उन्नति प्राप्त होगी गुरुदेव?"

"मैंने केवल तुम्हारे भाइयों का ही नहीं, अपने भाई तारकनाथ का भी बलिदान दिया है, केवल और केवल तुम्हारी शक्ति बढ़ाने के लिए।"

रक्षगुरु के कथन से मार्केश का क्रोध थोड़ा शांत हुआ।

"किन्तु आपने ऐसा किया ही क्यों गुरुदेव?"

"स्वयं को देखो रक्षराज मार्केश! तुम्हारी शक्ति है ही क्या...! कितनी बार तुम उस विक्रमाजित से पराजित हुए हो। तुम्हारे तीन भाई दंशक, अधीम और त्रिभुज का जन्म उसी दिन हुआ था, जिस दिन तुम्हारा जन्म हुआ था, बस वर्ष अलग थे; उन तीनों की मृत्यु के उपरान्त उनकी सारी शक्ति तुममें समाहित हो सकती है।"

"परन्तु ... परन्तु ऐसा किस प्रकार सम्भव है?" मार्केश विस्मित रह गया।

"यह लो, यह जीव फल खा लो, तुम्हें स्वयं पता चल जायेगा।"

मार्केश विस्मित था, फिर भी उसने भैरवनाथ की आज्ञा का पालन करते हुए वह फल खा लिया।

फल खाते ही उसे अपने शरीर में एक अद्भुत ऊर्जा का संचार महसूस किया।

"अब महसूस करो अपने भीतर की शक्ति रक्षराज मार्केश! तुममें कई हाथियों का बल समा चुका है। अधीम, त्रिभुज और दंशक की शक्ति तुममें समा चुकी है; अब उस युगांधर का विष भी तुम पर कोई प्रभाव नहीं डाल पायेगा, क्योंकि दंशक की शक्ति भी तुम्हारे शरीर में है।"

"मैं अपने भीतर की ऊर्जा को महसूस कर सकता हूँ गुरुदेव, परन्तु मैं आपसे एक प्रश्न करना चाहता हूँ कि त्रिभुज ने तो तेजस्वी को लगभग मार ही दिया था... उस तेजस्वी जिसका जन्म ही मेरे अंत के लिए हुआ है, उसकी रक्षा आपने क्यों की?"

"यह मेरे लिए भी एक प्रश्न चिन्ह है मार्केश, क्योंकि मैंने कालनेमि का वेश धरकर तेजस्वी की सहायता की, दंशक को मारने के लिए मैंने विंधेश्वर

बनकर युगांधर का मार्गदर्शन किया, और सूर्यम् की सहायता के लिए प्रजापति का वेश धरा, किन्तु न मैंने युगांधर का घायल होने पे उपचार किया और न ही मैंने तेजस्वी के घाव भरे; वह कोई अज्ञात शक्ति थी। जब त्रिभुज ने अपनी तलवार से तेजस्वी के उदर को चीरा था, वह भूमि पर गिर पड़ा था। उस समय मैं भी वहाँ उपस्थित था; परन्तु तभी वहाँ के वातावरण में धुंध छा गई और तेजस्वी वहाँ से अदृश्य हो गया। मैं उसे खोजता रहा और एक गुफा में उस तक पहुँचा, परन्तु तब तक उसकी चेतना लौट चुकी थी। इसी प्रकार युगांधर भी जब ठीक हो चुका था, तब मैं उस तक पहुँचा। ऐसा प्रतीत होता है, कि कोई तो है जो उनका रक्षण कर रहा है, अन्यथा उनके ठीक होने के तुरंत बाद उनका मेरे सामने आना मात्र संयोग नहीं हो सकता। मैंने उन तीनों की तुम्हारे भाइयों को मारने में सहायता की थी, किन्तु उनके प्राणों की रक्षा मैंने नहीं की थी, कोई अज्ञात शक्ति पाताल में प्रवेश कर चुकी है, जो उनकी सहायता कर रही है; मैं अभी तक नहीं समझ पाया वो कौन है।''

''तो हमें इसका पता करना होगा, महागुरु।''

''चर्चा का विषय वह नहीं है रक्षराज! तुम शक्तिमान अवश्य हो चुके हो, किन्तु यदि अखण्ड, तेजस्वी, युगांधर और सूर्यम् ने एक साथ मिलकर तुम पर आक्रमण किया तो तुम पराजित भी हो सकते हो।''

''अखण्ड का मैं क्या करूँ महागुरु? वो मेरा अंश है... पौत्र है वह मेरा, मेरा सबसे योग्य उत्तराधिकारी है। वह जब असुरों के विरुद्ध शस्त्र उठाता है, तो मेरा हृदय फट पड़ता है। काश आपने मेरे पुत्र भानुसेन को दूत बनाकर विदर्भ न भेजा होता तो आज अखण्ड जैसा महाबली हमारे पक्ष में होता।''

''जो हो गया उसे बदला नहीं जा सकता मार्केश; अभी हमें सिर्फ उस युगांधर के विषय में सोचना है; देर-सबेर विजयधनुष प्राप्त करने हेतु तुम्हारे महल पर आक्रमण होगा ही... यदि हम उस युगांधर को विवश करने में सफल हो गये तो हमारी विजय सुनिश्चित है।''

''उससे पहले एक कार्य सम्पूर्ण करना है महागुरु! मुझे अपनी कुलदेवी को आने वाली पूर्णिमा को एक लाख क्षत्रिय योद्धाओं की बलि चढ़ानी है; यदि मैं सफल हो गया, तो असीमित शक्ति प्राप्त होगी मुझे, किन्तु मुझे बलि के लिए दो योद्धा और चाहिएँ, तभी मेरी बलि सम्पूर्ण होगी।''

''कैसे लाओगे और क्षत्रियों को? तुम्हारे सारे भाइयों की तो मृत्यु हो

चुकी है, हिडिम्ब भी शक्तिहीन हो चुका है, और तुम विजयधनुष के संरक्षण का कार्य छोड़कर कहीं जा नहीं सकते।''

''तो फिर मैं क्या करूँ गुरुदेव?''

''तुम्हारी बलि की व्यवस्था मैं करूँगा मार्केश! अब मुझे जाना होगा, समय है एक और खेल का।''

''जैसा आप ठीक समझें महागुरु।''

* * *

जैसा नागीश ने कहा था, रक्षराज के साम्राज्य में पहुँचने की समयावधि और मार्ग अत्यंत कठिन और दुष्कर था। युगांधर और सुवर्या को यात्रा करते - करते सत्रह दिन का समय बीत गया। अंततः नागीश के निर्देशानुसार चलते हुए युगांधर शीघ्र ही रक्षराज मार्केश के साम्राज्य में पहुँच गया।

''मेरी यात्रा यहाँ समाप्त हुई नागराज युगांधर; आप इस समय रक्षराज मार्केश के साम्राज्य में हैं और रक्षराज का महल यहाँ से उत्तर दिशा में दस कोस की दूरी पर है... मेरा दायित्व समाप्त हुआ, अब मुझे जाना होगा।''

''ठीक है नागीश, मैं तुम्हें मुक्त करता हूँ, चले जाओ!'' नागीश की विनती पर युगांधर ने उसे मुक्त कर दिया, वह वहाँ से प्रस्थान कर गया।

नागीश के जाने के उपरान्त युगांधर सुवर्या की ओर मुड़ा।

''अब तुम्हें भी यहाँ से जाना चाहिये सुवर्या; तुम्हें नागलोक लौटना होगा।''

''नहीं नागराज! मैं भी एक योद्धा हूँ, और आपको इस प्रकार संकट में घिरा छोड़कर मैं कैसे जा सकती हूँ; मैं नहीं जाऊँगी; वैसे भी आपके सिवा मेरा इस संसार में है ही कौन, कहाँ जाऊँगी मैं? आपको मेरी सौगंध है नागराज, आप मुझे स्वयं से दूर नहीं करेंगे।''

युगांधर विवश सा हो गया।

''ठीक है, फिर चलो मेरे साथ।'' युगांधर ने सुवर्या का हाथ पकड़ा और

वे दोनों आगे बढ़े।

तीन प्रहर तक चलते हुए सबसे प्रथम, नागीश का साथ पाकर युगांधर रक्षराज के साम्राज्य में पहुँचा।

* * *

त्रिभुज का वध करने के उपरांत सात दिवस में ही तेजस्वी रक्षराज के साम्राज्य के निकट पहुँच गया था और घने वन में भटक रहा था। तभी आकाश में एक तेज प्रकाश फूटा और उसके समक्ष एक आकृति प्रकट हुई। उस आकृति को देख तेजस्वी घुटनों के बल बैठ गया। उसके नेत्र अश्रुओं से भर गये। वह आकृति कोई और नहीं, स्वयं महाप्रतापी महाराज विक्रमाजित की थी।

“पिताश्री...!” तेजस्वी नतमस्तक हो गया।

“उठो तेजस्वी! मैं कोई जीवित व्यक्ति नहीं एक जीवात्मा हूँ; मैंने मृत्यु से पूर्व सौगंध ली थी, कि मैं रक्षराज के नाश के उपरान्त ही इस संसार का त्याग करूँगा।” विक्रमाजित ने तेजस्वी को वास्तविकता से अवगत कराया।

“मैं जानता हूँ पिताश्री, कि आप जीवित नहीं हैं... आपको कुछ मास बाद देख रहा हूँ, परन्तु मेरे लिये तो मानो वर्षों बीत गए हों... भावुक होना स्वाभाविक था, किन्तु आपके दर्शन पाकर मैं धन्य हो गया।”

“अभी हमारा उद्देश्य विजयधनुष प्राप्त करना है तेजस्वी! भावुक मत हो; मैं तुम्हारी सहायता करने आया हूँ।”

“तो फिर बताइए पिताश्री, क्या करना होगा मुझे मार्केश को पराजित करने के लिए?”

“रक्षराज मार्केश की मृत्यु का उपाय मैं नहीं जानता पुत्र, परन्तु उस छल के विषय में तुम्हें अवगत करना चाहता हूँ, जिसका शिकार तुम चारों भाई हुए हो।”

“छल? कैसा छल पिताश्री? और मेरे भाई भी इसका शिकार हुए हैं... वह सकुशल तो हैं न?”

"तुम्हारे सारे भाई सकुशल हैं तेजस्वी; त्रिभुज ने जब तुम्हें घायल किया, तुम्हारा रक्षण मैंने किया। युगांधर जब पहाड़ियों से गिरकर मूर्छित हुआ, उसका उपचार मैंने किया, किन्तु त्रिभुज को मारने में तुम्हारी सहायता मैंने नहीं की।"

"वो तो मैं जानता हूँ पिताश्री; वह रक्षराज के पिता कालनेमि थे... उन्होंने ही त्रिभुज का वध करने में मेरी सहायता की।"

"यहीं... यहीं तुम मात खा गये पुत्र; वह कालनेमि नहीं, अपितु रक्षगुरु भैरवनाथ था। जब तुम पूरी तरह स्वस्थ हो गये तब वह तुम्हारे पास आया था। तुमसे पूर्व उसने अधीम का अंत करने में सूर्यम् की सहायता की थी, और तो और सूर्यम् और अखण्ड ने अधीम को प्राणदान दे दिया था, किन्तु भैरवनाथ ने ऐसा खेल रचा कि सूर्यम् अधीम का वध करने को विवश हो गया। इसी प्रकार उसने विंधेश्वर बनकर युगांधर की दंशक को मारने में सहायता की; इसलिए मैंने उसे तुम्हारे पास आने दिया, क्योंकि मैं त्रिभुज की मृत्यु का उपाय नहीं जानता था।"

"इसका अर्थ यह है पिताश्री, कि मेरे सारे भाई सकुशल हैं और अपने-अपने प्रतिद्वंद्वियों पर विजय प्राप्त कर चुके हैं।"

"हाँ तेजस्वी; किन्तु यह विजय एक छल था। रक्षगुरु भैरवनाथ जानता था कि यदि तुम चारों भाई रक्षराज तक पहुँच गये, तो तुम चारों की सम्मिलित शक्ति का सामना मार्केश नहीं कर पायेगा, इसलिए उसने रक्षराज के भाई अधीम, त्रिभुज और दंशक का वध करने में तुम सबकी सहायता की, ताकि उन तीनों की मृत्यु के उपरान्त उनकी शक्तियाँ वह रक्षराज मार्केश में समाहित कर सके... अब वह मार्केश इतना शक्तिशाली हो चुका है कि तुम चारों के लिए भी उसका सामना करना कठिन होगा।"

"अदभुत् खेल रचा उस रक्षगुरु ने... और वह रक्षराज, उसने तो शक्ति के लोभ में अपने भाइयों की ही बलि ले ली; ऐसे अधर्मी का अंत तो होना ही चाहिये। पिताश्री; आप मेरा मार्गदर्शन कीजिये।"

"तुम्हारा अगला कदम सैन्य बल का निर्माण है तेजस्वी। रक्षराज के पास पाताल में दो लाख असुरों की सेना है, और तुम केवल चार हो... उसका सामना करने के लिए तुम्हें अपनी सेना का निर्माण करना होगा।"

"सेना का निर्माण! भला वह कैसे सम्भव है? इस लोक में हमारी

सहायता करेगा कौन?''

''रक्षराज के भाइयों और दूतों ने मिलकर वर्षों से पृथ्वी पर आक्रमण करके वहाँ के राजाओं, राजकुमारों एवं अन्य श्रेष्ठ योद्धाओं को अपना बंधक बना रखा है; उनकी संख्या लगभग एक लाख है। मार्केश आने वाली पूर्णमासी को महाकाली को उनकी बलि चढ़ाने वाला है, ताकि वह असीमित शक्ति प्राप्त कर सके। बलि के लिए उसे अभी भी दो योद्धा और चाहिएँ। भैरवनाथ, किसी न किसी को पृथ्वीलोक से ले ही आयेगा; इससे पूर्व तुम्हें स्वयं को भैरवनाथ के जाल में फँसाना होगा, और उसका बन्दी बनना होगा।''

''बन्दी बनना होगाघ किन्तु उससे क्या लाभ होगा पिताश्री?''

''भैरवनाथ द्वारा बनाया गया बन्दीगृह मार्केश के महल से दो प्रहर की दूरी पर है। उस बन्दीगृह की रक्षा लगभग एक लाख असुर करते हैं। तुम्हें वहाँ बन्दी बनकर, अपने जीवन से हार चुके योद्धाओं में ऊर्जा का संचार करना होगा, और उन्हें मार्केश के विरुद्ध युद्ध के लिए उकसाना होगा। उस सेना और अपने भाइयों के साथ सम्मिलित होकर रक्षराज पर आक्रमण करोगे, तो कदाचित् उसे पराजित करने में सफल हो पाओगे तुम।''

''जैसी आपकी आज्ञा पिताश्री, परन्तु एक प्रश्न अभी भी मेरे मन में है।''

''मैं जानता हूँ, तुम्हारे मन में क्या प्रश्न चल रहा है; युगांधर रक्षराज के साम्राज्य में प्रवेश कर चुका है... अखण्ड और सूर्यम् ने तुमसे अलग होने के दो दिन बाद ही अधीम का वध कर दिया था, मगर एक मास से अधिक समय से वह दोनों पाताललोक में भटक रहे हैं। वे भटकते-भटकते यहाँ से पचास कोस की दूरी तक आ चुके हैं, मगर सही मार्ग न पता होने के कारण अब भी भटक रहे हैं, उन्हें सही मार्ग मैं दिखाऊँगा। जल्द ही तुम चारों मिल जाओगे, तब सम्मिलित शक्ति के साथ मार्केश का सामना करोगे; रही बात भैरवनाथ के बन्दीगृह तक पहुँचने की, तो मुझे विश्वास है कि वह तुम्हें बन्दी बनाने के लिए कोई न कोई छल अवश्य करेगा, क्योंकि तुम मार्केश के साम्राज्य में प्रवेश करने वाले पहले व्यक्ति हो।''

''तो इसका अर्थ यह है, कि भैरवनाथ स्वयं आयेगा मुझे बन्दी बनाने?''

''हाँ बिलकुल... वह छल करेगा तुम्हारे साथ, और तुम्हें उसके जाल में फँसना है; अब मुझे जाना होगा, ताकि मैं तुम्हारे बाकी भाइयों को तुम्हारी

सहायता के लिए भेज सकूँ, तब तक तुम मार्केश तक पहुँचने का प्रयत्न करो; वह भैरवनाथ तुम्हारा मार्ग अवरुद्ध अवश्य करेगा।''

''मैं समझ गया पिताश्री, अब आज्ञा दीजिये।''

विक्रमाजित की जीवात्मा वहाँ से अदृश्य हो गयी, और उनके निर्देशानुसार तेजस्वी, उनके बताये मार्ग पर चल पड़ा।

* * *

लगभग एक प्रहर बीतते-बीतते तेजस्वी, मार्केश के साम्राज्य में प्रवेश कर चुका था। अचानक सामने का दृश्य देखकर वह आश्चर्यचकित रह गया। सूर्यम् घायल अवस्था में भूमि पर पड़ा था। तेजस्वी दौड़कर उसके पास आया।

''सूर्यम्, ये... ये क्या हुआ तुम्हें! तुम इतने घायल कैसे हो गये?''

''रक्षराज मार्केश के भाई अधीम से युद्ध करते हुए... मैं घायल हुआ हूँ भ्राता तेजस्वी; उस अधीम का वध कर दिया मैंने।''

उसकी बातें सुनकर तेजस्वी का विस्मय समाप्त हो गया, क्योंकि उसे पता था कि अखण्ड और सूर्यम् ने साथ मिलकर अधीम का अंत किया था। तेजस्वी को यह समझते देर नहीं लगी कि यह वह षड्यंत्र था जिसकी वह स्वयं प्रतीक्षा कर रहा था। वह मन ही मन मुस्कुराया।

''सूर्यम्, तुम्हें उपचार की आवश्यकता है, चलो मेरे साथ।''

''हाँ, भ्राता; किन्तु पहले आप चलिए मेरे साथ... मैं आपको एक विशेष स्थान पर ले जाना चाहता हूँ, उसके उपरान्त मेरा उपचार भी हो जायेगा, किन्तु वहाँ पहुँचना अभी अधिक महत्वपूर्ण है।''

''ऐसा कौन सा स्थान है सूर्यम्?''

''आप चलिए, मैं आपको बताता हूँ।''

तत्पश्चात तेजस्वी और सूर्यम् एक अज्ञात स्थान की ओर बढ़ चले। शीघ्र ही कुछ समय के पश्चात, तेजस्वी के कदम एक विशेष स्थान पर पड़े। उस स्थान पर कदम रखते ही, तेजस्वी के ऊपर एक विशाल पिंजरा गिर पड़ा। तेजस्वी को इसी की प्रतीक्षा थी। तत्काल ही सूर्यम् का रूप धरे रक्षगुरु

भैरवनाथ अपने वास्तविक रूप में आ गया। उसके आदेश पर कई रक्षसैनिकों ने उस पिंजरे को भाले लेकर चारों ओर से घेर लिया।

"बन्दी बना लो इसे, और ले चलो इसे वहाँ, जहाँ सारे बलि के बंधक कैद हैं; और हाँ तेजस्वी, इस पिंजरे को स्पर्श करने का प्रयत्न मत करना, अन्यथा भस्म हो जाओगे।"

"तुम्हारे इस छल का उत्तर तुम्हें अवश्य मिलेगा भैरवनाथ; मेरे भाई मुझे मुक्त अवश्य करायेंगे।"

"तुम इस समय केवल मार्केश की एक बलि हो तेजस्वी; और इस पिंजरे से आज तक कोई जीवित नहीं निकल पाया; केवल असुर ही इसे स्पर्श कर सकता है, अन्य किसी ने इसे स्पर्श करने का प्रयत्न भी किया तो वह भस्म हो जायेगा।"

भैरवनाथ के कथन से तेजस्वी का मन खीज उठा। न जाने क्यों उसने अपनी कमर से कटार निकाली और अपने हाथ का पंजा जख्मी कर लिया। उसका रक्त उसने पिंजरे से बाहर की भूमि पर गिराया। तेजस्वी का पिंजरा खींचने के लिए भैरवनाथ ने दो अश्व लगाये। वह अश्व उसे खींचकर एक प्रहर में ही भैरवनाथ के बन्दीगृह तक ले आये। बन्दीगृह पहुँचते ही रक्षराज मार्केश के भाई हिडिम्ब ने उनका स्वागत किया।

"हिडिम्ब, मुझे मार्केश के लिए एक और बलि की व्यवस्था करनी है, इसलिए मैं जा रहा हूँ, तब तक तुम इस तेजस्वी का ध्यान रखना।"

"आप चिन्तित न होइए गुरुदेव; इससे तो पिछली पराजय का प्रतिशोध भी लेना है मुझे, और वैसे भी यह सलाखें केवल एक असुर स्पर्श कर सकता है, अथवा तोड़ सकता हैं, इसलिए यह यहाँ से हमारी इच्छा के विरुद्ध कभी मुक्त नहीं हो पायेगा, आप निश्चिंत होकर जाइए।"

भैरवनाथ वहाँ से प्रस्थान कर गया। हिडिम्ब और तेजस्वी एक दूसरे को क्रोध भरी दृष्टि से देख रहे थे।

"सैनिकों! पूर्णमासी में अभी काफी समय शेष है, तब तक तुम्हें सभी बंदियों का ध्यान रखना है, मैं अभी आता हूँ।" कहकर हिडिम्ब वहाँ से चला गया।

वन में तेजस्वी के हाथ से गिरे रक्त का पीछा एक सर्प बड़ी तीव्रता से कर

रहा था। शीघ्र ही वह सर्प तेजस्वी के पिंजरे के समीप आया, परन्तु तभी बन्दीगृह के दो रक्षकों ने उस सर्प का वास्तविक रूप देखा। यह कोई और नहीं, नागिन सुवर्या थी। वह दोनों राक्षस सुवर्या को मारने दौड़े। सुवर्या ने एक द्वारपाल को भूमि पर गिराकर उसका भाला छीन लिया और शीघ्र ही उनमें से एक राक्षस का अंत कर दिया, एक वहाँ से भाग खड़ा हुआ।

तभी हिडिम्ब सैकड़ों राक्षसों को लेकर सुवर्या के समक्ष आ खड़ा हुआ। सुवर्या उनके सामने अकेली थी।

"सैनिकों! इस नागिन का अस्तित्व मिटा दो।"

हिडिम्ब के आदेश पर असुर सुवर्या की ओर दौड़ पड़े। तभी अकस्मात् ही आकाश से सैकड़ों तीर बरस पड़े और असुरों के शव गिरने आरम्भ हो गये। इन बाणों का संधान करने वाले को जब हिडिम्ब ने देखा तो उसकी आँखें आश्चर्य से फट गयीं। जिस धनुष से यह बाण चले थे, वह धनुष किसी और का नहीं, तेजस्वी का था।

"तुम... तुम... यहाँ कैसे? तुम तो कारागार में थे।"

"तो कारागार की ओर दृष्टि घुमाकर देख लो।"

जब हिडिम्ब ने पिंजरे की ओर देखा तो वह सन्न रह गया। पिंजरे के भीतर भी तेजस्वी था।

"ये... ये..कैसा मायाजाल है?"

"क्यों, क्या केवल असुरों में ही माया रचने की शक्ति है? अनुज युगांधर, सर्प रूप धरकर कारागार से बाहर आ जाओ।"

"जैसी आपका आदेश भ्राता।" पिंजरे के भीतर तेजस्वी का वेश धरे युगांधर ने सर्प रूप धरा और बिना कारागार की सलाखों को स्पर्श किये बाहर आ गया।

"बड़े विचलित दिखाई दे रहे हो हिडिम्ब; चलो तुम्हारी मृत्यु से तुम्हारा परिचय करवाने से पूर्व, मैं तुम्हारी सारी शंकाएँ दूर कर देता हूँ। तुम्हें क्या लगता है, छल क्या केवल तुम्हारे गुरु कर सकते हैं, हम नहीं! जब तक तुम्हारे गुरु सूर्यम् का वेश धरकर मुझ तक पहुँचते, इससे पूर्व ही मैं युगांधर से मिल चुका था। युगांधर एक इच्छाधारी नाग है; संसार का कोई कारागार उसके लिए बंधन नहीं बन सकता... वह मेरा वेश धरकर वन में भ्रमण कर रहा था, क्योंकि

तुम्हारे गुरु द्वारा रचाए खेल का भान हमें पहले से ही था। तुम्हारे गुरु अपनी योजनानुसार, युगांधर रूपी तेजस्वी तक पहुँचे। बन्दी बनते समय युगांधर ने अपने हाथ का पंजा काटकर, उसका रक्त भूमि पर गिराया, जिसे सुवर्या सूँघती हुई यहाँ आ पहुँची और मुझे भी यहाँ तक ले आयी, और अब मैं तुम सबका अंत करके इन सभी योद्धाओं को मुक्त कराऊँगा, जिन्हें वर्षों से तुमने बन्दी बना रखा है।''

तेजस्वी ने हिडिम्ब को भैरवनाथ के छल के उत्तर में रचाए अपने खेल को विस्तार से बताकर उसे शंका रहित किया।

''स्वप्न मत देखो तेजस्वी! यहाँ एक सहस्त्र से भी अधिक कारागार हैं, और उनमें लगभग एक लाख बन्दी है; यदि तुमने इन कारागारों के धातु को स्पर्श भी किया, तो जलकर भस्म हो जाओगे, और यदि अपने बाणों से इसे तोड़ने का प्रयास किया, तो इसके बन्दी भस्म हो जायेंगे... केवल एक असुर ही इस धातु को स्पर्श कर सकता है, या तोड़ सकता है।''

तेजस्वी और युगांधर उलझन में पड़ गये, परन्तु तेजस्वी ने धैर्य धारण किया और हिडिम्ब को चुनौती दी।

''यदि ऐसा है, तो मैं तुम्हें विवश कर दूँगा यह कारागार खोलने के लिए। सावधान हिडिम्ब!'' तेजस्वी ने शर-संधान के लिए धनुष उठा लिया।

किन्तु इससे पूर्व कि तेजस्वी के बाण हिडिम्ब तक पहुँचते, कारागार के रक्षक एक लाख सैनिक हिडिम्ब की रक्षा के लिए एकजुट होने लगे। यह देख युगांधर और तेजस्वी ने एक दूसरे की ओर देखा। युगांधर वहाँ से भागकर एक वृक्ष पर चढ़ गया। अब असुर सेना के समक्ष केवल तेजस्वी था। उसने जाने क्यों बिना शस्त्र उठाये असुर सेना के एकजुट होने की प्रतीक्षा की। सेना एकजुट होकर तेजस्वी की ओर बढ़ने लगी। हिडिम्ब उस सेना के पीछे खड़ा था; किन्तु क्षण भर में ही उसके चीखने का स्वर सुनाई दिया।

युगांधर का फरसा हिडिम्ब की गर्दन पर था। असुर सेना की आखरी पंक्ति उसकी ओर मुड़ी, उसका अनुसरण समस्त सेना ने किया।

युगांधर ने उन सबको चेतावनी दी, 'विचार कर लो असुरों! यदि तुम सबके जीवित रहते रक्षराज के इस भाई की मृत्यु हुई, तो रक्षराज मार्केश तुम सबकी क्या दशा करेंगे, इसलिए उचित यही होगा कि तुम सभी अपने शस्त्रों का त्याग कर दो।'

कोई विकल्प न देखकर असुर सेना को अपने शस्त्र गिराने पड़े।

''अब सभी यहाँ से लौट जाओ! कोई रक्षक असुर यहाँ दिखना नहीं चाहिए अन्यथा...।' युगांधर ने हिडिम्ब की गर्दन पर शिकंजा कसा।

सभी असुरों ने अपने अपने शस्त्र गिराकर एक प्रहर के भीतर ही वहाँ की भूमि रिक्त कर दी।

''सारे असुर तो पलायन कर गए, अब मुझे जाने दो।' हिडिम्ब विनती करने लगा।

''यदि तुम चले गए तो यह कारागार कौन खोलेगा?' युगांधर ने हिडिम्ब की ओर देखा।

''इसका उपाय हमारे पास है, यह तोड़ेगा सारे कारागार।'' यह स्वर महाबली अखण्ड का था। उसने वक्रबाहु की ओर संकेत किया। सूर्यम् भी उनके साथ था।

युगांधर का ध्यान उस ओर चला गया। अवसर का लाभ उठाकर हिडिम्ब ने उसे पीछे धकेला और वहाँ से भाग निकला।

''जाने दो उसे, अब उसकी कोई आवश्यकता नहीं है, अखण्ड ने हिडिम्ब के पीछे लपकते युगांधर को रोका।

''भ्राता अखण्ड, आपको सकुशल देख प्रसन्नता हुई!'' तेजस्वी शीघ्रता से दौड़कर अखण्ड के पास आया।

''तुम लोगों को सकुशल देख हमें भी प्रसन्नता हुई अनुज! महाराज विक्रमाजित की आत्मा ने हमें सब कुछ समझा दिया है तेजस्वी... किन्तु मैं यह जानना चाहता हूँ कि यह जान लेने के उपरान्त भी, कि मैं रक्षराज मार्केश का पौत्र हूँ, क्या तुम्हें मुझ पर विश्वास है?''

''यह आप कैसी बातें कर रहें है ज्येष्ठ! मनुष्य के कर्म उसका परिचय होते हैं, जन्म नहीं; आपके पिता ने भले ही हमारे परिवार को न अपनाया हो, परन्तु आपने बाल्यवस्था से ही कुल के ज्येष्ठ राजपुत्र होने का दायित्व भली-भाँति निभाया है... आप पर विश्वास न करने का तो प्रश्न ही नहीं उठता, परन्तु आप रक्षराज के पौत्र हैं, यह बात जान लेने के उपरान्त, क्या आप उसके समक्ष शस्त्र उठा पायेंगे?''

''मैं नहीं मानता उस अधर्मी राक्षस को अपना पितामह; मेरे लिए न्याय

और धर्म सर्वोपरि है, और वह रक्षराज अधर्म का पर्याय है।''

''तो फिर ठीक है ज्येष्ठ; बताइये, क्या उपाय है आपके पास इस विकट समस्या का?''

''हल मेरे पास नहीं, सूर्यम् के पास है; सूर्यम्, अपने मित्र वक्रबाहु को आदेश दो!''

''यह कौन है सूर्यम्? यह तो कोई महाकाय राक्षस जान पड़ता है।'' तेजस्वी उसे देख विस्मित रह गया।

''यह मेरा मित्र है भ्राताश्री! यह एक असुर है; यदि यह न होता तो हम अधीम का अंत कभी नहीं कर पाते। यह कारागार के सभी बंदियों को मुक्त कर देगा। जाओ वक्रबाहु, तोड़ दो इन सभी बंदियों के कारागार और मुक्त कर दो इन्हें!''

''जो आज्ञा महामहिम।''

सूर्यम् की आज्ञा पाते ही वक्रबाहु ने गज का रूप धरा और कारागार तोड़ना आरम्भ कर दिया। तेजस्वी और युगांधर उसकी शक्ति देख विस्मित रह गये। एक प्रहर के भीतर सभी कैदी मुक्त करा लिए गये। तत्पश्चात वे सभी एक निश्चित स्थान पर एकत्रित हुए। अखण्ड, तेजस्वी, युगांधर और सूर्यम् एक ऊँचे टीले पर आ खड़े हुए।

* * *

समस्त कैदी अपने अकस्मात् ही मुक्त होने से चकित थे। अखण्ड एक ऊँचे स्थान पर पहुँचा, जहाँ से सभी एक लाख योद्धा उसे देख सकें।

''हम चारों भाइयों के पराक्रम से आप सब मुक्त हुए हैं, फिर भी आप हमारी ओर से स्वतंत्र हैं। हम भाइयों ने मिलकर रक्षराज के भाइयों अधीम, त्रिभुज और दंशक का अंत कर दिया है... अब रक्षराज मार्केश और हिडिम्ब की बारी है। हम चार, मार्केश के महल पर निर्णायक आक्रमण करने जा रहे हैं; केवल अपने लिए नहीं, केवल विजयधनुष प्राप्त करने के लिए नहीं, अपितु आप सबकी स्वतंत्रता पर मुहर लगाने के लिए हम उस अधर्मी असुर का अंत करने जा रहें हैं। यदि आप सब चाहें तो इस युद्ध में सम्मिलित होकर अपनी

स्वतन्त्रता के लिए स्वयं संघर्ष कर सकते हैं, ऐसा करके आप सब स्वयं गर्वित अनुभव कर सकेंगे, और अपने सगे सबंधियों से मिलने के उपरान्त आप उन्हें भी अपनी शौर्यगाथा का विवरण दे सकेंगे। तो फिर कहिये, आप एक लाख योद्धाओं में कौन सा ऐसा वीर है, जो हमारे साथ इस युद्ध में सम्मिलित होना चाहता है? विचार कर लीजिये वीरों, क्योंकि रक्षराज के पास दो लाख सेना है।''

अखण्ड के उत्साहित करने पर उस भीड़ से एक योद्धा निकलकर बाहर आया।

''मैं मगध का युवराज शाल्व हूँ युवान! इन एक लाख योद्धाओं में बीस सहस्त्र ऐसे योद्धा हैं, जो मेरे राज्य के हैं और मेरे अधीन हैं; उनकी ओर से मैं आपको वचन देता हूँ, कि वह आपके साथ इस युद्ध में सम्मिलित अवश्य होंगे।''

यह सुनकर एक और वीर उस भीड़ से निकला

''इस युद्ध में भाग लेना हम सबका अधिकार भी है, और दायित्व भी; हम सब आप चारों के ऋणी हैं... आपने हमारी भुजाओं में एक अद्भुत ऊर्जा का संचार किया है; यदि हम निःशस्त्र भी हों तब भी हमारी एकता उन असुरों पर भारी पड़ेगी।''

पूरे एक लाख के सैन्यबल ने उस युवक का समर्थन किया, यह देख चारों योद्धाओं का हौसला कई गुना बढ़ गया।

अखण्ड, तेजस्वी की ओर घूमा ''क्या कहते हो तेजस्वी, हमें आक्रमण कब करना चाहिए?''

तेजस्वी ने कुछ विचार किया, बोला ''मेरे मस्तिष्क में जो योजना चल रही है, उसके अनुसार हमें पूर्णमासी के दिन सूर्योदय होते ही आक्रमण करना चाहिए।''

''किंतु अभी तो पूर्णमासी बीते सात दिन ही बीते हैं,और अगली पूर्णमासी आने में इक्कीस दिन का समय शेष है। स्मरण रहे, हमारे पास काकाश्री वीरसेन को बचने के लिए अब दो मास से भी कम समय शेष है।'' अखण्ड ने तेजस्वी से कहा।

''एक बार विजयधनुष प्राप्त हो जाये, उसके उपरांत विदर्भ देश पहुँचने

में हमें पाँच दिन से अधिक समय नहीं लगेगा। रक्षराज को किसी शस्त्र से पराजित नहीं किया जा सकता, इसलिए इसके अतिरिक्त हमारे पास और कोई मार्ग नहीं है; तब तक इन योद्धाओं में हम ऊर्जा का संचार भी कर सकते हैं।'' तेजस्वी ने अपनी बात पूरी की।

अखण्ड ने यह सुन घोषणा की, ''निर्णय हो गया है वीरों! हम इक्कीस दिन बाद पूर्णमासी के दिन रक्षराज पर आक्रमण करेंगे, उसी दिन वो आप सबकी बलि चढ़ाने वाला था न! हम उसी दिन उसका शीश काटकर उसी की कुलदेवी को अर्पित करेंगे।

आपको बंधक बनाकर एक लाख असुरों को शस्त्रों से सुसज्जित कर, आपके निरीक्षण के लिए नियुक्त किया गया था, वे सभी अपने शस्त्रों का त्याग करके यहाँ से भाग खड़े हुए। आप उन्हीं के शस्त्रों को धारण कर, इस युद्ध में भाग लेंगे... हर-हर महादेव!'' अखण्ड का अनुसरण करते हुए पूरी सेना ने हर-हर महादेव का जयघोष किया।

* * *

हिडिम्ब भाग तो गया था, परन्तु जब उसने देखा कि उसका पीछा नहीं किया जा रहा है, तो वह छुपते-छुपाते वापस आकर एक स्थान पर छिपा, यह सारा दृश्य देख रहा था। वह तत्काल ही रक्षराज के महल की ओर दौड़ पड़ा। मार्केश के महल पहुँचते ही हिडिम्ब उसके सिंहासन के समक्ष नतमस्तक हो गया।

''मुझे क्षमा कीजिये ज्येष्ठ, मुझसे भारी भूल हो गयी।''

''उठो हिडिम्ब, अब क्या अनर्थ कर दिया तुमने?''

''आपने बलि के लिए जिन योद्धाओं को बंधक बनाया था, अखण्ड, तेजस्वी, युगांधर और सूर्यम् के सम्मिलित प्रयास ने उन्हें मुक्त करा लिया, और बंदियों को सेना का रूप देकर आपके महल पर पूर्णिमा के दिन सूर्योदय होते ही आक्रमण करने वाले हैं।''

''क्या... !'' रक्षराज क्रोधित होकर अपने सिंहासन से उठ खड़ा हुआ।

''यह तुमने क्या किया मूर्ख हिडिम्ब! किन्तु यह सम्भव कैसे हुआ? उस

कारागार को तो केवल एक असुर ही स्पर्श कर सकता है।''

''यही हुआ है ज्येष्ठ! एक महाकाय असुर उन चारों का हर कदम पर साथ दे रहा है, उसका नाम है वक्रबाहु।''

''वक्रबाहु...! इसका अर्थ यह है कि वह जाग चुका है, और इन चारों योद्धाओं में से एक ने ही उसे मुक्त किया होगा।'' रक्षराज की आँखें आश्चर्य से फट रहीं थीं। उसके नेत्रों में भय भी छलक रहा था।

''प्रतीत होता है कि आप उस वक्रबाहु को जानते हैं ज्येष्ठ!''

''हाँ, हिडिम्ब! वक्रबाहु एक ऐसा राक्षस है, जिसमें सहस्त्रों हाथियों का बल समाहित है। उसका गजरूप ही उसकी सबसे बड़ी शक्ति है। वह मुझे तो परास्त नहीं कर सकता, किन्तु वह हमारी सेना में विध्वंस अवश्य मचा देगा। वह कोई सामान्य योद्धा नहीं है, अपितु महर्षि ओमेश्वर जैसे सिद्ध और अनन्य योद्धा का सबसे बड़ा भक्त था। वह महर्षि ओमेश्वर, जिन्होंने पंचशस्त्र का निर्माण किया था; किन्तु यह अभी चर्चा का विषय नहीं है, कल का युद्ध महाभयंकर होने वाला है। वह चारों कल सूर्योदय होते ही आक्रमण अवश्य करेंगे; मुझे गुरु भैरवनाथ से मंत्रणा करनी होगी।''

''उसकी आवश्यकता नहीं है मार्केश, मैं यहाँ उपस्थित हूँ!'' भैरवनाथ वहाँ आ पहुँचा।

''प्रणाम गुरुदेव! अब आप ही बताइए, इस विकट परिस्थिति में हमें क्या करना चाहिए ?'' मार्केश ने प्रश्न किया।

''हमें उनके आक्रमण की प्रतीक्षा करनी होगी, क्योंकि उनके साथ वक्रबाहु है, जो तुम्हारे अतिरिक्त किसी के रोके नहीं रुकेगा; और यदि तुम वहाँ गए तो तुम्हें उन चारों योद्धाओं का सामना अकेले करना पड़ेगा। उनकी एकता की शक्ति के आगे मुझे संदेह है कि तुम विजयी हो पाओगे या नहीं। मैंने जो योजना बनायी है वो तभी फलीभूत हो पायेगी, जब वह हमारे क्षेत्र में आकर आक्रमण करें, जहाँ हमारी सेना शीघ्र से शीघ्र किसी भी व्यूह का निर्माण कर सके।'

''उचित है गुरुदेव, जैसी आपकी आज्ञा!' रक्षराज मौन हो गया।

* * *

तेजस्वी, सूर्यास्त के उपरान्त उस शिविर में गया जहाँ अखण्ड विश्राम कर रहा था।

"क्या कोई समस्या है तेजस्वी? तुम चिन्तित जान पड़ रहे हो।"

"हमने इन योद्धाओं को युद्ध के लिए तो मना लिया ज्येष्ठ, किन्तु यह सभी अशक्त जान पड़ रहे हैं; इन सभी को पौष्टिक आहार की आवश्यकता है। हम चार तो बिना खाये-पिये कई दिन तक युद्ध कर सकते हैं, किन्तु यह सभी वर्षों से बन्दी थे... इनमें शक्ति का संचार करने के लिए कम से कम आज रात्रि अच्छे भोज की व्यवस्था तो हमें करनी ही होगी।"

"किन्तु यह सम्भव कैसे होगा तेजस्वी?"

"हम यहाँ रक्षों के विनाश के लिए आए हैं, तो इसका लाभ तो देवताओं को भी होगा। अंततः विजयधनुष प्राप्त करने और उसके द्वारा अपना कार्य पूर्ण होने के उपरान्त, हमें उसे देवों को ही तो समर्पित करना है, इसलिए इस कार्य के लिए हमें देवों से संपर्क करके उनसे सहायता माँगनी होगी।"

"तुम उचित कह रहे हो अनुज; इतने लोगों के भोजन की व्यवस्था करना चमत्कार से ही सम्भव है। हम चारों मिलकर इंद्र से प्रार्थना करेंगे कि वह इस कठिन समय में हमारी सहायता करें।"

अखण्ड के कथन के उपरान्त चारों भाई पत्थर के ऊँचे टीले पर समाधि लगाकर बैठ गये। तेजस्वी ने देवराज इंद्र का आह्वान किया।

"हे देवराज! हम चारों के विश्वास पर एक लाख योद्धा अपने प्राण दाँव पर लगाकर असुरों से युद्ध करने जा रहे हैं। हम आपके परमशत्रु रक्षराज मार्केश से संसार के कल्याण और अपने महाराज वीरसेन के प्राणों की रक्षा के लिए युद्ध करने जा रहे हैं, कृपया कोई चमत्कार दिखायें देवराज, और इन योद्धाओं के भोजन की व्यवस्था कर इस कठिन समय में हमारी सहायता करें।"

तेजस्वी के आह्वान का परिणाम शीघ्र ही सामने आया। आकाश में तीव्र प्रकाश के साथ एक आकृति प्रकट हुई। तेजस्वी, युगांधर, अखण्ड और सूर्यम् अपनी-अपनी समाधि तोड़कर उठे और और उस आकृति को नमन किया।

"मैं कुबेर हूँ वीरों! देवराज इंद्र ने मुझे तुम्हारी सहायता के लिए भेजा है;

तुम सबके अदम्य साहस को मैं नमन करता हूँ...चिन्तित मत हो, तुम्हारी समस्या का हल है हमारे पास; शीघ्र ही यहाँ उपस्थित हर एक मनुष्य के समक्ष एक थाली प्रकट होगी, और उस थाली का भोजन तब तक समाप्त नहीं होगा जब तक भोजन करने वाले की क्षुधा तृप्त न हो जाये। तुम सब एक महान कार्य के लिए इस रणक्षेत्र में उतरने जा रहे हो, हम देवतागण तुम सबकी इससे अधिक सहायता नहीं कर सकते, क्योंकि देवताओं और असुरों में हुई संधि के उपरान्त पाताल में हमारा अधिक समय तक रहना निषिद्ध है।''

''आपकी इतनी सहायता ही पर्याप्त है देव! इस संकट समय में हमारी सहायता के लिए हम सदैव आपके ऋणी रहेंगे।''

''विजयी भव वत्स! विजयी भव!'' उन चारों को आशीर्वाद देकर कुबेर वहाँ से अदृश्य हो गये।''

कुछ ही समय में हर एक योद्धा के समक्ष एक-एक थाली प्रकट हुई। सभी आश्चर्यचकित रह गये।

''आश्चर्य में मत पड़िए, वीरों! आप सब वर्षों से यहाँ बन्दी थे! युद्ध से पूर्व आपको पौष्टिक आहार की आवश्यकता है। इन थालियों का भोजन तब तक समाप्त नहीं होगा, जब आप तक आप तृप्त न हो जाएँ, यह देवताओं का आशीर्वाद है हम पर। यह थालियाँ तब तक अदृश्य नहीं होंगी, जब तक आप स्वयं इसे अदृश्य होने का आदेश न दें।''

अखण्ड की घोषणा सुन समग्र सेना में हर्ष का वातावरण छा गया। सभी ने बड़े चाव से भोजन किया। अखण्ड, तेजस्वी, युगांधर, सूर्यम्, सुवर्या और वक्रबाहु ने भी कई दिनों के बाद स्वादिष्ट भोजन किया। अखण्ड को भोजन करता देख सूर्यम् को परिहास करने का मन हुआ

''प्रतीत होता है कि आप इस थाली को सूर्योदय के पश्चात ही अदृश्य होने का आदेश देंगे ज्येष्ठ!''

अखण्ड ने तत्काल ही अपने बगल में बैठे सूर्यम् को अपनी काँख में दबा लिया।

''तुम्हें भली-भांति ज्ञात है सूर्यम्, मैं भोजन के दौरान परिहास सहन नहीं करता; मुझे अपना भोजन अत्यंत प्रिय है, कहो तो तुम्हारी थाली भी साफ़ कर दूँ।''

"अ... रे... रे..क्षमा कीजिये सेनापति जी, भूल हो गयी मुझसे... छोड़ दीजिये मुझे।"

सभी उपस्थित जन हँस पड़े।

* * *.

रात्रि का अंतिम प्रहर बीतने को था। तेजस्वी, अखण्ड के पास आया और पूछा, "बड़े ही आश्चर्य की बात है ज्येष्ठ! हमने रक्षराज के सारे बंदियों को मुक्त कर दिया, किंतु उसने अभी तक हम पर कोई आक्रमण नहीं किया।"

"मेरे मन को भी यही बात कचोट रही है तेजस्वी; अवश्य उनके मन में भी कोई न कोई योजना चल ही रही होगी। हमें प्रतीक्षा करनी होगी और अपने दल के सबसे समर्थ योद्धा वक्रबाहु को सुरक्षा के लिए नियुक्त करना होगा ताकि वह सभी अपना ध्यान अपनी शक्ति बढ़ाने में लगा सकें।' अखण्ड ने अपनी बात कही।

'उचित कहा ज्येष्ठ; मैं अभी वक्रबाहु को इस कार्य के लिए नियुक्त करने का निर्देश सूर्यम् को देता हूँ।' तेजस्वी वहाँ से प्रस्थान कर गया।

* * *

शीघ्र ही वह दिन आया जिस दिन की उन चार महारथियों को प्रतीक्षा थी। रात्रि का अंतिम प्रहर बीतने को था। पूरी एक लाख की सेना सशस्त्र होकर पाताल के रणक्षेत्र में युद्ध को तैयार थी। सूर्योदय होने को था। अखण्ड, सूर्यम्, तेजस्वी, युगांधर, सुवर्या और वक्रबाहु, रक्षराज के महल की ओर सेना लिए बढ़ रहे थे। एक बाज वृक्ष पर बैठा उन्हें आता देख रहा था। तत्काल ही वह वहाँ से उड़ा और उस स्थान पर पहुँचा, जहाँ रक्षराज मार्केश हिडिम्ब और भैरवनाथ के साथ दो लाख सेना लिए युद्ध को तैयार खड़ा था। वह बाज सीधा आकर रक्षराज के हाथ पर बैठ गया। उस बाज की सूचना मार्केश ने ध्यान से सुनी।

"वो आ रहे हैं! रक्षसेना, युद्ध को तैयार हो जाओ! सामने आ रही सेना की संख्या हमारे सैन्यबल के समक्ष चींटी के समान है, हमें उन्हें कुचल देना है। वह मेरे पूर्वज भगवान महाबली का विजयधनुष प्राप्त करने के उद्देश्य से यहाँ आ रहे हैं, हमें उनका समूल अस्तित्व मिटा देना है, ताकि फिर आर्यावर्त का कोई योद्धा हमारे विरुद्ध खड़ा होने की सोच भी न सके।"

रक्षराज की हुंकार ने समस्त रक्षसेना में ऊर्जा का संचार कर दिया। वह सेना भी अब युद्ध को आतुर हो रही थी। अखण्ड के नेतृत्व में, एक ओर एक लाख का अंगार रक्षराज के महल की ओर बढ़ रहा था, वहीं दूसरी ओर मार्केश की सागर सी सेना उस अंगार को बुझाने को तत्पर थी।

अखण्ड की सेना रक्षराज के महल के बेहद करीब आ चुकी थी। तभी एक तेज प्रकाश फूटा और विक्रमाजित की आत्मा वहाँ प्रकट हुई। अखण्ड, तेजस्वी और सूर्यम् उनके आगे झुक गये, किन्तु युगांधर ने पहले कभी महाराज विक्रमाजित को नहीं देखा था, इसलिए वह उन्हें पहचान न सका।

"आश्चर्य में न पड़ो युगांधर, यह हमारे पिता हैं; विदर्भ के महाप्रतापी राजा महाराज विक्रमाजित हैं ये, किन्तु हमारा दुर्भाग्य है, कि हमारे पिता जीवित नहीं हैं, किन्तु एक जीवात्मा के रूप में इन्होंने सदैव हमारा मार्गदर्शन किया है।"

युगांधर घुटनों के बल बैठ गया।

"आपके दर्शन पाकर मैं धन्य हुआ पिताश्री! आप जैसे महाप्रतापी राजा का पुत्र होना मेरे लिए सौभाग्य की बात है; मैंने तो सोचा भी नहीं था कि इस जीवन में आपके दर्शन कर पाऊँगा।" युगांधर के नेत्रों से अश्रु बह उठे।

"तुम्हारे जैसा वीर योद्धा मेरा पुत्र है, यह मेरे लिए भी गौरव की बात है, किन्तु अब हमारे पास भावुक होने का समय नहीं है; यह समय अब युद्ध का है। अपनी सन्तानों पर हमें गर्व है, जो इस संग्राम में रक्षराज के विरुद्ध युद्ध करने जा रहे हैं। सबसे अधिक प्रशंसा मैं तुम्हारी करूँगा अखण्ड, कि तुमने सम्बन्ध और धर्म के बीच धर्म का चुनाव किया। मैं तुम सबको बता दूँ, कि रक्षराज की मृत्यु से महत्त्वपूर्ण तुम्हारा पाताल आने का उद्देश्य है, अर्थात् विजयधनुष प्राप्त करना। उस धनुष का प्रताप इतना है कि उसे धारण करने वाले को संसार का कोई भी महारथी द्वंद्व में परास्त नहीं कर सकता; उसे स्पर्श करने मात्र से मनुष्य के सारे घाव भर जाते हैं। वह धनुष रक्षराज के सिंहासन के

ठीक नीचे रखा है। स्मरण रहे, रक्षराज के शरीर में उसके भाइयों अधीम, त्रिभुज और दंशक की शक्ति समा चुकी है; वह महाशक्तिशाली हो चुका है। युगांधर का विष भी अब उस पर कोई प्रभाव नहीं डाल पायेगा। अधीम, त्रिभुज और दंशक का वध सूर्यम्, तेजस्वी और युगांधर ने किया था, इसलिए उसे परास्त करने के लिए तुम तीनों की सम्मिलित शक्ति की आवश्यकता है। तुम तीनों उस पर एक साथ आक्रमण करोगे तो ही वह पराजित होगा; जाओ मेरा आशीर्वाद तुम सबके साथ है।''

महाराज विक्रमाजित को चारों योद्धाओं ने झुककर प्रणाम किया, और सेना लिए कूच कर गये।

* * *

रक्षराज, सेना के साथ बड़ी व्याकुलता से अपने शत्रुओं की प्रतीक्षा कर रहा था। शीघ्र ही दोनों सेनाएँ एक दूसरे के समक्ष खड़ी थीं। अखण्ड को विपक्षी सेना का नेतृत्व करता देख रक्षराज का क्रोध सीमा पार कर गया। उसने अखण्ड पर कटाक्ष किया।

''तुम जैसा कपूत मैंने नहीं देखा अखण्ड! यह जान लेने के उपरान्त भी कि मैं तुम्हारा पितामह हूँ, तुम मेरे विरुद्ध सेना का नेतृत्व कर रहे हो... लज्जा नहीं आती तुम्हें?''

''मनुष्य की भावनाएँ उनसे जुड़ी होतीं हैं रक्षराज, जिनके साथ वह अपना बचपन व्यतीत करता है, अपना जीवन व्यतीत करता है; आपने मेरे पिता भानुसेन को अपना शस्त्र बनाकर विदर्भ के महल पहुँचाया था... कदाचित् मेरे पिता सदैव आपके साथ खड़े रहेंगे, किन्तु यह अखण्ड, सदैव अपने भाइयों का साथ देगा, अर्थात् न्याय का साथ देगा, धर्म का साथ देगा; आपके जैसे अधर्मी के विरुद्ध युद्ध करके मुझे गर्व का अनुभव होगा।''

''धर्म और न्याय की परिभाषा मुझे मत समझाओ; तुम केवल एक कपूत हो; तुम जैसी सन्तान जिस वंश में जन्म ले उस वंश का लज्जित होना स्वाभाविक है। आज तुम्हारे कारण मुझे लज्जा का अनुभव हो रहा है... मैं तुम पर शस्त्र तो नहीं उठा सकता, परन्तु तुम्हारे नेत्रों के समक्ष जब उन लोगों के

शव गिरेंगे, जिनके कारण तुम मुझसे युद्ध करने आये हो, तब जाकर मेरे हृदय को शान्ति प्राप्त होगी।''

''यदि ऐसा है, तो मैं भी आपको वचन देता हूँ, कि मैं आप पर शस्त्र नहीं उठाऊँगा; मेरे यह तीन भाई आपका वध करने हेतु आपसे युद्ध करेंगे, और आपकी सेना से वक्रबाहु, मेरे पीछे खड़ी यह समस्त सेना और मैं युद्ध करूँगा, यह सम्मान केवल इसलिए, क्योंकि मेरी रगों में आपका रक्त दौड़ रहा है; फिर भी इस युद्ध में मैं आपके विरुद्ध खड़ा हूँ, और यह तथ्य सिद्ध करेगा कि असुरजाति केवल निर्बल मनुष्य का शोषण नहीं करती, अपितु न्याय के लिए अपनों के विरुद्ध शस्त्र भी उठा सकती है; अन्याय का प्रतिकार करना केवल देवों और मानवों का ही नहीं, हम असुरों का भी दायित्व है... हर-हर महादेव...।''

''आक्रमण...!'' रक्षराज ने भी अपने पौत्र की सेना के विरुद्ध युद्ध छेड़ दिया।

वक्रबाहु ने भी अपना गजरूप धारण किया और सुवर्या ने भी अपनी तलवार सँभाली। दोनों सेनाओं के टकराने से रणभूमि में कोलाहल मच गया। वर्षों से बन्दी बने योद्धाओं का क्रोध अंगार बनकर असुरों पर टूट रहा था। वक्रबाहु, अलग ही समूह में राक्षसों को कुचलता चला जा रहा था। रक्षराज अपनी सेना के मध्य हिडिम्ब और गुरु भैरवनाथ के साथ खड़ा था।

''गुरुवर, यह तो हमारी सेना को मेमनों की भाँति काट रहे हैं; आपने कहा था कि युगांधर को रोकने का उपाय है आपके पास... वह देखिये, वह इच्छाधारी नाग अपनी विषफुंकार से हमारी सेना को सबसे अधिक क्षति पहुँचा रहा है; यदि इसी प्रकार युद्ध चलता रहा, तो असुरों का मनोबल टूट जायेगा।'' मार्केश चिन्तित था।

''चिन्तित मत हो मार्केश, मेरे पास ऐसी योजना है जिसके बल पर इन चार योद्धाओं सहित वक्रबाहु भी विवश हो जायेगा, फिर जिस भाँति अभी असुरों का संहार हो रहा है, उसी प्रकार सामने आ रहे तुम्हारे एक लाख बंदियों का नाश होगा; सर्वप्रथम हमारा लक्ष्य है, युगांधर और उस नागिन सुवर्या को तेजस्वी और सूर्यम् से अलग करना।'' भैरवनाथ की आँखों में शैतानियत दिखाई दे रही थी।

इधर अखण्ड ने समस्त रणभूमि का निरीक्षण किया और तेजस्वी के पास

आया।

"तेजस्वी, तुम युगांधर और सूर्यम् के साथ एक सहस्त्र योद्धाओं को लेकर शरव्यूह का निर्माण करो। रक्षराज अपनी सेना के मध्य में खड़े हैं; स्मरण रहे, उन्हें पराजित करने के लिए तुम तीनों को एक साथ उन पर आक्रमण करना है। मैं इस व्यूह के एक भाग की रक्षा करूँगा, दूसरे भाग की रक्षा वक्रबाहु करेग; तुम तीनों को अपना ध्यान मार्केश को पराजित करने पर लगाना है।"

अखण्ड के निर्देश पर एक सहस्त्र योद्धाओं ने शव्यूह बनाना आरम्भ किया। जब तक व्यूह रचना सम्पन्न नहीं हो गयी, पाँचों वीरों ने आसुरी सेना को उससे दूर रखा। शीघ्र ही शरव्यूह का निर्माण हुआ। उसके साथ ही तेजस्वी, युगांधर और सूर्यम्, रक्षराज की सेना के अभेद्य किले को चीरते हुए आगे बढ़े यह देख भैरवनाथ के मुख पर मुस्कराहट आ गयी।

"रक्षराज मार्केश, अब हमारी योजना पर अमल करने का समय है; अपनी सेना को आदेश दो कि वह तुम्हारे भाई हिडिम्ब को एक रक्षाकवच बनाकर घेर लें। इस रक्षाकवच में तीन द्वार होंगे; पहला द्वार हम अखण्ड को सरलता से तोड़ने देंगे, और मुझे पूरा विश्वास है कि इस व्यूह को तोड़ने सर्वप्रथम अखण्ड ही आगे आयेगा, किन्तु अगले द्वार को पार करके वह हिडिम्ब तक नहीं पहुँचना चाहिए।"

"आपकी योजना मेरी समझ में नहीं आयी गुरुदेव!"

"मैं जो कह रहा हूँ, वह करते रहो; इस व्यूह के निर्माण के लिए तुम्हारे एक लाख सैनिकों की आवश्यकता है।"

"ठीक है, मुझे आप पर विश्वास है; सैनिकों से व्यूह निर्माण आरम्भ करवाता हूँ।"

रक्षराज के आदेश पर रक्षसेना हिडिम्ब को घेरने लगी। शीघ्र ही एक लाख सैनिकों ने मिलकर एक बेहद मजबूत घेरा बनाया। बरछी और लंबी-लंबी ढालों से दूसरा और तीसरा द्वार सुसज्जित था, जबकि पहला द्वार कमजोर और इस प्रकार बनाया गया था कि व्यूह के भीतर घुसने से पहले शत्रु को दूसरे और तीसरे द्वार की शक्ति का भान ही न हो।

"हमारा व्यूह मार्केश तक पहुँचने को तैयार है, ज्येष्ठ! असुरों का

मनोबल इस समय गिरा हुआ है, वे सहस्त्रों की संख्या में मारे जा चुके हैं, और हमारी सेना का एक भी योद्धा अभी तक नहीं मारा गया; यही सही समय है आक्रमण करने का।'' तेजस्वी ने सेनापति अखण्ड को सुझाव दिया।

''तुम उचित कह रहे हो तेजस्वी! हमारा व्यूह तैयार है, और यह व्यूह रक्षराज की सेना को चीरता हुआ तुम तीनों को सीधा मार्केश तक पहुँचायेगा... व्यूह लेकर आगे बढ़ो तेजस्वी।''

अखण्ड की आज्ञा पाते ही तेजस्वी, युगांधर और सूर्यम् सेना में सबसे आगे खड़े हुए और उसका नेतृत्व करते हुए आगे बढ़े। शेष सेना का नेतृत्व मगध के युवराज शाल्व कर रहे थे। सुवर्या, अखण्ड और वक्रबाहु, व्यूह की तीन दिशाओं से रक्षा कर रहे थे। शर व्यूह बड़ी ही तीव्रता से राक्षसों की सेना का संहार कर मार्केश की ओर बढ़ रहा था।

''गुरुवर, वह तीनों हमारी ओर बढ़े चले आ रहे हैं, क्या योजना है आपकी, और कब अमल करेंगे आप उस पर?'' रक्षराज मार्केश विचलित हो उठा।

''चिन्तित मत हो मार्केश; तनिक इन मूर्खों को और पास आने दो।'' शर व्यूह को और निकट आता देख रक्षगुरु ने एक दिव्य बीन प्रकट की और एक रक्षसैनिक को बुलाकर आदेश दिया।

''जितनी शीघ्र हो सके यह बीन हिडिम्ब तक पहुँचाओ, और उससे कहना कि रक्षगुरु का आदेश है की वह संध्या होने तक बीन बजाता रहे।' वह सैनिक बीन लेकर हिडिम्ब की ओर दौड़ा।''

उस सैनिक ने हिडिम्ब के पास पहुँचकर रक्षगुरु के आदेश के विषय में बताया। हिडिम्ब ने उसका पालन किया और बीन बजानी आरम्भ कर दी।

''आपकी योजना मैं समझ गया, गुरुवर, युगांधर! और सुवर्या इस दिव्य बीन की ध्वनि से विवश हो जायेंगे; उन दोनों की रक्षा के लिए अखण्ड और वक्रबाहु व्यस्त होंगे, तेजस्वी और सूर्यम् को मैं सँभाल लूँगा।'' रक्षराज भैरवनाथ की योजना समझने लगा था।

''ठीक समझे मार्केश, यही योजना है मेरी।'' रक्षगुरु की आँखें शैतानियत से लाल हो रहीं थीं।

तेजस्वी के नेतृत्व में शर व्यूह आगे बढ़ा चला जा रहा था, तभी बीन की

धुन, युगांधर के कर्णों को छू गयी। वह और सुवर्या, दोनों विचलित होकर भूमि पर बैठ गये।

"भ्राता युगांधर, क्या हुआ आपको? आप विचलित होकर भूमि पर क्यों बैठ गये?" सूर्यम् ने युगांधर को विचलित देख प्रश्न किया।

"बीन की यह धुन मेरी शक्ति को सोख रही है; मेरा मस्तक घूम रहा है, मेरी शक्ति कम हो रही है।" युगांधर ने पीड़ा से अपना शीश पकड़ लिया।

"आपको सँभलना होगा; भ्राता तेजस्वी बड़ी तीव्रता से मार्केश के समीप पहुँच रहे हैं।"

"मेरा बल और मेरी बुद्धि क्षीण हो रही है, मैं आगे नहीं बढ़ सकता... तुम जाओ और तेजस्वी की सहायता करो।"

तभी अखण्ड तीव्रता से दौड़ता हुआ युगांधर के पास आया।

"सूर्यम् तुम जाओ! तेजस्वी अकेला ही मार्केश तक पहुँचने वाला है; तुम उसकी सहायता करो, तब तक मैं युगांधर की रक्षा करूँगा, जाओ!"

"जो आज्ञा भ्राता।"

सूर्यम् के जाने के उपरान्त युगांधर को सुवर्या का विचार आया।

"सुवर्या कहाँ हैं? वह भी यही पीड़ा झेल रही होगी।"

इधर तेजस्वी अपने भयंकर दिव्यास्त्रों से राक्षसों का नाश किये जा रहा था। शीघ्र ही वह रक्षराज मार्केश के समक्ष आ खड़ा हुआ।

"अपने इष्ट देव का स्मरण कर लो रक्षराज मार्केश, क्योंकि तुम्हारा काल तुम्हारे समक्ष खड़ा है!" तेजस्वी का रक्त मार्केश को देख उबल पड़ा।

"कौन किसका काल बनेगा, इसका निर्णय समय को करने दे... युद्ध करने आया है तो युद्ध कर, सावधान!"

रक्षराज के ललकारते ही तेजस्वी ने उस पर बाणों की वर्षा प्रारम्भ कर दी। रक्षराज अट्टहास करता हुआ उसके बाणों को झेल रहा था। तेजस्वी की मुट्ठियाँ क्रोध से भिंच गयीं। यह देख रक्षराज ने एक दिव्यास्त्र का आह्वान किया और उसे तेजस्वी की ओर छोड़ दिया। वह शस्त्र तेजस्वी को स्पर्श करता इससे पूर्व ही सूर्यम् वहाँ पहुँच आया और महर्षि ओमेश्वर की दिव्य तलवार द्वारा मार्केश के शस्त्र को व्यर्थ कर दिया। अब सूर्यम् और तेजस्वी, रक्षराज का

सामना करने को तैयार थे। इधर युगांधर सुवर्या के लिए चिन्तित था।

"भ्राता अखण्ड, सुवर्या को मेरे पास ले आइए, न जाने उसका क्या हाल हुआ होगा।"

"तुम चिन्तित न हो युगांधर; मैंने उसकी पीड़ा देखी है, तभी तुम्हारी स्थिति समझ पाया मैं... वक्रबाहु उसका रक्षण कर रहा है, उसे कुछ नहीं होगा।" अखण्ड ने युगांधर को धीरज रखने को कहा।

"फिर भी उसे मेरे पास ले आइए, ज्येष्ठ; मैं उसे सुरक्षित देखना चाहता हूँ।"

अखण्ड की आज्ञा से वक्रबाहु, सुवर्या को युगांधर के पास ले आया। उसके उपरान्त अखण्ड ने एक कठोर निर्णय लिया और मगध के युवराज शाल्व को बुलाकर उन्हें और वक्रबाहु को स्पष्ट निर्देश दिये।

"युवराज शाल्व, आप अपने कुछ सैनिकों को आदेश दें कि वह वक्रबाहु के साथ मिलकर युगांधर और सुवर्या को रणभूमि से सुरक्षित निकाल ले जायें, तब तक मैं उस बीन बजाने वाले हिडिम्ब तक पहुँचने का प्रयत्न करता हूँ।"

"जो आज्ञा प्रधान सेनापति!" वक्रबाहु ने सुवर्या और युगांधर को कन्धे पे उठाया और उन्हें रणभूमि से बाहर ले जाने लगा। शाल्व ने उनकी सुरक्षा में लगभग दो सहस्त्र सैनिक नियुक्त किये। एक प्रहर के भीतर ही वह दोनों रणभूमि से बाहर थे, किन्तु कुछ भी बोलने की स्थिति में नहीं थे।

उनके जाने के उपरान्त अखण्ड ने तीस सहस्त्र सैनिकों को एकजुट किया और हिडिम्ब की घेराबन्दी तोड़ने के लिए आगे बढ़ा। तीस सहस्त्र का सैन्यबल लेकर अखण्ड का हिडिम्ब तक पहुँचने का प्रयोजन आरम्भ हुआ।

इधर युगांधर और सुवर्या के कानों में बीन का स्वर आना बंद हो गया, वह दोनों सँभल गये। होश में आते ही युगांधर ने वक्रबाहु को आदेश दिया।

"वक्रबाहु, मैं और सुवर्या अब स्वस्थ हैं; तुम जाओ, और भ्राता अखण्ड की युद्ध में सहायता करो।"

"मुझे क्षमा करें, मैं सेनापति अखण्ड की आज्ञा की अवहेलना नहीं कर सकता; यदि आप उत्तेजित होकर रणक्षेत्र की ओर बढ़े तो आपको रोकना मेरा कर्तव्य है। सेनापति का स्पष्ट आदेश है कि जब तक वह हिडिम्ब की बीन

तोड़कर उसका वध नहीं कर देते, मैं आप दोनों की सुरक्षा करूँगा और आपको इस युद्ध में भाग नहीं लेने दूँगा।''

युगांधर विवश सा हो गया। आगे बढ़ने का कोई मार्ग भी नहीं दिखाई दे रहा था।

* * *

मगध के युवराज शाल्व के नेतृत्व में सेना, असुरों से एक छोर पर युद्ध कर रही थी, दूसरी ओर अखण्ड, तीस सहस्र का सैन्य बल लेकर भैरवनाथ के बनाये व्यूह के प्रथम द्वार तक आ पहुँचा। रक्षगुरु ने अपनी योजना के अनुसार, प्रथम द्वार इस प्रकार बनाया था कि उसे सरलता से तोड़ा जा सके, और यही हुआ। अखण्ड ने अपनी गदा उठायी, और पूरी शक्ति लगाकर द्वार पर प्रहार किया। तीव्र वायुवेग में जिस प्रकार पत्ते उड़ते हैं, उसी प्रकार तलवार और छोटी-छोटी ढालें लिए प्रथम द्वार के संरक्षक हवा में उड़कर भूमि पर गिर पड़े। अखण्ड ने सेना लेकर उस द्वार में प्रवेश करना आरम्भ किया, किन्तु अभी लगभग दस सहस्र सैनिक ही भीतर आ पाये थे, कि सैकड़ों असुरों ने बरछी और लंबी-लंबी ढालों से द्वार बंद कर दिया। शेष बीस सहस्र योद्धा बाहर ही रह गये थे। बिना नेतृत्व के सेना का वह समूह बिखर गया। असुरों ने उस समूह को चारों ओर से घेर लिया, फिर भी उन योद्धाओं ने डटकर असुरों से युद्ध करना आरम्भ किया।

यह देख अखण्ड चिन्तित हो उठा। उसने अपने सम्पूर्ण बल का प्रयोग किया और अपनी गदा भूमि पर दे मारी। भूमि काँपने लगी। भूकंप सा आ गया भूमि के उस हिस्से में, दूसरे द्वार के संरक्षक एक दूसरे पर गिर पड़े, परन्तु इससे अखण्ड को कोई लाभ नहीं मिला। अदभुत् व्यूह रचना की थी भैरवनाथ ने। अगले ही क्षण कई असुरों ने बिना समय गँवाए, बरछी और ढालों से द्वार बंद कर दिया। अखण्ड के माथे पर चिन्ता की लकीरें साफ़ दिखने लगीं।

''हे ईश्वर, मेरे पास कोई दिव्यास्त्र भी नहीं है, जो इस सेना को एक साथ नष्ट कर सकूँ। उधर तेजस्वी और सूर्यम् रक्षराज से लड़ रहे हैं। जब तक युगांधर उनकी सहायता को नहीं आ जाता, उनकी विजय असम्भव है, किन्तु मेरा प्रथम दायित्व इन योद्धाओं की सुरक्षा है, जो मेरे साथ युद्ध कर रहे हैं,

इसलिए मुझे युद्ध करते रहना होगा।'' मन ही मन विचार कर अखण्ड दस सहस्त्र योद्धाओं के साथ द्वार तोड़ने आगे बढ़ा, किन्तु असुरों की संख्या तिलचट्टों के समान बढ़ी चली जा रही थी। एक पल में द्वार टूटता, अगले ही पल अनेक असुर उस छेद को भर देते।

इधर तेजस्वी और सूर्यम् रक्षराज से युद्ध में व्यस्त थे। दिव्य तलवार ने जब रक्षराज का दिव्य अस्त्र व्यर्थ कर दिया, तब सूर्यम् और तेजस्वी का मनोबल थोड़ा ऊँचा हुआ।

''यह लीजिये भ्राता तेजस्वी! महर्षि ओमेश्वर की तलवार ने इस असुर के अस्त्र को कितनी सरलता से काट दिया; यह वही तलवार है, जिससे मैंने अधीम का वध किया था, और अब यही तलवार रक्षराज का वध करेगी।'' सूर्यम् ने तलवार तेजस्वी के सुपुर्द कर दी।

यह देख मार्केश ने भाले से सूर्यम् पर वार किया। भाला उसके कंधे पर जा लगा। वह भूमि पर गिर पड़ा।

''रक्षराज...!'' तेजस्वी मार्केश की ओर दौड़ा।

रक्षराज ने भी तलवार उठाई और तेजस्वी के आक्रमण का उत्तर देने दौड़ा।

दोनों की तलवारों के टकराव ने रणभूमि में कोलाहल मचा दिया।

* * *

रणक्षेत्र के बाहर शिविर में बैठा युगांधर अपनी सेना की दशा जानने को अधीर हो रहा था, उसने वक्रबाहु को आदेश दिया, ''वक्रबाहु, कम से कम यह तो ज्ञात करके आओ कि रणक्षेत्र में क्या चल रहा है।'

''जो आज्ञा!'' वक्रबाहु कुछ दूर आगे बढ़ा और सेना की स्थिति का जायजा लिया, इसके उपरांत वह लौटकर युगांधर के पास आया।

''महाबली अखण्ड, हिडिम्ब का व्यूह भंग करने का प्रयत्न कर रहे हैं, किंतु उनके नेतृत्व में जो तीस सहस्त्र योद्धा लड़ रहे थे, उनमें से कई को असुरों

ने घेर लिया है। महाबली अखण्ड का कहीं पता नहीं है; कदाचित् वह व्यूह के भीतर हैं... कुमार तेजस्वी और सूर्यम् रक्षराज तक पहुँच गए हैं और उनसे युद्ध कर रहे हैं।'

यह सब सुनकर युगांधर विचलित हो उठा।

''हे देव शेषनाग, कोई मार्ग दिखाइए! यदि मैंने इस युद्ध में भाग नहीं लिया तो हमारी पराजय निश्चित है।''

''एक उपाय है नागराज!'' सुवर्या ने युगांधर से कहा।

''इस संकट के समय में यदि तुम्हें कोई युक्ति सूझी है, तो शीघ्र बताओ सुवर्या।''

''आपने कहा था कि आप एक मानव और नागकन्या की सन्तान हैं; क्या आपका मानवरूप नागरूप से अलग नहीं हो सकता? तब बीन की धुन आप पर कोई प्रभाव नहीं डाल पायेगी।''

तभी महाराज विक्रमाजित की आत्मा वहाँ प्रकट हुई।

''सुवर्या उचित कह रही है युगांधर... अब यही एक उपाय है इस समस्या का।''

सुवर्या और युगांधर ने उन्हें प्रणाम किया, तत्पश्चात युगांधर ने कहा

''किन्तु उसके लिए मुझे सदैव के लिए अपने नागरूप का त्याग कर एक सामान्य मानव बनना होगा पिताश्री।''

''तो क्या इस युद्ध में विजय प्राप्त करने के लिए तुम इतना भी नहीं कर सकते पुत्र?''

''कर सकता हूँ पिताश्री, परन्तु नागरूप का त्याग करने से पूर्व मुझे विष का त्याग करना होगा, और यदि मैंने ऐसा किया तो मेरा भयंकर विष समस्त वातावरण में फ़ैल जायेगा, जिससे हमें ही हानि होगी।''

तीनों सोच में पड़ गये। तभी सुवर्या को एक युक्ति सूझी।

''आपके विष को मैं धारण करूँगी, नागराज; अपनी इच्छाशक्ति से मैं ऐसा कर सकती हूँ।''

''कभी नहीं; मैं तुम्हें यह नहीं करने दूँगा... मैं मानता हूँ, कि मेरे तीव्र विष को धारण करने और अपने शरीर में सदा के लिए रोक लेने की क्षमता केवल

नागों में ही है, किन्तु इस विष को धारण करने के उपरान्त बड़े से बड़ा शक्तिमान इच्छाधारी नाग भी जीवित नहीं रह सकता।''

युगांधर को विचलित देख विक्रमाजित ने कहा

''इसके अतिरिक्त हमारे पास और कोई मार्ग नहीं है, पुत्र युगांधर।''

''मुझे क्षमा करें पिताश्री; मैं आपकी इस आज्ञा का पालन नहीं कर सकता; जिस सुवर्या पर मैं एक खरोंच सहन नहीं कर सकता, आप मुझे अपने ही हाथों से उसी के प्राण लेने को कह रहे हैं, मेरे लिए यह सम्भव नहीं है पिताश्री!'' युगांधर, विक्रमाजित के समक्ष घुटनों के बल बैठ गया और अपने दोनों हाथ जोड़ लिए।

इधर तेजस्वी और रक्षराज का द्वंद्व जारी था। रक्षगुरु भैरवनाथ, अखण्ड को रोकने के लिए बार-बार हिडिम्ब के रक्षाकवच के व्यूह में सैनिकों को बढ़ाता चला जा रहा था। तेजस्वी और सूर्यम्, मार्केश से लड़ते हुए कुछ घायल हो गये, यह सूचना लेकर शीघ्र ही एक सैनिक युगांधर के पास आया।

''महामहिम! सेनापति अखण्ड ने वक्रबाहु को युद्ध में सम्मिलित होने की आज्ञा दी है; हमारे बीस सहस्त्र सैनिक हिडिम्ब के रक्षाकवच व्यूह में फँसकर मारे जा चुके हैं।''

यह देख विक्रमाजित ने युगांधर को टोका

''देखो युगांधर, तुम्हारे भाई संकट में हैं; सहस्त्रों योद्धा वीरगति को प्राप्त हो चुके हैं, यही समय है, निर्णय लो पुत्र, निर्णय लो! तुम्हारे निर्णय पर एक लाख योद्धाओं की स्वतंत्रता टिकी है; तुम्हारा एक मोह इस युद्ध को असुरों के पक्ष में मोड़ देगा।''

युगांधर की विवशता देख सुवर्या के नेत्रों में अश्रु आ गये। युगांधर अभी भी विक्रमाजित के चरणों में झुका आँसू बहा रहा था। तत्काल ही सुवर्या ने एक कठोर निर्णय लिया और घोषणा की।

''आप चिन्तित न होइए महाराज! सहस्त्रों योद्धाओं की मृत्यु का कलंक मैं नागराज पर नहीं लगने दूँगी। यदि मेरे जीवन की बलि लेकर यह युद्ध जीता जा सकता है, तो यही होगा।'' कहकर सुवर्या ने कमर से कटार निकाली और अपने उदर को चीर दिया।

''सुवर्या...!'' युगांधर चीख पड़ा। वह तत्काल ही सुवर्या के पास गया

और उसे भूमि पर गिरने से पहले थाम लिया। सुवर्या का सर अब उसकी गोद में था।

"समय नष्ट मत कीजिये, अपना विष मुझे दे... दीजिये और मेरे जीवन... को सार्थक... बना दीजिये।" सुवर्या ने हिचकियाँ लेते हुए युगांधर से विनती की।

"नहीं सुवर्या, मैं तुम्हारी मृत्यु को और पीड़ादायक नहीं बना सकता।"

यह देख विक्रमाजित ने युगांधर को स्मरण कराया

"मैं तुम्हारी पीड़ा समझता हूँ पुत्र; बरसों पहले मेरी चित्रलेखा ने भी मेरी गोद में अपने प्राण त्यागे थे, किन्तु तुम्हें इस मोह से मुक्त होना होगा पुत्र! तुम सुवर्या से यदि सच में प्रेम करते हो तो उसके बलिदान का सम्मान करो। उसने जिन सहस्त्रों योद्धाओं के लिए अपने प्राण न्योछावर किये हैं, उनकी रक्षा करो; वह सभी तुम्हारी प्रतीक्षा कर रहे हैं।"

"आपके... पिता उचित कह... रहे हैं नागराज! कम से कम... मेरे बलिदान को... तो व्यर्थ मत कीजिये। इस... जीवन... में... हम... भले... ही न मिलें, परन्तु किसी... और... जन्म में... में हम... अवश्य मिलेंगे, यह मेरा वचन है ... आपको।"

युगांधर ने सुवर्या को हृदय से लगा लिया। उसने अपने नेत्र बंद किये और अपनी भावनाओं को नियंत्रित करने का प्रयास किया। उसके ठीक बाद उसने सुवर्या के होंठ अपने होठों से सटा लिए और अपना सारा विष उगल दिया। सुवर्या का सम्पूर्ण शरीर नीला पड़ गया। विष को धारण करते हुए उसे भीषण पीड़ा हो रही थी, किन्तु अपने अंतिम समय में युगांधर की पीड़ा को कम करने के लिए वह मुस्करा रही थी। शीघ्र ही उसका शरीर शिथिल पड़ गया। साँसें रुक गयीं।

सुवर्या ने अपने नेत्र सदा के लिए बंद कर लिए।

"सुवर्या....!" पीड़ा से चीख पड़ा युगांधर।

उसे तड़पता देख विक्रमाजित ने उसकी पीड़ा को प्रतिशोध की ज्वाला में परिवर्तित करने का प्रयत्न किया।

"यह समय शोक का नहीं है पुत्र, प्रतिशोध का है; वह हिडिम्ब, जो सुवर्या की मृत्यु का उत्तरदायी है, यह उसे दण्ड देने का समय है... उठो और

नाश कर दो समस्त रक्षसेना का... तुम्हारी सेना तुम्हारी राह देख रही है।''

विक्रमाजित के वचनों से प्रेरित होकर युगांधर की पीड़ा क्रोध में परिवर्तित हो गयी। उसने अपने नेत्र बंद किये और समाधि लगायी। फलस्वरूप उसके शरीर से उसका सर्प रूप बाहर आया। अब युगांधर एक सामान्य मानव था। समाधि से उठते ही उसने अपने दिव्य फरसे का आह्वान किया।

''देव शेषनाग का दिया हुआ यह फरसा, और महर्षि ओमेश्वर की यह तलवार अब असुरों के अस्तित्व को ही विलुप्त कर देगी।''

यह देख वक्रबाहु ने गजरूप धरा और युगांधर के पास आया।

''चलिए नागराज, मुझ पर सवार हो जाइए, मैं वायुगति से आपको रणभूमि में पहुँचा दूँगा।''

''हिडिम्ब...!'' युगांधर की गर्जना से रणभूमि गूँज उठी।

उसे लेकर वक्रबाहु दौड़ पड़ा। रक्षसेना को मूषक की भाँति मसल रहा था वह विशाल हाथी। रक्षगुरु ने जब देखा कि युगांधर पर बीन की धुन का असर नहीं हो रहा, तो उसे अपनी योजना विफल होती दिखी। वक्रबाहु सहस्त्रों राक्षसों को कुचल चुका था। यह देख भैरवनाथ ने हिडिम्ब के रक्षाकवच का नेतृत्व छोड़ रक्षराज को सावधान करने का निर्णय लिया। शीघ्र ही वह उसके पास पहुँचा।

''मार्केश, न जाने क्यों बीन का स्वर युगांधर को प्रभावित नहीं कर पा रहा! तुम यह युद्ध शीघ्र से शीघ्र समाप्त करो। सूर्यास्त होने को है और आज पूर्णमासी की रात है! इसका अर्थ तो तुम जानते ही हो, इसलिए मैं जो कह रहा हूँ उस पर अमल करो।''

भैरवनाथ के सुझाव के उपरान्त मार्केश जल्द से जल्द तेजस्वी से अपना युद्ध समाप्त करने का प्रयास करने लगा। दोनों के तलवारों का टकराव और तेज हो गया।

* * *

भैरवनाथ की अनुपस्थिति में हिडिम्ब का रक्षाकवच तहस-नहस हो गया।

हिडिम्ब के कारण लगभग बाइस सहस्त्र वीर योद्धा वीरगति को प्राप्त हो चुके थे, किन्तु जैसे ही युगांधर और वक्रबाहु वहाँ पहुँचे, सेना का मनोबल कई गुना बढ़ गया। सेना पूरी ऊर्जा के साथ एक बार फिर असुरों से युद्ध करने लगी। राक्षस मेमनों की तरह कटने लगे।

परिणाम यह हुआ कि वक्रबाहु की भीषण टक्करों ने हिडिम्ब के रक्षाकवच व्यूह को तहस-नहस कर दिया। नेत्रों में प्रतिशोध की ज्वाला लिए युगांधर, हिडिम्ब के सामने था।

"अपने इष्टदेव का स्मरण कर लो हिडिम्ब! तुम्हें एक बार जीवनदान देकर मैं भूल कर चुका हूँ, किन्तु आज तुम्हारा अंत निश्चित है।" युगांधर वक्रबाहु की पीठ से नीचे उतरा।

उसकी आँखों में उबलता हुआ रक्त देखकर हिडिम्ब के हाथ से उसकी बीन छूट गयी। कई असुर, बरछी और ढाल लेकर उसकी रक्षा को आ गये, परन्तु, युगांधर ने हिडिम्ब का अंत करने के लिए प्रतीक्षा नहीं की। वह उन रक्षकों की ढाल पे ही चढ़ गया और अपना फरसा लेकर हिडिम्ब पर कूदा। अपना अंत अपने समक्ष देख हिडिम्ब की बुद्धि ने काम करना बंद कर दिया युगांधर ने फरसे का प्रहार सीधा उसके मस्तक पर किया। अगले ही पल हिडिम्ब का शरीर बीच से दो भागों में विभाजित होकर भूमि पर पड़ा था। युगांधर का फरसा और शरीर, दोनों उसके रक्त से लाल हो गये। रक्षसेना दहल उठी। उनमें युद्ध करने का बचा-खुचा साहस भी खत्म होने लगा।

"हर-हर महादेव...!" अखण्ड ने जयघोष का नारा लगाया।

युगांधर ने भी फरसा गिराया और भूमि पर बैठ गया। सुवर्या का बलिदान अंततः सफल हो गया। युगांधर उसे स्मरण करते हुए पीड़ा और क्रोध से चीख पड़ा।

ये सारे बुलंद स्वर रक्षराज के कानों में पहुँचे। उसके मुख पर भय छाने लगा। उसे देख तेजस्वी मुस्करा उठा।

"क्या हुआ रक्षराज? क्या मृत्यु का भय सता रहा है तुम्हें? तुम्हारा भाई मारा गया है, और अब तुम्हारी बारी है।"

रक्षराज का क्रोध सीमा पार कर गया। उसने दाँव पलटा और तेजस्वी को पीछे धकेला, और अगले ही क्षण मार्केश की तलवार तेजस्वी का उदर चीर

गयी।

"भ्राताश्री...!" सूर्यम् चीख पड़ा।

तेजस्वी और रक्षराज, दोनों की आँखें प्रतिशोध की ज्वाला से लाल हो रही थीं।

"मेरा अंत करने के लिए जन्मा था न तू; देख तेरा कार्य तो अधूरा ही रह गया... अब तेरे अंत के साथ ही अमर हो जायेगा मार्केश।"

रक्षराज ने भयंकर अट्टहास किया। तेजस्वी ने इस अवसर का लाभ उठाया और महर्षि ओमेश्वर की तलवार से मार्केश पर प्रहार किया। तलवार, रक्षराज की नाभि को चीरती हुई उसकी पीठ के पार हो गयी। रक्षराज की नाभि से रक्त का प्रवाह होने लगा। वह कुछ कदम पीछे हट गया। तेजस्वी, भूमि पर गिर पड़ा। तत्पश्चात रक्षराज ने तलवार अपने शरीर से निकाल फेंकी! उसका घाव तो भर गया, किन्तु पाँव लड़खड़ा रहे थे। तभी रक्षगुरु भैरवनाथ वहाँ आ पहुँचे।

"क्या हुआ मार्केश, तुम कमजोर क्यों पड़ रहे हो?"

"पता नहीं गुरुदेव, ऐसा प्रतीत होता है कि इस तलवार ने मेरी शक्ति का कुछ अंश मुझसे छीन लिया है; फिर भी मैं इतना अशक्त नहीं हुआ कि इनसे युद्ध न कर सकूँ।" रक्षराज ने तलवार हाथ में ली और आगे बढ़ा।

"गार्केश...!" सूर्यम् ने क्रोध में गदा उठायी और मार्केश की ओर दौड़ा।

रक्षराज ने भाला उठाया और उसे सूर्यम् की ओर चला दिया, किन्तु तभी युगांधर वहाँ आ पहुँचा और अपना फरसा चलाकर उसके भाले के दो टुकड़े कर दिए। वह रक्त से सना फरसा भूमि में आ धँसा।

"सूर्यम्, तुम भ्राता तेजस्वी का रक्षण करो; इस रक्षराज का सामना अब युगांधर करेगा।" तत्काल ही युगांधर मार्केश की ओर मुड़ा और उसे उकसाने का प्रयत्न किया।

"भूमि पर धँसे इस फरसे को देख मार्केश! तेरे भाई हिडिम्ब के रक्त से सना है ये, और मुझे देख; मैं स्वयं उसके रक्त से स्नान कर आया हूँ। मेरी देह पर लगी रक्त की हर एक बूँद तेरे भाई हिडिम्ब के शरीर से बही है, और आज मेरा रक्त से सना यह फरसा तेरे रक्त से स्नान करेगा। सूर्यास्त होने को है

मार्केश! और इस सूर्यास्त के साथ ही तेरे जीवन का सूर्य भी अस्त होगा अधर्मी; सुवर्या की मृत्यु का परिणाम अब समस्त रक्षजाति भोगेगी।''

''तेरी जिह्वा कुछ अधिक ही चलती है युगांधर! तूने जिस प्रकार मेरे अनुज की हत्या की है, तुझे उससे भी भयानक मृत्यु दूँगा मैं।'' मार्केश, युगांधर की ओर दौड़ा।

मार्केश और युगांधर का द्वंद्व आरम्भ हो गया। असुरों की सेना का मनोबल, युगांधर के फरसे ने भंग कर दिया था। अखण्ड और शाल्व अलग ही सेना के साथ रक्षों का नाश कर रहे थे। रक्षराज, युगांधर से युद्ध करते समय न जाने क्यों शक्तिहीन सा अनुभव कर रहा था।

''भ्राता युगांधर! महर्षि ओमेश्वर की तलवार का प्रभाव इस असुर पर अवश्य होगा, प्रहार कीजिये इस पर।'' सूर्यम्, घायल तेजस्वी के पास था; यह युक्ति उसी ने सुझाई।

युगांधर का क्रोध रक्षराज पर भारी पड़ रहा था। उसने मार्केश को भूमि पर पटक दिया, और तलवार उसकी नाभि में घोंप दी। रक्त का फव्वारा उसकी नाभि से छूट पड़ा। यह देख रक्षराज ने अपनी पूरी शक्ति लगायी और पैर के प्रहार से युगांधर को पीछे ढकेल दिया। इतने में सूर्यास्त हो गया और पूर्णमासी का चाँद बाहर आ गया। रक्षराज तत्काल ही भूमि से उठा और तलवार अपने शरीर से खींचकर बाहर निकाल दी। उसका घाव फिर से भर गया।

परन्तु अगले पल ही वहाँ उपस्थित योद्धाओं का ध्यान घायल तेजस्वी की ओर गया। उसका शरीर बड़ा होने लगा और शीघ्र ही वह एक विशाल नरभेड़िये में परिवर्तित हो गया।

''भागो मार्केश, अपने प्राण बचाओ! तेजस्वी के पैने नाख़ून तुम्हारा अंत कर देंगे; वह नाख़ून उसकी शक्ति हैं... वह कोई शस्त्र नहीं, जिससे तुम्हारी मृत्यु न हो सके। इस समय तुम अस्वस्थ हो, भागो वर्ना मारे जाओगे।'' रक्षगुरु भैरवनाथ ने मार्केश को चेतावनी दी।

''नहीं गुरुदेव! आज मार्केश नहीं भागेगा... इन सबका अंत आज मेरे हाथों होगा।'' रक्षराज ने खड्ग उठाया और तेजस्वी की ओर दौड़ा।

तेजस्वी गुर्राते हुए मार्केश की ओर दौड़ा। वह खड़ग लिए तेजस्वी से जा

भिड़ा। एक प्रहर तक उन दोनों में भीषण द्वंद्व हुआ। कभी मार्केश तेजस्वी को भूमि पर गिराकर उस पर चढ़ जाता, कभी तेजस्वी उसे अपने बाहुबल से उठाकर दूर-दूर तक फेंकता। अंततः तेजस्वी ने अपने नखों से मार्केश की छाती पर प्रहार किया। वह भूमि पर गिर पड़ा। रक्षराज किसी भी स्थिति में पराजय स्वीकार करने को तैयार नहीं था, किन्तु तेजस्वी के नखों ने उसे अत्यंत घायल कर दिया। यह देख रक्षगुरु ने कुछ मंत्रों का जाप किया, फलस्वरूप वातावरण में धुंध छा गई। भूमि पर गिरे घायल मार्केश को तत्काल ही भैरवनाथ ने उठाया, और वहाँ से अदृश्य हो गया।

अदृश्य होकर वह दोनों एक गुप्त स्थान पर पहुँचे।

"यह आपने क्या किया गुरुदेव; मुझे यहाँ क्यों ले आये?"

"अपनी दशा देखो मूर्ख! मैं तुम्हें मृत्यु के मुख से निकालकर लाया हूँ। तुम्हारा जीवन रक्षजाति के लिए अति मूल्यवान है, और तुम्हारी कमजोरी का रहस्य मैं समझ गया हूँ, हमें इसका उपाय करना होगा।"

"हाँ गुरुदेव, परन्तु मैं इसका रहस्य नहीं समझ पा रहा।"

"किन्तु मैं समझ गया। अधीम और दंशक की मृत्यु ओमेश्वर की तलवार से हुई थी। उनका अंश तुम्हारे शरीर में है। उन दो तलवारों के प्रहार से तुम्हारे शरीर में समाई अधीम और दंशक की शक्ति सुप्तावस्था में जा चुकी है। त्रिभुज का अंत नरभेड़िये के रूप में तेजस्वी ने किया था, इसलिए जब तेजस्वी नरभेड़िये के रूप में तुम्हारे सामने आया, तो त्रिभुज के अंश ने तुम्हारे भीतर भय का संचार किया, जिसके कारण तुम्हारी पराजय हुई। इन तीनों असुरों की शक्तियाँ कुछ समय के लिए तुम्हारे शरीर से जा चुकीं हैं; इन्हें वापस पाने के लिए तुम्हें साधना करनी होगी।"

"जैसा आप उचित समझें गुरुवर! मैं कठोर तपस्या करूँगा, और ऐसा वरदान प्राप्त करूँगा जिससे मेरी मृत्यु की संभावना ही समाप्त हो जाए। अपने पुत्र भानुसेन की रक्षा का उत्तरदायित्व मैं आपको सौंपता हूँ गुरुदेव... और यदि मेरे पुत्र पर कोई संकट आये, तो मुझे अवश्य सूचित कीजियेगा, चाहें मैं कितनी ही घोर तपस्या क्यों न करता रहूँ; अब आज्ञा दीजिये।"

"जाओ मार्केश, रक्षों का भविष्य अब तुम्हारे हाथ में है।"

11

विजयधनुष की प्राप्ति

तेजस्वी शीघ्र ही अपने वास्तविक रूप में आया और घायल अवस्था में भूमि पर गिर पड़ा।

"तेजस्वी...!" अखण्ड और युगांधर तेजस्वी की ओर दौड़े और उसे थाम लिया। तेजस्वी मूर्छित हो चुका था। अखण्ड ने उसे थामा हुआ था। उसने तेजस्वी का निरीक्षण किया।

"तेजस्वी मूर्छित है और अत्यंत घायल भी; इसे बचाने का कोई न कोई उपाय तो होगा ही... रक्षराज अभी जीवित है, उसका वध किये बिना यह नहीं मर सकता।"

तभी युंगाधर को एक युक्ति सूझी। "भ्राता अखण्ड, मुझे स्मरण हो रहा है कि विजयधनुष को स्पर्श करने वाले के घाव स्वयं भर जाते है; हो सकता है उस धनुष को स्पर्श करते ही कदाचित भ्राता तेजस्वी के प्राण बच जाएँ।"

अखण्ड ने तत्काल तेजस्वी को अपने कंधे पे उठाया और रक्षराज के महल की ओर दौड़ा। शीघ्र ही रक्षराज का विशाल सिंहासन और उसके ठीक नीचे विजयधनुष रखा दिखाई दिया।

"मैं धनुष लेकर आता हूँ भ्राता अखण्ड।"

युगांधर धनुष की ओर बढ़ा, परन्तु युगांधर के कई प्रयास से भी धनुष उठा नहीं। तभी विक्रमाजित प्रकट हुए और उन्होंने बताया। "रक्षराज ने अपनी योग्यता सिद्ध करके इस धनुष को प्राप्त किया था; किंतु फिर उसने इस दिव्य धनुष का अपमान किया, इसलिए यह धनुष उसी को स्वीकार करेगा जो मार्केश की मृत्यु का कारण बनेगा।"

"यह तो विकट समस्या हो गयी भ्राता अखण्ड; हमें भ्राता तेजस्वी को हर हाल में होश में लाना ही होगा।" युंगाधर ने सुझाव दिया।

तेजस्वी मूर्छित अवस्था में था। उसके घाव से अभी भी रक्त बह रहा था। अखण्ड ने उसे तत्काल ही धनुष के पास बैठाया और उसे होश में लाने के लिए उस पर जल छिड़का। तेजस्वी की आँखें थोड़ी-थोड़ी खुलने लगीं, यह देख अखण्ड ने उसे प्रेरित करने का प्रयत्न किया।

"तेजस्वी, हमारा लक्ष्य हमारे सामने है; दो मास से हम यहाँ पाताल में संघर्ष कर रहे हैं, इस संघर्ष का परिणाम तुम्हारे हाथ में है; उठाओ इसे और पूर्ण करो हमारा पाताल आने का उद्देश्य... तुम्हें उठना होगा तेजस्वी! उठाओ विजयधनुष, अन्यथा हम सब पराजित हो जायेंगे। मार्केश का वध करने के लिए तुम्हें जीवित रहना होगा; अपने पिता की छलपूर्वक हत्या का स्मरण करो। तुम्हें अधर्म का नाश करना है, उठो! अपनी सौगंध का स्मरण करो।"

तेजस्वी के क्रोध ने उसके आत्मबल को बढ़ाया। वह पूरी शक्ति लगाकर भूमि से उठा और विजयधनुष को पकड़ लिया।

"उठाओ तेजस्वी! उठाओ धनुष!" अखण्ड ने तेजस्वी का साहस बढ़ाया।

"उठाइए भ्राता, उठाइए विजयधनुष!" 'सूर्यम् और युंगाधर ने भी उसे प्रेरित किया।

"हर-हर महादेव!" तेजस्वी ने महादेव का स्मरण करते हुए अपनी पूरी शक्ति लगायी और उठा लिया देवताओं का वह दिव्य धनुष।

फलस्वरूप अद्भुत चमत्कार हुआ। तेजस्वी के घाव तेजी से भरने लगे और देखते ही देखते वह पूर्णतः स्वस्थ हो गया। तभी वहाँ एक आकृति प्रकट हुई। यह कोई और नहीं स्वयं देवराज इन्द्र थे। चारों योद्धाओं ने उन्हें झुककर प्रणाम किया।

"यशस्वी भव वीरों, यशस्वी भव! रक्षराज मार्केश जैसे महाशक्तिमान असुर को पराजित कर तुम सबने यह सिद्ध कर दिया कि तुम चारों को पाताल भेजकर महर्षि कपिश ने कोई भूल नहीं की; तुम सब इसके लिए सर्वाधिक योग्य थे। तेजस्वी, विजयधनुष को तुमने अपने सामर्थ्य से प्राप्त किया है, इसलिए आज से इस धनुष पर तुम्हारा अधिकार है। जब तक यह धनुष तुम्हारे हाथ में है, संसार का कोई योद्धा तुम्हें पराजित नहीं कर सकता। अब पृथ्वीलोक की ओर लौट जाओ, और अपना उद्देश्य पूर्ण करो।"

"किन्तु देवराज, हम किसी और को भी साथ लेकर जाना चाहते हैं!" अखण्ड ने निवेदन किया।

युगांधर के निवेदन पर देवराज ने अपनी शक्तियों से एक द्वार का निर्माण किया

"पुत्रों, इस द्वार में प्रवेश करो; तुम जहाँ पहुँचने की इच्छा करोगे यह द्वार तुम्हें वहाँ पहुँचा देगा।" देवराज वहाँ से अदृश्य हो गये।

शीघ्र ही सभी योद्धा वहाँ उपस्थित हुए। उन्हें देख अखण्ड ने घोषणा की।

"आप सबका अदम्य साहस प्रशंसनीय है वीर योद्धाओं! आप इस द्वार से प्रवेश करके जहाँ इच्छा हो वहाँ जा सकते हैं, और अपने सगे सबंधियों से भेंट कर सकते हैं।"

मगध युवराज शाल्व गदगद हो उठे।

"हम आप चारों वीरों के ऋणी हैं; जीवन में आपको जब भी हमारी आवश्यकता पड़े, हमें अवश्य पुकारिएगा, मगध की समस्त सेना आपकी सेवा में प्रस्तुत हो जायेगी।"

अखण्ड ने शाल्व के कंधे पर हाथ रखा और कहा "आपके वचन पर पूर्ण विश्वास है हमें; यदि हमें आवश्यकता पड़ी तो हम अवश्य आपको सहायता के लिए पुकारेंगे, अभी आप प्रस्थान कीजिए।"

"जैसी आपकी इच्छा।"

शीघ्र ही मगध युवराज शाल्व के साथ-साथ सभी योद्धा वहाँ से अपनी-अपनी इच्छित जगह पलायन कर गये। अब वहाँ केवल तीन योद्धा रह गये थे। तेजस्वी, अखण्ड और सूर्यम्। वक्रबाहु शीघ्र ही उनके पास आया। उसे देख

सूर्यम् ने आज्ञा दी।

"तुम भी प्रस्थान करो वक्रबाहु; जीवन में यदि आवश्यकता पड़ी, तो मैं तुम्हारा आह्वान अवश्य करूँगा।"

"जैसी आपकी इच्छा स्वामी।" वक्रबाहु वहाँ से अदृश्य हो गया।

"युगांधर! युगांधर कहाँ है? "तेजस्वी ने युगांधर को खोजने का प्रयास किया।

"मैं यहाँ हूँ भ्राताश्री।"

युगांधर को देख तीनों हतप्रभ रह गये। उसके हाथों में सुवर्या की निष्प्राण काया थी।

"ये... ये... कैसे हुआ? इसका पूरा शरीर नीला कैसे पड़ गया?" तेजस्वी अवाक् रह गया।

"इस युद्ध में हमें विजय सुवर्या के बलिदान से मिली है; यही है इस युद्ध की वास्तविक नायिका, जिसने मेरा सारा विष स्वयं पर लेकर मुझे सदा के लिए एक मानव में परिवर्तित कर दिया, ताकि मुझ पर बीन की धुन का असर न हो सके।"

युगांधर की पीड़ा का एहसास कदाचित् ही कोई महसूस कर पाता। अपने प्रेम को खोने की पीड़ा थी ये, जो उसके मुख पर साफ दिखाई दे रही थी। तेजस्वी ने उसके कंधे पर हाथ रखा

"मैं तुम्हारी पीड़ा समझ सकता हूँ अनुज।"

"यह शोक का समय नहीं है भ्राता; आप बलिष्ठगढ़ की ओर शीघ्र प्रस्थान कीजिये, और वहाँ अपनी विजय पताका फहराइए। मुझे नागलोक जाना होगा। मेरे कुछ उत्तरदायित्व हैं जो मुझे पूरे करने हैं, उसके उपरान्त मैं स्वयं आपके पास आऊँगा; अभी मुझे आज्ञा दीजिये।"

"जैसी तुम्हारी इच्छा युगांधर... प्रस्थान करो।"

युगांधर, सुवर्या के शव को लेकर देवराज इन्द्र के बनाये द्वार की ओर बढ़ गया। सभी उसे जाता देख रहे थे। उसके नेत्रों मे अश्रु की एक भी बूँद नहीं थी। कदाचित् वह अपनी प्रेयसी के बलिदान का अपमान नहीं करना चाहता था। देखते ही देखते वह द्वार में प्रवेश कर गया। उसके जाते ही अखण्ड ने

निश्चय किया।

"इस द्वार को पार करके हमें सीधा बलिष्ठगढ़ पर आक्रमण के लिए पहुँचना होगा।"

"आप उचित कह रहे हैं भ्राताश्री; हमारे पास काकाश्री वीरसेन को बचाने के लिए केवल बीस दिवस का समय है... विजयधनुष के प्रभाव से हम अवश्य विजयी होगें, चलिए!"

तेजस्वी के कथन के उपरान्त, वो, अखण्ड और सूर्यम् देवराज इन्द्र के बनाये द्वार में प्रवेश कर गये।

* * *

इधर विदर्भ में भानुसेन, सिंहासन पर विराजमान था। वीरसेन मूर्छित अवस्था में थे। तभी राजसभा में एक दिन एक ब्राह्मण पधारे। महर्षि कपिश सभा में अनुपस्थित थे। उस ब्राह्मण ने भानुसेन से विनती की, कि वह अकेले में भानुसेन से कुछ वार्ता करना चाहता है। भानुसेन, उनको साथ लेकर वार्ता-कक्ष में चला गया। सेनापति गजेन्द्र और महामंत्री संजय भी सभा में उपस्थित थे। महामंत्री संजय अपने स्थान से उठकर सेनापति गजेन्द्र के आसन के पास आ बैठे।

"सेनापति जी, न जाने क्यों मुझे संदेह सा हो रहा है; हमें चलकर महाराज और उस अंजान ब्राह्मण की बातों पर गौर करना चाहिये।"

"यह आप नहीं महामंत्री, आपकी युवावस्था बोल रही है; आपकी नियुक्ति कुछ ही समय पूर्व विदर्भ के महामंत्री के रूप में हुई है, परन्तु इतना जान लीजिये कि महाराज भानुसेन पर संदेह करना हमारे लिए पाप है।" सेनापति गजेन्द्र ने संजय को चेताया।

"मैं संदेह महाराज पर नहीं कर रहा सेनापति जी; मैं उस अनजान ब्राह्मण पर संदेह कर रहा हूँ। ना जाने वह कौन है? कहाँ से आया है, और महाराज से क्या चाहता है? यदि उसने महाराज को क्षति पहुँचाने का प्रयास किया, तो हम क्या केवल यहाँ बैठे देखते रहेंगे?"

"तो आप क्या चाहते हैं महामंत्री?"

"मैंने इस ब्राह्मण को आज से पहले कभी नहीं देखा, न इसके विषय में कभी सुना है; मैं केवल इतना चाहता हूँ कि हम महाराज के कक्ष के पास छुपकर उनकी वार्ता सुनें, यदि परिस्थिति सामान्य दिखी, तो हम तत्काल ही वहाँ से चले आयेंगे।"

"ठीक है, परन्तु सावधानी से... यदि हम पकड़े गये, तो राजाज्ञा का उल्लंघन करने का दण्ड हमें भोगना पड़ सकता है।"

"कदाचित् महाराज़ और इस राज्य की सुरक्षा इस समय अधिक महत्त्वपूर्ण है सेनापति जी।"

"आप उचित कह रहे हैं, महामंत्री, चलिए सेनापति गज़ेंद्र की सहमति के उपरान्त वे अपने आसन से उठे और शीघ्र ही भानुसेन के कक्ष की खिड़की तक जा पहुँचे।"

वहाँ से उस कक्ष के भीतर होने वाली वार्ता को सरलता से सुना जा सकता था। भीतर,कक्ष में भानुसेन से वार्ता करने वाला कोई और नहीं, रक्षगुरु भैरवनाथ था।

"भानुसेन, हमारा षड़यंत्र विफल हो चुका है; तुम्हारे पिता रक्षराज पराजित हो चुके हैं, विजयधनुष तेजस्वी के हाथ लग चुका है; वे चारों कभी भी विदर्भ पहुँचकर वीरसेन का उपचार कर सकते हैं।"

"यदि ऐसा है, तो हमें शीघ्र इसका उपाय खोजना होगा गुरूवर।"

"उपाय बस एक ही है; तुम्हें वीरसेन की हत्या करनी होगी... यदि वह जीवित रहा, तो उसके ठीक होते ही सिंहासन पर वह बैठेगा। तुम्हारा रहस्य उन चारों योद्धाओं के समक्ष उजागर हो चुका है, कि तुम विदर्भ के भूतपूर्व राजा भभूति के पुत्र नहीं अपितु रक्षराज के ज्येष्ठ पुत्र हो, इसलिए अब उचित यही होगा की वीरसेन जीवित न रहे।"

"परन्तु वीरसेन की अकस्मात् हत्या से विद्रोह हो सकता है; जब मैंने विक्रमाजित की हत्या की, तब केवल तेजस्वी यह रहस्य जान पाया था।"

"उसकी चिन्ता तुम मत करो भानुसेन; मूर्छित अवस्था में वीरसेन को मारना कौन सी बड़ी बात है? तुम आज रात्रि उसके कक्ष की खिड़की खुली रखना, मैं एक हत्यारे को भेजूँगा, वह वीरसेन का वध कर देगा।"

"जैसी आपकी इच्छा गुरुदेव।" सेनापति गजेन्द्र और महामंत्री संजय ने यह सारी वार्ता सुनी।

"यह सब क्या षड़यंत्र चल रहा है? आपने तो कहा था सेनापति जी, कि महाराज भानुसेन पर संदेह करना पाप है।" संजय ने विस्मयपूर्वक गजेन्द्र से पूछा।

"मुझे सब समझ आ रहा है महामंत्री जी! अब मैं समझा कि राजकुमार तेजस्वी उस दिन इस असुर भानुसेन की हत्या करने क्यों महल में घुस आये थे। महाराज वीरसेन के प्राण संकट में है संजय, हमें उनकी रक्षा करनी होगी।"

"किन्तु यदि महाराज भानुसेन को पता चला, तो आपकी रक्षा कौन करेगा उनसे सेनापति जी?'

"वो सब छोड़िये महामंत्री; अभी मेरे पास दस सहस्त्र ऐसे योद्धा हैं, जो मेरे एक इशारे पर अपने प्राण दे सकते हैं; अब मैं बस यह जानना चाहता हूँ, कि आप इस अभियान में मेरे साथ हैं या नहीं।"

"इस राज्य की सुरक्षा और भविष्य मेरा धर्म है सेनापति जी।"

"तो फिर आज रात्रि होने की प्रतीक्षा कीजिये महामंत्री।"

* * *

रात्रि का द्वितीय प्रहर आरम्भ हुआ। वीरसेन के कक्ष में एक नकाबपोश हत्यारा दाखिल हुआ। अपनी योजना के मुताबिक गजेन्द्र ने उसे पकड़ लिया और उसका वध कर दिया।

"संजय, इससे पहले की कोई और यहाँ पहुँचे, आप महाराज को लेकर निकल जाइए। इस कक्ष में एक गुप्त द्वार है, जिसके द्वारा आप महाराज को लेकर इस महल से बाहर निकल सकते हैं; मैं इस हत्यारे के शव को महाराज के बिस्तर पर लिटा देता हूँ।"

"ठीक है सेनापति जी।"

संजय के गुप्त द्वार से निकलने के उपरान्त, गजेन्द्र ने उस हत्यारे के शव को वीरसेन के बिस्तर पर लिटाया और कम्बल ओढ़ाकर ऊपर से खंजर घोंप दिया, और मन ही मन विचार किया।

"इससे हमें कदाचित् कुछ समय और मिल जायेगा महाराज की रक्षा के लिए।"

मन ही मन विचार कर गजेन्द्र उसी गुप्त द्वार से कक्ष से निकल गये, जहाँ से उन्होंने संजय को भेजा था। वीरसेन के बिस्तर पर एक कम्बल ओढ़ा हुआ शव लिटाया गया था। भानुसेन और रक्षगुरु निरीक्षण के लिए शीघ्र ही उस कक्ष में आये।

"बधाई हो गुरुदेव, वीरसेन मारा गया।" भानुसेन हर्षित हो उठा।

तभी रक्षगुरु का पाँव भूमि पर एक स्थान पर पड़ा "भानुसेन, मुझे कुछ संदेह हो रहा है; अपने सैनिकों को आदेश दो कि वह भूमि के इस हिस्से की जाँच करें।"

भानुसेन ने शीघ्र ही अपने सैनिकों को बुलाया और भैरवनाथ के आदेशानुसार उस भूमि का निरीक्षण करवाया।

"महामहिम, यह तो कोई गुप्त मार्ग है!" उनमें से एक सैनिक बोला।

"देखो यह गुप्त मार्ग कहाँ तक जाता है।" भानुसेन ने उस सैनिक को आदेश दिया।

सैनिक शीघ्र ही लौटा।" महाराज, यह सुरंग हमें राजमहल के बाहर ले जा सकती है; यह लगभग दो कोस लंबी है।"

"तुम सारे सैनिक कक्ष के बाहर जाओ!" भानुसेन ने सैनिकों को आदेश दिया।

सैनिकों के बाहर जाते ही भैरवनाथ ने कहा 'इस शव पर से कंबल हटाओ भानु।"

शव पर से कंबल हटाते ही गजेन्द्र की कारगुजारी सामने आ गयी।

"यह कैसे सम्भव है? क्या किसी को हमारे षड़यंत्र का आभास हो गया था? कदाचित् कोई वीरसेन को बचा ले गया।" भैरवनाथ आश्चर्यचकित था। "कौन हो सकता है भानुसेन, कौन बचा ले गया होगा उसे?'

“गुप्त मार्गों की जानकारी राजपरिवार के सदस्यों के अतिरिक्त केवल एक ही मनुष्य को है, और वो है विदर्भ का सेनापति गजेन्द्र। इतने कम समय में वीरसेन को सुरक्षित निकालने का कार्य केवल वही कर सकता है, क्योंकि उसके पास दस सहस्त्र योद्धाओं का दल है, जो उसके एक इशारे पर कुछ भी करने को तैयार रहता है।”

“तो फिर अपने सेनादल को लेकर चलो भानुसेन; हमें वीरसेन का वध करना है।”

* * *

इधर गजेन्द्र और संजय वीरसेन को सुरक्षित बाहर निकाल लाये। सुरंग जहाँ समाप्त होती थी वहाँ सेनापति गजेन्द्र के दस सहस्त्र सैनिक उपस्थित थे। रात्रि का अंतिम प्रहर बीतने को था। तभी एक सैनिक ने सूचना दी।

“महामहिम गजेन्द्र, महाराज भानुसेन अपने पूरे सैन्यबल के साथ इसी ओर आ रहे हैं!”

“जिसका भय था, वही हुआ।”

इतना कहकर गजेन्द्र ने मूर्छित महाराज वीरसेन को संजय के साथ रथ में बैठाया, महामंत्री, आप महाराज को लेकर बलिष्ठगढ़ की ओर निकल जाइये।”

“परन्तु सेनापति जी, बलिष्ठगढ़ शत्रु राज्य है, वहाँ भला महाराज सुरक्षित कैसे रह सकते हैं?”

“आप इन्हें बलिष्ठगढ़ के भूतपूर्व सेनापति चक्रसेन के घर ले जाइए; उन्होंने बचपन से तेजस्वी का पालन-पोषण किया है, वह आपकी सहायता अवश्य करेंगे।”

वैसे भी शीघ्र ही तेजस्वी अपने भाइयों के साथ बलिष्ठगढ़ पर आक्रमण करने वाला है, वहाँ आपकी भेंट उससे अवश्य होगी। आप शीघ्र ही महाराज को वहाँ ले जायें महामंत्री; मैं और मेरी सेना कम से कम तीन प्रहर तक विदर्भ की सेना को रोक सकते हैं।”

"परन्तु ... सेनापति ... जी।"

"महामंत्री संजय, यह भावुक होने का समय नहीं है; विदर्भ के भविष्य की सुरक्षा के लिए हम सबको यदि अपने प्राणों की आहुति भी देनी पड़े तो यह हमारे लिए गौरव की बात है। आपसे भी मैं यही अपेक्षा रखता हूँ कि आप महाराज वीरसेन की रक्षा के लिए अपने प्राणों की आहुति देने से पीछे नहीं हटेंगे।"

"आपका बलिदान व्यर्थ नहीं जायेगा सेनापति; मैं महाराज को सुरक्षित चक्रसेन के घर पहुँचा दूँगा, और अब यही मेरे जीवन का सबसे बड़ा उद्देश्य है, चलो सारथी।" संजय शीघ्र ही बलिष्ठगढ़ की ओर निकल गये, तत्पश्चात गजेन्द्र ने अपनी सेना एकत्र की और उन्हें प्रोत्साहित किया।

"आप सभी योद्धाओं का समर्पण मेरे प्रति है, क्योंकि मैं आपके कबीले का सरदार हूँ, किन्तु मेरी निष्ठा विदर्भ के प्रति है। यह युद्ध कदाचित् हम जीत न पायें, और कदाचित् यह भी हो कि हम सबके प्राणों की बलि चढ़ जाये। मैं सामने आ रही सेना से युद्ध को तैयार हूँ; यदि आपमें से कोई ऐसा है जो महाराज वीरसेन के लिए बलि नहीं चढ़ना चाहता, तो वह मेरी ओर से स्वतंत्र है।"

"आपका हर लक्ष्य हमारा है सेनापति! आपके लिए हम सब हँसते-हँसते बलि चढ़ जायेंगे।" पूरी सेना ने उस सैनिक का समर्थन किया।

"तो फिर व्यूह रचना आरम्भ करो, हम धनुष व्यूह का निर्माण करेंगे। सूर्योदय होने को है, सूर्यदेव के उदय होते ही यह युद्ध आरम्भ होगा। हमारी व्यूह रचना के अनुसार, जब तक हमारी सेना का एक भी सैनिक जीवित है, हम सौगंध लेते हैं कि भानुसेन का एक भी सैनिक इस व्यूह को पार नहीं कर पायेगा।

"हर-हर महादेव...!"

गजेन्द्र की हुंकार कुछ दूर से आ रहे भानुसेन को साफ सुनाई दी। शीघ्र ही धनुष व्यूह का निर्माण संपन्न हुआ। गजेन्द्र सेना में सबसे आगे खड़े थे।

"दोनों सेनाएँ शीघ्र ही एक दूसरे के समक्ष खड़ी थीं, भानुसेन ने गजेन्द्र को चेतावनी दी।"

"गजेन्द्र, मैं तुम्हें प्रथम और अंतिम चेतावनी देता हूँ, मेरा मार्ग छोड़ो

और वीरसेन का पता बता दो, तो कदाचित् तुम्हें और तुम्हारी सेना को अभयदान दे दूँगा मैं।''

''मैं तेरी वास्तविकता जान चुका हूँ नीच असुर! तेरी मंशा भी जानता हूँ। महाराज वीरसेन तक तू कभी नहीं पहुँच पायेगा। मेरे यह साथी जब तक जीवित हैं, तब तक तो नहीं।'' गजेन्द्र ने भी भानुसेन को ललकारा।

''अपने राजा के समक्ष अभद्रता का व्यवहार करने का दण्ड तुझे भोगना होगा गजेन्द्र; मेरा सैन्यबल देखो, विशाल सेना है मेरे पास।''

''और मेरे पास हैं मेरे दस सहस्र विश्वसनीय साथी; इनमें से हर एक योद्धा तेरे सैकड़ों सैनिकों को मार सकता है, यह है मेरा सामर्थ्य। जब तक मेरा एक भी सैनिक जीवित है, तेरा कोई सैनिक महाराज वीरसेन तक नहीं पहुँच पायेगा। यह युद्ध नहीं यज्ञ है, जिसमें हम सब अपनी आहुति देने को तैयार हैं... सैनिकों, सावधान! हमारी व्यूह रचना टूटने न पाये।''

''आक्रमण...!'' भानुसेन ने आक्रमण का आदेश दे दिया। गजेन्द्र के सैनिकों ने बरछी और ढालों से धनुष के आकार में लोहे की दीवार बना दी। उनका लक्ष्य केवल सुरक्षा थी, विजय नहीं। भानुसेन के आक्रमण का आदेश पाते ही विदर्भ की सेना गजेन्द्र का व्यूह तोड़ने आगे बढ़ी, किन्तु विपक्ष के वीरों का शौर्य देख वह दंग रह गए। भानुसेन के सैनिक व्यूह के पास आते ही मारे जा रहे थे। गजेन्द्र भी अपने बाणों से विपक्षी सेना को काट रहे थे। दो प्रहर बीत गये, गजेन्द्र का व्यूह नहीं टूट पाया।

''भानुसेन, तुम्हारे सहस्रों सैनिक इस युद्ध में काम आ चुके हैं; तुममें इतना बाहुबल है कि तुम बड़ी सरलता से इस व्यूह को तोड़ सकते हो... बहुत सैनिक मरवा लिए तुमने, अब अपने बाहुबल का प्रयोग करो और नष्ट कर दो गजेन्द्र का व्यूह।'' रक्षगुरु भैरवनाथ ने भानुसेन को आदेश दिया।

''जैसी आपकी आज्ञा गुरुदेव।'' भानुसेन रथ से नीचे उतरा। उसने एक विशाल चट्टान उठाई और उसे विपक्षी सेना की ओर फेंका। फलस्वरूप गजेन्द्र के बनाये हुए व्यूह का एक छोर चकनाचूर हो गया, और उस चट्टान के नीचे दबकर लगभग एक दर्जन योद्धा घायल हो गए। यह देख गजेन्द्र सीधा भानुसेन की ओर दौड़ा। उसने तलवार खींची और भानुसेन से जा भिड़ा। इधर व्यूह के द्वार का एक छोर टूटते ही विदर्भ की सेना भीतर घुस आयी। गजेन्द्र का बनाया हुआ व्यूह भंग हो चुका था। शेष योद्धाओं ने बड़ी ही वीरता से युद्ध

किया, परन्तु एक प्रहर के भीतर ही वे सभी वीरगति को प्राप्त हुए। अब गजेन्द्र अकेला ही भानुसेन से युद्ध कर रहा था। भानुसेन की तलवार शीघ्र ही छूट गयी, और गजेन्द्र ने उसकी भुजाओं पर गहरा घाव किया। यह देख भानुसेन सीधा अपने रथ की तरफ दौड़ा और वहाँ से अपनी गदा उठाकर सीधे गजेन्द्र के मस्तक पर लक्ष्य कर फेंका।

गजेन्द्र के सर से रक्त का फव्वारा छूट पड़ा। वह भूमि पर गिर पड़ा। अगले ही क्षण पूरा साहस जुटाकर वह भूमि से उठा।

''मैं चाहे आज वीरगति को प्राप्त हो जाऊँ भानुसेन, परन्तु मुझे गर्व है, कि मैं अपने महाराज की रक्षा करने में सफल रहा। आज तेरे अंत का दिन है भानुसेन! शीघ्र वह दिन भी आयेगा, जब महाराज विक्रमाजित के पुत्र आयेंगे और तुम्हारे साथ उस रक्षराज का भी अंत करेंगे।''

''सैनिकों, वध कर दो इसका!''

भानुसेन के आदेश पर सैकडों सैनिक गजेन्द्र पर टूट पड़े, परन्तु गजेन्द्र ने घायल अवस्था में भी तलवार थामी और युद्ध करते रहे।

''भानुसेन, अद्भुत वीर है ये; इसका वध केवल तुम्हीं कर सकते हो।''

भैरवनाथ की आज्ञा पर भानुसेन ने भाला उठाया और गजेन्द्र की ओर लक्ष्य कर चला दिया। भाला उस वीर योद्धा के उदर को चीर गया। वह स्वामिभक्त योद्धा भूमि पर गिर पड़ा और कुछ ही समय में उसने अपने नेत्र बंद कर लिए। उसका शरीर क्रियाविहीन हो गया, और साँसें सदैव के लिए बंद हो गयीं।

''अद्भुत योद्धा था ये भानुसेन! मूर्ख, स्वगिभक्ति में अपने प्राण गवाँ बैठा।'' भैरवनाथ ने गजेन्द्र के साहस को सराहा।

''विदर्भ का सेनापति था ये गुरुदेव, सामर्थ्यवान तो होगा ही। चिन्ता का विषय तो यह है कि वीरसेन जीवित बच गया।'' भानुसेन चिन्तित था।

''यह समय वीरसेन पर ध्यान देने का नहीं है भानुसेन; अपने पुत्र अखण्ड की सोचो, कहीं ऐसा न हो कि तुम्हारा पुत्र ही तुम्हारे लिए संकट बन जाये।''

''उसकी चिन्ता मत कीजिये महागुरु; अखण्ड हर हाल में हमारा ही पक्ष चुनेगा। एक योजना है मेरे पास।'' भानुसेन ने विस्तार से भैरवनाथ को अपनी

योजना समझाई।

* * *

इधर बलिष्ठ्गढ़ में एक दूत महाराज राजवीर के राजमहल की सभा में पहुँचा। उसके हाथ में एक संदेश था।

"महाराज, यह संदेश राजकुमार तेजस्वी ने आपके लिए भेजा है!"

राजवीर के कर्मचारी ने दूत से वह संदेश लेकर पढ़ना आरंभ किया। संदेश छोटा सा ही था।

"बलिष्ठगढ़ नरेश! दिव्यमणि हमारे सुपुर्द कर दीजिए, अन्यथा युद्ध के लिये तैयार हो जाइये।"

संदेश सुनकर राजवीर की आँखें क्रोध से लाल हो गईं। उसने घोषणा की "कदाचित् तेजस्वी को दिव्यमणि की शक्ति का ठीक से आभास नहीं है; सेना तैयार करो, युद्ध का समय है।"

अगले दिन सुबह बलिष्ठगढ़ की सेना रणक्षेत्र में थी। राजवीर तेजस्वी, अखण्ड और सूर्यम् को देख ठहाका मार हँस पड़ा।

"तेजस्वी, तुम्हें देखकर प्रसन्नता हुई; आखिर तुम अपनी धरोहर लेने आ पहुँचे... परन्तु सिर्फ तीन महारथी! तुम तीन बलिष्ठगढ़ की विशाल सेना से युद्ध करोगे?"

"युद्ध संख्या से नहीं, आत्मबल से जीता जाता है बलिष्ठगढ़ नरेश! अब भी समय है दिव्यमणि हमारे सुपुर्द कर दीजिये।"

"तुम बचपन से हठी हो तेजस्वी! तुम्हारे हठ का उत्तर मैं और मेरी सेना देगी। आक्रमण...!" राजवीर ने अपनी सेना को आक्रमण का आदेश दिया।

अपने प्रिय अश्व वायुजित् पे सवार तेजस्वी, सीधा सेना के मध्य में खड़े राजवीर की ओर दौड़ा। अखण्ड और सूर्यम् ने अपनी अपनी गदा से सेना का नाश आरम्भ किया। राजवीर आश्चर्यचकित रह गया। शीघ्र ही तेजस्वी उसके पास पहुँचा और राजवीर का रथ तोड़कर उसे भूमि पर गिरा दिया। दिव्यमणि

का कोई प्रभाव न होते देख राजवीर आश्चर्य में था।

द्वंद्व की नौबत आने के पूर्व ही तेजस्वी ने राजवीर को बंधक बना लिया। राजवीर के बन्दी बनते ही उसकी सेना ने शस्त्र डाल दिये।

"क्या अब भी आप दिव्यमणि हमारे सुपुर्द नहीं करेंगे?" तेजस्वी ने बाण, राजवीर की गर्दन पर टिकाकर कहा।

"यह कैसे सम्भव हुआ? क्या दिव्यमणि की शक्ति समाप्त हो गयी है?"

"नहीं राजवीर, ऐसा कुछ नहीं हुआ; मेरे विजयधनुष के समक्ष दिव्यमणि निस्तेज हो गयी है... यह भगवान महाबली का दिव्य धनुष है, जिसे धारण करने वाला कभी पराजित नहीं हो सकता।"

"मैं पराजय स्वीकार करता हूँ तेजस्वी, मुझे जीवित छोड़ दो।"

"तो फिर अपने पिता को बन्दीगृह से मुक्त कर दीजिए; अब बलिष्ठगढ़ के वास्तविक राजा महाराज भार्गव ही होंगे; आपकी हत्या तो मैं वैसे भी नहीं करता; आखिर सम्बन्धी है आप हमारे।"

12

भानुसेन का षड्यंत्र

बलिष्ठगढ़ के राजा भार्गव बन्दीगृह से मुक्त होकर सिंहासन पर बैठे थे और राजवीर बन्दी बनकर राजसभा में खड़ा था।

"यह आपका बन्दी है, बलिष्ठगढ़ नरेश! आप इसे दण्ड दें या क्षमा करें यह आप पर निर्भर है, किन्तु अब हमें दिव्यमणि के साथ प्रस्थान करने की आज्ञा दें।" अखण्ड ने दिव्यमणि के साथ-साथ प्रस्थान करने की आज्ञा माँगी।

शीघ्र ही दिव्यमणि अखण्ड के हाथ में थी। "अब हमें आज्ञा दें महाराज! हमें शीघ्र महाराज वीरसेन का उपचार करने के लिये विदर्भ की ओर प्रस्थान करना होगा।"

"आपको कहीं जाने की आवश्यकता नहीं है युवराज अखण्ड; महाराज वीरसेन बलिष्ठगढ़ में ही हैं।" तभी बलिष्टगढ़ के भूतपूर्व सेनापति चक्रसेन का सभा में आगमन हुआ... यह कथन उन्हीं का था।

"सेनापति चक्रसेन आप!" राजा भार्गव सिंहासन से उठ खड़े हुए।

"पिताश्री ...!" वर्षों बाद अपने पिता से मिलकर तेजस्वी भी प्रसन्न हुआ। वह दौड़कर चक्रसेन के पास गया और उनके चरण-स्पर्श किये। दोनों ने एक-दूसरे को हृदय से लगा लिया।

“आपका स्वागत है सेनापति।” राजा भार्गव ने चक्रसेन को सम्मान दिया।

“मुझे क्षमा करें महाराज; जिस दिन आप बन्दी बने थे, उसी दिन मैंने इस पद का त्याग कर दिया था; आपका सेनापति अब आपका ही पुत्र वृषभान है... मैं इस पद का भार अब और नहीं उठा सकता।” सेनापति चक्रसेन ने निवेदन किया।

“आपकी इच्छा का विरोध हम नहीं करेंगे चक्रसेन, आप स्वतंत्र हैं, हम आप पर कोई दबाब नहीं डालेंगे।”

“धन्यवाद महाराज।”

“किन्तु पिताश्री, आप कह रहे थे कि काकाश्री वीरसेन बलिष्ठगढ़ में हैं, वह यहाँ पहुँचे कैसे?” तेजस्वी ने प्रश्न किया।

“मेरे साथ चलो पुत्र, मार्ग में सब कुछ बता दूँगा।”

शीघ्र ही तेजस्वी, अखण्ड और सूर्यम्, चक्रसेन के साथ उनके घर की ओर चल दिये। वहाँ पहुँचकर उन लोगों ने विदर्भराज वीरसेन को शय्या पर लेटे देखा। उनकी चेतना अभी भी लुप्त थी। शीघ्र ही दिव्यमणि की किरणों से अखण्ड ने वीरसेन को स्वस्थ कर दिया। वह किरणें तेजस्वी की भुजा पर बने घाव के निशान से भी जा टकरायीं, जो नरभेड़िये के रूप में रक्षराज के भाई त्रिभुज ने उसे दिये थे। तेजस्वी आश्चर्यचकित रह गया।

“मे ... मेरा यह घाव भी भर गय भ्राता अखण्ड! इसका अर्थ है, मैं अब दोबारा किसी नरपशु में परिवर्तित नहीं होऊँगा।”

“कदाचित् तुम उचित कह रहे हो तेजस्वी।” अखण्ड ने तेजस्वी का समर्थन किया।

महाराज वीरसेन के नेत्र कई दिनों बाद धीरे-धीरे खुले।

“पिताश्री।” सूर्यम्, वीरसेन के उठते ही उनकी छाती से लिपट गया।

“यह हम कहाँ है पुत्र?” वीरसेन ने प्रश्न किया।

“मैं आपको सारी बातें विस्तार से बताता हूँ महाराज।” तभी महामंत्री संजय ने कक्ष में प्रवेश किया।

शीघ्र ही उन सबको भानुसेन के षडयंत्र के विषय में पता चला। तेजस्वी

आपे से बाहर हो गया।

"भानुसेन के षड्यंत्र का उत्तर देना होगा हमें। अब विदर्भ के सिंहासन पर धर्म की स्थापना मेरा यह धनुष करेगा; अब युद्ध होगा।"

"रुको तेजस्वी, धीरज रखो! वह जैसे भी हैं, मेरे पिता हैं; एक उनके षड्यंत्र के कारण हम युद्ध नहीं कर सकते। यदि युद्ध हुआ तो रक्षराज भी मेरे पिता की सहायता करने अवश्य आयेंगे, तब यह युद्ध कदाचित् अब तक का सबसे विनाशकारी युद्ध सिद्ध होगा; न जाने कितने निर्दोषों के प्राण जायेंगे।" अखण्ड ने तेजस्वी को समझाने का प्रयत्न किया।

"तो आपकी इच्छा क्या है भ्राता अखण्ड?'

"मुझे एक बार संधि का प्रयास करने विदर्भ जाने दो; कदाचित् पुत्र मोह में मेरे पिता की मति परिवर्तित हो जाये।"

"ठीक है; ज्येष्ठ; आपकी इच्छा का सम्मान करता हूँ मैं; आप जाइये और यह प्रयत्न करके भी देख लीजिये।"

अखण्ड के जाने के उपरान्त चक्रसेन ने तेजस्वी के कंधे पर हाथ रखा।" अपने एक उत्तरदायित्व को तुम कब से नजरअंदाज कर रहे हो पुत्र।"

"ऐसा कौन सा दायित्व है पिताश्री, जिसे मैं भूल रहा हूँ?" तेजस्वी विस्मित रह गया।

"उस कक्ष में जाओ, तुम्हें उस भूल का एहसास हो जायेगा।" चक्रसेन ने एक कक्ष की तरफ इशारा किया।

तेजस्वी ने शीघ्र ही उस कक्ष में प्रवेश किया, जहाँ उसने सुवर्णा को अपने समक्ष खड़ा पाया।

"क्या मेरे प्रेम का आपको विस्मरण हो गया आर्य?" सुवर्णा के नेत्र अश्रुओं से भरे थे।

"मुझे क्षमा कर दो सुवर्णा! तुम्हारे प्रति अपने उत्तरदायित्व को तो मैं भूल ही गया था।"

"आपको क्षमा माँगने की आवश्यकता नहीं है आर्य; आपके और भी उत्तरदायित्व हैं, जो कदाचित् अधिक महत्त्वपूर्ण हैं।"

"तुम्हारा महत्त्व मेरे जीवन में कभी कम नहीं हो सकता सुवर्णा, किन्तु

अभी हमारा विवाह नहीं हो सकता।''

''क्यों आर्य? मुझसे विवाह करने से क्या आपका लक्ष्य कठिन हो जायेगा? क्या मैं आपके लिए बाधा बन जाऊँगी?'

''नहीं सुवर्णा, ऐसा कुछ भी नहीं है, परन्तु तुम भूल रही हो कि रक्षराज मार्केश अभी जीवित है, और जब तक वह जीवित है मैं वनवास के लिए वचनबद्ध हूँ।''

''तो मैं भी आपके पास वन में ही निवास कर लूँगी आर्य।''

''यह संकट मैं नहीं मोल सकता सुवर्णा; हमारे किसी शत्रु को ज्ञात नहीं कि तुम यहाँ हो। वन में मेरे साथ पिताश्री भी थे, किन्तु मैं उनकी रक्षा न कर सका... मैं नहीं चाहता कि शत्रु मुझे विवश करने के लिए तुम पर प्रहार करे, मैं यह सहन नहीं कर पाऊँगा।''

''आपसे वियोग सहकर भी तो मुझे मृत्यु की अनुभूति ही हो रही है आर्य।''

तेजस्वी ने भावुक होकर सुवर्णा को अपने बाहुपाश में ले लिया। ''मैं वचन देता हूँ सुवर्णा, जिस दिन मैं रक्षराज का अंत करूँगा, उसके ठीक बाद मेरा प्रथम दायित्व तुमसे विवाह होगा।''

''ठीक है आर्य, मुझे प्रतीक्षा रहेगी आपकी।''

''अब मुझे वन की ओर प्रस्थान करना होगा सुवर्णा; यदि मैं यहाँ रुका तो मेरा वचन भंग हो जायेगा, और यह मैं नहीं कर सकता।''

तेजस्वी, शीघ्र ही अपने पालक-पिता चक्रसेन और माता सुनैना से आशीर्वाद लेकर वन की ओर प्रस्थान करने लगा, किन्तु तभी पीछे से एक स्वर सुनाई दिया

''मुझे भूल गये भ्राताश्री!'' महज सत्रह वर्ष का एक बालक तेजस्वी के समक्ष आ खड़ा हुआ।

''राघव... अच्छा हुआ तुमसे भी भेंट हो गयी।'' तेजस्वी ने वर्षों बाद मिले अपने भाई को हृदय से लगा लिया।

''भ्राताश्री, यदि आप वन में जायेंगे तो मैं भी आपके साथ जाऊँगा।''

''नहीं अनुज, तुम यहाँ रहकर पिताश्री से शस्त्र विद्या की शिक्षा प्राप्त

करो। मैं वन में सदैव तुम्हारे साथ नहीं रह सकता, न ही अभी तुम इतने योग्य हुए हो कि हर संकट का सामना कर सको; कदाचित् आने वाले समय में महासंग्राम छिड़ने वाला है, उसकी तैयारी हमें अभी से करनी होगी; इसलिए पिताश्री से शस्त्र विद्या प्राप्त करो, यही मेरी सलाह है... अब मुझे प्रस्थान करना है, आज्ञा दें पिताश्री।''

''यशस्वी भव पुत्र!'' चक्रसेन से आशीर्वाद लेकर तेजस्वी अपने प्रिय अश्व वायुजित् पर सवार हुआ और वन की ओर निकल गया।

वीरसेन ने भी चक्रसेन से आज्ञा माँगी। ''मैं, मेरा पुत्र और संजय भी प्रस्थान की आज्ञा चाहेंगे चक्रसेन!''

''आपकी इच्छा का मैं सम्मान करता हूँ महाराज; किन्तु सुरक्षा की दृष्टि से देखा जाये तो आपका यहाँ से जाना उचित नहीं।'' चक्रसेन ने वीरसेन से रुकने की विनती की।

''चक्रसेन उचित कह रहे हैं महाराज; इनका यह घर बेहद गुप्त रूप से इस वन में बना हुआ है; विदर्भ तो क्या, बलिष्ठगढ़ का एक सैनिक भी यहाँ तक नहीं पहुँच सकता, इसलिए मैं आपसे विनती करता हूँ महाराज, जब तक युवराज अखण्ड लौटकर नहीं आ जाते, आप सेनापति गजेन्द्र के बलिदान का मान रखते हुए, यहाँ इस छोटे से घर में अतिथि बने रहने की कृपा करें।''

संजय ने भी चक्रसेन का समर्थन करते हुए वीरसेन को सलाह दी। वीरसेन उनकी बातों का मान रखने के लिए विवश हो गये।

* * *

सुवर्या के शव के साथ युगांधर ने नागलोक में प्रवेश किया। इसकी सूचना शीघ्र ही उसके पितामह विषंधर तक पहुँची। इससे पहले कि युगांधर महल में प्रवेश करता, विषंधर ने उसे टोका। ''रुकिये नागराज! आप महल में प्रवेश करें, इससे पूर्व में आपसे कुछ प्रश्न करना चाहता हूँ।''

''मैं आपके सभी प्रश्नों का उत्तर दूँगा पितामह, परन्तु उससे पूर्व मुझे इस कन्या की अंत्येष्टि पूरे राजकीय सम्मान के साथ करनी है, उससे पूर्व मैं आपके किसी प्रश्न का उत्तर नहीं दूँगा।''

“ठीक है, शीघ्र ही इसका प्रबंध हो जायेगा।”

सुवर्या का अंतिम संस्कार पूरे सम्मान के साथ किया गया। विषंधर ने कौतूहलवश एक बार फिर प्रश्न किया। “मैं तुम्हें एक राजा समझकर नहीं, एक पुत्र समझकर तुमसे प्रश्न कर रहा हूँ, युगांधर, कौन थी यह कन्या, जिसकी अंत्येष्टि करते हुए तुम्हारे हाथ काँप रहे थे, और तुम्हारा हृदय पीड़ा से तड़प उठा था? मैं तुम्हारा पितामाह हूँ पुत्र, तुम्हें व्यथित देख मुझे पीड़ा हो रही है।”

“आपके पूर्व सेनापति विषांक की पुत्री सुवर्या थी यह पितामह, जिससे मैं प्रेम करता था, किन्तु मेरी विवशता देखिये, रक्षराज को पराजित करने के लिए मुझे अपने इन्हीं हाथों से इसके प्राण लेने पड़े।”

युगांधर रक्षराज से हुए युद्ध का सारा विवरण सुनाता चला गया। इसके उपरान्त उसने दिव्य फरसे का आह्वान किया और अपने पितामह के सामने घुटनों के बल बैठ गया।

“देव शेषनाग का दिया हुआ यह फरसा नागों के राजा के हाथ में ही शोभा देगा पितामह, और नागरूप का त्याग करके मैं एक सामान्य मानव बन चुका हूँ, इसलिए अब मैं इस पद के योग्य नहीं।”

विषंधर ने युगांधर को भूमि से उठाया। “वर्षों पहले तुम्हारी माता कनिष्का ने भी विष का त्याग किया था, तब उसका विष मैंने उसके गर्भ में स्थानांतरित कर दिया था; वही विष तुम्हारे शरीर में भी था। देव शेषनाग ने यह फरसा तुम्हारी योग्यता परखकर तुम्हें सौंपा था... इसे धारण करने की योग्यता मुझमें नहीं है, परन्तु नागरूप का त्याग करने के उपरान्त तुम नागराज के पद के योग्य तो नहीं रहे पुत्र, इसलिए सिंहासन का उत्तरदायित्व अब मुझपे है। तुम्हें नागलोक का त्याग तो करना ही होगा युगांधर, परन्तु नागसेना की सहायता, जब तुम्हारी इच्छा होगी तुम्हें प्राप्त होगी।”

“मैं जानता हूँ पितामह; एक मानव अधिक समय तक इस लोक में नहीं रह सकता, किन्तु जाने से पूर्व मैं अपनी माता से मिलना चाहूँगा।”

“कोई आवश्यकता नहीं है मुझसे मिलने की।” तभी नागकुमारी कनिष्का वहाँ आ पहुँचीं।

“यह तुम क्या कह रही हो पुत्री? युगांधर, कदाचित् अब कभी वापस

लौटकर नहीं आयेगा; क्या तुम अंतिम बार उसका मुख नहीं देखना चाहोगी?'' विषंधर ने कनिष्का से आग्रह किया।

''इसके जन्म के उपरान्त इसके पिता ने मेरा त्याग किया, और अब यह मुझे छोड़कर जाना चाहता है; इसने यह भी नहीं सोचा कि इसके चले जाने के बाद मेरा जीवन मुझपे बोझ सा हो जायेगा।''

''युगांधर को यहाँ से जाना ही होगा कनिष्का; एक मानव, नागलोक पर अधिक समय के लिए निवास नहीं कर सकता।''

''परन्तु कुछ समय के लिए तो कर ही सकता है!''

''नहीं माता, मेरे भाइयों को मेरी आवश्यकता है, मुझे जाना होगा।'' युगांधर ने विनती की।

''यदि मेरा पुत्र यहाँ से जायेगा तो मैं भी यहाँ नहीं रहूँगी, जहाँ मेरा पुत्र जायेगा वहीं मैं भी जाऊँगी।''

''परन्तु कनिष्का, पृथ्वीलोक नागों के लिए सुरक्षित स्थान नहीं है।'' विषंधर ने अपनी पुत्री को रोकने का प्रयास किया।

''मेरा पुत्र इतना सामर्थ्यवान है कि मेरी रक्षा हर संकट से कर सकता है; मैं कब तक अपने पिता के घर रहूँगी... मैं पति के साथ न सही, किन्तु मेरे पुत्र का कर्तव्य उसके भाइयों के प्रति है, इसलिए मैं अपने पुत्र युगांधर के साथ जाऊँगी; इसने अपना प्रेम खोया है, मैं अकेला नहीं छोड़ सकती इसे।''

''ठीक है कनिष्का, तुम्हारी इच्छा, मैं तुम्हें रोकूँगा नहीं... तुम अपने पुत्र के साथ जाओ, समय आने पर हमें पुकारना, हम अवश्य आयेंगे।'' नागराज विषंधर के आदेश के उपरान्त युगांधर अपनी माँ कनिष्का के साथ नागलोक से प्रस्थान कर गया।

* * *

महर्षि कपिश विदर्भ में पधारे। भानुसेन को सिंहासन पर बैठा देख वे दंग रह गये।

''भानुसेन! महाराज वीरसेन के जीवित रहते हुए तुम सिंहासन पर कैसे

बैठ सकते हो?''

महर्षि कपिश को उत्तर देने भानुसेन सिंहासन से नीचे उतरा।'' आप इस सिंहासन से बँधे है, महर्षि कपिश; वीरसेन सिंहासन का ही नहीं, विदर्भ का भी त्याग करके जा चुके हैं, अब विदर्भ का महाराज मैं हूँ।''

''यह क्या प्रलाप कर रहे हो तुम? अपने भ्राता के जीवित रहते तुम सिंहासन पर बैठने का विचार भी मन में कैसे ला सकते हो?''

तभी अखण्ड राजसभा में आ पहुँचा, और बीच में ही बोल पड़ा। ''क्योंकि महाराज वीरसेन इनके अग्रज हैं ही नहीं गुरुवर, और यह रहस्य इन्हें ज्ञात हो चुका है।''

''तो यह रहस्य तुम्हें ज्ञात हो गया भानुसेन; किन्तु कदाचित् सत्य का ज्ञान नहीं है तुम्हें।'' महर्षि कपिश ने भानुसेन को समझाने का प्रयास किया।

''भली-भाँति ज्ञात है मुझे अपने जन्म का रहस्य; विदर्भ के भूतपूर्व राजा भभूति की बहन शिवन्या का पुत्र हूँ मैं।''

भानुसेन का पुत्र अखण्ड, उसकी बात सुन स्तब्ध रह गया। ''इस प्रकार तो आप विदर्भ के सम्बन्धी हैं पिताश्री; महाराज विक्रमाजित और महाराज वीरसेन फिर भी आपके अग्रज ही हैं।''

''उन्हें मैं अग्रज अवश्य मानता पुत्र, किन्तु पूछो महर्षि कपिश से, मेरे जन्म के उपरान्त मेरी माता की मृत्यु का उत्तरदायी कौन था?''

अखण्ड, स्तब्धता से महर्षि कपिश की ओर देखने लगा। उसकी शंका का निवारण करने के लिए महर्षि कपिश ने भानुसेन को समझाने का प्रयास किया। ''क्या जानते हो अपनी माता की मृत्यु के विषय में तुम? उस समय जो परिस्थिति थी उसके विषय में तुम्हें तनिक भी भान है?''

''मेरे गुरु भैरवनाथ ने मुझे तभी सब कुछ बता दिया था, जब मेरी आयु महज पंद्रह वर्ष की थी; मैं पूरी कथा जानता हूँ राजा भभूति और पिताश्री रक्षराज मार्केश के मध्य हुए युद्ध की।''

''यदि जानते हो तो उस परिस्थिति को समझने का प्रयत्न करो।''

''मैं आपसे केवल इतना प्रश्न करना चाहता हूँ, कि मेरी माता की मृत्यु राजा भभूति के चलाये भाले के द्वारा हुई थी या नहीं।''

महर्षि कपिश निरुत्तर हो गये।

"नहीं है न कोई उत्तर आपके पास...? कैसे होगा; जब राजा भभूति अपनी सगी बहन की हत्या कर सकते हैं, तो मैं विक्रमाजित और वीरसेन की हत्या क्यों नहीं कर सकता?"

"परन्तु भानुसेन...!"

"भानुसेन नहीं कुलगुरु कपिश, महाराज भानुसेन; अब यह सिंहासन मेरा है... आप इस सिंहासन से बँधे हैं कुलगुरु। अब मेरा यह आदेश है कि इस विषय पर कोई चर्चा नहीं होगी।"

अखण्ड को भानुसेन की बात पसंद नहीं आयी।

"आपकी पीड़ा मैं समझ सकता हूँ पिताश्री; आप तो गुरु कपिश की बात ही सुनना नहीं चाहते, किन्तु आपके इस अहम् के लिए विदर्भ पर असुरों का आधिपत्य नहीं स्थापित होने दूँगा मैं। यदि आपने सिंहासन का त्याग नहीं किया, और रक्षराज का समर्थन किया, तो वह दिन दूर नहीं जब आप अपने पुत्र को रणांगण में अपने विरुद्ध खड़ा पायेंगे।"

"भृगुवंशी भगवान परशुराम के श्रेष्ठ शिष्यों में से एक हैं महर्षि कपिश, जो हमारे पक्ष में हैं, यदि तुम्हे अपनों का त्याग करके शत्रुओं का पक्ष लेना है तो लो, मुझे केवल प्रतिशोध चाहिए।"

"क्षमा चाहता हूँ पिताश्री, अब हमारी अगली भेंट रणभूमि में होगी... आज्ञा चाहूँगा।" अखण्ड ने हाथ जोड़कर प्रस्थान की आज्ञा माँगी।

"रुक जा निर्लज्ज!" तभी भानुसेन की पत्नी वैशाली राजसभा में आ पहुँची।

"माताश्री!" अखण्ड विस्मित रह गया।

"अपने पिता का पक्ष त्यागकर तू शत्रुओं के पक्ष में जाना चाहता है, कैसा निर्लज्ज कपूत है तू, आज तुझे जन्म देने पर ग्लानि हो रही है मुझे। अपने पिता की पीड़ा तुझे दिखाई नहीं देती? होगा तेरे पिता में रक्षराज का आसुरी अंश, किन्तु मेरे लिए उनका प्रतिशोध सम्माननीय है। धिक्कार है मेरे इस जीवन पर जो तुझ जैसा कपूत जन्मा है मैंने; मैं जीवित रहकर पिता-पुत्र का युद्ध नहीं देख सकती, इसलिए मैं आज इसी सभा में आत्मदाह करूँगी... दासियों मुझपे तेल डालो।"

“माताश्री, नहीं!” अखण्ड स्तब्ध रह गया।

तेल से नहाने के बाद वैशाली ने जलता हुआ दिया हाथ में उठा लिया। अखण्ड ने दौड़कर अपनी माता के चरण पकड़ लिए।

“मुझे क्षमा कर दो माता! अपने पुत्र को इतने बड़े पाप का भागी मत बनाइये... मैं इस दिये की लौ की सौगंध खाता हूँ, अब आपका पुत्र वही करेगा जो आपका आदेश होगा।” अखण्ड, भूमि से उठा और वैशाली के हाथ में रखे दिये की लौ पर हाथ रखकर सौगंध ली।

“तो फिर वचन दो कि तुम हर परिस्थिति में रणभूमि में अपने पिता की रक्षा करोगे; जब तक तुम्हारी श्वास चलेगी, तब तक तुम अपने पिता की सुरक्षा करोगे।”

अखण्ड के नेत्र अश्रुओं से, और हृदय पीड़ा से परिपूर्ण था। “आपके कारण मैं अधर्म का पक्ष चुन रहा हूँ माता; ईश्वर न करे भविष्य में आपको पछताना पड़े। मैं विदर्भ देश का युवराज अखण्ड, आज यह प्रतिज्ञा करता हूँ कि आज और अभी से मेरे पिता ही मेरा सर्वस्व हैं; मेरा यह जीवन उनको समर्पित है; उनकी रक्षा करने के लिए यदि मुझे अपने प्राणों की भी आहुति देनी पड़ी तो मैं पीछे नहीं हटूँगा। जब तक मैं जीवित हूँ, पिता महाराज का कोई अहित न कर पायेगा।”

“अब तुम बने हो मेरे ज्येष्ठ पुत्र अखण्ड!” भानुसेन ने अखण्ड के कंधे पर हाथ रखा।

“मैं आपका पुत्र नहीं, अंगरक्षक हूँ महाराज... मेरे शस्त्र आपके पक्ष में हैं, मेरा मन आपके पक्ष में नहीं है, यह सदैव स्मरण रखियेगा।” इतना कहकर अखण्ड राजसभा से प्रस्थान कर गया।

भानुसेन मुस्कराता रहा। वह अपनी पत्नी के साथ अपने कक्ष में चला गया। “हमारा षड्यंत्र सफल रहा गुरुदेव।” कक्ष में पहुँचकर वैशाली ने अपना रूप परिवर्तित किया। यह कोई और नहीं रक्षगुरु भैरवनाथ था।

“उचित कहा तुमने भानुसेन, किन्तु यदि तुम्हारी पत्नी ने सब कुछ पलट दिया तो?”

“आप उसकी चिन्ता न कीजिए; वह अभी अपने मायके गई हुई है, जब वह लौटेगी तो मैं उसे अपने साथ सम्मिलित होने पर विवश कर दूँगा।”

13

रणक्षेत्रम्

युगांधर ने अपनी माँ के साथ तेजस्वी की कुटिया के अहाते में प्रवेश किया।

"युगांधर, तुम्हारे साथ यह कौन हैं?।" तभी पीछे से तेजस्वी वहाँ आ पहुँचा।

"प्रणाम भ्राताश्री! यह मेरी माता हैं, नागदेवी कनिष्का।"

"मुझे क्षमा कीजिये, मैं आपको न पहचानता था।" कहकर तेजस्वी ने झुककर कनिष्का के चरणों को छूकर प्रणाम किया।

"अरे... अरे, उठो वत्स! तुम तो मेरे ज्येष्ठ पुत्र हो; नागलोक में तो रहकर ऐसा प्रतीत होता था, जैसे मैं अपने ज्येष्ठ पुत्र से कभी मिल ही नहीं पाऊँगी।" कनिष्का ने तेजस्वी को हृदय से लगा लिया।

"आप लोग यहाँ कैसे?" तेजस्वी ने प्रश्न किया।

"आप जानते हैं, भ्राताश्री, मैं अब एक सामान्य मानव हूँ, इसलिए नागलोक में मेरा निवास निषिद्ध है। मेरे कारण मेरी माता भी मेरे साथ आ गईं।" युगांधर ने सारी कथा कह सुनाई।

"बहुत अच्छा किया आप लोगों ने, जो यहाँ मेरे पास आ गये। मैं एक

वनवासी हूँ माता, मेरी कुटिया आपकी सेवा में प्रस्तुत है।''

"जहाँ मेरे दोनों पुत्र मेरे साथ निवास कर रहे हों, मेरे लिए वह स्थान किसी स्वर्ग से कम नहीं।''

तभी अखण्ड वहाँ आ पहुँचा।

"भ्राता अखण्ड आप? आइये और दर्शन कीजिये मेरी छोटी माँ के।''

तेजस्वी के आग्रह पर अखण्ड ने कनिष्का के चरण स्पर्श किये।

"आयुष्मान भव पुत्र!'' कनिष्का ने आशीर्वाद दिया।

"दीर्घायु होने का आशीर्वाद मुझे न दें माता, कदाचित् निकट भविष्य में मैं आपके पुत्रों के लिए संकट का कारण बनने वाला हूँ।''

तेजस्वी आश्चर्यचकित रह गया। "ये आप क्या कह रहे हैं भ्राता अखण्ड! आप भला हमारे लिए संकट कैसे बन सकते हैं?''

तेजस्वी की जिज्ञासा शांत करते हुए अखण्ड ने राजसभा में हुए कांड की सारी कथा कह सुनाई।

"यह आपने क्या किया भ्राता; आपने तो हमारे हाथ ही बाँध दिये!'

"नहीं तेजस्वी; तुम्हें विदर्भ के सिंहासन के लिए युद्ध करना ही होगा, चाहे सामने मैं खड़ा हूँ, या परशुराम शिष्य कुलगुरु कपिश।''

"तो महर्षि कपिश को भी सिंहासन से बँधे होने के कर्तव्य का स्मरण हो आया; यदि ऐसा है, तो मुझे यह चुनौती स्वीकार है।''

तभी कनिष्का बीच में बोल पड़ीं। "ठहरो पुत्र तेजस्वी! क्या केवल प्रतिशोध के लिए इतना विकराल युद्ध छेड़ना उचित है?''

दोनों निरुत्तर हो गये। युगांधर भी शांत खड़ा था। कनिष्का ने आगे कहना आरम्भ किया।

"मैं जानती हूँ, तुम्हारे भीतर जो अग्नि सुलग रही है, वह तुम्हारे पिता के प्रति तुम्हारा प्रेम था, परन्तु यदि युद्ध हुआ तो लाखों निर्दोष सैनिकों की मृत्यु अकारण ही होगी, क्या यह उचित है?''

"तो क्या करें माता? हाथ पर हाथ धरे बैठे रहें?'' युगांधर ने विरोध किया।

"जब तक भानुसेन शांत है, तब तक हमें भी शांत रहना चाहिये... कदाचित् तुम्हें महर्षि शंकराचार्य के श्राप के विषय में नहीं पता।"

"श्राप! कैसा श्राप माते?" युगांधर विस्मित रह गया।

"कुलनाश होने का श्राप! एक महायुद्ध का श्राप दिया था महर्षि शंकराचार्य ने, जो कदाचित् हमारे द्वार पर खड़ा है... मैं इसे कुछ समय के लिए टालना चाहती हूँ बस।"

"माता उचित कह रही हैं युगांधर! इस समय उचित यही है कि हम यह विध्वंस तब तक के लिए टाल दें, जब तक भानुसेन शांत है।" तेजस्वी ने युगांधर को समझाने का प्रयास किया।

अखण्ड का मन ग्लानि से भरा हुआ था। "मुझे क्षमा करो अनुज, परन्तु अब मुझे लौटना होगा; यदि जीवन में हमारी भेंट दोबारा हुई, तो रणभूमि में होगी।"

"जैसा आप उचित समझें भ्राता; मैं आपकी विवशता समझ सकता हूँ... अब कदाचित् हमारी भेंट समरांगण में ही होगी।"

अखण्ड वहाँ से प्रस्थान कर गया। उसके उपरान्त नागकुमारी कनिष्का ने तेजस्वी को सलाह दी।

"अपनी शक्ति बढ़ाना आरम्भ करो पुत्रों! युद्ध केवल टला है, परन्तु युद्ध होना तो निश्चित है; बलिष्ठगढ़ नरेश तुम दोनों की सहायता अवश्य करेंगे, जाओ और दिग्विजय यात्रा प्रारम्भ कर अपनी शक्ति बढ़ाओ।"

"जो आदेश माता!" तेजस्वी और युगांधर अपनी माता का आशीर्वाद लेकर वहाँ से प्रस्थान कर गये।

* * *

शीघ्र ही वे दोनों बलिष्ठगढ़ राज्य की सभा में प्रस्तुत हुए।

"बलिष्ठगढ़ नरेश अपने जमाई का स्वागत करता है, योद्धाओं! आपके सत्कार में कोई कमी नहीं रहेगी।" राजा भार्गव ने उत्साह से तेजस्वी और युगांधर का स्वागत किया।

“मुझे क्षमा करें महाराज! मैं एक वनवासी हूँ, आपका आतिथ्य स्वीकार नहीं कर सकता; मैं आपसे सहायता की अपेक्षा से यहाँ आया हूँ।”

“अवश्य कुँवर; कहिये, क्या सहायता कर सकते हैं हम आपकी?”

“मैं और मेरा अनुज युगांधर दिग्विजय यात्रा पर जाना चाहते हैं महाराज! एक युद्ध हमारे द्वार पर खड़ा है, न जाने कब आक्रमण हो जाये।”

“आप उचित कह रहे हैं कुँवर; हमारी एक लाख सैनिकों से सजी सेना आपके सहयोग के लिये प्रस्तुत है... आप दोनों का सामर्थ्य अतुलनीय है, और हमें पूर्ण विश्वास है आपके सामर्थ्य पर।”

“धन्यवाद महाराज! अब हम अपनी यात्रा प्रारम्भ करना चाहेंगे, आज्ञा दीजिये।”

“विजयी भव!”

दो दिन बीतते-बीतते तेजस्वी और युगांधर बलिष्ठग़ढ की सेना लिए दिग्विजय यात्रा पर चल पड़े।

* * *

तीन वर्षों में तेजस्वी और युगांधर ने त्रिगध, द्वारका, मथुरा, सिन्धु देश समेत बीस राज्यों पर विजय प्राप्त की। मगध के युवराज शाल्व ने भी उनकी इस अभियान में सहायता की। शीघ्र ही उन्होंने अपना अगला कदम पांचाल की ओर बढ़ाया।

सेना छावनी में तेजस्वी और युगांधर बैठे, पांचाल पर आक्रमण की रणनीति पर चर्चा कर रहे थे, तभी उनका एक प्रमुख गुप्तचर वहाँ आ पहुँचा और उसने सूचना दी। “कुँवर तेजस्वी, रक्षराज मार्केश अपनी तपस्या पूर्ण कर लौट आया है; आप जिस पांचाल पर चढ़ाई करने जा रहे हैं, मार्केश उसे न केवल जीत चुका है, अपितु वहाँ के राजा और उनके परिवार की निर्ममता से हत्या कर चुका है, क्योंकि उन्होंने उसका आधिपत्य स्वीकार नहीं किया था।”

“हमें लौटना होगा युगांधर! कदाचित् हमारे पीछे बलिष्ठग़ढ पर कोई संकट न आन पड़े, क्योंकि बलिष्ठग़ढ के पास अभी मजबूत सैन्यबल नहीं

है।'' तेजस्वी ने युगांधर से कहा।

''आप उचित कह रहे हैं भ्राता, किन्तु बलिष्ठगढ़ जाने के दो मार्ग हैं; एक विदर्भ से होकर जाता है और दूसरा मगध से होकर... क्या विदर्भ से होते हुए हम अपनी चार लाख सैनिकों से सजी सेना का प्रदर्शन कर शत्रुओं को भयभीत करें भ्राताश्री?''

''नहीं युगांधर, तुम सेना लेकर मगध के मार्ग से बलिष्ठगढ़ की ओर जाओ, तब तक मैं विदर्भ जाकर प्रजा का हाल जानना चाहता हूँ।''

युगांधर, तेजस्वी की आज्ञा का पालन करते हुए, युवराज शाल्व के साथ बलिष्ठगढ़ की ओर प्रस्थान कर गया।

तेजस्वी, अपने अश्व वायुजित् सहित विदर्भ के मार्ग पर चल पड़ा। पाँच दिन की लम्बी यात्रा के उपरान्त तेजस्वी विदर्भ से होकर गुजरा। वहाँ की परिस्थिति देख वह दंग रह गया। तेजस्वी को देखते ही एक वृद्ध पुरुष उसके चरणों में आ गिरा और गिड़गिड़ाने लगा।

''कहाँ थे आप कुँवर? जब से वह रक्षराज विदर्भ आया है, प्रजा का रक्त चूस रहा है; वह देखिये उस राक्षस को, जो हमारे गाँव में घुस आया है, उसने मेरी पुत्रवधू से बलात्कार किया और मेरे एकमात्र पुत्र की हत्या कर दी। यही नहीं, उसने कई स्त्रियों का शोषण किया... इसके जैसे न जाने कितने राक्षस प्रजा पर अत्याचार कर रहे हैं, हमारी सहायता करें कुँवर।''

''तेजस्वी का क्रोध सातवें आसमान पर पहुँच गया। उसने उस वृद्ध पुरुष को भूमि से उठाया।''

''आपका खोया पुत्र और सम्मान तो मैं नहीं लौटा सकता बाबा, किन्तु वचन देता हूँ, इस राक्षस को मारकर आपके घाव पर स्नेह लेप अवश्य लगाऊँगा।''

''सावधान नीच असुर...!'' तेजस्वी ने तत्काल ही प्रजा का उत्पीड़न करते उस राक्षस को ललकार दिया। वह राक्षस तेजस्वी को देख हड़बड़ा गया और प्राण बचाकर भागने लगा। तेजस्वी ने क्रोध में आकर अंजली-अस्त्र का प्रयोग कर उस राक्षस पर प्रहार किया, फलस्वरूप उसकी गर्दन कटकर दूर जा गिरी और भूमि उसके रक्त से लाल हो गयी।

“आभार कुँवर, आभार!” वह वृद्ध पुरुष तेजस्वी के चरणों में गिर पड़ा।

शीघ्र ही सैंकड़ों ग्रामीण वहाँ इकट्ठे हो गये। वे सभी तेजस्वी से मदद की गुहार करने लगे।

“आप सब शांत हो जाइये! आप लोगों को जितने अत्याचार सहन करने थे, वह आपने कर लिए; मैं आपको वचन देता हूँ, हम शीघ्र ही सेना लेकर आयेंगे और चढ़ाई कर, नाश करेंगे रक्षराज मार्केश और उस भानुसेन का।”

“तो क्या आप अपने परिवार के विरुद्ध ही युद्ध करेंगे कुँवर?” एक वृद्ध पुरुष ने विस्मयपूर्वक प्रश्न किया।

“एक राजा का प्रथम कर्तव्य उसकी प्रजा का सुख होता है महोदय; यह बहुत ही लज्जाजनक बात है हमारे लिए, कि जिस विदर्भ की प्रजा के सुख से बाकी राज्य ईष्या रखते थे, वह आज यहाँ की प्रजा के लिए यमलोक सा बन गया... युद्ध होना तो अब निश्चित है।”

तेजस्वी ने अपने अश्व की लगाम खींची और विदर्भ के राजमहल की ओर बढ़ चला। शीघ्र ही वह महल के निकट पहुँचा! संयोग से महल के मुख्य द्वार के ठीक बाहर उसे महर्षि कपिश चहलकदमी करते हुए मिल गए। तेजस्वी को महल के भीतर जाकर अपनी प्रतिज्ञा भंग करने की आवश्यकता नहीं पड़ी।

महर्षि कपिश भी तेजस्वी को देख आश्चर्य में पड़ गए। तेजस्वी अपने अश्व से उतरा और महर्षि कपिश के निकट आकर उन्हें प्रणाम किया।

“प्रणाम मुनिवर!”

“क्या हुआ तेजस्वी, तुम क्रोधित जान पड़ रहे हो!” कपिश ने प्रश्न किया।

“क्रोधित जान पड़ रहा हूँ! बड़े आश्चर्य की बात है मुनिवर, कि आप मुझसे यह प्रश्न कर रहे हैं; आप ही मुझे ऐसा कोई कारण बता दें जिससे मेरा क्रोध शांत हो जाये।”

“मैं तुम्हारी पीड़ा समझ सकता हूँ तेजस्वी।”

“फिर भी तो आप अधर्म और अन्याय के पक्ष में ही खड़े हैं; क्या केवल इसलिए कि आप विदर्भ के कुलगुरु हैं?” तेजस्वी ने कटाक्ष किया।

"कुछ ऐसे सत्य हैं, जिनसे तुम अवगत नहीं हो तेजस्वी! मैंने राजा भभूति और महर्षि ओमेश्वर के समक्ष यह प्रण लिया था कि मैं विदर्भ के सिंहासन का कवच बना रहूँगा, और वैसे भी तुम्हें सम्पूर्ण सत्य का ज्ञान नहीं है। भानुसेन का चुना मार्ग गलत है, किंतु वह उसे सही मानता है; भानुसेन को यह लगता है कि उसकी माता की मृत्यु के उत्तरदायी महाराज भभूति हैं, जो कुछ हद तक सत्य भी है, किंतु यह अधूरा सत्य है... पूर्ण सत्य का ज्ञान यदि मुझे होता तो विदर्भ के राजपरिवार में दरार नहीं आती, किंतु अब ऐसा कोई है ही नहीं जो सम्पूर्ण सत्य जानता हो।"

तेजस्वी यह सुनकर कुछ क्षण मौन रहा। "यह लीजिये मुनिवर।" कहकर तेजस्वी ने एक संदेश महर्षि कपिश के हाथ में दिया।

"यह क्या है?"

"सम्पूर्ण सत्य जानने या सिद्ध करने वाला कोई है ही नहीं, इसका अर्थ यह नहीं कि इसका दण्ड प्रजा को दिया जाये; वह सभी हमारी भाँति ही मनुष्य हैं; उन सबके पास हमारी ही भाँति हृदय है। किसी अपने के खोने पर या उनकी स्त्रियों से दुष्कर्म होने पर वह अपने राजा की ओर न्याय के लिए देखते हैं, किंतु विदर्भ की प्रजा तो अपने राजा से ही पीड़ित है, वह किसकी ओर देखेगी? अब यह प्रश्न हमारे निजी स्वार्थ का नहीं है, इसलिए युद्ध तो अब होकर रहेगा; जाइये युद्ध चुनौती का यह संदेश अपने महाराज को दे दीजिये।"

"एक बार और विचार कर लो तेजस्वी; तुम्हें मेरा भी सामना करना पड़ेगा।" महर्षि ने उसे चेताया।

"मैं किसी से भयभीत नहीं हूँ, यदि आपका वध भी करना पड़ा तो मैं पीछे नहीं हटूँगा।" तेजस्वी अपने अश्व पर आरूढ़ हो गया। महर्षि कपिश उसे जाते देखते रह गए।

* * *

वह संदेश लेकर कपिश भानुसेन के पास पहुँचे और संदेश एक सेवक के हाथ में दिया और स्वयं अपने आसन पर जा बैठे।

"क्या लिखा हैं संदेश में?" भानुसेन ने प्रश्न किया।

“महाराज, यह चुनौती भरा संदेश है; कुँवर तेजस्वी ने आपको युद्ध के लिए ललकारा है।”

सेवक ने संदेश पढ़ना आरम्भ किया।

“तुमने अपने अत्याचारों की सीमा लाँघ दी है भानुसेन! अब समय है तुम्हारे अंत का। तुम और तुम्हारे पिता रक्षराज अपने जीवन के अंतिम चरण में प्रवेश कर चुके हो। तैयार हो जाओ भानुसेन, हम शीघ्र ही विदर्भ पर आक्रमण करेंगे, अगर अपनी रक्षा कर सकते हो तो करो।”

भानुसेन ठहाका मारकर हँस पड़ा। “मूर्ख तेजस्वी। कदाचित् उसे इस बात का भान नहीं कि मेरे पिता रक्षराज मार्केश अजेय हैं। उसे लगता है, जिस प्रकार पाताल में उसने पिताश्री को पराजित किया था, इस बार भी वह सफल होगा। महर्षि कपिश...!”

“आज्ञा महाराज।” महर्षि कपिश अपने आसन से खड़े हुए।

“महासंग्राम छिड़ने वाला है गुरुवर! आपने पूर्व विदर्भराज भभूति को वचन दिया था, कि आप जीवन भर विदर्भ के इस सिंहासन की सुरक्षा करेंगे। तो तैयार हो जाइये विदर्भ के प्रधान सेनापति का पद स्वीकार करने के लिए।”

“सावधान महाराज! कदाचित् आपको ज्ञात नहीं, कि तेजस्वी और युगांधर ने विगत तीन वर्षों में अनेक युद्ध किये हैं; अब उनकी सेना की संख्या चार लाख हो चुकी है, जो हमारे सैन्यबल से कहीं अधिक है।”

“उसकी चिन्ता न करें गुरुवर; मेरे पिता का सैन्यबल तो आपने देखा ही नहीं। दूत, जाओ पांचाल जाकर मेरे पिता को संदेश दो, महासंग्राम छिड़ने वाला है, उनका पुत्र उन्हें सहायता के लिए पुकार रहा है।” भानुसेन ने दूत के हाथों रक्षराज मार्केश तक सन्देश भेजा।

महर्षि कपिश मन मसोसकर रह गये। अपने हृदय की पीड़ा छिपाने के अतिरिक्त उनके पास कोई मार्ग नहीं था।

* * *

इधर, विदर्भ की परिस्थिति का जायजा लेकर तेजस्वी सीधा बलिष्ठगढ़

की राजसभा में आ पहुँचा।

"महाराज, भानुसेन और रक्षराज अपनी सीमा पार कर चुके है, अब हमें संग्राम छेड़ना ही होगा।" तेजस्वी अत्यंत क्रोधित था।

"तनिक रुको तेजस्वी!" तभी महर्षि शंकराचार्य सभा में पधारे। यह कथन उन्हीं का था।

राजा भार्गव ने उन्हें प्रणाम किया। तेजस्वी, भार्गव के पुत्र वृषभान एवं अन्य सभाजनों ने भी उनका स्वागत किया।

"पुत्र तेजस्वी, तुम्हारा क्रोध उचित है, किन्तु क्या रक्षराज की मृत्यु का उपाय जानते हो तुम?"

"हाँ ऋषिवर; महर्षि ओमेश्वर की तलवारें ही उसके अंत का कारण बनेंगी।"

"तुम भूल कर रहे हो तेजस्वी! रक्षराज मार्केश तीन वर्षों तक कठोर तपस्या करके लौटा है, असंख्य शक्तियाँ प्राप्त की है उसने। उसकी मृत्यु का उपाय जब तुम जानते ही नहीं, तो इतना बड़ा महासंग्राम छेड़ने का क्या औचित्य है।"

"किन्तु ऋषिवर, पाताल में हम रक्षराज का वध करने ही वाले थे, परन्तु वह भैरवनाथ उसे बचा ले गया।"

"यदि इस बार भी कुछ ऐसा ही हुआ तो? अभी युद्ध उचित नहीं है तेजस्वी; हो सकता है तुम्हारी तपस्या इस बार भी अधूरी रह जाये।"

"क्षमा करें ऋषिवर, युद्ध का बिगुल तो बज चुका है; मुझे जीवन भर का वनवास क्यों न भोगना पड़े, प्रजा का उत्पीड़न अब मैं नहीं देख सकता। युद्ध तो अब हो के रहेगा, आशीर्वाद दें ऋषिवर।" तेजस्वी, महर्षि शंकराचार्य के चरणों में झुक गया। शंकराचार्य ने उसे भूमि से उठाया। उनके नेत्र अश्रुओं से भरे थे।

"कदाचित् वर्षों पहले तुम्हारे पिता को वह श्राप न दिया होता, तो आज यह महासंग्राम नहीं छिड़ता, इसलिए इस युद्ध में, मैं भी अपने अस्त्रों-शस्त्रों सहित भाग लूँगा।"

तभी वीरसेन, युगांधर, सूर्यम्, संजय और चक्रसेन सभा में पधारे। राजा भार्गव ने उनका स्वागत किया।

"इन सभी को मैं ही यहाँ लाया हूँ पुत्र तेजस्वी; मुझे ज्ञात था, कि युद्ध होना तो सुनिश्चित है, इसलिए हमें तैयारी आरम्भ कर देनी चाहिये।" महर्षि शंकराचार्य ने इसके उपरान्त राजा भार्गव से निवेदन किया।

"अब बलिष्ठगढ़ नरेश से भी मेरा एक निवेदन है।"

"निवेदन कैसा कुलगुरु, आज्ञा दीजिये।" राजा भार्गव ने शंकराचार्य का सम्मान करते हुए कहा।

"अपने पुत्र राजवीर को मुक्त कर दीजिए महाराज; वह आपका पुत्र है, मार्ग से भटक गया था, किन्तु अब उसे मुक्त कर देना ही उचित है।"

"जैसी आपकी इच्छा ऋषिवर... मैं राजवीर से मिलने स्वयं कारागार जाऊँगा।"

* * *

राजसभा समाप्त कर राजा भार्गव शीघ्र ही अपने पुत्र से मिलने उसके पास पहुँचे। राजवीर की आँखें उन्हें देख लज्जा से झुक गयीं।

"क्या अब भी तुम उस रक्षराज मार्केश का समर्थन करोगे पुत्र? शक्ति और सत्ता के लोभ में तुमने अपने पिता को ही क्षति पहुँचायी; यदि आज तुम्हारी माता वसुंधरा जीवित होतीं तो क्या तुम यह घृणित कृत्य कर पाते।"

"माता की मृत्यु के उपरान्त तो आपने जैसे मुझ पर से ध्यान हटा लिया था; आप दिव्यमणि विदर्भ को सौंपना चाहते थे... क्यों न करता मैं इसका विरोध? वर्षों तक जिस मणि के लिए हमने संघर्ष किया, आप उसे विदर्भ को सौंप देना चाहते थे, क्या मेरी महत्त्वाकांक्षा अनुचित थी?"

"बस करो! यदि तुम सत्ता की आकांक्षा रखते हो, तो स्वयं को सामर्थ्यवान बनाना सीखो। लेकिन नहीं, तुमने तो अपनी बहन सुवर्णा के जीवन का व्यापार किया, उस रक्षराज के साथ संधि के लिए। मैं तुम्हें मुक्त करने आया हूँ पुत्र! एक महायुद्ध हमारे द्वार पर खड़ा है। इस विकराल युद्ध के

उपरान्त कौन जीवित बचेगा और कौन नहीं, यह कहना तो असम्भव है; यदि हम जीवित न रहे, तो कर लेना अपनी इच्छा पूरी, और संभाल लेना बलिष्ठगढ़ का सिंहासन। और यदि आपने पापों का प्रायश्चित करना चाहते हो, तो मैं और वृषभान रणभूमि में तुम्हारी प्रतीक्षा करेंगे।''

राजवीर को बेड़ियों से मुक्त कर राजा भार्गव कारागार से प्रस्थान कर गये। राजवीर उन्हें देखता रह गया।

* * *

इधर युगांधर भी नागलोक से सहायता प्राप्त करने हेतु प्रस्थान कर गया। विदर्भ में युद्ध के आरम्भ से पूर्व अखण्ड अपने भाइयों वीरभद्र, सुषेण, सहिष्णु, जिष्णु, श्यामक और वासुसेन के साथ अपनी माता के पास आशीर्वाद प्राप्त करने पहुँचा। भानुसेन अपनी पत्नी वैशाली को पहले ही तीन वर्षों पूर्व किये षड्यंत्र के विषय में बता चुका था, और उसने सौगंध देकर वैशाली को चुप भी करा दिया था। इस बात से अनभिज्ञ अखण्ड ने अपनी माता के चरण स्पर्श किये।

''यशस्वी भव पुत्र!'' माता का आशीर्वाद सभी भाइयों को बारी-बारी मिला। जाने से पूर्व अखण्ड ने अपनी माता को स्मरण कराया।

''मैं आपको दिए वचन के कारण अधर्म के पक्ष में युद्ध करने जा रहा हूँ माँ; यदि हमारी विजय हुई तो ठीक, अन्यथा कदाचित् यह हमारी अंतिम भेंट है, आज्ञा दीजिये!''

वैशाली के मुँह से स्वर फूटना मुश्किल हो रहा था। इससे पूर्व कि वह कुछ कहती उनके सारे पुत्र कक्ष से जा चुके थे। रानी वैशाली भूमि पर बैठकर अश्रु धाराएँ बहाने लगीं। इसके अतिरिक्त उनके पास कोई मार्ग न था। कदाचित् भविष्य में होने वाले विध्वंस से वह चिन्तित थीं।

* * *

कुछ ही दिनों में बलिष्ठगढ़ अपने सभी जीते राज्यों से एकत्रित चार सेना के साथ तैयार था। तीन लाख नाग सैनिक सहित नागराज विषंधर भी इस सेना में शामिल होने आ गए थे। राजा भार्गव, उनके पुत्र वृषभान और प्रधान सेनापति महर्षि शंकराचार्य सेना में सबसे आगे खड़े थे। सेना के मध्य भाग का नेतृत्व तेजस्वी के हाथ में था, जो अपने प्रिय अश्व वायुजित् पर सवार था। उसके साथ बलिष्ठगढ़ के भूतपूर्व सेनापति चक्रसेन और मगध के युवराज शाल्व सम्मिलित थे। नागों की सेना का नेतृत्व कर रहा था, अपने पितामह नागराज विषंधर के साथ युगांधर, और चौथे मोर्च पे सेना का नेतृत्व कर रहे थे वीरसेन, उनका पुत्र सूर्यम् और विदर्भ के भूतपूर्व महामंत्री संजय।

सारे महारथी रथ पर आरूढ़ थे और कवच धारण किये हुए थे, किन्तु तेजस्वी अकेला ऐसा महारथी था, जो केवल अपने अश्व वायुजित् पर सवार था। हाथ में केवल महाबली का विजयधनुष था और देह पर वनवासियों सा वस्त्र। वह एकमात्र ऐसा वीर था जिसने अपनी प्रतिज्ञा के कारण न कवच धारण किया न ही वह रथ पर आरूढ़ हुआ।

"सेना, कूच करो विदर्भ की ओर...!" महर्षि शंकराचार्य ने सेना को कूच का आदेश दिया।

बलिष्ठगढ़ की सात लाख की सेना विदर्भ पहुँचने को थी, इसकी सूचना लिए एक दूत शीघ्र ही विदर्भ के राजमहल आ पहुँचा।

"महाराज, बलिष्ठगढ़ की सात लाख सैनिकों की सेना ने विदर्भ की सीमा पर पड़ाव डाल दिया है।

भानुसेन अपने सिंहासन से उठ खड़ा हुआ। उसने तत्काल आदेश दिया।

"प्रधान सेनापति गुरुवर कपिश!"

"आज्ञा महाराज।"

"अब हम पिताश्री की प्रतीक्षा नहीं कर सकते; सेना तैयार कीजिये, जल्द ही महारण सजने वाला है।"

तभी रक्षराज मार्केश विदर्भ के राजमहल आ पहुँचा। "अधीर मत हो पुत्र, मैं प्रस्तुत हूँ; मेरी सेना तैयार है तुम्हारी सहायता के लिए।"

भानुसेन, रक्षराज को देख प्रफुल्लित हो उठा।" आइये पिताश्री! विदर्भ

का यह सिंहासन आपकी प्रतीक्षा कर रहा है।''

''सावधान, महाराज भानुसेन!'' महर्षि कपिश की आँखें क्रोध से लाल हो रही थीं। उन्होंने स्पष्ट शब्दों में भानुसेन को चेतावनी दी।

''भानुसेन, आप पूर्व विदर्भ नरेश के पुत्र न सही, किन्तु आप में उनके पूर्वजों के वंश का रक्त अवश्य है; आप राजा भभूति की बहन शिवन्या के पुत्र हैं, केवल इसलिए आपको मैंने इस सिंहासन पर स्वीकार किया है... यदि रक्षराज को आपने सिंहासन दिया, तो मेरा धनुष इसका विरोध अवश्य करेगा।''

रक्षराज ने विनम्रतापूर्वक महर्षि कपिश के क्रोध को शांत किया।

''विदर्भ का सिंहासन मेरे पुत्र भानुसेन का ही है प्रधान सेनापति; आप अपना क्रोध शांत करें, और कल के युद्ध की तैयारी करें; मैं केवल इस युद्ध में सहयोग करने आया हूँ, सिंहासन पर बैठने नहीं।''

महर्षि कपिश अपने क्रोध को किसी प्रकार पी गये। रक्षराज ने भानुसेन से कहना आरम्भ किया।

''विदर्भ के सिंहासन पर तुम ही विराजो पुत्र! मुझे तो केवल इस बात की प्रसन्नता है कि केवल मेरा पुत्र ही नहीं, मेरे सभी पौत्र भी हमारे पक्ष में हैं।''

तभी अखण्ड बीच में बोल पड़ा। ''मेरा शस्त्र और सामर्थ्य आपके साथ है, परन्तु मैं अपने ही भाइयों का वध नहीं करूँगा; मेरा दायित्व केवल पिता महाराज की रक्षा का है, अन्य कोई उद्देश्य नहीं है मेरा।''

अखण्ड अपना मंतव्य रख वहाँ से प्रस्थान कर गया।

* * *

तीसरे दिन सूर्यास्त होते-होते विदर्भ की सेना ने भी रणांगण में पड़ाव डाल दिया। रात्रि के अंधकार में अखण्ड, गहन चिंतन में नदी के पास खड़ा था। महर्षि कपिश उसके पास आकर खड़े हो गये।

''किस चिंतन में डूबे हो पुत्र अखण्ड?''

''इस नदी के पार बलिष्ठगढ़ की सेना का पड़ाव है गुरुवर; तेजस्वी,

युगांधर, तातश्री वीरसेन और मेरा सबसे प्रिय अनुज सूर्यम् भी हमारे विरोधी पक्ष में हैं, समझ नहीं आता किस प्रकार मैं उन पर शस्त्र उठा पाऊँगा।''

''तुम्हारे लिए ही नहीं, मेरे लिए भी यह बहुत बड़ा धर्मसंकट है पुत्र; मुझे भी तो महाराज वीरसेन और अपने शिष्य सूर्यम् के विरुद्ध शस्त्र उठाना पड़ेगा, किन्तु अब यही हमारी नियति है... हमें अधर्म का ही पक्ष लेना है।''

''मुझे ज्ञात है गुरुवर कि हम सब विवश हैं, और मेरा सबसे बड़ा दायित्व है पिताश्री की सुरक्षा, जो मैं पूरी निष्ठा से निभाऊँगा।''

''तुम्हारा सबसे बड़ा उत्तरदायित्व उस महाअसुर वक्रबाहु का सामना करना है, अन्यथा वह विशाल गज हमारी समस्त सेना का नाश करने का सामर्थ्य रखता है। अपने पिता की चिन्ता मत करो; जब तक मैं जीवित हूँ, तुम्हारे पिता का कोई बाल भी बाँका नहीं कर सकता।''

''जैसी आपकी आज्ञा प्रधान सेनापति; कल होने वाले भीषण विध्वंस और रक्तपात के लिए मैं तैयार हूँ।'' महर्षि कपिश से आज्ञा लेकर अखण्ड अपने खेमे में प्रस्थान कर गया।

अखण्ड की भाँति तेजस्वी भी नदी के तट पर खड़ा विचारमग्न था। सूर्यम् उसके पास आकर खड़ा हुआ।

''इतने विचारमग्न क्यों हैं भ्राता तेजस्वी?'' सूर्यम् ने तेजस्वी को चिन्तित देख प्रश्न किया।

''चिन्ता तो होगी ही न अनुज; कल जो भीषण नरसंहार आरम्भ होने वाला है, न जाने उसके लिए इतिहास किसको दोषी ठहराएगा... और तो और भ्राता अखण्ड भी हमारे विपक्ष में खड़े हैं, किस प्रकार शस्त्र उठा पायेंगे हम उन पर।'' तेजस्वी व्यथित था।

''यह बात तो आपको युद्ध छेड़ने से पूर्व सोचनी चाहिये थी; किन्तु आप चिन्ता न करें भ्राता; हमारे पास वक्रबाहु जैसा सामर्थ्यवान योद्धा है... वह भ्राता अखण्ड का मार्ग भी रोकेगा और शत्रु सेना का विध्वंस भी करेगा। न भ्राता अखण्ड उसे पराजित कर सकते हैं, न वह भ्राता अखण्ड को परास्त कर सकता है, इसलिए ज्येष्ठ भ्राता से हमारा सामना नहीं होगा, उन्हें तो वक्रबाहु उलझाये रखेगा।''

''नहीं सूर्यम्; यदि वक्रबाहु रणभूमि में आ पहुँचा तो केवल विध्वंस

करेगा। हमारा पहला लक्ष्य होगा कि हम किसी प्रकार भानुसेन तक पहुँचकर उसका वध करें, ताकि यह युद्ध जल्दी से जल्दी समाप्त हो और भ्राता अखण्ड हमारे पक्ष में खड़े हो जायें।''

''यह इतना सरल नहीं होगा भ्राता! भ्राता अखण्ड ने सौगंध ली है कि उनके जीवित रहते भानुसेन का बाल भी बाँका न होगा, और तो और महर्षि कपिश और रक्षराज मार्केश हमें उन तक पहुँचने नहीं देंगे।''

तभी रात्रि में कहीं से अश्वों के पदचाप सुनाई दिये। रथ पर आरूढ़ हुआ एक महारथी, बलिष्ठगढ़ के पड़ाव की ओर आने लगा। यह कोई और नहीं बलिष्ठगढ़ का युवराज राजवीर था। रथ से उतरकर वह तेजस्वी के पास आया। तेजस्वी ने उसे देखते ही क्रोध से मुँह फेर लिया। राजवीर ने उसका क्रोध शांत करने का प्रयास किया।

''कुँवर तेजस्वी, आपका क्रोध उचित है, किन्तु मेरी आपसे विनती है कि भूतकाल में हुई घटनाएँ भूलकर मुझे इस महारण में भाग लेने का अवसर दें, ताकि मैं अपने पापों का प्रायश्चित कर सकूँ।''

राजवीर के आने की सूचना जब राजा भार्गव तक पहुँची, तो वह भी शिविर से बाहर आये। उन्हें देख राजवीर ने घुटनों के बल बैठकर उनसे विनती की।

''मुझे क्षमा करें पिताश्री! एक अवसर प्रदान करें, ताकि मैं अपने पापों का प्रायश्चित कर सकूँ।''

''आपको इस युद्ध में सम्मिलित होने की आज्ञा है युवराज राजवीर! आप कल हमारी सेना में अपने पिता और भाई वृषभान के साथ, सेना का एक छोर सँभालेंगे; प्रधान सेनापति महर्षि शंकराचार्य भी आपके साथ होंगे।'' आदेश सुनकर तेजस्वी वहाँ से प्रस्थान कर गया।

''तेजस्वी का हृदय विशाल है पुत्र; उसने तुम्हें क्षमा कर दिया, अब उसके विश्वास पर खरा उतरना तुम्हारा कर्तव्य है।'' राजा भार्गव ने राजवीर को समझाया।

''आप चिन्तित न हों पिताश्री; मैं अपने पापों का प्रायश्चित करते हुए अपने प्राण भी गँवाने को तैयार हूँ।''

* * *

शीघ्र ही वह समय आया, जब नदी पार कर दोनों सेनाएँ एक दूसरे के समक्ष खड़ी थीं। सूर्योदय होने वाला था।

बलिष्ठगढ़ सेना की व्यूह रचना ठीक वैसे ही थी, जैसी विदर्भ की ओर कूच करते समय थी। विदर्भ की सेना भी आक्रमण को तैयार थी।

विदर्भ की सेना में सबसे आगे थे प्रधान सेनापति महर्षि कपिश, उनके साथ थे विदर्भराज भानुसेन। दूसरे छोर का नेतृत्व कर रहा था रक्षराज मार्केश और उसका पौत्र सुबाहु। तीसरी ओर मोर्चा सँभाला था अखण्ड ने, जो अपने भाइयों वीरभद्र, सुषेण, सहिष्णु, जिष्णु, श्यामक और वासुसेन के साथ शत्रु सेना पर टूटने को तैयार था।

सारे महारथियों ने युद्ध के आरम्भ से पूर्व शंखनाद किया। इन शंखनादों ने ही वातावरण कँपा दिया। विदर्भ की छह लाख सेना, बलिष्ठगढ़ की सात लाख की सेना से युद्ध को आतुर थी। दो लाख सैनिक, विदर्भ की मानव सेना और चार लाख रक्षराज की आसुरी सेना थी, जो विदर्भ के पक्ष में थी।

महर्षि कपिश और महर्षि शंकराचार्य, अपनी-अपनी सेना को आक्रमण का आदेश देने को तैयार थे।

"हर हर महादेव...!" प्रधान सेनापति शंकराचार्य के साथ बलिष्ठगढ़ की सेना की हुंकार से दूर-दूर तक के पर्वत हिल गये।

महर्षि कपिश ने भी धनुष उठाया। उनके धनुष की टंकार सुनकर ही विदर्भ की सेना का उत्साह कई गुना बढ़ गया।

"आक्रमण...!" कपिश और शंकराचार्य दोनों के आदेश पर सेनाएँ एक दूसरे के लहू की प्यासी होकर दौड़ पड़ीं।

एक महाविध्वंस प्रारम्भ हो गया। झरनों से जिस प्रकार जल की धारायें बहती हैं, रणक्षेत्र में रक्त बहना आरम्भ हो गया। रणांगण की भूमि रक्त से लाल हो रही थी। कदाचित् इस महासंग्राम ने धरा को रक्तरंजित करने का निर्णय ले लिया था।

शीघ्र ही तेजस्वी अपने अश्व को दौड़ाता हुआ महर्षि शंकराचार्य के पास आया।

“तुम्हें हमारी रणनीति का स्मरण तो है न तेजस्वी?”

“हाँ सेनापति जी! मेरा दायित्व है महर्षि कपिश का मार्ग रोकना; नागों की सेना लेकर नागराज विषंधर और युगांधर रक्षराज मार्केश को उलझायेंगे। राजा भार्गव, युवराज राजवीर और वृषभान सामना करेंगे भानुसेन के पुत्रों का और सूर्यम् को ज्येष्ठ भ्राता अखण्ड का मार्ग रोकना है।”

“उचित कहा तेजस्वी; भानुसेन की रक्षा के लिए यह सभी सक्रिय होंगे। भानुसेन के पुत्रों को रोकने के लिए तुम्हारे पिता चक्रसेन, मगधराज शाल्व और महामंत्री संजय की भी आवश्यकता है। तुम जाओ; महर्षि कपिश हमारी सेना को भारी मात्रा में क्षति पहुँचा रहे हैं, उनका मार्ग रोको।”

“जो आज्ञा ऋषिवर!” कहकर तेजस्वी विदर्भ के प्रधान सेनापति को खोजता हुआ आगे निकल गया।

युगांधर भी विषंधर के साथ नागों की सेना लिए रक्षराज मार्केश के मार्ग में आ खड़ा हुआ। “ठहरो मार्केश! कहाँ सामान्य सैनिकों से लड़े चले जा रहे हो; तुम्हारे और तुम्हारी आसुरी सेना के विनाश के लिए, नागसेना अपना विष लिए प्रस्तुत है।”

“अपने विष का बहुत अहंकार है न तुम नागों को; इस विष को ही निष्क्रिय कर दूँगा मैं।” रक्षराज ने इतना कहकर दिव्यास्त्र का आह्वान आरम्भ किया।

यह देख युगांधर ने फरसा चलाकर रथ पर बैठे रक्षराज को नीचे गिरा दिया।

“आज नहीं रक्षराज; आज तुम्हें विषकाट अस्त्र का प्रयोग नहीं करने दूँगा; तुम्हारे ऊपर विष असर करे न करे, परन्तु इस नागसेना का विष तुम्हारी आसुरी सेना का नाश अवश्य करेगा।”

“तुम्हें इसका भान भी नहीं है युगांधर, कि कितने दिव्यास्त्र और शक्ति लेकर लौटा हूँ मैं; पलभर भी तू नहीं टिक पायेगा मेरे समक्ष।”

“देव शेषनाग ने यह दिव्य फरसा प्रदान कर यह वर मुझे दिया था रक्षराज, कि जब तक यह फरसा मेरे हाथ में है, मुझे द्वंद्व युद्ध में कोई पराजित

नहीं कर सकता; मैं अपराजेय हूँ रक्षराज।

"तो फिर सामना करो मेरे खड्ग का।"

रक्षराज, खड्ग लेकर युगांधर की ओर दौड़ा। उनके शस्त्र टकराते ही रणभूमि काँप उठी। नागराज विषंधर और नागसेना ने असुरों की सेना पर विषफुंकार का प्रहार आरम्भ किया। असुर मूर्छित होकर गिरने लगे, और नागसेना अपने शस्त्रों से उन्हें गाजर मूली की भाँति काट रही थी।

"देखो रक्षराज, अपनी सेना का विनाश अपनी आँखों से देखो।"

रक्षराज और युगांधर के बीच का द्वंद्व जारी था। वहीं दूसरी ओर तेजस्वी के पराक्रम ने महर्षि कपिश का मार्ग रोक रखा था। संजय, चक्रसेन, राजा भार्गव, राजवीर, वृषभान और मगधयुवराज शाल्व क्रमशः भानुसेन के पुत्रों वीरभद्र, सुषेण, श्यामक, सहिष्णु, जिष्णु और वासुसेन से द्वंद्व में व्यस्त थे। वीरसेन भी एक ओर से सेना का नेतृत्व करते हुए अपने बाणों से विपक्षी सेना पर कहर बरपा रहे थे। सूर्यम् भी अपनी गदा लिए अखण्ड की ओर बढ़ रहा था।

तभी उसका मार्ग सुबाहु ने रोक लिया। दोनों रथ से कूद पड़े और शीघ्र ही उनके बीच द्वंद्व आरम्भ युद्ध हो गया। सुबाहु शीघ्र ही निःशस्त्र होकर भूमि पर गिर पड़ा। सूर्यम् की गदा अगले ही पल सुबाहु के सिर को धराशाही करनेवाली थी। परन्तु उसके प्राणों की रक्षा करने शीघ्र ही अखण्ड वहाँ आ पहुँचा और इससे पूर्व सूर्यम् की गदा सुबाहु का वध करती, अखण्ड ने बीच में ही अपनी गदा अड़ा दी।

"यह आप उचित नहीं कर रहे भ्राताश्री; आखेटक से उसका आखेट नहीं छीनना चाहिये।" सूर्यम् की आँखें क्रोध से लाल थीं।

"तुम्हारी ही भाँति यह भी मेरा अनुज है सूर्यम्; इसकी रक्षा भी मेरा उत्तरदायित्व है।" कहकर अखण्ड ने सूर्यम् को पीछे धकेल दिया।

"सुबाहु, जाओ और हमारे भाइयों की सहायता करो!" अखण्ड के आदेश का पालन करते हुए सुबाहु भूमि से उठा और भानुसेन के अन्य पुत्रों की सहायता को दौड़ पड़ा।

"तुम भी कहीं और जाकर मोर्चा सँभालो सूर्यम्, मैं तुम पर प्रहार नहीं करना चाहता।"

“मुझे आपका ही मार्ग रोकने भेजा गया है ज्येष्ठ! आपको तो यहाँ से जाने न दूँगा मैं।”

“हम बाल्यकाल से कितनी बार एक दूसरे से प्रतियोगिता कर चुके हैं सूर्यम्, किन्तु स्मरण रहे, गदायुद्ध में आज तक तुम मुझे पराजित नहीं कर पाये।”

“जो तब नहीं, वह अब सही; आज अवश्य मैं आपको पराजय का स्वाद चखाऊँगा, सावधान ज्येष्ठ!”

“जैसी तुम्हारी इच्छा सूर्यम्, सावधान।”

दोनों गदाओं के टकराव से भयंकर गर्जना हुई। एक प्रहर तक दोनों भाइयों में भीषण युद्ध होता रहा। अंततः सूर्यम् पराजित हुआ और अखण्ड ने गदा उसकी छाती पर रख दी।

“तुम सदैव की भाँति एक बार फिर पराजित हुए अनुज; जाओ और अपने बल में वृद्धि करो, तब मेरे समक्ष द्वंद्व को प्रस्तुत होना।” कहकर अखण्ड आगे बढ़ गया।

“इधर राजवीर, भानुसेन के सबसे छोटे पुत्र वासुसेन से द्वंद्व कर रहा था। वह उसका वध करने ही वाला था कि सुबाहु ने वहाँ आकर अपनी तलवार बीच में अड़ा दी।

“हमारी पुरानी मित्रता अब शत्रुता में परिवर्तित हो चुकी है युवराज राजवीर! मित्रता में तो तुमने छल किया; अपनी बहन सुवर्णा को सौंपने वाले थे मुझे तुम, जिसके कारण अब सुवर्णा तेजस्वी की भार्या है, इसका दण्ड आज तुम्हारा वध करके दूँगा तुम्हें।”

“मेरी बहन का नाम अपनी दूषित जिह्वा से लेकर तूने स्वयं अपनी मृत्यु को निमंत्रण दिया है सुबाहु, सावधान।”

दोनों सामर्थ्यवान योद्धाओं की तलवारें टकराईं और इस महारण में एक और द्वंद्व आरम्भ हो गया।

* * *

इधर महर्षि शंकराचार्य ने अंततः भानुसेन को खोज निकाला। सूर्यास्त होने को था। शीघ्र अतिशीघ्र भानुसेन का वध आवश्यक था। महर्षि शंकराचार्य ने उसका वध करने के लिए जिह्वा अस्त्र का आह्वान किया, किन्तु तभी अखण्ड वहाँ आ पहुँचा, और उसने गदा फेंककर महर्षि शंकराचार्य का रथ तोड़कर उन्हें भूमि पर गिरा दिया।

राजवीर और सुबाहु का द्वंद्व जारी था। राजवीर ने दोनों हाथों का बल लगाकर अपनी तलवार से सुबाहु को झुका रखा था, जबकि सुबाहु एक हाथ में तलवार लिए उसका प्रहार झेलते हुए नीचे झुका जा रहा था। सुबाहु का एक हाथ खाली था। उसने इस अवसर का लाभ उठाया और अपनी कमर में रखी कटार निकलकर पूरी गति से राजवीर की कमर पर प्रहार किया। पीड़ा से तड़पते हुए राजवीर ने पूरी शक्ति लगाकर सुबाहु को पीछे धकेल दिया। सूर्यास्त हो चला था इसलिए महर्षि शंकराचार्य और अखण्ड का द्वंद्व, आरम्भ होने से पूर्व ही समाप्त हो गया।

''सूर्यास्त हो चुका है महर्षि शंकराचार्य! मैं अपने पिता की रक्षा करने में सफल रहा; युद्ध समाप्ति की घोषणा करें प्रधान सेनापति!''

शंकराचार्य ने युद्ध समाप्ति का शंखनाद किया। उस ध्वनि को सुन युगांधर और रक्षराज का द्वंद्व भी समाप्त हुआ। युगांधर ने रक्षराज के चेहरे पर क्रोध देख, उस पर कटाक्ष किया।

''आज तुम्हारी एक लाख सेना का नाश हुआ रक्षराज, और तुम कुछ नहीं कर पाये; अब हर दिन यही होगा... मैं तुम्हारा मार्ग रोकूँगा और नागसेना असुरों का संहार करेगी।''

क्रोध में आकर रक्षराज ने युंगाधर को पीछे ढकेल दिया और पैर पटक कर वापस चला गया। युंगाधर उसकी विवशता पर हँसता रहा।

इधर महर्षि कपिश तेजस्वी की धनुर्विद्या से अत्यंत प्रसन्न हुए।

''तुमने पूरे तीन प्रहर तक मेरे बाणों का सफलतापूर्वक सामना किया है पुत्र तेजस्वी! अपने पिता, महाराज विक्रमाजित को गर्वित किया है आज तुमने... निःसंदेह तुम इस संसार के सर्वश्रेष्ठ धनुर्धारी हो।''

तेजस्वी ने दोनों हाथ जोड़ महर्षि कपिश को नमन किया।

"विजयी भव वत्स, विजयी भव!" अकस्मात् ही महर्षि कपिश के मुख से आशीर्वाद निकल गया।

"इस आशीर्वाद के लिए मैं आपका आभारी हूँ महर्षि कपिश; आज का युद्ध समाप्त हुआ प्रधान सेनापति, कल के युद्ध में कदाचित् फिर हमारा सामना हो, आज्ञा दीजिये।"

सूर्यास्त होने के साथ ही रणभूमि में युद्ध समाप्ति की घोषणा का शंखनाद हुआ। सभी महारथी अपने-अपने द्वंद्व को अधूरा छोड़ अपने-अपने शिविर में लौट गये।

रात्रि में, रणक्षेत्र में लाखों चिताएँ धू-धू कर जल रही थीं। बलिष्ठगढ़ का युवराज राजवीर, सुबाहु के प्रहार के कारण मृत्युशय्या पर था। तेजस्वी उसके पास खड़ा था।

"कुँवर तेजस्वी, मृत्यु से पूर्व मैं... अपनी ... बहन सुवर्णा ... से भेंट कर ... उससे ... अपने किये ..पापों की क्षमा ... माँगना चाहता हूँ; मृत्यु से पूर्व मुझ पर ... कृपा करें।"

तेजस्वी के बुलावे पर शीघ्र ही सुवर्णा, राजवीर के शिविर में आ पहुँची।

राजवीर के प्राण निकलने ही वाले थे। उसने सुवर्णा की ओर हाथ बढ़ाकर इशारा किया। सुवर्णा उसके समीप आकर बैठ गयी।

"मुझे ... क्षमा ... कर दो.. बहन..मैं..अपने..अपराधों..के..लिए क्षमा प्रार्थी हूँ।"

सुवर्णा ने राजवीर का हाथ थामा और उसकी पीड़ा कम करने का प्रयास किया।

"आपके पापों का प्रायश्चित तो तभी हो गया था ज्येष्ठ, जब आप हमारे पक्ष से युद्ध करने आये; यह तो एक बलिदान है, जो आज आपने देकर हमें ऋणी छोड़ दिया है।"

राजा भार्गव और वृषभान भी उस शिविर में आ पहुँचे। उन्हें देख राजवीर की आँखों में संतोष सा उत्पन्न हो गया।

"पिताश्री... मैंने... अपने पापों... का... प्रायश्चित... कर..लिया..।"

अपने अंतिम शब्द कहकर राजवीर की काया निष्प्राण हो गयी। राजा भार्गव अपने पुत्र की निष्प्राण काया देख, भूमि पर घुटनों के बल बैठ गये। वृषभान ने उन्हें सँभालने का प्रयास किया। "धैर्य रखिये पिताश्री, ज्येष्ठ का बलिदान सदैव स्मरण रखेंगे हम; आगे हमें और भी बलिदान देने पड़ सकते हैं, इसके लिए हमे तैयार रहना होगा।"

सुवर्णा भी अपने भाई के शव पर आँसू बहाये जा रही थी।

* * *

इधर रक्षराज मार्केश, रणभूमि में मिली असफलता से कुपित था। तभी रात्रि में रक्षगुरु भैरवनाथ उसके शिविर में आ पहुँचे।

"चिन्तित जान पड़ रहे हो रक्षराज!" भैरवनाथ ने मार्केश की चिन्ता का कारण पूछा।

"आखिर इस युद्ध में मेरा उद्देश्य है क्या गुरुदेव? क्या करूँ मैं उस युगांधर का? मुझे कोई पराजित नहीं कर सकता, किन्तु जब तक वह दिव्य फरसा युगांधर के पास है और विजयधनुष तेजस्वी के पास, उन दोनों की पराजय भी असम्भव है। आज हमारी एक लाख सेना का नाश हो गया... इस प्रकार तो हमारा समस्त सैन्यबल ध्वस्त हो जायेगा।"

"एक उपाय है मार्केश; पाताल से अपने भाई दंशक के पुत्र नागीश का आह्वान करो; अब नागराक्षसों की सेना का विष ही युगांधर की नागसेना की काट है।"

"कदाचित् आप उचित कह रहे हैं गुरुदेव; यह विचार मेरे मन में क्यों नहीं आया। नागीश अपने पिता की मृत्यु का प्रतिशोध लेने के लिए अवश्य इस युद्ध में भाग लेगा। अब इस युद्ध में नागराक्षस भी सम्मिलित होंगे, तभी उस युगांधर का अहंकार टूटेगा।"

* * *

नागराक्षसों की सेना अब युद्ध में कूदने वाली थी। दूसरे दिन का युद्ध आरम्भ होने को था। सूर्योदय होने ही वाला था। सेनाएँ रणभूमि में अपने पाँव रख चुकी थीं। मार्केश अपनी माया के बल पर नागीश और नागराक्षसों की विशाल सेना को बुला चुका था।

महर्षि शंकराचार्य, नागराक्षसों के युद्ध में पदार्पण से अनभिज्ञ थे। उनकी युद्ध की रणनीति पहले दिन के समान ही थी। शंखनाद और आक्रमण की हुंकार के उपरान्त, दोनों सेनाओं के मध्य भीषण युद्ध आरम्भ हो गया। सभी महारथी, विदर्भ की सेना में अपने-अपने प्रतिद्वंद्वी को ढूँढ़ने लगे। महर्षि कपिश के स्थान पर आज रक्षराज मार्केश सेना में सबसे आगे था। विदर्भ के सेनापति कपिश को ढूँढ़ते हुए तेजस्वी का सामना मार्केश से हो गया।

"मेरा वध करने के लिए जन्मा है न तू, तो ले मैं प्रस्तुत हूँ तेरे समक्ष; कर सकता है तो कर मेरा वध!" मार्केश ने तेजस्वी को ललकारा।

"आज तुम्हारा वध मैं कर पाऊँ या न कर पाऊँ, किन्तु मेरा यह धनुष तुम्हें विनाश करने से अवश्य रोकेगा।"

"आज तुम्हारी सेना में कितना विनाश होने वाला है, इसका तुम्हें भान भी नहीं है मूर्ख, सावधान!"

रक्षराज और तेजस्वी का द्वंद्व आरम्भ हो गया। महर्षि कपिश ने आज विदर्भ की सेना में आतंक मचाया हुआ था। अखण्ड ने अपने बाहुबल से महर्षि शंकराचार्य का मार्ग रोक रखा था। एक अगाध वन के सिंह की भांति महर्षि कपिश बलिष्ठगढ़ की सेना का नाश कर रहे थे, तभी युगांधर ने अपना फरसा चलाकर, महर्षि कपिश का रथ छिन्न–भिन्न कर दिया।

"महाराज विक्रमाजित का यह पुत्र आपको द्वंद्व की चुनौती देता है परशुराम शिष्य!"

"नागराज युगांधर, अदभुत पराक्रमी योद्धा हो तुम; पाताल में किये तुम्हारे पराक्रम के विषय में आज समस्त संसार जानता है; मैं भी तो देखूँ यह कथाएँ मिथ्या हैं, या वास्तव में तुम इतने शौर्यवान हो!"

"आपसे द्वंद्व कर मुझे भी गर्व का अनुभव होगा मुनिवर, सावधान!"

दोनों योद्धा बिजली की गति से एक दूसरे पर टूट पड़े।

नागसेना बड़ी ही तीव्रता से असुरों का संहार कर रही थी, तभी असुरों ने वह स्थान रिक्त कर दिया, जहाँ वह नागों से युद्ध कर रहे थे, और इससे पहले कि बलिष्ठगढ़ के सैनिक कुछ समझ पाते, शीघ्र ही दो लाख नागराक्षसों की सेना लिए दंशक पुत्र नागीश ने उस रिक्त स्थान की पूर्ति कर दी। नागराज विषंधर और नागसेना अचंभित रह गये, फिर भी उन्होंने साहस जुटाया और नागराक्षसों पर टूट पड़े। यह देख असुर सेना ने अपना मोर्चा बदल लिया। वे खुलकर बलिष्ठगढ़ की मानव सेना पर टूट पड़े। महर्षि शंकराचार्य, तेजस्वी और युगांधर की रणनीति अब विपरीत दिशा में जा रही थी।

इधर बलिष्ठगढ़ के कुमार वृषभान पर अपने ज्येष्ठ भ्राता राजवीर की मृत्यु के प्रतिशोध का जूनून सवार था। वह समस्त रणभूमि में केवल सुबाहु को ढूँढ़ रहा था, किन्तु उसके मार्ग में डटकर खड़ा हो गया भानुसेन का सबसे छोटा पुत्र वासुसेन। परन्तु वृषभान की प्रतिशोध की ज्वाला के आगे वह आधे प्रहर भी नहीं टिक पाया। वृषभान ने अपनी तलवार बिजली की गति से चलाई और बड़ी ही क्रूरतापूर्वक वासुसेन की गर्दन धड़ से अलग कर दी। विदर्भ के सबसे छोटे राजकुमार का शरीर भूमि पर गिरकर तड़पने लगा और शीघ्र ही उसका शरीर क्रियाविहीन हो गया।

"वृषभान...!" भानुसेन का एक और पुत्र सहिष्णु, म्यान से तलवार खींचकर वृषभान की ओर दौड़ा। दोनों योद्धा अपने-अपने भाइयों की मृत्यु का प्रतिशोध लेने को एक दूसरे पर टूट पड़े।

इधर युगांधर, नागराक्षसों के पदार्पण से व्यथित था। किसी भी प्रकार से वह अपने पितामह विषंधर तक पहुँचकर उनकी सहायता करना चाहता था, परन्तु विदर्भ के सेनापति कपिश बार-बार उसका मार्ग अवरुद्ध का देते थे।

पहली बार युद्ध में नागसेना को भारी क्षति पहुँची। नागराक्षसों की सेना किसी भी परिस्थिति में पराजय स्वीकार करने को तैयार नहीं थी। उनके मध्य घमासान युद्ध जारी था।

सूर्यास्त होते-होते वृषभान ने भानुसेन के पुत्र सहिष्णु का वध कर दिया। शंखनादों के साथ दूसरे दिन के युद्ध की समाप्ति की भी घोषणा हुई।

* * *

बलिष्ठगढ़ की सेना के साथ नागसेना को भी आज भारी क्षति पहुँची थी। विदर्भ के शिविर में भी आज शोक का माहौल था। भानुसेन के दो पुत्र, सहिष्णु और वासुसेन वीरगति को प्राप्त हो चुके थे। उनके शवों को चिता पर लिटाया गया। भानुसेन, चिता को मुखाग्नि देने को तैयार खड़ा था, तभी अखण्ड भी अपने भाइयों का शोक व्यक्त करने चिता के पास आ पहुँचा। उसे देख भानुसेन क्रोधित हो गया। उसने अखण्ड पर कटाक्ष किया।

"यदि कोई उत्तरदायित्व निभा नहीं सकते तो उसे हाथ में लेते ही क्यों हो? कहाँ थे तुम, जब वह वृषभान तुम्हारे भाइयों का वध कर रहा था?"

"मेरा उत्तरदायित्व आपकी रक्षा का है, जो मै पूरी निष्ठा से निभा रहा हूँ; प्रधान सेनापति का आदेश था कि आज मैं महर्षि शंकराचार्य का मार्ग रोकूँगा, ताकि वह हमारी सेना को क्षति न पहुँचा सकें,और इस उत्तरदायित्व को पूरी शक्ति लगाकर निभाया है मैंने। यह युद्ध न जाने कितने वीरों का बलिदान लेने वाला है पिताश्री; रही बात उस वृषभान की, तो मैं वचन देता हूँ, कल का सूर्यास्त वृषभान नहीं देखेगा।"

तभी प्रधानसेनापति कपिश वहाँ आ पहुँचे। "केवल वृषभान ही नहीं, कल यदि हमें विजय प्राप्त करनी है, तो हमें एक और महायोद्धा का वध करना होगा।"

"एक और महायोद्धा!? कौन है वह, जिसका वध आवश्यक है?"

"सूर्यम्। उसका वध हमें किसी भी परिस्थिति में करना होगा।" तभी रक्षराज मार्केश वहाँ आ पहुँचा, यह कथन उसी का था।

रक्षराज का सुझाव सुन अखण्ड की भुजाओं में बिजली दौड़ गयी, मस्तक क्रोध से काँप रहा था, परन्तु फिर भी उसने स्वयं पर नियंत्रण रखा।

"गुरुवर कपिश, आपके मस्तिष्क में यह बात आई ही क्यों? आखिर अकेला सूर्यम् हमारे लिए संकट का कारण क्यों है?"

"सबसे बड़ा संकट हमारे लिए वही है। आज नागराक्षसों ने युद्ध में पदार्पण किया, जिसके कारण बलिष्ठगढ़ की सेना को अत्यंत क्षति पहुँची है; इस क्षति को पूर्ण करने और हमारी सेना में विध्वंस फ़ैलाने के लिए यदि सूर्यम्

ने वक्रबाहु का आह्वान किया, तो अनर्थ हो जायेगा।'' रक्षराज ने चिन्तित स्वर में कहा।

''वक्रबाहु से मेरा सामना पहले भी हो चुका है; यदि वह युद्ध में प्रस्तुत हुआ तो मैं उसका मार्ग रोकूँगा। निःसंदेह उस वक्रबाहु में सहस्त्र हाथियों का बल है, किन्तु उसके बल का दमन किया है मैंने... मुझे पूर्ण विश्वास है कि मैं उसका सामना कर सकता हूँ, मेरा बल उससे कुछ कम नहीं।''

''हाँ तुम्हारा बल उससे कम नहीं, क्योंकि तुम ...।'' रक्षराज मार्केश आगे कुछ कहता इससे पूर्व ही भानुसेन ने उसका हाथ पकड़ लिया।

''आपने पितामाह का हाथ क्यों पकड़ा पिताश्री, उन्हें अपनी बात पूरी क्यों नहीं करने देते?''

''अखण्ड की शंका का निवारण हो जाने दो भानुसेन।'' छोड़ो मेरा हाथ।

इसके उपरान्त रक्षराज ने कहना आरम्भ किया।

''तुम्हारा यह असीमित बल, उसी वक्रबाहु का दिया हुआ वरदान है अखण्ड। तुम्हारे जन्म से पूर्व वक्रबाहु एक असुर था। राक्षसों के सम्राट दुर्भीक्ष का सेनापति था वो; मेरा अभिन्न मित्र भी था वो, किन्तु महर्षि ओमेश्वर के श्राप के कारण वह अपनी स्मृति खो चुका है। उसे केवल इतना स्मरण है कि जिसने उसे ओमेश्वर की तलवार से मुक्त किया होगा, उसकी हर आज्ञा का पालन करना उसका का कर्तव्य होगा।''

''मैं यह कथा विस्तार से जानने का इच्क्षुक हूँ, पितामह।''

''जब उचित समय आयेगा, तो तुम्हें सम्पूर्ण कथा का ज्ञान हो जायेगा, अभी जाकर विश्राम करो; कल के युद्ध की रणनीति बनानी है हमें।'' इतना कहकर रक्षराज वहाँ से प्रस्थान कर गया।

* * *

एक बार फिर शंखनादों के साथ सूर्योदय होते ही युद्ध का तीसरा दिन भी आरम्भ हुआ। आज विदर्भ की सेना के दो लक्ष्य थे, और वे थे, वृषभान और

सूर्यम् की मृत्यु।

आज विदर्भ के प्रधान सेनापति तो महर्षि कपिश थे, परन्तु सेना रक्षराज मार्केश की रणनीति पर चल रही थी। मार्केश को आज युगांधर और तेजस्वी को उलझाना था। उसके निर्देश पर दंशक पुत्र नागीश नागराक्षसों की सेना लिए युगांधर की ओर बढ़ा, तभी नागराज विषंधर उसकी रक्षा को आ गये।

"युगांधर, तुम यहाँ से जाओ पुत्र! नागराक्षसों की विषैली फुंकार तुम सहन नहीं कर पाओगे; नागीश का सामना मैं कर सकता हूँ।" विषंधर ने युगांधर को समझाने का प्रयत्न किया।

"नहीं पितामह, नागसेना का अस्तित्व हमारे लिए बहुत महत्त्वपूर्ण है; इससे पहले कि हमारे नागों को और क्षति पहुँचे, हमें नागीश का वध करना होगा... आप मेरे साथ रहकर मेरी विष से रक्षा करेंगे, और मैं नागीश तक पहुँचकर एक ही झटके में उसकी गर्दन धड़ से अलग कर दूँगा।"

"तुम्हारी रणनीति उचित जान पड़ रही है पुत्र युगांधर, हम इसी पर अमल करेंगे।"

नागसेना और नागराक्षसों की सेना का युद्ध जारी था। रक्षराज का उद्देश्य साम-दण्ड-भेद का प्रयोग करके सूर्यम् का वध करना था। उसने रणनीति बनानी प्रारम्भ की।

"भानुसेन, सबसे पहले महर्षि शंकराचार्य को व्यस्त रखने के लिए हमें दो लाख असुरों का प्रयोग कर नागव्यूह का निर्माण करना होगा।"

"परन्तु, नागव्यूह का उत्तर तो गरुड़ व्यूह से दिया जा सकता है पिताश्री!" भानुसेन ने प्रश्न किया।

"हमारा कार्य महर्षि शंकराचार्य को उलझाये रखना है; आज वह वीरसेन उसके साथ है; यदि हम नाग व्यूह का निर्माण करते हैं, तो उसे ध्वस्त करने में महर्षि शंकराचार्य को सूर्यास्त तक का समय लग जायेगा, जो हमारे लिए लाभकारी सिद्ध होगा। तेजस्वी का मार्ग, प्रधान सेनापति कपिश रोकेंगे। युगांधर को नागीश ने उलझा रखा है। सूर्यम् के अतिरिक्त शेष योद्धा तुम्हारे पुत्रों से युद्ध करने मे व्यस्त हैं, बचा अकेला सूर्यम्।"

"परन्तु उसकी सुरक्षा की व्यवस्था भी की गई होगी पिताश्री, और तो और, महर्षि शंकराचार्य और वीरसेन के समक्ष जाकर नाग व्यूह का नेतृत्व

करेगा कौन?''

''सूर्यम् को उकसाकर अपने व्यूह मे फँसाना मेरा कार्य है भानुसेन, रही बात नाग व्यूह के नेतृत्व की, तो मैं उसके लिए अपने विश्वासपात्र असुर विभत्सु को नियुक्त करूँगा।''

''परन्तु पिताश्री, वह भला कितने समय तक महर्षि शंकराचार्य के समक्ष खड़ा रह पायेगा?''

''वो सेना में सबसे पीछे रहकर नाग व्यूह का नेतृत्व करेगा, तब तक, जब तक हम सूर्यम् का वध नहीं कर देते।''

''उचित रणनीति है पिताश्री, परन्तु हम सूर्यम् को अपने व्यूह में फंसायेंगे कैसे?''

''तनिक प्रतीक्षा करो पुत्र जैसा मैं कहता हूँ, बस वैसा करते जाओ।''

''जैसी आपकी इच्छा पिताश्री।'' भानुसेन रक्षराज की आज्ञा की प्रतीक्षा करने लगा।

इधर विभत्सु, नागव्यूह का नेतृत्व करता हुआ महर्षि शंकराचार्य के समक्ष आ पहुँचा। वीरसेन नाग व्यूह को देख चिन्तित हो गये।

''यह कैसा व्यूह है ऋषिवर; बड़ा विकट जान पड़ता है।'' वीरसेन ने शंकराचार्य के समक्ष जिज्ञासा प्रकट की।

''यह नागव्यूह है महाराज, किन्तु आप चिन्ता ना करें, मैं शीघ्र ही गरुड़व्यूह का निर्माण कर इसे ध्वस्त कर दूँगा।''

महर्षि शंकराचार्य ने तत्काल ही नाग व्यूह के उत्तर में गरुड़व्यूह का निर्माण किया, किन्तु वह नागव्यूह के दिशा निर्देशक को खोजते रह गये... वह सेना के मध्य में छुपा, व्यूह का नेतृत्व कर रहा था।''

इधर वृषभान को खोजता हुआ अखण्ड अंततः उस तक पहुँच ही गया। अपने भाइयों की हत्या का प्रतिशोध लेने को अखण्ड आतुर हो रहा था।

''कुमार वृषभान..., तुम्हारे भाई राजवीर का वध तो सुबाहु ने किया था, तो इसका प्रतिशोध तुमने मेरे दो भाइयों की हत्या कर क्यों लिया?''

''सुबाहु का वध तो मैं अब भी करूँगा युवराज अखण्ड; वह दोनों सुबाहु

तक पहुँचने में मेरे मार्ग की बाधा बन गये थे, इसलिए उन्हें तो मरना ही था।''

"तो फिर अपने भाइयों की मृत्यु का प्रतिकार मैं तुम्हारा वध करके लूँगा वृषभान।''

"मैं जानता हूँ अखण्ड, कि मैं तुम्हें चुनौती देने का सामर्थ्य नहीं रखता, किन्तु तुम्हारी इस चुनौती को अस्वीकार कर, मैं अपने ज्येष्ठ के बलिदान का अपमान नहीं कर सकता; आओ, द्वन्द्व करो मुझसे।'' अपनी तलवार लेकर वृषभान रथ से कूद पड़ा और अखण्ड की ओर बढ़ा।

अखण्ड ने भी म्यान से तलवार खींची और और उसकी ओर बढ़ा। शीघ्र ही दोनों के मध्य द्वंद्व आरम्भ हो गया।

तभी सूर्यम् ने भानुसेन को एक स्थान पर अकेला खड़ा पाया। उसने मन ही मन विचार किया, 'विदर्भराज भानुसेन इस समय अकेले हैं, यदि मैं उनका वध कर दूँ तो भ्राता अखण्ड अवश्य ही हमारे पक्ष में आ जायेंगे।'' इतना विचारकर सूर्यम् भानुसेन की ओर दौड़ा।

"सावधान काकाश्री!'' सूर्यम् भानुसेन के समक्ष आ पहुँचा।

तभी विदर्भ की सेना ने बरछी और ढालों से द्वार बनाना प्रारम्भ कर दिया। उसे पूरी तरह से घेर लिया गया। सूर्यम् विदर्भ की सेना के व्यूह में बुरी तरह फँस गया। अब भानुसेन ने उसे द्वंद्व की चुनौती दी। "कहो पुत्र सूर्यम्, मेरा वध करके यह युद्ध समाप्त करने का विचार था तुम्हारा, किन्तु मेरे पास आने की मूर्खता तुम्हें नहीं करनी चाहिये थी; विदर्भ के सेनानायक को क्या तुमने इतना मूर्ख समझा है, कि वह यूँ ही अपने राजा को असुरक्षित छोड़ देंगे।''

इस पर सूर्यम् के मुख पर मुस्कान आ गयी "अवश्य मैं आपके व्यूह में फँस चुका हूँ काकाश्री, किन्तु मुझे पराजित करना इतना सरल नहीं है; मैं आपके प्रिय शस्त्र गदा से आपको युद्ध का आह्वान देता हूँ।'' उसकी ललकार सुन भानुसेन गदा उठाये उसकी ओर बढ़ा। दोनों में गदायुद्ध आरम्भ हो गया।

तभी महर्षि शंकराचार्य के पास सूर्यम् के फँसने की सूचना पहुँची।

"महाराज वीरसेन, मैं सूर्यम् की रक्षा करने जा रहा हूँ, तब तक आप गरुड़व्यूह द्वारा नागव्यूह का ध्वंस कीजिये।'' शंकराचार्य ने वीरसेन को सुझाव

दिया।

"अवश्य महाऋषि; मेरे पुत्र को कुछ नहीं होना चाहिये; आप जाइये, मैं इस नाग व्यूह का ध्वंस करने जा रहा हूँ।" महर्षि शंकराचार्य अपना रथ लेकर उस व्यूह की ओर बढ़ चले, जहाँ सूर्यम् फँसा था।

अखण्ड और वृषभान का द्वंद्व शीघ्र ही समाप्त हुआ। अखण्ड के असीमित बल के आगे वृषभान एक प्रहर भी नहीं टिक सका। अखण्ड ने अपनी काँख में दबाकर उसकी साँसें रोक दीं, और उसकी निष्प्राण काया को भूमि पर पटक दिया। तभी उसे भी यह ज्ञात हुआ कि सूर्यम् का वध करने के लिए रक्षराज ने कौन सा व्यूह रचा है।

शीघ्र ही यह सूचना महर्षि कपिश से द्वंद्व कर रहे तेजस्वी तक भी पहुँची। उसने महर्षि कपिश से कहा

"मेरा मार्ग छोड़ दीजिये प्रधान सेनापति, मुझे अपने अनुज की रक्षा करनी है।" तेजस्वी ने विनती की।

"आज सूर्यास्त से पूर्व मैं तुम्हें कहीं नहीं जाने दूँगा तेजस्वी यही मेरे राजा का आदेश है।" कहकर महर्षि कपिश ने अपने धनुष से तेजस्वी की ओर एक बाण छोड़ा, किन्तु तभी महर्षि शंकराचार्य वहाँ पहुँच आये और उनके प्रहार को निष्फल कर दिया। तत्पश्चात शंकराचार्य ने तेजस्वी को आज्ञा दी।

"तेजस्वी, तुम जाकर सूर्यम् की रक्षा करो, सेनापति कपिश से द्वंद्व मैं करूँगा, जाओ।"

तेजस्वी के जाने के उपरान्त महर्षि शंकराचार्य और कपिश के मध्य द्वंद्व आरम्भ हो गया। कपिश के बाणों का वेग शंकराचार्य के बाणों से अधिक प्रतीत हो रहा था। उधर एक और मोर्चे पर वीरसेन ने नाग व्यूह और विभत्सू दोनों का ध्वंस कर दिया। तत्काल वह भी अपने पुत्र की सुरक्षा के लिए उसकी ओर आने लगे।

सूर्यास्त होने को था, परन्तु सूर्यम् और भानुसेन का द्वन्द्व युद्ध जारी था। रक्षराज भी वहाँ उपस्थित था। जब उसने तेजस्वी को बड़ी तीव्रता से अपने अश्व वायुजित् पर सवार हो आते देखा, तो उसे अपनी योजना की असफलता

का भान होने लगा। उसने तत्काल अपना भाला उठाया और सूर्यम् पर चला दिया, फलस्वरूप भाला उसके पेट और पीठ के आरपार हो गया!

"सूर्यम्...!" तेजस्वी को वहाँ पहुँचने में थोड़ा विलम्ब हो गया।

सूर्यम् ने अपनी पूरी शक्ति लगाकर भाला अपने शरीर से निकालकर भूमि पर फेंक दिया।

"आज तुमने सिद्ध कर दिया रक्षराज कि। तुम असुरों सा नीच और अधर्मी कोई नही; यह छल तुम पर बहुत भारी पड़ेगा विदर्भराज भानुसेन!" सूर्यम् की क्रोध से लाल आँखें भानुसेन की रक्त की प्यासी हो गयीं। उसने पूरी शक्ति लगाकर भानुसेन पर अपनी गदा से प्रहार किया। भानुसेन भूमि पर गिर पड़ा। रक्षराज मार्केश ने उसकी सहायता करने का प्रयत्न किया, किन्तु तभी तेजस्वी ने क्रोधित होकर भयंकर दिव्यास्त्र का प्रयोग किया और रक्षराज को रथ विहीन कर दिया।

सूर्यम् का अगला प्रहार भानुसेन के प्राण लेने वाला था, किन्तु तभी महर्षि शंकराचार्य को पराजित कर महर्षि कपिश वहाँ पहुँच आये। अखण्ड ने भी जब वहाँ पहुंचकर सूर्यम् की अवस्था देखी, तो उसका हृदय फट पड़ा। महर्षि कपिश का कर्तव्य भानुसेन की रक्षा करना था, और अपने इस कर्तव्य को पूर्ण करने के लिए उन्होंने अंजली अस्त्र का आह्वान किया।

"नहीं गुरुवर, आप यह अधर्म नहीं कर सकते; आप अपने प्रिय शिष्यों में से एक का वध इस प्रकार छल से कैसे कर सकते हैं?" अखण्ड ने महर्षि कपिश को रोकने का प्रयास किया।

महर्षि कपिश का हृदय पीड़ा से भरा था। "मुझे क्षमा करना पुत्र सूर्यम्, मैं विवश हूँ।" कपिश ने मोह और कर्तव्य में कर्तव्य को चुना और अंजली अस्त्र, सूर्यम् पर चला दिया। वह बाण सीधा सूर्यम् की छाती में जा लगा। भानुसेन ने भी इस अवसर का लाभ उठाया और भूमि से उठकर अपनी कमर में रखी कटार निकालकर सूर्यम् की कमर में धँसा दी। वीरसेन का वह पुत्र भूमि पर गिर पड़ा।

"सूर्यम्!" अखण्ड का हृदय फट पड़ा। वह तत्काल दौड़कर सूर्यम् की ओर गया और उसका सर अपनी गोद में ले लिया। महर्षि कपिश के नेत्र भी अश्रुओं से भरे थे।

अखण्ड की आँखें क्रोध से लाल थीं, उसने अपनी गदा उठाई और क्रोध में आकर महर्षि कपिश की ओर चला दी। उसके वार से बचने के लिए कपिश रथ से कूद पड़े। उनका रथ बुरी तरह क्षतिग्रस्त हो गया।

"मैंने अपने पिता और पितामह रक्षराज से नियमों के पालन की आशा छोड़ दी है, किन्तु आप भी गुरुदेव? अरे धिक्कार है आपके गुरु होने पर कुलगुरु कपिश; आपने अपने ही शिष्य का इस प्रकार छल से वध किया। हे गुरुवर, हे परशुराम शिष्य, क्या एक योद्धा का यही धर्म है?" अखण्ड ने कपिश को धिक्कारते हुए कहा!

"होश में आओ अखण्ड! यदि सेनापति कपिश सूर्यम् का वध नहीं करते तो मैं जीवित नहीं होता।" भानुसेन ने अखण्ड की भुजा पकड़कर उसे समझाने का प्रयास किया।

अखण्ड ने पूरी शक्ति लगाकर भानुसेन को भूमि पर ढकेल दिया।

"यदि मैंने अपनी माता को वचन न दिया होता, तो आज मैं अपने इन्हीं हाथों से आपका वध कर देता पिताश्री; आप मौन रहें, यही आपके लिए उचित होगा।"

रक्षराज ने भूमि पर पड़े सूर्यम् के हाथ की अँगूठी देख भानुसेन को इशारा किया। घायलावस्था में सूर्यम् ने मार्केश की मंशा ताड़ ली। उसने तत्काल ही अपनी नेत्र बंद किये और आह्वान किया।

"वक्रबाहु! तुम्हारे स्वामी को तुम्हारी आवश्यकता है, प्रकट हो! प्रकट हो महाबली वक्रबाहु!"

एक तीव्र रोशनी चमकी और गजेश्वर वक्रबाहु वहाँ प्रकट हुआ।

"स्वामी, यह क्या दशा बना ली है आपने अपनी? मुझे पहले क्यों नहीं बुलाया?" वक्रबाहु अपनी स्वामी के लिए चिन्तित था।

"यह सब छोड़ो वक्रबाहु; सूर्यास्त होने वाला है... मुझे इस रणभूमि से निकालकर ले चलो... मृत्यु से पूर्व, कुछ आवश्यक कार्य संपन्न करने हैं मुझे।"

सूर्यम् का आदेश पाते ही वक्रबाहु उसे उठाकर रणभूमि में स्थित उसके शिविर की ओर दौड़ पड़ा। उसे रोकने का सामर्थ्य रखने वाले अखण्ड ने उसे रोकने का प्रयास ही नहीं किया। रक्षराज तेजस्वी के साथ द्वंद्व में व्यस्त था।

सूर्यास्त होने को था। युगांधर भी अंततः अपने प्रतिद्वंद्वी नागीश तक पहुँच ही गया, जो उस स्थान से कई कोस की दूरी पर था, जहाँ तेजस्वी और रक्षराज का द्वंद्व चल रहा था।

शीघ्र ही नागीश भूमि पर पड़ा था, और युगांधर का फरसा उसके प्राण लेने को तत्पर था।

"मुझे क्षमा कर दो नागराज! मैं निःशस्त्र हूँ... तुम मेरा वध नहीं कर सकते।" नागीश को अपनी मृत्यु का भय सताने लगा।

"नहीं पुत्र युगांधर, इसे क्षमा न करना; इसे एक बार जीवनदान देने का परिणाम हम भोग चुके है। इसी के कारण हमारे लाखों नाग मारे गये, इसे क्षमा न करना।" नागराज विषंधर नागीश की मृत्यु के समर्थन में थे।

"नहीं पितामह, मैं महाराज विक्रमाजित का पुत्र हूँ, एक निःशस्त्र योद्धा पर वार नहीं कर सकता; जाओ नागीश, एक बार फिर आज मैं तुम्हें अभयदान देता हूँ।"

युंगाधर ने अपना फरसा नागीश की गर्दन से हटा लिया और विषंधर के साथ मुड़ गया। नागराक्षसों की सेना पराजित हो चुकी थी।

नागीश के मस्तिष्क में प्रतिशोध की ज्वाला अभी भी सुलग रही थी। उसने तत्काल सर्प रूप धरा और युंगाधर को डसने का प्रयत्न किया। परन्तु विषंधर ने उसकी मंशा ताड़ ली। उन्होंने तत्काल ही सर्प रूप में ही नागीश पर भाला चला दिया। नागीश तड़पता हुआ सर्प रूप में ही मर गया।

"इस प्रकार का छल करने वाले का यही परिणाम होता है।" विषंधर ने नागीश पर कटाक्ष किया।

"उचित कहा आपने पितामह; परन्तु इस नागीश के कारण आज हमारी नागसेना को भारी क्षति पहुँची है; केवल बीस हज़ार नागसैनिक जीवित बचे हैं, हमारे पास।"

तभी शंखनाद का स्वर उन्हें सुनाई दिया। सूर्यास्त हो चला था। तीसरा दिन भी भयंकर विनाश कर समाप्त हो चुका था।

"चलिए पितामह, हमें अपने शिविर में लौटना चाहिये।

14

त्रिशस्त्र

विदर्भ के शिविर में आज शोक का माहौल था। राजा भार्गव एक ओर अपने पुत्र वृषभान की मृत्यु का शोक मना रहे थे, दूसरी ओर सूर्यम् भी अंतिम साँसें ले रहा था। वक्रबाहु उसे उसके शिविर में ले आया था। तेजस्वी और वीरसेन भी शीघ्र ही वहाँ पहुँच आये। तेजस्वी के हाथ से उसका धनुष सरक गया। वीरसेन ने तड़पते हुए अपने पुत्र का मस्तक गोद में ले लिया।

सूर्यम् ने तत्काल ही अपने नेत्र बंद कर लिये और कुछ मंत्रों का जाप किया, फलस्वरूप उसके हाथ में महर्षि ओमेश्वर की तलवार प्रकट हुई।

"भ्राता तेजस्वी..!"

सूर्यम् ने तलवार तेजस्वी की ओर बढ़ायी। तेजस्वी उसके पास आया और उसका हाथ पकड़ा। तभी युगांधर भी नागराज विषंधर के साथ वहाँ आ पहुँचा। सूर्यम् की स्थिति देख वह भी अवाक् रह गया। इसके उपरान्त सूर्यम् ने कहना आरम्भ किया।

"भ्राता... तेजस्वी! भ्राता... युगांधर! यूँ तो हमारी बाल्यावस्था... साथ... नहीं बीती, किन्तु पाताल... में आप... के...साथ... बिताया... तीन...मास...अविस्मरणीय था। मुझे... दुखः है इस... बात का... कि... आप

लोगों... के साथ... मैं और... समय... व्यतीत नहीं... कर... पाया, किन्तु महर्षि... ओमेश्वर... की... यह... तलवार... आपको सौंपकर मैं अपने... अंतिम... कर्तव्य... से... मुक्त होना... चाहता... हूँ... भ्राता... तेजस्वी!'' सूर्यम् ने महर्षि ओमेश्वर की दिव्य तलवार तेजस्वी को सौंपते हुए कहा। तत्पश्चात वह वक्रबाहु की ओर मुड़ा।

''वक्रबाहु... मेरा... तुम्हें एक... अंतिम... आदेश... है...।''

''आज्ञा दें स्वामी!'' वक्रबाहु भी सूर्यम् के पास आकर बैठ गया।

''मैं... तुम्हें आदेश देता... हूँ, वक्रबाहु, जब... तक... भ्राता... तेजस्वी रक्षराज... का... अंत... कर... इस... युद्ध... में... विजयी... नहीं हो... जाते..., तुम... उनके... साथ... इस... युद्ध... में... भाग लोगे। इस... के... उपरान्त... तुम मुक्त... हो... वक्रबाहु... जहाँ... तुम्हारी... इच्छा... तुम... जा... सकते हो।''

''मैं आपको वचन देता हूँ स्वामी; जब तक रक्षराज का वध नहीं हो जाता और बलिष्ठगढ़ की सेना विजयी नहीं हो जाती, मैं विदर्भ की सेना में विध्वंस मचाता रहूँगा।''

वक्रबाहु के कथन से संतुष्ट होकर सूर्यम् अपने पिता वीरसेन की ओर देखने लगा।

''पिताश्री... अब... आप... भी... मेरा... अंतिम... प्रणाम स्वीकार करें।''

''नहीं पुत्र, मैं तुम्हें प्रस्थान की आज्ञा नहीं दूँगा।'' वीरसेन के नेत्र अश्रुओं से भरे थे।

''क्षमा... करें... पिताश्री..., आपकी... इस... आज्ञा का... पालन... करना... मेरे... वश... में... नहीं... है।'' सूर्यम् ने मृत्यु से पूर्व अपने दोनों हाथ जोड़ लिए, और अपने नेत्र सदा के लिए बंद कर लिए।

''सूर्यम्!'' तेजस्वी और युगांधर दोनों चीख पड़े, वीरसेन के नेत्र भी अश्रुओं से भरे थे।

''यह सब कैसे हुआ भ्राता तेजस्वी?''

युगांधर की जिज्ञासा महर्षि शंकराचार्य ने शीघ्र ही शांत कर दी। उन्होंने रक्षराज और महर्षि कपिश द्वारा किये गये छल के विषय में सबकुछ बता दिया।

“बस बहुत हुआ; मैं सौगंध लेता हूँ, जिस प्रकार हमारा शिविर आज शोकसंतप्त है, कल विदर्भ के शिविर में घनघोर मातम छायेगा। भ्राता अखण्ड को छोड़कर कल भानुसेन का एक भी पुत्र जीवित नहीं रहेगा, यह मेरा प्रण है।” युगांधर ने फरसा उठकर सौगंध ली।

“यह क्या कह रहे हो युगांधर? भला उन बालकों ने हमारा क्या बिगाड़ा है? तुम उनके वध की प्रतिज्ञा क्यों ले रहे हो? दण्ड का भागी तो वह भानुसेन है।” तेजस्वी, युगांधर की प्रतिज्ञा सुन स्तब्ध था।

“उसकी मृत्यु उसके लिए दण्ड नहीं है भ्राता; उसे भी वही पीड़ा महसूस करनी होगी, जो काकाश्री वीरसेन, और हम सबने सही है। जीवित रहते हुए जब वह अपने सभी पुत्रों के शव देखेगा, तब उसकी पीड़ा देख मुझे शांति की अनुभूति होगी। उसने हमारे पिता महाराज विक्रमाजित को छल से मारा था, इसका दण्ड उसे मर्मान्तक पीड़ा के रूप में मिलेगा, और कदाचित् अपने पुत्रों का शव देख, क्रोध में वह अपने सुरक्षा घेरे से बाहर आ जाये।”

“उचित है; भानुसेन को बिल से बाहर निकलने का यही उचित मार्ग है... केवल यही नहीं, अब हमें रक्षराज की मृत्यु का भी उपाय खोजना ही होगा।” तेजस्वी भी कुपित था।

“किन्तु यह होगा कैसे?”

“बल से नहीं तो छल से सही; मेरे पास एक योजना है।” तेजस्वी मन ही मन कुछ विचार कर रहा था।

विदर्भ के शिविर में आज उत्सव का माहौल था। केवल अखण्ड ही एक ऐसा महारथी था, जो व्यथित था।

रक्षगुरु भैरवनाथ अपने शिविर में अकेले बैठे थे, तभी रक्षराज मार्केश उनके शिविर में पहुँच आया।

“प्रणाम गुरुदेव!”

“आओ मार्केश, बधाई हो! आज तुमने उन चार महारथियों में से एक का वध किया है, जो पाताल में तुम्हारी पराजय का कारण बने थे।” भैरवनाथ ने मार्केश को बधाई दी।

“इतना प्रसन्न होने की आवश्यकता नहीं है गुरुदेव; तेजस्वी और युगांधर जैसे महारथी अभी भी जीवित हैं, और तो और अब वक्रबाहु भी उनके

साथ है... किस प्रकार पराजित करेंगे हम उन्हें?"

"तुम उचित कह रहे हो मार्केश; जब तक विजयधनुष तेजस्वी के हाथ में है, उसकी पराजय असम्भव है; उसी प्रकार जब तक युगांधर का फरसा उसके पास है, हम उसे रणभूमि में, द्वंद्व में पराजित नहीं कर सकते।"

"तो क्या करूँ गुरुदेव? न वह मेरी मृत्यु का उपाय जानते हैं, और न मैं उन्हें पराजित करने का कोई मार्ग ढूँढ़ रहा हूँ; ऐसे तो यह युद्ध अनंत काल तक चलता ही रहेगा, क्योंकि मुझे तो पराजित किया ही नहीं जा सकता।"

"यह तुम्हारी भूल है मार्केश! जब तक तुम्हारे भाइयों अधीम, दंशक और त्रिभुज का अंश तुममें है, केवल तब तक तुम अजेय हो।"

"अर्थात्, मेरी पराजय सम्भव है? किन्तु वह कैसे गुरुदेव?"

"बताता हूँ... स्मरण रखना, तुम्हारे भाई अधीम और दंशक की मृत्यु महर्षि ओमेश्वर की तलवार से हुई है, इसलिए जब ओमेश्वर की तलवार से तुम पर प्रहार हुआ तो उनकी शक्तियाँ कुछ समय के लिए तुम्हारा साथ छोड़ गयीं। तेजस्वी ने जब नरभेड़िये का रूप धरा, तो तुम्हारे अंदर समायी त्रिभुज की आत्मा भयभीत होकर तुम्हारा साथ छोड़ गयी, क्योंकि तेजस्वी ने उसी रूप में उसका वध किया था; क्या इन घटनाओं का विस्मरण हो गया तुम्हें?"

"मुझे स्मरण है गुरुदेव, किन्तु जहाँ तक मुझे ज्ञात है, तेजस्वी अब किसी नरपशु में परिवर्तित नहीं होता, तो फिर हमें किस बात का भय?"

"भय है मार्केश, भय है; तुम्हारी मृत्यु का भी उपाय है।"

"आप मुझे बताते क्यों नहीं? क्या है मेरी मृत्यु का रहस्य?"

"त्रिशस्त्र!"

"त्रिशस्त्र। किन्तु आप तो जानते हैं गुरुवर, मेरी मृत्यु संसार के किसी भी शस्त्र से नहीं हो सकती, तो यह कैसा शस्त्र है, जो मेरी मृत्यु का कारण बनेगा?"

"महर्षि ओमेश्वर ने अपने परमशत्रु 'दुर्भीक्ष" के विनाश के लिए पंचशस्त्र का निर्माण किया था, किन्तु वह असुरों के हाथ न लगे, इसलिए उसे पाँच तलवारों में विभाजित कर दिया था; उनमें से दो तलवारें देव लोक में हैं, एक पृथ्वी पर, और दो तेजस्वी और युगांधर के पास है; यदि इन दो तलवारों का संगम हो जाये तो पृथ्वीलोक पर स्थित तीसरी तलवार उसे स्वयं अपनी ओर

खींचेगी, जिससे त्रिशस्त्र का निर्माण होगा। यदि यह त्रिशस्त्र तुम्हारी नाभि में जा लगा तो तुम्हारे सारे भाइयों की शक्ति एक साथ तीन प्रहर के लिए विलुप्त हो जायेगी। अपनी साधना के बल पर तुमने इतनी शक्ति अर्जित की है, कि यदि महर्षि ओमेश्वर की एक तलवार का प्रहार तुम पर हो, तो तुम पर कोई प्रभाव नहीं पड़ेगा, किन्तु यदि एक साथ तीनों भाइयों की आत्माएँ तुम्हारा साथ छोड़कर चली गयीं, तो तुम्हारा अंत असम्भव नहीं है; तुम्हारी मायाशक्ति भी कुछ समय के लिए ठप हो जाएगी, उसके उपरान्त तुम्हारा वध बाहुबल से किया जा सकता है।''

''मैं सावधान रहूँगा गुरुदेव; और कल मैं युगांधर का सामना करूँगा और नागसेना का विष स्वयं पर झेलूँगा। मेरी सेना को नागों से कोई हानि नहीं पहुँचेगी; अब आज्ञा दीजिए गुरुदेव।'' रक्षगुरु भैरवनाथ से आज्ञा लेकर मार्केश वहाँ से चला गया। रक्षगुरु उसे मुस्कुराता हुआ देख रहा था।

''मैं तुम्हारे छल को भलीभाँति भाँप चुका हूँ मूर्ख तेजस्वी; तुम सोचते हो कि मार्केश का रूप धरकर उसकी मृत्यु का राज जानने में सफल हो गये हो, परन्तु सत्य तो यह है कि मार्केश में अब तुझे पराजित करने का सामर्थ्य नहीं रहा, इसलिए अब वह मेरे किसी काम का नहीं, इसलिए मैंने स्वयं उसकी मृत्यु का उपाय तुम्हें बताया है, किन्तु फिर भी मैं दिखावे के लिए मार्केश को बचाने का प्रयत्न अवश्य करूँगा, क्योंकि मार्केश की मृत्यु के उपरान्त ही वह महाअसुर जागेगा, जो समस्त पृथ्वी से श्वेत शक्तियों का नाश कर देगा।'' मन ही मन विचार करते हुए भैरवनाथ मुस्करा रहा था।

* * *

वहाँ से निकलकर मार्केश, बलिष्ठगढ़ के शिविर की ओर जाने लगा, तभी युगांधर ने उसका मार्ग रोक लिया। रक्षराज मार्केश का रूप धरे व्यक्ति ने तत्काल अपना रूप परिवर्तित कर लिया। यह कोई और नहीं तेजस्वी ही था, अर्थात् रक्षगुरु भैरवनाथ का अनुमान सही था।

''पिताश्री की सिखाई हुई विद्या आज काम आई युगांधर; मिल गया रक्षराज की मृत्यु का उपाय... हमारी योजना सफल रही अनुज।'' तेजस्वी, युगांधर को सब कुछ समझाता चला गया।

तत्काल युगांधर ने अपनी तलवार का आह्वान किया। तेजस्वी ने भी अपनी तलवार का आह्वान किया। दोनों अपनी तलवारें एक दूसरे के पास लाये।

एक अदभुत रौशनी चमकी और युगांधर की तलवार तेजस्वी की तलवार में समा गयी। वह तलवार तेजस्वी को एक ओर खींचने लगी। यह देख युगांधर ने कहा 'आप जाइए भ्राताश्री; कल के युद्ध का उत्तरदायित्व मेरा और वक्रबाहु का है।''

''वायुजित्...!'' तेजस्वी की एक आवाज़ पर वह श्वेत अश्व तीव्र गति से भागता हुआ उसके पास चला आया। तेजस्वी तत्काल ही उस पर सवार हो गया।

''मैं शीघ्रता से लौटने का प्रयास करूँगा अनुज।'' युगांधर को आश्वस्त कर तेजस्वी ने वायु की गति से रात्रि के अंधकार में अपनी यात्रा प्रारम्भ की।

* * *

तलवार के दिशा संकेत पर वह काफी दूर निकल आया। रात्रि का अंतिम प्रहर बीतने को था और महर्षि ओमेश्वर की तीसरी तलवार उसके सामने थी। यह देख तेजस्वी के कदमों में बिजली की सी फुर्ती आ गयी। उसके कदम तेजी से तलवार की ओर बढ़ने लगे।

''ठहरो!'' तभी एक अनजान स्वर ने तेजस्वी के कदम रोक दिये। यह देख तेजस्वी ने उस स्वर को ललकार दिया।

''कौन है, जो मेरे लक्ष्य को मुझसे दूर करना चाहता है? सामने आओ।''

तेजस्वी की ललकार सुनकर, साधारण वस्त्र पहने एक योद्धा धनुष लिए तेजस्वी के समक्ष आ खड़ा हुआ। तेजस्वी उसे देख आश्चर्यचकित रह गया।

''कौन हो तुम, और मेरा मार्ग क्यों रोक रहे हो?'' तेजस्वी ने उस योद्धा से प्रश्न किया।

''मैं इस कबीले 'वन्प्रस्थ' का सरदार भद्रभट्ट हूँ; पृथ्वी पर महर्षि

ओमेश्वर की यह एकमात्र तलवार है, और हमारे कबीले के वंश का उत्तरदायित्व है, कि हमें इस तलवार की सुरक्षा अपने प्राण देकर भी करनी है।''

''यदि ऐसा है, तो मैं आपसे विनती करता हूँ कि इस तलवार की हमें आवश्यकता है। पृथ्वी पर असुरों का आतंक बहुत अधिक बढ़ चुका है; उनके नायक रक्षराज मार्केश के अंत के लिए मुझे इस तलवार की आवश्यकता है।''

''कदापि नहीं! महर्षि ओमेश्वर ने भविष्यवाणी की थी, कि विदर्भ के राजा भभूति का कोई वंशज आयेगा, और धर्म की रक्षा के लिए इसे यहाँ से ले जायेगा।''

''यदि ऐसा है तो मैं आपको बता दूँ, कि मैं स्वर्गीय महाराज भभूति का पौत्र और आर्यावर्त के सर्वश्रेष्ठ योद्धा, महाराज विक्रमाजित का पुत्र तेजस्वी हूँ।''

''एक वनवासी का वेश धारण किये हुए तुम स्वयं को राजकुमार बता रहे हो; यदि यह सत्य भी है, तो मुझसे युद्ध कर अपना सामर्थ्य सिद्ध करो।'' भद्रभट्ट ने तेजस्वी को ललकारा।

तेजस्वी ने आकाश की ओर देखा। सूर्योदय होने को था। उसने भद्रभट्ट से विनती की। ''कृपया मेरा समय नष्ट न करें भद्र; सूर्योदय होने को है, युद्ध आरम्भ होनेवाला है... मै आपसे विनती करता हूँ कि यह तलवार मुझे सौंप दीजिये।''

''कदापि नही; यदि अपना सामर्थ्य सिद्ध नहीं कर सकते तो चले जाओ यहाँ से।''

''यदि आप प्रदर्शन ही चाहते हैं तो यही सही, सावधान! '' तेजस्वी ने भी शर-संधान के लिए धनुष उठा लिया।

भद्रभट्ट, आधे प्रहर भी तेजस्वी के समक्ष नहीं टिक सका। उसका धुनष कटकर गिर गया। अपने किये पर उसे ग्लानि हुई। उसने तेजस्वी से क्षमा माँगी।

''मुझे क्षमा कीजिये कुँवर, मैं आपको पहचान न सका; इस तलवार पर निःसंदेह आपका ही अधिकार है... आप इसे ले जा सकते हैं।''

पहुँचा। उसने म्यान से वह तलवार निकाली, जो पाताल की दो तलवारों का संगम थी। उन तीनों तलवारों का स्पर्श होते ही एक तीव्र प्रकाश फूटा और तेजस्वी के हाथ में त्रिशस्त्र प्रकट हुआ।

"सावधान रक्षराज मार्केश, आ रहा हूँ मैं!" तेजस्वी ने मन ही मन विचार किया और चल पड़ा रक्षराज के अंत के लिए।

* * *

इधर रणांगण में सूर्योदय होते ही एक बार फिर महासंग्राम छिड़ गया। चौथा दिन कदाचित् विदर्भ की सेना के लिए सबसे विध्वंसकारी था। वक्रबाहु, विदर्भ की सेना को गजरूप धरकर चीटियों की तरह मसल रहा था। तभी सैकड़ों हाथी, वक्रबाहु को घेरकर उसकी ओर दौड़ पड़े, परन्तु उसके भीषण बल के समक्ष वे अधिक देर टिक नहीं सके।

उनमें से कई हाथी मारे गये, शेष पलायन कर गये। रक्षराज ने ठीक से रणभूमि का निरीक्षण किया और शीघ्र ही उसे ज्ञात हो गया कि तेजस्वी रणभूमि में उपस्थित नहीं है। वह तत्काल ही सेनापति कपिश के पास पहुँचा।

"प्रधान सेनापति, मैं समस्त रणभूमि का निरीक्षण कर चुका हूँ; तेजस्वी रणांगण में उपस्थित नहीं है; युगांधर का वध करने का यही अवसर है हमारे पास।"

"युगांधर को द्वंद्व में कोई पराजित नहीं कर सकता रक्षराज; उसकी मृत्यु कैसे हो सकती है?" महर्षि कपिश ने प्रश्न किया।

"बल से नहीं तो छल से सही; आज आया अवसर फिर नहीं आयेगा।" कहकर रक्षराज ने कपिश को अपनी योजना समझानी शुरू की।

"कदापि नहीं; मैंने सूर्यम् का वध छल से किया, क्योंकि वह विदर्भराज भानुसेन का वध करनेवाला था। उस ग्लानि से मैं अन्दर ही अन्दर मृत्यु का अनुभव कर रहा हूँ; अब और कोई छल नहीं होगा मुझसे।"

मार्केश अपनी योजना बना चुका था, परन्तु उसकी योजना में महर्षि कपिश का साथ आवश्यक था, जो उसे मिलना असम्भव प्रतीत हो रहा था।

इधर युगांधर, रणभूमि में अपनी प्रतिज्ञा पूर्ण करने के लिए भानुसेन के पुत्रों को ढूँढने लगा। शीघ्र ही उनमें से एक जिष्णु, सैनिकों का वध करता हुआ उसके सामने पड़ गया। युगांधर, भानुसेन को भी वही पीड़ा देना चाहता था, जो वीरसेन को सूर्यम् की मृत्यु से हुई थी। उसने जिष्णु को अवसर दिये बिना ही फरसा उसकी ओर चला दिया। जिष्णु को तड़पने का भी अवसर नहीं मिला। उसकी गर्दन छटककर दूर जा गिरी और शरीर भूमि पर गिरकर निष्प्राण हो गया। भानुसेन के तीनों पुत्रों, वीरभद्र, सुषेण और श्यामक ने यह वीभत्स दृश्य अपनी आँखों से देखा। वह तीनों एक साथ युगांधर से युद्ध करने दौड़ पड़े।

इधर अखण्ड को जैसे ही इसकी सूचना मिली, वह अपने भाइयों की रक्षा करने दौड़, परन्तु तभी वक्रबाहु उसके मार्ग में आ खड़ा हुआ।

"तनिक ठहरो महाबली अखण्ड! पाताल में हमारा द्वंद्व अधूरा रह गया था; क्यों न आज इसे पूरा कर लें।" वक्रबाहु ने गजरूप में ही अखण्ड को ललकारा।

"अभी मेरे मार्ग से हट जाओ वक्रबाहु; मुझे अपने भाइयों की रक्षा करनी है, मुझे जाने दो!"

"जब तक युगांधर, तुम्हारे भाइयों का वध करके अपनी प्रतिज्ञा पूर्ण नहीं कर लेते, मैं तुम्हें कहीं नहीं जाने दूँगा अखण्ड!"

"यदि ऐसा है तो सामना करो मेरा; तुम्हारा वध करने के उपरान्त उस युगांधर की मृत्यु भी मेरे ही हाथों होगी, सावधान वक्रबाहु!" अखण्ड, वक्रबाहु की ओर दौड़ा। वक्रबाहु भी अपनी पूरी शक्ति लगाकर उससे युद्ध करने लगा। दोनों महाबलियों का युद्ध अत्यंत भयानक प्रतीत हो रहा था। कोई एक दूसरे से पराजय स्वीकार करने को तैयार नहीं था।

इधर युगांधर का फरसा रक्त का प्यासा हो रहा था। वीरभद्र, सुषेण और श्यामक एक साथ उससे युद्ध कर रहे थे। युगांधर के प्रहार से वह तीनों ही भूमि पर गिर पड़े। उसने वीरभद्र की गर्दन पकड़कर उसे भूमि से उठाया, और अपनी कमर में खुंसा खंजर निकालकर उसे घोंप दिया। "क्षमा करना बालक, किन्तु तुम्हारे पिता को उसके बिल बाहर लाने के लिए, मुझे तुम सबकी बलि चढ़ानी होगी।" कहकर, उसने वीरभद्र को भूमि पर गिरा दिया। पीड़ा से तड़पता हुआ वह बालक भूमि पर गिर पड़ा। यह देख घायल सुषेण और

श्यामक भूमि से उठे और दोनों,तलवार लेकर युगांधर की ओर दौड़े। उनके, पास आते ही युगांधर ने उनके उदर पर भीषण मुष्टि का प्रहार किया, और दाँव उलटकर उन दोनों की गर्दन अपनी दोनों भुजाओं से जकड़ ली।

"भानुसेन...! कैसे पिता हो तुम; अपने प्राण बचाने के लिए बिल में छिपे बैठे हो। भ्राता अखण्ड को छोड़, तुम्हारे केवल दो पुत्र शेष बचे हैं, क्या इनका रक्षण नहीं करोगे? यदि इनके प्राण बचाने हैं तो बाहर आओ।" भानुसेन को ललकार कर युगांधर ने कुछ क्षण प्रतीक्षा की, उसके उपरान्त सुषेण की गर्दन तोड़कर उसका वध कर दिया।

"लो भानुसेन, तुम्हारा एक और पुत्र मारा गया; भ्राता अखण्ड भले तुम्हारे साथ हों, किन्तु उनका हृदय तुम अपने पक्ष में कभी नहीं कर पाओगे... यह गया तुम्हारा अंतिम आज्ञाकारी पुत्र।" कहकर युगांधर ने श्यामक को भूमि पर गिराया, और फरसा उठाकर उसकी गर्दन को धड़ से अलग कर दिया।

"युगांधर...!" भानुसेन अपने रथ से गदा लिए कूद पड़ा और सुरक्षा घेरे को तोड़ता हुआ युगांधर के पास आ गया।

"कैसा क्रूर और निर्दय योद्धा है तू! इन बालकों का इतनी क्रूरता से वध करते हुए हाथ नहीं काँपे तेरे?" भानुसेन युगांधर पर चीखा।

"तूने मेरे अनुज सूर्यम् का जिस प्रकार वध किया था, वह भूल गया? अच्छा हुआ, जो आज तू मेरे समक्ष आ गया भानुसेन; मेरा फरसा तेरे रक्त का प्यासा है; आज इसे तेरा रक्त पिलाकर इसकी प्यास बुझा दूँगा मैं।" रक्त से सना फरसा लेकर युगांधर, भानुसेन की ओर दौड़ा।

उन दोनों के मध्य द्वंद्व भी आरम्भ हो गया। यह देख रक्षराज मार्केश तत्काल सेनापति कपिश के पास जा पहुँचा।

"प्रधान सेनापति, वहाँ मेरे पुत्र और विदर्भ के राजा के प्राण संकट में हैं, और आप यहाँ साधारण सैनिको के संहार में लगे हैं!"

"महाराज संकट में हैं? मैं तत्काल उनकी सुरक्षा के लिए जाता हूँ।" महर्षि कपिश ने सारथी को आगे बढ़ने की आज्ञा दी।

"ठहरिए प्रधान सेनापति! पहले मेरी योजना सुन लीजिये; युगांधर को वरदान प्राप्त है, कि द्वंद्व युद्ध में उसे कोई पराजित नहीं कर सकता, किन्तु मैं, आप, भानुसेन और अखण्ड जैसे महारथी यदि एक साथ उस पर आक्रमण

करेंगे तो वह अवश्य पराजित होगा; उसका दिव्य फरसा उसके हाथ से छुड़ाने का उत्तरदायित्व मेरा है।'' मार्केश अपनी योजना समझाता चला गया।

''कदापि नहीं! मै इस छल में तुम्हारा साथ नहीं दूँगा; और तुम्हें क्या लगता है, अखण्ड इसके लिए कभी तैयार होगा?'' महर्षि कपिश बरस पड़े।

''अखण्ड को मनाना मेरा कार्य है; आपको यह करना ही होगा प्रधान सेनापति, भानुसेन की रक्षा के लिए।'' यह कहकर मार्केश भानुसेन की ओर बढ़ चला।

अखण्ड को वक्रबाहु से मुक्त करने के लिए रक्षराज ने सौ हाथियों को एकत्र किया और उनका नेतृत्व करता हुआ वह अखण्ड के पास आया। उसने तत्काल ही अपनी माया का प्रयोग किया और वक्रबाहु और अखण्ड के द्वंद्व में विघ्न डाला। वक्रबाहु के समक्ष कुछ समय के लिए अंधकार छा गया। जब यह अंधकार छँटा तो उसके समक्ष सौ हाथी युद्ध को तैयार खड़े थे। वक्रबाहु उनसे युद्ध में व्यस्त हो गया। अखण्ड को अपने रथ में बैठाकर रक्षराज उसे उस स्थान पर ले आया जहाँ युगांधर और भानुसेन का द्वंद्व चल रहा था।

''देखो पुत्र अखण्ड, कितनी क्रूरता से इस युगांधर ने तुम्हारे भाइयों की हत्या की है, और अब तुम्हारे पिता के प्राण लेना चाहता है।''

इधर एक प्रहर तक चलता द्वन्द्व समाप्त हुआ। भानुसेन भूमि पर गिरा था और युगांधर का फरसा उसके प्राण लेने को तत्पर था।

यह देख अखण्ड, गदा लेकर रथ से कूद पड़ा और शीघ्र ही युगांधर के समक्ष आकर भानुसेन पे किया जाने वाला उसका अंतिम प्रहार रोक लिया।

''मेरे मार्ग से हट जाइए भ्राता!'' युगांधर ने अखण्ड से विनती की।

''जो दुष्कृत्य तुमने मेरे भाइयों का वध करके किया है, उसका दण्ड तो तुम्हें भोगना ही होगा!'' कहकर अखण्ड ने युगांधर को पीछे धकेल दिया।

तभी रक्षराज ने देखा कि तेजस्वी रणक्षेत्र में प्रवेश कर चुका है, तथा वीरसेन और शंकराचार्य युगांधर की सहायता के लिए आ रहे हैं। तत्काल मार्केश कपिश के पास जा पहुँचा 'सेनापति कपिश, आप वीरसेन और शंकराचार्य का मार्ग रोकिए, शीघ्र जाइए!''

इधर युगांधर के फरसे के आगे अखण्ड बेबस होकर भूमि पर गिर पड़ा। युगांधर ने अब भानुसेन का वध करने के लिए फरसा उठाया।

15

रक्षराज का अंत

"भागो पुत्र भानुसेन! भागो, अपने प्राण बचाओ; यह हमारी योजना का अंग है, विचार मत करो।"

रक्षराज की आज्ञा पर भानुसेन उठकर भागने लगा। उसका वध करने के लिए युगांधर ने फरसा उसकी ओर चला दिया, किन्तु भानुसेन और फरसे के बीच रक्षराज मार्केश आकर खड़ा हो गया, और फरसा उसकी छाती में जा धँसा। उसने पूरी शक्ति लगाकर फरसा पकड़ लिया। महर्षि कपिश ने वीरसेन और शंकराचार्य जैसे महारथियों को अकेले रोक रखा था।

"पुत्र अखण्ड, वध करो युगांधर का! वह निःशस्त्र है।" युगांधर का फरसा उसकी ओर आकर्षित हो रहा था। मार्केश ने पूरी शक्ति लगाकर फरसे को पकड़ा था।

अखण्ड ने भी गदा फेंककर युगांधर को मल्लयुद्ध की चुनौती दी।

'आओ अनुज युगांधर, अपने फरसे के बल पर बहुत क्रूरता का प्रदर्शन कर लिया तुमने; अब अपने बाहुबल का परिचय दो। आज तुम पर कोई दया नहीं करेगा अखण्ड; तुम्हारी मृत्यु तो सुनिश्चित है आज।"

"आपके भाइयों का वध करके, मैंने उनका वध किया है, जो आपकी ही भाँति इन नीच असुरों के पक्ष से युद्ध कर रहे थे... और अब आपका वध

करके, इस पाप के बोझ से मैं आपको भी मुक्त कर दूँगा ज्येष्ठ! नागों का भूतपूर्व राजा होने के अतिरिक्त मैं महाराज विक्रमाजित जैसे महावीर का अंश भी हूँ भ्राता अखण्ड; मुझे कम आँकने की भूल मत कीजियेगा।''

''मेरे बल का परिचय तुम्हें शीघ्र ही प्राप्त हो जायेगा युगांधर; आओ द्वंद्व करो मुझसे।''

दोनों महारथी एक दूसरे की ओर दौड़े। उन दोनों का द्वंद्व आरम्भ हो गया। अखण्ड ने युगांधर को भूमि पर गिरा दिया। तत्काल ही वह भूमि से उठा और द्वंद्व करने आगे बढ़ा। जब रक्षराज ने तेजस्वी को पास आते देखा तो उसने कुछ संकेत किया, परिणामस्वरूप अखण्ड से द्वंद्व करते समय मध्य में ही एक तलवार युगांधर की पीठ में आ धँसी। यह तलवार मार्केश के पौत्र सुबाहु के हाथ में थी, जिसे मार्केश ने पहले से तैयार कर रखा था। अखण्ड भी आश्चर्यचकित रह गया। युगांधर ने सुबाहु पर प्रहार करके उससे तलवार छीन ली, परन्तु इससे पहले कि वह उसका वध करता, अखण्ड की गदा ने उसका मार्ग रोक लिया।

''कब तक इन अधर्मियों का साथ देंगे आप?'' युगांधर अत्यंत पीड़ा में था।

''मुझे क्षमा कर दो अनुज, मैं विवश हूँ। मैं तुम्हारा वध करना चाहता था, किन्तु इस प्रकार छल से नहीं; मेरे वचन ने मुझे इन पाखंडियों का साथ देने पर विवश कर दिया है।'' अखण्ड के नेत्र से अश्रु बह उठे। उसने युगांधर को भूमि पर गिरा दिया। तत्काल ही वह भूमि से उठा और अखण्ड की ओर बढ़ा। किन्तु तभी भानुसेन भी भूमि से उठा और भूमि पर गिरी तलवार उठाकर युगांधर की पीठ छलनी कर दी।

यह देख मार्केश ने फरसे पर से जोर हटा लिया। फरसा उसकी छाती से निकलकर युगांधर के हाथ में आ गया। मार्केश की छाती में लगा घाव शीघ्र ही भर गया।

''युगांधर...!'' तेजस्वी को वहाँ पहुँचने में विलंब हो गया। युगांधर के शरीर से रक्त की धारा बहती देख वह विचलित हो गया।

युगांधर के चेहरे पर मुस्कान थी। वह तेजस्वी की तरफ मुड़ा। ''भ्राता तेजस्वी, अपनी मृत्यु से पूर्व मुझे रक्षराज मार्केश का अंत देखना है!''

तभी वीरसेन और महर्षि शंकराचार्य भी वहाँ पहुँचे। नागराज विषंधर ने वहाँ पहुँचकर युगांधर का घाव देखा। उन्होंने युगांधर को थामने का प्रयास किया। युगांधर के चेहरे पर मुस्कान थी।

"चिन्तित न होइए पितामह; जब तक रक्षराज जीवित है मैं मृत्यु को प्राप्त नहीं होऊँगा।"

रक्षराज मार्केश और भानुसेन वहीं खड़े युगांधर के घाव देख अट्टहास कर रहे थे। तेजस्वी से रहा न गया

"मार्केश, अपने अंत के लिए तैयार हो जाओ।" उसने त्रिशस्त्र रक्षराज की नाभि की ओर कर चला दिया।

त्रिशस्त्र, रक्षराज की नाभि को चीर गया। रक्षराज ने हँसते हुए, त्रिशस्त्र को अपनी नाभी से निकाल फेंका... परन्तु मार्केश की हँसी शीघ्र ही थम गयी। वह कमज़ोर होकर भूमि पर गिर पड़ा।

अट्टहास करने की बारी अब युगांधर की थी। "तुम्हारे शरीर से तुम्हारे भाइयों की शक्ति जा चुकी है मार्केश! अब तुम वही मार्केश हो, जो कई बार हमारे पिता, महाराज विक्रमाजित से पराजित हुआ है।"

युगांधर के कथन के उपरान्त तेजस्वी अपने अश्व से उतरा और अपने नेत्र बंदकर अपने पिता का स्मरण किया।

"पिताश्री! आज हमारे संघर्ष के अंत का समय आया है; मैं आपका आह्वान करता हूँ कि आप मेरे शरीर में समाकर मेरी सहायता करें। मुझे इस युद्ध में वीरगति पाये योद्धाओं का प्रतिशोध लेना है, और मेरी माँ चित्रलेखा का प्रतिकार लेना आपका भी उत्तरदायित्व। पिताश्री, आज हम पिता-पुत्र मिलकर इस असुर का अंत करेंगे; मै आपका आह्वान करता हूँ पिताश्री।"

आकाश से एक बिजली कड़की और विक्रमाजित की आत्मा तेजस्वी के शरीर में समा गयी।

"रक्षराज मार्केश...! आज न कोई अस्त्र न कोई शस्त्र; आज इस द्वंद्व का निर्णय बाहुबल करेगा। तुम्हारी मृत्यु संसार के किसी शस्त्र से सम्भव नहीं, किन्तु अब मैं और प्रतीक्षा नहीं कर सकता; आज मेरा बाहुबल तुम्हारे प्राण लेने को तत्पर है।" तेजस्वी की आँखें रक्षराज का शव देखने को तत्पर थीं।

रक्षराज भी तब तक सँभल चुका था। "मेरे भाइयों की आत्मा भले मेरे

शरीर से जा चुकी हो, परन्तु तीन वर्षों का तप करके मैंने भी अतुल्य बल पाया है, और इस बल के समक्ष तू कभी खड़ा नहीं रह पायेगा तेजस्वी।''

''मुझे अकेला समझने की भूल मत करना रक्षराज; आज मेरे पिता महाराज विक्रमाजित का बल भी मेरे साथ है, जिन्हें तुम जीवनभर के संघर्ष के उपरान्त भी पराजित नहीं कर पाये थे।''

''जो तब नहीं हुआ, वह अब होगा; आज तुम्हें अपने पैरों के नीचे कुचलकर मैं रक्षजाति का भविष्य उज्ज्वल कर दूँगा।''

तभी अपने अश्व पर सवार रक्षगुरु भैरवनाथ रणभूमि में पहुँच आये। ''रुक जाओ मार्केश! लौट आओ, यह द्वंद्व मत करो।''

भैरवनाथ का प्रलाप सुन तेजस्वी ने रक्षराज पर कटाक्ष किया।

''लो रक्षराज, बार-बार तुम्हें रणभूमि से बचाकर निकालने वाला रक्षगुरु फिर आ गया तुम्हारे प्राणों की रक्षा के लिए; जा रणछोड़ रक्षराज, चला जा अपने प्राण बचाकर।''

''कभी नहीं! आज यदि मृत्यु भी मुझे डस ले तो भी मैं पीछे न हटूँगा; तुम्हारे और मेरे मध्य कोई नहीं आयेगा आज, द्वंद्व आरम्भ हो।''

तेजस्वी और मार्केश पूरी गति से एक दूसरे की ओर दौड़े। उनके टकराव का दृश्य देखने के लिए आसपास के सभी योद्धा अपने द्वंद्व अधूरे छोड़ उनके समक्ष आ खड़े हुए। रणभूमि के उस स्थान पर केवल रक्षराज और तेजस्वी का द्वंद्व चल रहा था, शेष योद्धा केवल दर्शक थे।

भैरवनाथ के बढ़ते मार्ग को बलिष्ठगढ़ के राजा भार्गव ने अवरुद्ध कर दिया।

''आज नहीं भैरवनाथ, आज नहीं; आज रक्षराज मार्केश की रक्षा महादेव भी नहीं कर पायेंगे; उसका अंत आज निश्चित है।'' राजा भार्गव, भाला लेकर रथ से नीचे उतरे और भैरवनाथ की ओर बढ़ने लगे।

इधर नागराज विषंधर महर्षि शंकराचार्य के पास आये।

''हमें किसी भी प्रकार से यह युद्ध आज समाप्त करना है सेनापति जी!''

''किन्तु महर्षि कपिश का वध किये बिना यह सम्भव नहीं है, और उन्हें पराजित करने का कोई उपाय भी नहीं दिखाई देता।''

"उपाय है महर्षि शंकराचार्य; मैं आपके बाण पर बैठकर महर्षि कपिश तक जाऊँगा, और उनका वध कर दूँगा।"

"यह आप क्या कह रहे हैं नागराज? ऐसा घृणित छल करने के विषय में आप सोच भी कैसे सकते हैं?"

"महर्षि कपिश के छल का विस्मरण हो गया आपको? इस युद्ध में अब छल और बल की सीमा समाप्त हो चुकी है सेनापति! यदि महर्षि कपिश ने छल न किया होता तो सूर्यम् जैसा पराक्रमी योद्धा आज जीवित होता, आपका और महाराज वीरसेन का मार्ग उन्होंने अवरुद्ध न किया होता, तो मेरा पौत्र युगांधर भी आज मृत्युशय्या पर न होता... मुझे केवल प्रतिशोध चाहिए।"

"किन्तु नागराज, इसमें आपके प्राण भी जा सकते हैं!"

"यदि मेरे प्राणों की बलि लेकर यह युद्ध जीता जा सकता है, तो यही उचित है महर्षि शंकराचाय; अपनी मृत्यु से पूर्व मैं महर्षि कपिश को डस लूँगा।"

"यदि आप ऐसा चाहते हैं, तो यही सही; मैं विदर्भ के सेनापति को द्वंद्व की चुनौती देने जा रहा हूँ; जिस बाण का संधान कर मैं आपका आह्वान करूँगा, आप उस पर बैठकर महर्षि कपिश को डस लीजियेगा।"

नागराज विषंधर, योजना बनाकर महर्षि शंकराचार्य के रथ पर सर्प रूप धरकर बैठ गये। कपिश के पास पहुँचकर शंकराचार्य ने उन्हें चुनौती दी।

"सावधान परशुराम शिष्य कपिश! आज आपके सभी छल का उत्तर, मैं आपका वध करके दूँगा।" कहकर महर्षि शंकराचार्य ने शर संधान कर नागराज विषंधर का आह्वान किया।" नागराज विषंधर, मेरे बाण पर बैठकर वध कीजिये महर्षि कपिश का!"

महर्षि शंकराचार्य का बाण कपिश कि ओर आने लगा। कपिश ने अपने सामर्थ्य के अहंकार में हाथों से वह बाण रोक लिया। इस अवसर का लाभ उठाकर तत्काल ही नागराज विषंधर ने उन्हें कंठ पर दंश मार दिया। क्रोधित कपिश ने विषंधर की गर्दन मरोड़ दी, परन्तु विषदंश के प्रभाव से कपिश भूमि पर गिर पड़े।

"यह कैसा छल था महर्षि शंकराचार्य!" कपिश ने शंकराचार्य पर

कटाक्ष किया।

"आपके किये सभी प्रपंचों का उत्तर है यह महर्षि कपिश! आपने ब्राह्मण जाति को कलंकित किया है; अपने गुरु परशुराम को लज्जित किया है, उसका दण्ड है ये। आप इस युद्ध में हमारी विजय के समक्ष पर्वत के समान खड़े हो गये थे, इसलिए आपका वध आवश्यक था।" महर्षि शंकराचार्य ने भी कपिश को अपना निर्णय सुना दिया।

नागराज विषंधर का तीव्र विष तीव्रता से कपिश के शरीर में फैलने लगा। इधर बलिष्ठग़ढ के राजा भार्गव का भाला अंततः भैरवनाथ के उदर को चीर गया। भैरवनाथ ने भी अपना त्रिशूल भार्गव के उदर में धँसा दिया। वह दोनों भी भूमि पर गिर गये और शीघ्र ही उन दोनों के शरीर निष्प्राण हो गये।

सूर्यास्त हो चुका था। सेनाओं के युद्ध पर विराम लग चुका था, परन्तु तेजस्वी और रक्षराज में होता द्वंद्व जारी था। तभी रक्षराज को तेजस्वी में विक्रमाजित का चेहरा दिखाई देने लगा।

"विक्रमाजित !" रक्षराज भयभीत हो गया।

"हाँ रक्षराज, आज तुम्हारे सारे पापों का दण्ड देने आया हूँ मैं; यह मेरे पुत्र को सोलह वर्षों तक मुझसे दूर करने का लिए।" कहकर तेजस्वी रूपी विक्रमाजित ने मार्केश की छाती पर प्रहार किया, फलस्वरूप रक्षराज के मुँह से रक्त का फव्वारा फूट पड़ा।

"यह मेरे अनुज युगांधर और सूर्यम् की छलपूर्वक हत्या के लिए! आज किसी युद्ध धर्म का पालन नहीं होगा रक्षराज... यह युद्ध अब तुम्हारे अंत तक चलेगा, चाहे सूर्यास्त हो या फिर सूर्योदय।" तेजस्वी का मुख एक बार फिर वास्तविक रूप में आया और उसके मुष्टि प्रहार से रक्षराज के चेहरे से रक्त की धारा बहने लगी। एक बार फिर तेजस्वी का मुख विक्रमाजित के मुख में परिवर्तित हो गया।

'ये मेरा अंतिम प्रहार है मार्केश; मेरी प्रेयसी चित्रलेखा की मृत्यु के लिए।" तेजस्वी रूपी विक्रमाजित ने पूरी शक्ति लगाकर मार्केश की छाती पर प्रहार किया।

रक्षराज का सम्पूर्ण शरीर रक्तरंजित हो गया। वह भूमि पर गिर पड़ा।

'विक्रमाजित, तुम ये... मत समझना ... कि मेरा... अंत कर तुम... विजयी हो गये हो; एक महासंकट... तो... मेरी... मृत्यु के उपरान्त आयेगा...; और..स्मरण..रहे, तुम्हारी..आत्मा को..तब तक..शांति नहीं मिली... जब तक तुमने अपनी पत्नी... की..मृत्यु... का प्रतिशोध... नहीं ले लिया। मैं... भी..शांत... नहीं बैठूँगा..., अपनी..शिवन्या का ... प्रतिशोध अवश्य...।'' अपना कथन पूर्ण करने से पूर्व ही रक्षराज मार्केश ने अंतिम साँस ली।

तेजस्वी, मार्केश का अंतिम प्रलाप सुनकर चकित था।

''हर-हर महादेव...!'' फिर भी तेजस्वी के साथ ही समस्त बलिष्ठगढ़ की सेना ने यह नारा लगाया।

तेजस्वी, तत्काल युगांधर की ओर दौड़ पड़ा। युगांधर भी अपनी अंतिम साँस ले रहा था। उसे शीघ्र ही सुवर्या की आत्मा दिखने लगी। तेजस्वी उसके पास आकर बैठ गया।

''हम विजयी हुए अनुज, हम विजयी हुए! उस पापी रक्षराज का अंत हुआ।''

तेजस्वी के कथन के उपरान्त युगांधर ने मुस्कराकर कहा।

''बधाई... हो... भ्राताश्री! हम... अपना... प्रतिशोध... लेने...में सफल....रहे।''

तभी युगांधर की माँ कनिष्का वहाँ पहुँचीं। अपने पुत्र की दशा देख वह तड़प उठीं।

''पुत्र यह क्या दशा बना ली है तुमने; यह सब कैसे हुआ?'' कनिष्का के नेत्र अश्रुओं से भरे थे। युगांधर ने अपने दोनों हाथ जोड़े।

''मुझे... प्रस्थान... की... आज्ञा... दें... माता...! मैंने... इस... युद्ध... में... वीरगति... पाई... है। मेरी... सुवर्या... मुझे... बुला... रही... है... माता, मुझे... प्रस्थान... की... आज्ञा... दीजिये।''

''नहीं पुत्र, तुम कहीं नहीं जा सकते।'' कनिष्का तड़प उठीं।

''मैं... सुवर्या... को... देख... सकता... हूँ... माता...। वह... अपनी... बाँहें... फैलाये... मुझे... बुला... रही... है; मुझे... आज्ञा... दें... माता... मेरा... अंतिम... प्रणाम... स्वीकार... करें। और... हाँ... सुवर्या ने मुझे.... वचन... दिया था, कि वह मुझसे मिलने के लिए दोबारा.. लौटेगी, इसलिए

आप चिन्ता न करें माता, मैं लौटूँगा अवश्य।''

इतना कहकर उस महावीर युगांधर ने अपनी अंतिम साँस ली।

पाताल में असुरों पर भारी पड़ने वाले सबसे सामर्थ्यवान योद्धा का शरीर अब निष्प्राण हो चुका था। कनिष्का अपने पुत्र से लिपटकर चीख पड़ी। समस्त रणक्षेत्र शोकग्रस्त हो गया। सबके नेत्र अश्रुओं से भरे थे। अखण्ड भी ग्लानि के भाव से मृत्यु का अनुभव कर रहा था।

महर्षि कपिश और नागराज विषंधर का शरीर भी निष्प्राण हो चुका था। कपिश के नेत्रों में मृत्यु से पूर्व केवल प्रायश्चित के आँसू थे। यह देख अखण्ड भानुसेन के पास आया।

''यह युद्ध करके क्या प्राप्त हुआ पिताश्री? लाखों सैनिक; आपके सारे पुत्र, सूर्यम्, युगांधर, सब एक प्रतिशोध की अग्नि की भेंट चढ़ गये। अब भी समय है पिताश्री, अपनी भूल की क्षमा माँग लीजिये... सूर्योदय होने में केवल एक प्रहर बचा है।'' अखण्ड ने भानुसेन से विनती की।

''यदि मैंने ऐसा नहीं किया, तो क्या तुम मेरा त्याग कर दोगे अखण्ड?'' भानुसेन ने अखण्ड से प्रश्न किया।

''मैं एक क्षत्रिय हूँ पिताश्री; अपना वचन नहीं तोड़ सकता; आपका और मेरा साथ तो मेरी मृत्यु के उपरान्त ही टूटेगा।''

''मैं भी एक क्षत्राणि का पुत्र हूँ अखण्ड; महज पंद्रह वर्ष की अवस्था में मैंने भी सौगंध ली थी कि मैं विक्रमाजित के वंश का विनाश कर दूँगा। यदि अब मैं पीछे हटा तो मेरे पिता मार्केश की मृत्यु, महर्षि कपिश की एवं मेरे सभी पुत्रों की मृत्यु का अपमान होगा, परन्तु तुम पीछे हट सकते हो पुत्र, क्योंकि मेरी रक्षा का वचन जिसे तुमने दिया था, वह तुम्हारी माँ वैशाली थी ही नहीं...!'' कहते हुए भानुसेन ने भैरवनाथ के षड्यंत्र के विषय में अखण्ड को सबकुछ बता दिया। अखण्ड विस्मित रह गया। इसके उपरान्त भानुसेन ने कहा ''तुम सुबाहु को लेकर यहाँ से चले जाओ पुत्र अखण्ड; वह अनुज है तुम्हारा, उसकी रक्षा भी तुम्हारा उत्तरदायित्व है, जाओ!''

''वचन चाहे किसी को भी दिया हो पिताश्री, परन्तु आपकी रक्षा का प्रण तो मैंने लिया है, इसलिए कुछ ही घड़ियों बाद आरम्भ होने वाले महासंग्राम में

मैं आपका साथ अवश्य दूँगा; आप जैसे भी हैं, पिता हैं मेरे... आपको इस प्रकार अकेला कैसे छोड़ सकता हूँ मैं... रही बात सुबाहु की, तो आज जिस प्रकार महाविनाश हुआ है, उसे देख मैंने सुबाहु को एक सुरक्षित स्थान पर भेज दिया है; सुबाहु अब इस रणक्षेत्र से दूर रहेगा।''

सूर्योदय होने को था। वर्षों बाद तेजस्वी ने वनवासी का वेश त्यागकर कवच धारण किया और रथ पर आरूढ़ हुआ। मार्केश की मृत्यु की उसकी प्रतिज्ञा पूरी हो चुकी थी।

सूर्योदय के साथ ही पाँचवें दिन का महासंग्राम आरम्भ हो गया। न जाने क्यों आज वक्रबाहु रणक्षेत्र में उपस्थित नहीं था। सब उसे खोजते रह गये किन्तु वह कहीं नहीं मिला। तेजस्वी, सीधा भानुसेन की ओर बढ़ा चला जा रहा था। अखण्ड उसे रोकने उसके मार्ग में आने ही वाला था कि वीरसेन ने उसका मार्ग रोक लिया। भाला उठाकर वह रथ से कूद पड़े।

''आओ पुत्र अखण्ड, आज प्रथम बार मुझसे भी द्वंद्व कर लो!''

''मुझे जाने दीजिये तातश्री; मेरा वचन मुझे पुकार रहा है; मुझे पिताश्री की रक्षा करनी है।''

अखण्ड की विनती के उत्तरस्वरूप वीरसेन ने भाला उसकी ओर उछाल दिया।'' भानुसेन के वध के उपरान्त तुम अपने वचन से भी मुक्त हो जाओगे पुत्र; सावधान!''

वीरसेन की ललकार का उत्तर अखण्ड को देना ही पड़ा। बलिष्ठगढ़ के शेष योद्धा महर्षि शंकराचार्य के नेतृत्व में विदर्भ की सेना में विध्वंस मचा रहे थे।

अखण्ड की अधीरता वीरसेन पर भारी पड़ गयी। अखण्ड के भाले ने शीघ्र ही वीरसेन के उदर को चीर दिया। वह भूमि पर गिर पड़े। अखण्ड भी घुटनों के बल आ गया।

''म... मुझे क्षमा करें तातश्री, मैं विवश था।'' अखण्ड के नेत्र में प्रायश्चित के आँसू थे।

इधर तेजस्वी ने अंततः भानुसेन को खोज निकाला। उसने भानुसेन को ललकारा।

"अब और विनाश नहीं भानुसेन! तुम्हारे अंत के लिए मैं प्रस्तुत हूँ, युद्ध करो मुझसे।"

"मैं भी कायर नहीं तेजस्वी, जो मृत्यु को पीठ दिखाकर भाग जाऊँ... सावधान!" भानुसेन ने भी धनुष उठा लिया, किन्तु तेजस्वी के क्रोध ने दो पलों में ही उसे निःशस्त्र कर दिया।

"अब और नहीं भानुसेन; मेरा यह अग्निअस्त्र तुम्हारे समूल अस्तित्व को ही मिटा देगा।"

कहकर तेजस्वी ने अग्निअस्त्र भानुसेन की ओर छोड़ दिया। तभी वायु की गति से दौड़ता हुआ अखण्ड, भानुसेन के रथ पर चढ़ आया और अग्नि अस्त्र इससे पहले भानुसेन तक पहुँचता, वह उसे रथ से लेकर कूद गया। एक भयंकर विस्फोट हुआ और भानुसेन का रथ जलकर भस्म हो गया। भानुसेन थोड़ा घायल भी हो गया। यह देख अखण्ड ने उसे दूसरे रथ पर बिठाया और रणभूमि से पलायन करने लगा।

"यह क्या कर रहे हो पुत्र अखण्ड? रणभूमि से पलायन करने से उचित है कि मैं मृत्यु स्वीकार कर लूँ।" भानुसेन घायल अवस्था में रथ पर बैठा था। उसने अखण्ड को रोकने का प्रयास किया।

"इस समय मुझे मेरा उत्तरदायित्व निभाना है, इसलिए आप मौन रहिए और मुझे मेरा कार्य करने दीजिये।" अखण्ड ने रथ को आगे बढ़ा दिया।

"रुक जाइए भ्राता अखण्ड! आखिर कब तक अपने अधर्मी पिता का रक्षण करेंगे आप?" तेजस्वी की चेतावनी सुनकर भी अखण्ड नहीं रुका।

इधर घायल अवस्था में भी वीरसेन ने भानुसेन के रथ का पीछा करना आरम्भ किया। अखण्ड, रथ को हाँकता हुआ कई कोस दूर ले गया, वह किस मार्ग पर जा रहा था, इसका उसे स्वयं भान नहीं था। शीघ्र ही उसकी यात्रा एक गहरी खाई के पास आकर रुकी। आगे का मार्ग उसे दिखाई न दिया। तेजस्वी भी शीघ्र ही वहाँ पहुँच आया।

"कब तक सत्य से भागेंगे भ्राता अखण्ड; अब तो स्वीकार कर लीजिए कि अब आप अपने पिता का रक्षण नहीं कर पायेंगे।"

"जब तक मेरी देह में प्राण हैं, तब तक पिताश्री को कोई स्पर्श भी नहीं कर सकता; द्वंद्व करो मुझसे, वध करो मेरा "यदि कर सको तो... उसके

उपरान्त ही तुम पिताश्री तक पहुँच सकते हो।'' अखण्ड ने तेजस्वी को चुनौती दी।

''यदि आपकी यही इच्छा है भ्राता, तो मैं भी आपको पर्याप्त अवसर दूँगा; मैं अपने विजयधनुष से युद्ध नहीं करूँगा; मैं आपको खड़ग से युद्ध की चुनौती देता हूँ ज्येष्ठ।''

''मेरे बल का सामना कर पाओगे अनुज?'' अखण्ड ने तलवार खींच कर चुनौती दी।

''कदाचित् आपको ज्ञात नहीं, कि मेरे इस शरीर में इस समय मेरे पिता महाराज विक्रमाजित की आत्मा का वास है; उनका बल भी मेरे साथ है, इसलिए आप अपने रक्षण के विषय में विचार कीजिये।'' तेजस्वी भी खड्ग उठाकर रथ से कूद पड़ा।

दोनों भाई एक दूसरे से द्वंद्व करने को तत्पर थे, और एक दूसरे की ओर बढ़े चले जा रहे थे, तभी युगांधर की माता कनिष्का वहाँ आ पहुँचीं।

''पुत्र तेजस्वी, अखण्ड मेरे युगांधर की मृत्यु का उत्तरदायी है; मुझे इसकी मृत्यु चाहिये।''

अखण्ड और तेजस्वी की तलवारों के टकराव ने आसपास का वातावरण हिला दिया। विक्रमाजित रूपी तेजस्वी, अखण्ड पर भारी पड़ रहा था। यह देख भानुसेन भूमि से उठा और इस द्वंद्व में विघ्न डालना चाहा। तभी वीरसेन वहाँ पहुँच आये और उसके मार्ग में खड़े हो गये, वीरसेन अत्यंत घायल अवस्था में थे, फिर भी उन्होंने भानुसेन को द्वंद्व की चुनौती दी। उन दोनों घायल योद्धाओं का द्वंद्व भी आरम्भ हो गया यह देख विक्रमाजित की आत्मा तेजस्वी के शरीर से अलग हो गयी, और वीरसेन के शरीर में समा गयी। वीरसेन का बल कई गुना बढ़ गया। उन्होंने भानुसेन को भूमि पर गिरा दिया। अब वीरसेन का भाला भानुसेन की गर्दन पर था। वीरसेन के मुख के स्थान पर शीघ्र ही भानुसेन को विक्रमाजित का मुख दिखाई देने लगा। उन्होंने मृत्यु के द्वार पर खड़े भानुसेन के समक्ष घोषणा की।

''मेरी प्रतिज्ञा पूर्ण हुई भानुसेन! तुम्हारा और तुम्हारे पिता का अंत हुआ।'' कहकर वीरसेन ने भानुसेन की छाती अपने भाले से भेद दी।

भानुसेन, विक्रमाजित की आत्मा को देखता ही रहा ''मैं ... मर... रहा

हूँ... विक्रमाजित... किन्तु... आने वाले संकट... का तुझे भान ही नहीं है; शीघ्र... ही... जागेगा... और..विदर्भ... पर कहर... बनकर..टूटेगा..दुर्भीक्ष।'' अपनी बात पूरी करने से पूर्व ही उसका शरीर निष्प्राण हो गया।

वीरसेन भी भूमि पर गिर पड़े। यह दृश्य देख तेजस्वी और अखण्ड का द्वंद्व थम गया।

''आपके अधर्मी पिता का अंत हुआ ज्येष्ठ! अब इस युद्ध की हमें कोई आवश्यकता नहीं।'' तेजस्वी ने अपनी तलवार भूमि पर गिरा दी।

''नहीं, अखण्ड मेरे पुत्र की मृत्यु का उत्तरदायी है, उसे दण्ड मिलेगा; मुझे प्रतिशोध चाहिये।'' कहकर कनिष्का ने भूमि पर गिरी तलवार उठाई और अखण्ड की ओर बढ़ीं।

''मैं आपका अपराधी हूँ, मुझे दण्डित करने का आपको पूर्ण अधिकार है।'' अखण्ड ने भी अपनी तलवार भूमि पर गिरा दी और अपनी मृत्यु का स्वागत किया।

''रुक जाइए माता...!'' किन्तु तेजस्वी का कनिष्का को रोकने का प्रयास सफल नहीं हुआ। कदाचित् महर्षि शंकराचार्य के श्राप ने उनकी बुद्धि हर ली थी। उन्होंने सीधे अखण्ड के उदर पर प्रहार कर, तलवार उसकी पीठ के पार कर दी।

'ज्येष्ट!' तेजस्वी चीख पड़ा।

''मुझे क्षमा कर दो माता, मैं... विवश था।'' अखण्ड ने अपने दोनों हाथ जोड़ लिए।

अकस्मात् ही कनिष्का का क्रोध करुणा में परिवर्तित हो गया। वह भूमि पर बैठ गयी।

''मुझे क्षमा कर दो पुत्र; मैं प्रतिशोध में अंधी हो गयी थी।'' कदाचित् महर्षि शंकराचार्य के श्राप ने कनिष्का की बुद्धि हर ली थी।

''यह आपने क्या किया भ्राता अखण्ड; अपना रक्षण क्यों नहीं किया?''

''ये... मेरे... पापों... का... दण्ड... है... अनुज... तुम... जाओ... और... महाराज... वीरसेन... के... प्राण... बचाओ; कदाचित् उनके ... प्राण बचाना अभी ... सम्भव... हो..।'' इतना कहते हुए अखण्ड के पैर एक पत्थर से टकराये। असंतुलित होकर वह गहरी खाई में गिर पड़ा।

''भ्राता... अखण्ड...!'' तेजस्वी' अकस्मात् हुई इस घटना को अवाक् होकर देखता रह गया।

''सैनिकों, जाओ और भ्राता अखण्ड की देह को ढूँढ़कर लाओ।'' तत्काल ही तेजस्वी ने पास खड़े सैनिकों को आदेश दिया।

''तुम अखण्ड को बचा नहीं पाओगे पुत्र; महर्षि शंकराचार्य का श्राप मिथ्या नहीं हो सकता... यह महायुद्ध अंततः समाप्त हुआ।'' तभी महाराज विक्रमाजित की आत्मा वहाँ प्रकट हुई। तेजस्वी ने भूमि से उठकर उन्हें नमन किया और कहा।

''जानता हूँ पिताश्री, किन्तु भ्राता अखण्ड के शव को सम्मानपूर्वक विदा तो करना ही होगा। इस युद्ध ने केवल विध्वंस किया; चार लाख सेना की बलि चढ़ गयी, चाहे वह विदर्भ के हों या बलिष्ठगढ़ के, थे तो वह भी जीव ही... और इस प्रकार अपनों को खोकर कौन सी विजय का उल्लास मनाऊँ मैं?''

''तुम्हारा कहना उचित है पुत्र, यह युद्ध हम जीतकर भी हार गये।''

इसके पश्चात् विक्रमाजित कनिष्का की ओर मुड़े।'' ये तुमने उचित नहीं किया कनिष्का!''

''मुझसे भूल हुई; मैं प्रतिशोध में अंधी हो गयी थी, किन्तु मेरा भी तो कोई अपना जीवित नहीं बचा... आपने भी तो मेरा त्याग कर दिया था।''

'मैं तुम्हारा अपराधी हूँ कनिष्का, किन्तु इस घटना में तुम्हारा कोई दोष नहीं है; कदाचित् महर्षि शंकराचार्य के श्राप ने तुम्हारी बुद्धि हर ली थी। अच्छा हुआ मुक्त होने से पूर्व, तुमसे भी मिलना सम्भव हो पाया। युगांधर जैसे वीर पुत्र को पाकर मैं धन्य हो गया। किन्तु जैसा उसने वचन दिया है, वह अपनी प्रेमिका सुवर्या को पाने के लिए अवश्य लौटेगा, तुम उसकी प्रतीक्षा करो; रही बात मेरी, तो मैंने सदा तुम्हारे साथ अन्याय किया है कनिष्का, उसके लिए मैं क्षमा प्रार्थी हूँ।''

''मुझे आपसे कोई शिकायत नहीं है स्वामी; अपराध तो मुझसे हुआ है... आपने जो एक वर्ष मेरे साथ बिताया, वही मेरे लिए सबसे अनमोल था।''

''तुम्हारा उत्तरदायित्व अब नागजाति का संरक्षण है कनिष्का; और इस उत्तरदायित्व को निभाने के लिए तुम्हीं योग्य हो... अब मुझे आज्ञा दो पुत्र तेजस्वी, मेरे प्रस्थान का समय हो गया है।''

तेजस्वी और कनिष्का ने नम आँखों से उन्हें विदा किया। विक्रमाजित को अंततः मुक्ति मिल ही गयी। तभी कनिष्का और वहाँ उपस्थित पंद्रह सहस्त्र नाग भी अदृश्य हो गये। तेजस्वी उनसे कुछ कह भी नहीं पाया।

विदर्भ का एक भी महारथी योद्धा जीवित नहीं था। बलिष्ठगढ़ के शिविर में तेजस्वी के अतिरिक्त मगध युवराज शाल्व, विदर्भ के महामंत्री संजय, बलिष्ठगढ़ के सेनापति चक्रसेन और महर्षि शंकराचार्य ही जीवित बचे थे। महाराज वीरसेन, जीवन और मृत्यु के मध्य संघर्ष कर रहे थे, परन्तु महर्षि शंकराचार्य के वर्षों पूर्व दिये कुलनाश के श्राप के कारण वह इस संघर्ष में पराजित हुए।

कई वैद्य मिलकर भी वीरसेन के प्राण नहीं बचा सके। अंततः वीरसेन ने भी अपनी अंतिम साँस ली।

अपने सभी परिजनों को खोने के उपरान्त तेजस्वी, विदर्भ के राजमहल पहुँचा। विदर्भ का महल शोकाकुल था। चारों तरफ केवल मरघट का सन्नाटा छाया हुआ था। तभी भानुसेन की पत्नी वैशाली महल के बाहर आ पहुँची। वह अत्यंत क्रोधित थी, उन्होंने तेजस्वी को श्राप दे दिया।

"दुष्ट तेजस्वी, तूने इसी सिंहासन के लोभ में मेरे सभी पुत्रों का वध किया है न; मैं तुझे श्राप देती हूँ, कि इसी सिंहासन का उत्तराधिकारी, विदर्भ के इस साम्राज्य के पतन का कारण बनेगा। मेरे पति का अधूरा प्रतिशोध अवश्य पूर्ण होगा, राजा भभूति के वंश का पतन अवश्य होगा, जिसका कारण, तेरा ही पुत्र होगा, यह मेरा श्राप है।" तेजस्वी को श्राप देकर वैशाली ने कटार से अपना उदर चीर दिया।

"राजमाता...!" तेजस्वी चीख पड़ा।

एक पल के लिए तो तेजस्वी अवाक् रह गया, किन्तु अगले ही पल उसने सैनिकों को आदेश दिया।" सैनिकों, जाओ और तत्काल ही वैद्यराज को प्रस्तुत करो, हमें किसी भी मूल्य पर राजमाता के प्राण बचाने होंगे, शीघ्र जाओ।"

महल के द्वार पर तेजस्वी सहित मगध युवराज शाल्व, संजय, चक्रसेन, तेजस्वी का अनुज और चक्रसेन का पुत्र राघव, और चक्रसेन की पत्नी सुनैना उपस्थित थे। वैशाली के श्राप से सभी को झटका लगा।

कुछ ही समय में वैद्यराज महल आये और भानुसेन की पत्नी वैशाली का उपचार आरम्भ किया। तभी एक सैनिक तेजस्वी के समक्ष आया।

"महाबली वक्रबाहु आपसे भेंट करने के इच्छुक हैं कुँवर तेजस्वी; वह महल के द्वार पर आपकी प्रतीक्षा कर रहे हैं।"

"युद्ध के मध्य में हमारा साथ छोड़ने के उपरान्त अब क्यों आया है वह यहाँ पर?" तेजस्वी के नेत्र क्रोध से लाल थे। वह तत्काल ही महल के बाहर आ पहुँचा।

गजेश्वर वक्रबाहु वहाँ उसकी प्रतीक्षा कर रहा था। उसे देख तेजस्वी क्रोधित हो उठा।

"वक्रबाहु, तुम कहाँ थे? हम तो रणभूमि में तुम्हें खोजते ही रह गये।"

"मुझे क्षमा करें; किन्तु रक्षराज का अंत होते ही मुझे एक तीव्र झटका लगा, जिससे मेरी स्मृतियाँ वापस लौट आयीं और मुझे एक आवश्यक कार्य से जाना पड़ा।"

"तो फिर अब लौट के क्यों आये हो? तुम तो हमारे दासत्व से मुक्त हो चुके हो, फिर यहाँ आने का उद्देश्य क्या है? चले जाओ यहाँ से।"

"मेरी स्मृतियाँ लौट चुकी हैं कुमार तेजस्वी, इसलिए मैं आपको आने वाले संकट से सावधान करने आया हूँ।" वक्रबाहु तेजस्वी को समझाता चला गया।

* * *

जिस रणभूमि में विदर्भ और बलिष्ठगढ़ के मध्य महायुद्ध सम्पन्न हुआ था, वहाँ लाखों शव पड़े थे। उनमें से एक शव जीवित हो उठा। यह और कोई नहीं, रक्षगुरु भैरवनाथ था। राजा भार्गव का भाला शीघ्र ही उसने अपने शरीर से निकाल फेंका और मन ही मन विचार किया।

"मूर्ख राजा भार्गव, सोच भी कैसे लिया कि असुरों के गुरुदेव, एक सिद्ध मांत्रिक की मृत्यु इस साधारण से भाले से हो जायगी... उस रक्षराज मार्केश के कारण ही आज तक मैं महाराक्षस 'दुर्भीक्ष' को जीवित नहीं कर पाया था।"

“किन्तु अब जागेगा महाराक्षस ‘दुर्भीक्ष’, और इस प्रयोजन में मेरा शस्त्र बनेगा रक्षराज का रणछोड़ पौत्र सुबाहु।” रक्षगुरु भैरवनाथ ने अपना मायावी दण्ड उठाकर सौगंध ली।

* * *

इधर विदर्भ में तेजस्वी को वक्रबाहु की अधीरता समझ नहीं आ रही थी।

“तुम किस संकट के विषय में कह रहे हो वक्रबाहु; क्या इस महाविनाश के उपरान्त अब भी कोई संकट शेष है? और तुम्हारी स्मृतियाँ लौट आयी हैं, क्या अर्थ है इसका? क्या तुम अपना अस्तित्व ही भूल गए थे?”

“मेरी स्मृतियाँ लौटने का कारण मैं आपको बाद में समझाऊँगा, इस समय चिन्ता का विषय यह है कि वह रक्षगुरु भैरवनाथ जीवित है।”

“क्या... ? यह क्या कह रहे हो वक्रबाहु? उसके शव को तो मैंने अपनी आँखों से देखा था।” तेजस्वी अवाक् रह गया।

“वो एक सिद्ध मान्त्रिक है; साधारण शस्त्र उसका बाल भी बाँका नहीं कर सकते।”

“कदाचित् तुम उचित कह रहे हो वक्रबाहु; तुम किसी संकट के विषय में कह रहे थे?”

“हाँ; आज तक भैरवनाथ रक्षराज मार्केश के कारण ही तीस वर्षों पहले सुप्तावस्था में गये ‘दुर्भीक्ष’ को जगा नहीं पाया था, परन्तु मार्केश की मृत्यु के उपरान्त वह उसे जगाने का प्रयत्न अवश्य करेगा।”

“दुर्भीक्ष...!? यह नाम मैं पहले भी सुन चुका हूँ, आखिर कौन है यह दुर्भीक्ष?”

“अभी हमारे पास इतना समय नहीं है कुँवर तेजस्वी, बस इतना जान लीजिए कि आपके पिता, महाराज विक्रमाजित जैसे सामर्थ्यवान वीर से मैं भी पराजित हुआ था, परन्तु महायोद्धा ‘दुर्भीक्ष’ पहला ऐसा योद्धा था जिसे संसार के सर्वश्रेष्ठ योद्धा महाराज विक्रमाजित भी पराजित नहीं कर पाये थे। उस ‘दुर्भीक्ष’ को केवल एक व्यक्ति परास्त कर सकता था, और वह थे महर्षि

ओमेश्वर, जो अब इस संसार में नहीं रहे।''

''और यदि दुर्भीक्ष जाग गया तो?''

''महाविनाश होगा... महर्षि ओमेश्वर ने प्रतिज्ञा की थी कि जब दुर्भीक्ष जागेगा, तो वह उसके अंत के लिए एक क्षत्रिय योद्धा क रूप में जन्म लेंगे; परन्तु इससे पूर्व कि दुर्भीक्ष जागे, हमें भैरवनाथ को रोकना होगा।''

तभी एक सैनिक दौड़ता हुआ तेजस्वी के समक्ष आ खड़ा हुआ और उसे सूचना दी।

''कुँवर, हमने युवराज अखण्ड के शव को ढूँढ़ने का अथक प्रयास किया किन्तु सफल नहीं हुए। न जाने वह कहाँ अदृश्य हो गये।''

उस सैनिक की बात सुनकर वक्रबाहु के मुख पर मुस्कान आ गई। उसने कहा ''अखण्ड कोई साधारण योद्धा नहीं, जो इतनी सरलता से मृत्यु को प्राप्त हो जाये।''

वक्रबाहु की बात सुनकर तेजस्वी की आँखें आश्चर्य से फ़ैल गयीं।

''तो क्या भ्राता अखण्ड जीवित हैं?'' तेजस्वी के नेत्र भीग गये।

''हाँ, मैं जीवित हूँ, और अपने पिता के प्रतिशोध के लिए लौटा हूँ, क्योंकि तुम्हारा वध करके ही मेरी तलवार की प्यास बुझेगी; आश्चर्य है, तुमने मेरी माता का भी रक्षण नहीं किया।''

ये स्वर सुन तेजस्वी पलटा। अखण्ड, हाथ में रक्त से सनी तलवार लिए तेजस्वी को घूर रहा था। उसके नेत्रों से अश्रु बह उठे।

''आपकी माता को कुछ नहीं होगा, किन्तु मैं आपका अपराधी हूँ ज्येष्ठ! आपके द्वारा दण्ड प्राप्त करने को तैयार हूँ मैं।'' तेजस्वी निःशस्त्र था। वह अखण्ड के समक्ष झुक गया। अखण्ड उसका मस्तक काटने को आगे बढ़ा।

''रुक जाओ मूर्ख अखण्ड! जो मूर्खता तुम्हारे पिता और पितामह रक्षराज ने की, उसे मत दोहराओ, मैं तुमसे विनती करता हूँ।'' यह कहकर वक्रबाहु ने अखण्ड का प्रहार रोक लिया।

''तुमने मेरे प्राणों की रक्षा की है वक्रबाहु, इसलिए मैं तुम पर प्रहार नहीं

करना चाहता, हट जाओ मेरे मार्ग से; मैं अपने पिता का अधूरा स्वप्न पूरा करना चाहता हूँ... उनका प्रतिशोध पूर्ण अवश्य होगा।''

अखण्ड की आँखों का क्रोध देख वक्रबाहु के नेत्रों में अश्रु आ गये। उसने अपनी पूरी शक्ति लगायी और अखण्ड को भूमि पर गिरा दिया।

''क्या जानते हो तुम अपने पिता के प्रतिशोध के बारे में? सब मिथ्या है; केवल उस पापी भैरवनाथ का छल है। इस षड़यंत्र का रहस्य केवल मुझे ज्ञात था, इसलिए उस भैरवनाथ ने मुझे वर्षों तक पाताल में बन्दी बनाने का कुचक्र रचा।''

वक्रबाहु की बातें सुन तेजस्वी और अखण्ड दोनों ही भूमि से उठ खड़े हुए।

''हाँ तेजस्वी! मेरा परम मित्र मार्केश भी अपनी पत्नी शिवन्या की मृत्यु का उत्तरदायी राजा भभूति को मानता था, इसलिए वह मानव समाज से ही घृणा करने लगा, किन्तु उसी मार्केश ने एक बार शिवन्या के प्रेम के लिए, महाअसुर 'दुर्भीक्ष' को परास्त करने में तुम्हारे पूर्वजों की सहायता की थी, किन्तु वह यह नहीं जानता था कि उसकी पत्नी शिवन्या की मृत्यु का कारण रक्षगुरु भैरवनाथ का षड्यंत्र था, मार्केश को मानव समाज के विरुद्ध खड़ा करने के लिए। तुम सब इस छल का शिकार हो। यदि मेरी स्मृति समय पर लौट आती, तो यह युद्ध ही नहीं होता।'' वक्रबाहु 'अतीत के सत्य से अखण्ड और तेजस्वी को अवगत करा रहा था।

* * *

नागलोक में नागरानी कनिष्का अत्यंत क्रोध में थीं। इसका कारण जानने के लिए एक नागसैनिक ने उनसे प्रश्न किया।

''क्या हुआ नागदेवी? मुझे प्रश्न करने का अधिकार तो नहीं, किन्तु अपने पुत्र से मिले बिना ही आप यहाँ क्यों आ गयीं?'

''तेजस्वी मेरा पुत्र नहीं है; मेरे पुत्र युगांधर की मृत्यु का उत्तरदायी है वो... इसका दण्ड उसे भोगना होगा।'' कनिष्का की आँखें क्रोध से लाल थीं।

* * *

बहुत सवाल उठ रहे होंगे पाठकों के मन में; जैसे कौन है यह 'दुर्भीक्ष'? क्या सबंध है उसका महर्षि ओमेश्वर और विक्रमाजित से? क्या हुआ था जब विक्रमाजित का सामना दुर्भीक्ष से हुआ था? यदि दुर्भीक्ष रक्षों का राजा था, तो मार्केश किस प्रकार रक्षराज बना और किस प्रकार उसने दुर्भीक्ष को परास्त करने में सहायता की? क्या रहस्य है भानुसेन की उस प्रतिज्ञा का जो उसने अपनी माता शिवन्या की मृत्यु के उपरान्त ली थी? कौन सा ऐसा छल किया भैरवनाथ ने जो शिवन्या की मृत्यु का कारण बना? आखिर क्यों रुष्ट है कनिष्का तेजस्वी से? क्या भानुसेन की पत्नी वैशाली के प्राण बच पायेंगे?

और सबसे बड़ा रहस्य, यदि महाबली अखण्ड जीवित है, तो महर्षि शंकराचार्य के दिये कुलनाश श्राप का क्या होगा?

सवाल बहुत हैं, किन्तु उत्तर पाने के लिए आप सबको 'रणक्षेत्रम्' की अगली कड़ी की प्रतीक्षा करनी होगी।

www.ingramcontent.com/pod-product-compliance
Lightning Source LLC
LaVergne TN
LVHW101410051026
849519LV00005BC/1718